Nina Jansen

Fühl *mich!*

plaisir d'amour

Inhaltlich vollständig überarbeitete Neufassung des Romans „Ein Hauch von Schmerz", erschienen im Heyne Verlag, München

Nina Jansen
Fühl mich!
Erotischer Roman

www.plaisirdamourbooks.com
info@plaisirdamourbooks.com
Covergestaltung: © Mia Horn
© Coverfoto: Shutterstock.com
ISBN Taschenbuch: 978-3-86495-231-9
ISBN eBook: 978-3-86495-232-6

Kapitel 1

Summer Johnson war todmüde, als sie am Freitagabend nach sieben Stunden Arbeit und anschließenden gefühlten tausend Wohnungsbesichtigungen aus dem Bus stieg. Ihre Füße schmerzten, ihr Nacken war verspannt und der Frust, wieder nichts Passendes gefunden zu haben, drückte auf ihre Stimmung.

Sie ging ein kurzes Stück am Hyde Park entlang und bog dann in die Gegend ein, in der sie sich auch nach zwei Jahren noch ein wenig fehl am Platz vorkam. Hier erwartete sie ein Penthouse in einem aufwendig sanierten Altbau, dessen vollendeten Luxus sie sich selbst nie hätte leisten können. Sie betrat das Haus und bestieg den geräumigen Lift mit dem dicken Teppichboden, der für sie das erste Highlight des Tages war. Während die Kabine nach oben glitt, bereute Summer einen Moment lang, dass sie die Beziehung mit Logan beendet hatte.

Aber es war der richtige Schritt gewesen, einen Schlussstrich zu ziehen, denn sie hätte nicht aus reiner Bequemlichkeit seine Lustsklavin bleiben können. Sie ärgerte sich allerdings darüber, dass sie ihr eigenes Apartment aufgegeben hatte, als sie bei Logan eingezogen war. Nur deswegen war sie jetzt im kalten, nebligen März auf der Suche nach einer günstigen Wohnung.

Aber bin ich nicht längst viel zu verwöhnt von dem Leben, das Logan mir geboten hat? Würde ich jetzt wirklich ohne Weiteres in mein altes, zugiges Apartment zurückkehren, wenn es mir möglich wäre?

Sie verließ den Lift, überquerte den Flur und schloss

die breite, schwere Tür auf. Was für ein erhebendes Gefühl es war, Logans gediegenes Penthouse zu betreten und die Schuhe endlich abstreifen zu können. Und welche Ruhe hier herrschte im Gegensatz zum Verkehrslärm der Stadt! Seit sie wusste, dass ihre Tage hier gezählt waren, genoss sie jeden Augenblick mit größter Achtsamkeit.

Hinzu kam noch, dass sie seit der Trennung von ihm viel entspannter heimkommen konnte, denn ihr waren Dinge erlaubt, die vorher undenkbar gewesen wären. Sie konnte es sich zum Beispiel im Wohnzimmer auf der Ledercouch mit hochgelegten Füßen und einem Glas Weißwein aus Logans schier unerschöpflichem Vorrat gemütlich machen. Als sie noch seine Sklavin gewesen war, hatte nach einem anstrengenden Arbeitstag heimzukommen für sie bedeutet zu duschen, ihre honigblonden Haare zu bürsten, bis sie glänzten, eine Korsage anzuziehen, in High Heels zu schlüpfen und die Haltung einzunehmen, in der Logan sie vorzufinden erwartete: reglos auf der Couch kniend, den Bauch an die Lehne geschmiegt.

So wartete sie oft erregt und voll süßer Vorfreude, bis er von der Arbeit kam. Wenn sie ihn kommen hörte, musste sie die Hände hinter dem Nacken verschränken, zum Zeichen dafür, dass sie für alles bereit war, was er von ihr verlangen würde. Da sie sein Gesicht in diesem Moment nicht sehen konnte, hatte sie ein feines Gehör entwickelt, um das leiseste Räuspern zu hören und die Festigkeit seiner Schritte zu ermessen, um daraus seine Stimmung abzuleiten. Jedes Innehalten von ihm ließ ihre Anspannung wachsen.

Welche Erleichterung, wenn er dann hinter sie trat, sie berührte, ihr gestattete, sich umzudrehen und auf seine Befehle zu warten.

Summer fand ihren ehemaligen Gebieter nach wie vor begehrenswert. Sie hatte sich durch ihn als Frau erst richtig kennengelernt, aber er war nicht ihre ganz große Liebe gewesen. Darum hatte sie ihn gebeten, sie freizugeben. Er hatte sie daraufhin angewiesen, die Master-Slave-Vereinbarung zu verbrennen, ein Ritual, das ihr geholfen hatte, sich der Endgültigkeit ihres Entschlusses bewusst zu werden.

Sie nahm einen Schluck Wein und empfand ihre Freiheit als angenehm und wohlig, und trotzdem auch ein wenig traurig. Nach zwei Wochen ohne Sex und lustvolle Hingabe fühlte sie eine schmerzliche Leere. *Gefesselt werden, stillhalten, aushalten, den Atem anhalten.* Es fehlte ihr. Summer drückte seufzend das kühle Weinglas an ihre Stirn. Es würde keine unverbindlichen Sessions nach der Trennung geben, nur weil es vielleicht praktisch wäre, da sie bis zu ihrem Auszug im Gästezimmer schlief und somit weiterhin jederzeit für ihn verfügbar war. Das hatte Logan ihr unmissverständlich klargemacht.

Summer streckte sich und versuchte, ihr Leben als freie Frau positiv zu sehen. Sie konnte jetzt ein Bad nehmen, ohne Logan um Erlaubnis bitten zu müssen.

Sie ging ins Badezimmer, das ihr mit dem anthrazitfarbenen Granitboden und den strahlend weißen Becken nach all den moosgrünen und beigefarbenen Nasszellen, die sie heute auf ihrer Besichtigungstour gesehen hatte, wie ein Tempel erschien. Die frei stehende Wanne mit den Massagedüsen wirkte so einladend, dass Summer zärtlich über ihren Rand strich. „Heute bist du noch mein", säuselte sie und grinste über sich selbst.

Sie drehte das Wasser auf und ließ ein nach Rosenblüten duftendes Schaumbad in den Strahl laufen. Als sie sich gerade ausgezogen hatte, klingelte ihr Handy. Sie sah auf dem Display, dass es Logan war. Zwar meldete sie sich nicht mehr mit: „Ja, Master", sondern mit einem entspannten: „Hallo, Logan", doch sie senkte dabei immer noch automatisch den Blick, so wie sie es lange Zeit getan hatte.

„Fündig geworden?", fragte er.

„Leider nicht. Ich bin anscheinend zu wählerisch."

„Das ist kein Fehler", sagte er. „Ich bin damit immer gut gefahren. Ich rufe an, um dir Bescheid zu sagen, dass ich heute etwas später nach Hause komme, als ich geplant hatte. Dummerweise erwarte ich Besuch, den ich wegen meiner Verspätung nicht selbst empfangen kann. Darum wollte ich dich bitten, dich um ihn zu kümmern. Es ist jemand, den ich im Club kennengelernt habe."

Summer stutzte. Handelte es sich um eine neue Frau in Logans Leben? „Wann kommt denn dieser – äh – Besuch?"

„In einer Stunde."

Summer empfand Logans Ansinnen als unverschämt und wusste nicht, wie sie reagieren sollte.

„Oder hast du für heute Abend bereits andere Pläne?", erkundigte sich Logan, als sie nichts sagte.

„Nein, aber ich würde gern wissen, wen ich zu erwarten habe."

Schweigen. Schließlich sagte er: „Lass dich einfach überraschen", und beendete danach sofort das Gespräch.

Wenn es jemand war, den er im Club kennengelernt hatte, könnte es sich um ihre potenzielle Nachfolgerin handeln. Summer empfand einen Hauch von Eifersucht, vor allem aber ärgerte sie sich, dass Logan so wenig Rücksicht auf ihre Gefühle nahm. Oder wollte er sie absichtlich demütigen, indem er ihr zeigte, wie schnell er sie ersetzen konnte?

Nein, keine Grübeleien. Sie hatte noch eine Stunde für sich allein, und die wollte sie nutzen, indem sie sich sinnlichen Erinnerungen hingab und sich dabei selbst befriedigte. Der einzige Vibrator, den sie je besessen hatte, war zusammen mit ihren Möbeln, die Logan als „besseres Sperrholz" bezeichnet hatte, bei ihrem Umzug ausgemistet worden. Sie trauerte dem fleischfarbenen Plastikteil nicht nach, zumal Logan sehr viel schönere Dildos besaß. Dumm nur, dass sie die nicht benutzen durfte. Er war der Herr über sein Equipment. Summer durfte den roten Lackschrank im Flur, in dem er seine Sexspielzeuge aufbewahrte, eigentlich nicht einmal öffnen.

Der Schrank hatte unten einen breiten Auszug, oben zwei Türen und dazwischen eine flache Schublade, die sie nun an dem runden Knauf langsam aufzog. Beim Anblick der Kunstwerke, die auf schwarzem Samt in der Schublade aufgereiht lagen, vergaß sie alles, was ihr eben noch durch den Kopf gegangen war, und während sie die wundervoll glänzenden Teile nur mit ihrem Blick berührte, meinte sie doch, sie auf ihrer Haut zu fühlen.

Ein Dildo aus hellblauem Glas mit Wellenmuster, ein Stab aus roten Kugeln, geschwungene Holzdildos, ein Analplug, ein Vibrator mit großem Durchmesser, mit dem Logan sie nur dann gefickt hatte, wenn sie von all den Dingen, die er davor mit ihr gemacht hatte, übererregt gewesen war. Der Anblick beschwor dieses einzigartige Gefühl in ihr herauf, die untrennbare Mischung aus Schmerz und grenzenloser Geilheit, die Logan als erster Mann in ihr ausgelöst hatte.

Summer nahm den schlichtesten Dildo heraus. Er war aus durchsichtigem, farblosem Glas und hatte an der Spitze eine knospenartige Vergrößerung. Etwas Simples kam ihr gerade recht. Ihr Liebesleben war lange genug von komplizierten Dingen, aufwendigen Ritualen und intensiven Stimulationen geprägt gewesen.

Sie schob die Schublade wieder zu, kehrte ins Bad zurück und löschte alle Lichter bis auf einen Deckenstrahler. Dann glitt sie in die Wanne, drehte das Wasser ab und türmte den zarten Schaum auf ihre Brüste. Ihre Muskeln entspannten sich. Langsam streichelte sie die Innenseiten ihrer Schenkel und ließ ihre angewinkelten Knie zur Seite fallen.

Da die Wanne breit genug für zwei Personen war, konnte sie die Beine weit spreizen. Sie umschmeichelte mit der Rundung der Knospe an der Spitze des Dildos ihre Klitoris, bevor sie damit zwischen ihre Schamlippen fuhr und sanft reibend ihre Spalte bearbeitete. Sie führte den Glasdildo in ihre erwartungsvoll pochende Pussy und schloss die Augen.

Ihre Gedanken wanderten zurück zu dem Abend, an dem sie Logan im Club kennengelernt hatte. Sie war damals bereits seit einem Monat Mitglied gewesen, ohne sich je an einer Session beteiligt zu haben. Der Club ließ Neulingen genug Zeit, sich einzuleben. Solange sie Kleidung trug, würde niemand sie berühren.

Wie bei ihren vorangegangenen Besuchen setzte sie sich in einen roten Ledersessel am Rand des verwinkelten Raums, trank Ginger Ale und beobachtete das Geschehen. Inzwischen hatte sie das Gefühl, den anderen Mitgliedern vertrauen zu können, aber konnte sie in Gegenwart so vieler Menschen sexuell aktiv werden? Sie beschloss, es auf einen Versuch ankommen zu lassen, und ging sich in einer der Kabinen entkleiden. Gespannt, was nun geschehen würde, kehrte sie in den Salon zurück, fühlte sich sogleich angestarrt und reagierte verunsichert. Nach etwas Vertrautem suchend, wollte sie zu ihrem Sessel zurückkehren, doch darin saß nun ein Mann, der einen schwarzen Businessanzug und eine eng gebundene Krawatte zu einem blütenweißen Hemd trug.

Sie wandte sich hastig ab, fand einen anderen freien Platz und setzte sich, um diesen attraktiven Mann aus der Ferne zu studieren. Ihr wurde schnell klar, dass er kein neues Mitglied sein konnte, so selbstbewusst und entspannt, wie er in dieser Umgebung wirkte. Bald bestätigte sich ihre Einschätzung, denn jemand begrüßte ihn wie einen alten Bekannten. Die devoten Clubbesucher tuschelten, einige Subs gingen sogar so weit, sich ihm anzubieten.

Hin und wieder wanderte sein Blick zu ihr. Ohne den Schutz ihrer Kleidung fühlte sie sich verletzlich und bloßgestellt. Zudem verunsicherte es sie, dass niemand Interesse an ihr zeigte. Wieso wurde sie zu keiner Session eingeladen? War etwas an ihrer Körperhaltung falsch? Gab sie nicht die richtigen Signale?

Plötzlich stand der Mann vor ihr. Sie war so mit ihren Zweifeln beschäftigt gewesen, dass sie ihn erst bemerkte, als sein Schatten auf sie fiel.

„Steh auf“, sagte er.

Sie gehorchte, spürte ihre Knie weich werden und sah ihn mit einem schüchternen Lächeln an.

„Du hast wenig Erfahrung.“ Seine Stimme war ruhig und tief.

Sie nickte. „Nur ein paar SM-Spiele mit meinem ersten Freund. Alles sehr soft." Sie senkte den Blick.

Er ließ sie auf seine Reaktion warten, und sie hatte sich seinem Rhythmus, seinem Zeitempfinden anzupassen. „Ich möchte, dass du gehst", sagte er schließlich. „Sofort."

Sie zuckte zusammen. Was hatte sie falsch gemacht? „Ich …"

„Ich erwarte dich übermorgen um Punkt sieben Uhr abends bei dieser Adresse." Er ergriff ihre linke Hand und schob ihr eine Visitenkarte zwischen Zeige- und Mittelfinger. „Bis dahin darf dich niemand sexuell stimulieren, du selbst eingeschlossen."

Jetzt fragte sie sich, ob Logan seine neue Bekanntschaft heute Abend auf die gleiche Weise herzitiert hatte.

Summer gönnte sich noch ein paar feste Stöße mit dem Dildo, dann gab sie auf. Dieses harmlose Ding würde ihr keinen Orgasmus bescheren. Sie stellte den Dildo auf dem Wannenrand ab und berührte dabei das Bedienfeld der Whirlfunktion.

Natürlich, das ist viel besser!

Die Wanne besaß außer den Whirlpool-Sprudeldüsen eine Jetstream-Düse, die nicht mit Luftblasen, sondern mit Wasserdruck arbeitete. Eine Hydromassage der besonderen Art, denn wenn sie die Beine spreizte, traf der Strahl genau ihre Pussy. Er war in vier Stufen einstellbar, und bisher hatte sie nur die Stufen eins bis drei kennengelernt. Stufe vier hätte sie sich erst verdienen müssen.

Summer brachte den Drehschalter des Jetstrahls auf Stufe eins. Es gluckerte, als etwas Luft aus der Düse entwich, dann streichelte ein sanfter Wasserstrom die Innenseiten ihrer Schenkel. Sie drehte weiter auf Stufe zwei. Nun spürte sie bereits die leichte Schärfe eines gebündelten Strahls, dessen Zentrum sie knapp oberhalb ihrer Klitoris traf, wo ihre Empfindsamkeit am größten war. Sie hob den Po an, um den Strahl auch tiefer zu spüren, und schwenkte ihr Becken in immer schnelleren Bewegungen von Seite zu Seite.

Stufe drei. Sie schloss die Augen, während sie mit den Fingern ihre Schamlippen spreizte, um sich ganz der Wucht des Wasserstrahls hinzugeben. Durch Logans strenge Unterweisungen hatte sie gelernt, ihren Orgasmus so lange zurückzuhalten, wie er es ihr befahl. Das machte sie sich nun zunutze, um ihre heftige Erregung aufrechtzuerhalten und dieses Gefühl so lange wie möglich auszukosten. Immer wieder zuckten ihre Schamlippen, und die Muskeln in ihrem Inneren zogen sich erwartungsvoll zusammen, doch Summer entspannte sich jedes Mal sofort wieder. Süße Lust durchflutete sie und ließ alle Gedanken dahinschmelzen.

Sie merkte, dass sie jeden Augenblick die Kontrolle verlieren würde, und zwang sich zu einer Pause, indem sie den Strahl ausschaltete. Ihr Schoß pochte ungeduldig, als sie die Beine über den Wannenrand legte. Es war so weit, sie würde aufs Ganze gehen.

Mit einer schnellen Drehung schaltete sie auf Stufe vier. Ein scharfer, pulsierender Strahl setzte ein. Summer umklammerte ihre Knie, um sich daran zu hindern, die Beine zu schließen. Ihr ganzes Becken bebte. Sie stellte sich vor, dass starke Männerhände ihre Fußgelenke packten und sie in der gespreizten Stellung festhielten. Sie dachte an Logans Hände, eine in ihrem Nacken, eine an ihrer Kehle. Oft hatte er sie so umfangen, während sie gekommen war. Eine Geste, die sie als bedrohlich und beschützend zugleich empfand.

Sie kam unter dem heißen Ansturm des Wassers und schrie verzückt und selbstvergessen. Allmählich mischte sich ein anderes Geräusch in ihre kehligen Laute.

Das ist der Besuch … nein … Augenblick … nicht jetzt.

Mit zitternden Fingern tastete sie nach dem Drehschalter, um den Jet abzustellen. Dabei stieß sie mit dem Handgelenk an den Dildo, der daraufhin ins Wasser rutschte, bevor es ihr endlich gelang, den Schalter auf Null zu drehen.

Summer keuchte, zog die Beine ins Wasser zurück und drückte sich am Wannenrand hoch. Triefend nass lief sie zur Wohnungstür, rief in die Gegensprechanlage: „Fünfter Stock“ und betätigte den Knopf, der die Haustür öffnete. Sie öffnete auch die Wohnungstür einen Spalt, dann hastete sie ins Bad zurück. Bevor sie sich abtrocknete und sich etwas anzog, musste sie den Dildo aus der Wanne fischen, reinigen und in die Schublade zurücklegen. Logan sollte auf keinen Fall von ihrer kleinen Heimlichkeit erfahren.

Sie bückte sich über den Wannenrand und tauchte ihren Arm ins abfließende Wasser. Es wäre viel schlauer gewesen, einen von den bunten Dildos zu nehmen anstelle des glasklaren. Nach viel Herumangeln in der Wanne erwischte sie das Ding endlich. Als sie sich aufrichtete und umdrehte, wäre es ihr fast wieder aus der Hand gefallen, denn der Besuch war bereits hier und wartete im Flur.

Und es war keine Frau.

Einen Moment lang stand Summer stocksteif da, den Dildo wie einen Kerzenhalter in der Hand, und starrte den Mann im dunkelblauen Anzug an, der mit einem Aktenkoffer in der Hand im Flur wartete. Sie sah nur seinen Rücken, denn er hatte sich von ihr abgewandt. Er musste sie nackt über die Badewanne gebeugt gesehen haben, sonst hätte es keinen Grund für ihn gegeben, sich abzuwenden.

Es hatte keinen Zweck, jetzt zu spekulieren, was er von ihr gesehen und was er dabei gedacht hatte. Sie legte den Dildo auf den Waschbeckenrand, hüllte sich in Logans dicken Bademantel, der neben der Tür hing, und sagte zu dem Herrn im Flur: „Gehen Sie bitte ins Wohnzimmer – das liegt direkt geradeaus – und machen Sie es sich gemütlich. Ich ziehe mich inzwischen an."

Der Kopf mit den braunen Haaren nickte, und der Mann setzte sich dankenswerterweise in Bewegung, ohne sich umzudrehen.

Summer schloss die Badezimmertür und lehnte sich von innen dagegen. Hoffentlich handelte es sich nicht um einen wichtigen Geschäftspartner von Logan. Aber was hätte diese dumme Bemerkung dann gesollt? „Lass dich überraschen." Wäre es nicht sinnvoller gewesen zu sagen: „Mach dem Herrn bitte einen Kaffee und bleib am besten angezogen."

Zehn Minuten später ging sie so würdevoll, wie es nach dem kleinen Intermezzo möglich war, ins Wohnzimmer. Sie trug eine hellblaue Seidenbluse zu einer schwarzen Hose und fühlte sich der Situation gewachsen, jedenfalls bis zu dem Augenblick, als der Besucher sich von der Couch erhob und sie ansah.

Er war unfassbar attraktiv und sein Lächeln erzeugte ein heißes Prickeln in ihrem Nacken. Oder war das vielleicht nur eine Nachwirkung ihres Spiels mit dem Jetstrahl?

Sie trat einen Schritt näher und der Duft eines teuren Rasierwassers hüllte sie ein.

„Ryan F. Lucas“, sagte er und reichte ihr die Hand.

„Summer Johnson“, sagte sie und registrierte, dass sein Anzug perfekt an seinem schlanken Körper saß. „Maßgeschneidert“, meinte sie anerkennend.

Als sie seine Hand losließ und ihm wieder ins Gesicht sah, blickte er sie mit seinen schönen braunen Augen so durchdringend an, dass sie erst gar nicht wusste, was er meinte, als er fragte: „Woran erkennen Sie das?“

Woran erkannte sie *was*? Ach so, den Maßanzug. „Es gehört zu meinem Beruf, Menschen nicht nur anhand ihrer Verhaltensweisen zu beurteilen, sondern auch aufgrund ihres Auftretens und ihrer Kleidung.“

Wieder lächelte er, und diesmal hatte sie genug Geistesgegenwart, um zu analysieren, was sein Lächeln so bezaubernd machte. Es zeigte nicht nur seine ebenmäßigen oberen Schneidezähne, sondern entblößte auch ein wenig von dem darüber liegenden rosigen Zahnfleisch. Das hatte etwas Vertrauenerweckendes und zugleich Sinnliches.

Was ist heute nur mit mir los, dass ich auf einen wildfremden Mann so heftig reagiere?

Sie besann sich auf ihre Rolle als Gastgeberin. „Mr. Forsythe ist noch nicht da. Was kann ich Ihnen zu trinken anbieten?“

„Tee wäre wunderbar“, sagte Ryan F. Lucas. „Aber wir brauchen nicht auf Logan zu warten. Schließlich bin ich in erster Linie wegen Ihnen hier, Summer. Ich darf Sie doch Summer nennen?“

Sie hatte sich schon der Küche zugewandt und drehte sich nun wieder um. „Ja, gern, Mr. Lucas.“

„Nennen Sie mich Ryan.“ Er folgte ihr in die Küche und blieb neben der Kochinsel stehen, während sie

Teewasser aufsetzte. „Assam oder Darjeeling?“, fragte sie.

„Haben Sie Assam Mokalbari?“

„Ja, das ist meine bevorzugte Sorte“, sagte sie.

„Großartig.“

Was Tee anbetraf, waren sie schon mal auf einer Wellenlänge. Aber wieso war dieser Ryan wegen *ihr* hier? Sie wollte ihn nicht fragen, weil sie damit preisgegeben hätte, dass Logan sie darüber im Unklaren gelassen hatte. Was für eine verzwickte Situation.

„Schöne Krawatte“, sagte sie im Plauderton. „Handgenäht. Sloane Street?“

„Ja, richtig. Wenn man sich erst an einen gewissen Luxus gewöhnt hat, möchte man ihn nicht mehr missen, nicht wahr? Das ist auch der Grund, warum ich hier bin. Logan hat mich doch angekündigt, oder?“

Summer nickte zwar, aber noch war alles ein Rätsel für sie. Sie nahm ein Tablett und stellte Teegeschirr, eine Zuckerdose und ein Sahnekännchen darauf. Daneben platzierte sie einen Teller mit Gebäck und brachte alles zum Esstisch im Wohnzimmer. Sie wartete, bis Ryan sich gesetzt hatte, schenkte ihm Tee ein und nahm ihm gegenüber Platz. Erwartungsvoll und gespannt sah sie ihn an.

Er lobte den Tee, dann sagte er: „Logan hat mir Ihre Situation ausführlich geschildert. Es ist ihm wichtig, dass Sie nach der Trennung von ihm ein gleichwertiges Leben wie bisher führen können.“ Es erschien Summer, dass er vielsagend lächelte, als er hinzufügte: „Und das kann ich Ihnen bieten.“

Summers Gedanken flatterten aufgeregt in ihrem Kopf umher. Logan hatte erwähnt, dass der Besucher jemand war, den er aus dem Club kannte. Dort lernte man Subs und Doms kennen. Also konnte das nur eines bedeuten: Ryan sollte ihr neuer Master werden. Ach du liebe Zeit. Das war ungeheuerlich! Wie konnte Logan sie nur in so eine Situation bringen?

Andererseits fand sie diesen Ryan F. Lucas äußerst charmant und attraktiv. Wieso nicht ein bisschen mitspielen und schauen, was passierte? Hochkant rauswerfen konnte sie ihn immer noch, falls es ihr nicht gefiel.

Mit einem Lächeln, das hoffentlich nicht unterwürfig, sondern amüsiert wirkte, sagte sie in lockerem Tonfall: „Er kann mich wohl nicht schnell genug loswerden."

„Nun, ich könnte mir denken, dass es Ihnen ebenfalls recht wäre, wenn es schnell ginge."

Unterstellte Ryan ihr etwa, dass sie ohne einen Gebieter verloren war? Völliger Unsinn. Sie war allenfalls sexuell etwas unausgelastet. Doch Ryans Lächeln war so entwaffnend, dass sie ihm die Bemerkung nicht übelnahm. Lieber malte sie sich aus, wie er wohl wirkte, wenn er streng wurde. Wenn seine sanften Hände fest zugriffen. Wenn seine weiche Stimme plötzlich schneidend wurde. Alles in allem eine mehr als aufregende Vorstellung. Ein Mann, der nicht wie Logan vordergründig dominant war, sondern eher auf subtile Weise, konnte eine wunderbare Erfahrung sein. „Ein Hauch von Schmerz", murmelte sie.

„Was für eine poetische Beschreibung einer Trennung", erwiderte er.

„Ich meinte nicht die Trennung, sondern den Neuanfang." Sie merkte, dass sie errötete, und senkte den Blick.

„Umso poetischer. Aber kommen wir zu den Fragen, die es im Vorfeld zu klären gilt." Er faltete die Hände auf der Tischplatte. „Erzählen Sie mir von

Ihren Vorlieben."

Ihre Kehle wurde eng. Sie konnte nicht unterscheiden, ob das eine Folge ihrer zunehmenden Erregung war oder ob sie sich bei der Vorstellung gehemmt fühlte, Ryan ihre sexuellen Wünsche zu offenbaren. „Was hat Logan Ihnen denn erzählt?", fragte sie ausweichend.

„Er hat mir nur einen groben Überblick gegeben. Keine Details. Und gerade auf die kommt es an, nicht wahr?"

Wie schaffte er es nur, anzügliche Dinge zu sagen und dabei so sachlich zu bleiben, als ginge es nur darum, eine Krawatte auszuwählen? Und nein, in Summers Augen kam es keineswegs auf die Details an, sondern auf den Gesamteindruck. Entweder die Chemie zwischen zwei Menschen stimmte, oder sie stimmte nicht. „Der berühmte Funke muss überspringen", sagte sie. „Auf den ersten Blick."

„Das stimmt, aber ich brauche eine Vorstellung davon, worauf es Ihnen besonders ankommt. Sonst verschwenden wir beide nur unsere Zeit."

„Okay, meine Vorlieben …", begann sie, wusste aber schon im nächsten Moment nicht mehr, was sie sagen sollte.

Ryan nahm einen Schluck Tee. Summer beobachtete seinen Mund und stellte sich vor, wie ihre Lippen seine berührten.

Ich küsse gern. Zählt das als Vorliebe?

Als sie dem Club beigetreten war, hatte sie ein Formular ausgefüllt, auf dem sie ankreuzen konnte, was sie wollte und was nicht. Küssen war kein Thema gewesen, dafür verschiedene orale, anale und sonstige Spielarten. „Manchmal wäre ein Fragebogen praktisch, nicht wahr?" Sie griff ebenfalls nach ihrer Teetasse.

„Keine Sorge“, sagte er, „ich werde mir auch so alles merken können. Fangen wir mit der Größe an. Logan hat in dieser Hinsicht einiges zu bieten.“

Summer verschluckte sich fast und stellte die Tasse wieder ab. Männer taten es also wirklich – sie verglichen ihre Penisse. „Ja, Logan ist sehr gut ausgestattet. Aber das ist mir nicht wichtig. Weniger kann manchmal mehr sein.“ Wieso verhielt sich Ryan wie bei einem Vorstellungsgespräch? Wenn er sie begehrenswert fand, warum wahrte er dann so eine Distanz? Sie wurde immer befangener. „Ich meine, ich bin ja eine eher, hm, zierliche Person.“

Er hob eine Augenbraue.

„Aber sehr anpassungsfähig“, ergänzte sie. „Vor allem wenn ich in Fahrt bin.“

„In Fahrt?“

„Nun, Sie wissen schon … es gibt Momente, da kann es mir gar nicht groß genug sein.“

„Schön“, sagte er, wirkte aber nicht besonders zufrieden. Wenn er es genauer wissen wollte, musste er präziser fragen. Er sollte nicht das Gefühl bekommen, dass sie sich ihm anbot. Ihr Blick wanderte zu dem schwarzen Aktenkoffer, den er auf den Couchtisch gelegt hatte.

„Oh“, sagte er, als er ihren Blick bemerkte, „Sie sind natürlich neugierig. Ich habe ein paar sehr gute Objekte dabei. Die Auswahl wird Ihnen sicher nicht leichtfallen.“

Auswahl? Würde das so ablaufen, dass er ihr eine Reihe von Floggern und Fesseln zeigte und sie sich entscheiden durfte, womit er sie quälen sollte? Ihr wurde heiß und ihre Pobacken prickelten erwartungsvoll.

„Was machen Sie beruflich?“, wollte er als Nächstes wissen, und sie war froh, zur Abwechslung über etwas Unverfängliches sprechen zu können.

„Ich arbeite mit zwei anderen Psychologen in einer Gemeinschaftspraxis.“

„Verdienen Sie gut dabei?“

Wollte er sichergehen, nicht ausgenutzt zu werden? Natürlich gab es Frauen, die sich reiche Männer suchten, um auf deren Kosten zu leben. Wenn es ihr darum gehen würde, hätte sie einfach bei Logan bleiben können.

Trotz all der aufgeregten Gedanken, die ihr durch den Kopf flatterten, blieb sie sachlich. Es war, als würden sie zwei Unterhaltungen führen – eine mit ausgesprochenen und eine mit unausgesprochenen Bemerkungen. „Ich habe mich auf die Behandlung von Depressionen und Burn-out spezialisiert und habe ein geregeltes Einkommen.“

„Wo befindet sich Ihre Praxis?“

Sie nannte ihm die Adresse.

„Eine sehr schöne Gegend mit ausgezeichneter Bausubstanz, auch wenn einige Fassaden etwas heruntergekommen sind.“ Ryan aß einen Keks und redete weiter, als er die Krümel heruntergespült hatte. „Welche Stilrichtung bevorzugen sie?“

Stilrichtung? Damit war sie gänzlich überfragt. Sie wusste, dass es Varianten, Untervarianten, Spezialfetische und Was-nicht-alles im BDSM gab, aber damit hatte sie sich noch nicht befasst. Um was für Details ging es ihm dabei? Ob sie lieber mit Ketten, Seilen oder Ledermanschetten gefesselt wurde? Zur Not half immer eine Gegenfrage. „Was haben Sie denn im Angebot?“

„Alles. Von altmodisch bis ultramodern.“

Summer hätte fast gegrinst, beherrschte sich aber. Bei „altmodisch" dachte sie an Rollenspiele, bei denen sie ein Zofenkostüm trug und er den Gutsherrn spielte, in Samtweste und mit Reitgerte bewaffnet. „Eher modern. Sonst wird es mir zu verspielt."

„Klassisch oder außergewöhnlich?"

Sie rutschte unruhig auf ihrem Stuhl hin und her. Was, wenn er fand, dass ihre Vorlieben sich nicht mit seinen deckten?

„Ich mag beides", sagte sie. „Am wichtigsten ist mir, dass ich mich geborgen fühle."

Vor allem nach einer Session. Dann wollte sie in den Arm genommen und getröstet werden. Wollte eine kühlende Lotion auf die geschundenen Stellen getupft bekommen. Wollte hören, dass sie eine wunderbare Sub war und dass sie ihren Gebieter glücklich gemacht hatte.

Ryan nickte. „Das versteht sich von selbst. Geborgenheit suchen wir alle. Und in unserem ganz privaten Bereich am meisten."

Wie kam es nur, dass Ryan so viel in ihr auslöste? Eine simple Bemerkung und sie bekam Herzklopfen. Es war ein rein verbales Vorspiel, dem sie sich immer weniger gewachsen fühlte. Sie war nahe daran, sich vor ihn hinzuknien und ihn anzuflehen, sie zu seiner Sklavin zu machen. Sie hatte das Gefühl, dass er der perfekte Mann für sie sein könnte.

Um Selbstbeherrschung bemüht, gab sie eine seiner Fragen an ihn zurück. „Und was machen *Sie* beruflich?"

Er zog die Augenbrauen zusammen, als verwirrte ihn ihre Frage. „Was ich …? Oh." Sein Blick verweilte lange und durchdringend auf ihr. Dann schüttelte er andeutungsweise den Kopf und lächelte. Schließlich sah er zu dem Flügel hinüber, der zwischen dem Wohnzimmer und dem Essbereich stand. „Ist der gestimmt?"

Er ist Musiker. Wie wunderbar. Das passt zu seinen schlanken, sensiblen Fingern.

„Der Flügel ist ein Erbstück", sagte Summer. „Logan spielt zwar nicht, aber er lässt ihn regelmäßig stimmen."

„Darf ich?"

„Gern."

Ryan zog sein Jackett aus, lockerte die Seidenkrawatte und ging zum Flügel.

Summer folgte ihm, dankbar für die Gelegenheit aufzustehen, denn ihre innere Unruhe wuchs. Sie wünschte, Ryan würde Klartext reden und ihr erklären, wie es dazu gekommen war, dass Logan ihn hergeschickt hatte, um sie zu … begutachten? Jeden anderen Mann hätte sie vor die Tür gesetzt, nicht ohne ihm vorher jedoch zu erklären, dass er ein Idiot sei und dass sie ihre Sexualpartner selbst auszusuchen pflege, herzlichen Dank auch.

Aber Ryan machte sie schwach mit seinem entwaffnenden Lächeln und seiner lockeren Art. Und jetzt stellte sich auch noch heraus, dass er Klavier spielen konnte. Sie liebte Klaviermusik.

Sie lehnte sich an den Flügel und sah zu, wie Ryan den Deckel aufklappte und sanft über die Tasten strich. Er spielte ein paar Läufe. „Der Klang ist wunderbar voll und warm", befand er. „Großartige Anschlagdynamik."

Wunderbar warm war es Summer auch und sie öffnete beiläufig den obersten Knopf ihrer Bluse.

Ryan begann zu spielen. Nach zwei Takten erkannte sie Beethovens Mondscheinsonate. Geschmeidig glitten seine Hände über die Tasten. Während des ruhig dahinplätschernden ersten Satzes hatte Summer Gelegenheit, Ryans Profil zu studieren. Er wirkte selbstvergessen, seine Augen waren halb geschlossen. Fast kam es ihr so vor, als wäre er in Gedanken woanders. Seine dunkelbraunen Haare zeigten eine leichte Tendenz, sich zu locken. Der Schnitt war nicht mehr ganz akkurat, und so gab es ein paar herausstehende Strähnen im Nacken, die Summer gern berührt hätte, denn sie sahen so weich aus.

Ein falscher Ton. Summer hörte ihn sofort. Ryan hielt im Spielen inne und schaute zu ihr auf, als sähe er sie zum ersten Mal. Dann grinste er, runzelte kurz darauf die Stirn und legte den Kopf schief. Seine Mundwinkel zuckten. Was hätte sie darum gegeben zu erfahren, welches Durcheinander gerade in seinem Kopf herrschte und wodurch es ausgelöst worden war.

Ihr Besucher, der ihr immer rätselhafter wurde, spielte ein neues Musikstück. Es begann mit tiefen Akkorden, die sich mit Griffen in den höheren Lagen abwechselten. Bald wurde das Stück virtuoser und klang, als ob mehrere Menschen sich am Flügel austobten. Ryans Oberkörper geriet in Bewegung, seine Hände flogen nur so über die Tasten. Ein zarter Schweißfilm erschien auf seiner Stirn. Sein Gesichtsausdruck zeigte höchste Konzentration.

Summer öffnete zwei weitere Knöpfe ihrer Bluse und fächelte sich mit der Hand Luft zu.

Nach dem Schlussakkord atmete Ryan hörbar aus und sah ihr in die Augen. „Das war Rachmaninow“, sagte er, als hätte sie danach gefragt. „Das Prélude Opus drei, Nummer zwei in cis-Moll.“

Bildete sie es sich ein oder klang seine Stimme ein

wenig rau, so als wäre er erregt? Mehr Aufforderung brauchte sie nicht. Sie öffnete die letzten Knöpfe, streifte die Bluse über ihre Schultern und ließ sie achtlos fallen. Hoffentlich nahm sie sich damit nicht zu viele Freiheiten heraus, denn Logan hatte immer Wert darauf gelegt, dass sie keinerlei Initiative zeigte, sondern auf seine Befehle wartete. Aber im Moment konnte sie nicht warten.

Ryans Blick wanderte nicht zu ihren Brüsten, die sie ihm in einem weißen Spitzen-BH präsentierte, sondern verweilte auf ihrem Gesicht.

Das verunsicherte sie. „Darf ich weitermachen?“, fragte sie zögernd.

Er nickte und erst jetzt glitt sein Blick tiefer.

Der BH war vorn zu öffnen. Sie griff nach dem Verschluss und hakte ihn auf. Sie liebte das Gefühl, ihre Brüste aus der Enge zu befreien, ließ den BH auf die Bluse fallen, legte die Hände hinter dem Rücken zusammen und wartete darauf, dass Ryan etwas sagte.

Nein, wenn ich ehrlich bin, warte ich vor allem darauf, dass er mich berührt.

Doch er tat es nicht. Ob er, ähnlich wie Logan, durch Abwarten seine Dominanz demonstrierte? Es konnte auch sein, dass er testen wollte, ob sie die nötige Ruhe und Geduld aufbrachte, die eine Sub auszeichneten.

Aber da sie nichts zu verlieren hatte, würde sie ihn ordentlich provozieren und damit aus der Reserve locken. Auch wenn sie vor Bestrafungen Angst hatte, so wäre es ihr im Moment lieber gewesen, wenn Ryan sie züchtigen würde, anstatt weiterhin so passiv zu bleiben.

Sie nahm ihre vor Erregung steifen Brustwarzen zwischen Daumen und Zeigefinger und drückte sie so fest, dass es wehtat.

Ryan rührte sich zwar immer noch nicht, aber er quittierte ihre Initiative mit einem leichten Heben der Augenbrauen. Sehr schönen Augenbrauen, wie sie dabei feststellte. Sie setzte sich rittlings auf Ryans Schoß, drückte ihre Brüste an sein Hemd, fuhr mit den Händen durch seine Haare und leckte ihm über die linke Augenbraue. Als er sie gewähren ließ, wurde sie mutiger, küsste seine Stirn, den Nasenrücken, zog seinen Kopf an den Haaren nach hinten und wollte gerade ihre Lippen auf seinen Mund drücken, als er sie um die Taille fasste und von sich wegschob.

Gewohnt, auf jede Geste gehorsam zu reagieren, stand Summer auf und senkte den Kopf, damit er nicht sah, dass sich Tränen der Frustration und Demütigung in ihren Augenwinkeln sammelten. Er hatte sie zurückgewiesen!

Doch dann sagte er: „Zieh deine Hose aus“, und alles war wieder gut. Sekunden später stand sie nur noch mit einem weißen Tanga bekleidet vor ihm und wartete brav auf weitere Befehle.

Er sah zu ihr auf, und an seinen Augen erkannte sie, dass die Situation sich verändert hatte. Da war nichts Nett-Entspannt-Unverbindliches mehr. Sein Blick war ernst, interessiert, wach. Er öffnete den Knoten seiner Krawatte und zog sie unter dem Kragen seines Hemdes hervor.

„Dreh dich um.“ Seine Stimme enthielt keine Spur der Strenge, die Logans Markenzeichen war. Erstaunt stellte Summer fest, dass es sie noch viel mehr erregte, einem Mann zu gehorchen, der so sanft mit ihr sprach.

Sie drehte sich mit dem Rücken zu ihm. Er führte ihre Handgelenke zusammen, schlang die Krawatte mehrmals darum und verknotete die Enden miteinander. Hatte er denn nichts in seinem Aktenkoffer, womit er sie fesseln konnte?

Er nahm sie an den Hüften und drehte sie wieder um. Summer drückte den Rücken durch und schob ihren Oberkörper etwas vor. Ryan sah zu ihr auf. „Wie wäre es mit ein bisschen mehr Selbstkontrolle, hm?"

Summer stellte sich sofort wieder aufrecht hin. Die Sehnsucht nach seinen Lippen erzeugte ein tiefes Ziehen in ihrem Innern. Ryan hakte die Daumen seitlich in ihren Tanga und zog ihn ein Stück herunter. Summer hielt still, nur ihr Brustkorb hob und senkte sich unter ihren immer schneller werdenden Atemzügen. Als er ihre epilierte Scham entblößt hatte, streichelte er ihren Venushügel – nur mit den Fingerspitzen und so leicht, dass sie es kaum fühlte. Dennoch widerstand sie dem Drang, sich ihm entgegenzubewegen, und war stolz darauf, ihm so zeigen zu können, dass sie sehr wohl über Selbstkontrolle verfügte. Weit mehr, als er ahnen konnte, denn oft hatte sie beim Sex mit Logan in Körperhaltungen ausharren müssen, die eine Menge Balance erforderten.

Ryans Finger glitten tiefer und liebkosten ihre Schamlippen. Was für eine süße Stimulation, verglichen mit dem kräftigen Jetstrahl, der sie vorhin zum Kommen gebracht hatte. Die Innenseiten ihrer Schenkel waren angespannt, eine Gänsehaut wanderte ihren Rücken hinunter und sie stand vor einem erneuten Orgasmus. Als Ryan mit den Daumen ihre Schamlippen auseinanderzog, hätte sie gerne die Beine gespreizt, aber der Saum ihres Tangas hielt ihre Schenkel fest umschlossen. Ryans sensible Finger widmeten sich nun ihrer Knospe.

Sie legte den Kopf in den Nacken und stöhnte. Ob sie wie bei Logan warten musste, bis er ihr gestattete zu kommen?

Summer sah auf ihn hinab und ihm direkt in die Augen. Durfte sie das überhaupt? Logan hätte sie dafür sofort gemaßregelt. Und was tat Ryan? Er lächelte, fasste an ihren Nacken und zog ihren Kopf zu sich herunter, bis ihre Lippen sich fast berührten. Ihr wurde schwindelig vor Entzücken, als sie seinen Atem warm auf ihrem Mund fühlte.

„Ich will, dass du mich ansiehst, wenn du kommst", sagte er.

Summer wusste nicht, ob sie das konnte, nach all den Jahren, in denen sie Lust stets mit gesenktem Blick, oft auch mit verbundenen Augen erlebt hatte. Sie richtete sich wieder auf.

Ryan legte seine Handflächen auf ihre Pobacken, drückte sie leicht, streichelte sie dann zärtlich, bevor er erneut zupackte. Wenn Summer in der Lage gewesen wäre, etwas zu sagen, dann hätte sie ihn angefleht, ihr das zu geben, wonach sie sich bei Logan vergebens gesehnt hatte: Hiebe mit den Händen. Logan hatte stets eins seiner vielen Schlaginstrumente benutzt. Sosehr es Summer auch erregte, wenn Leder auf ihre Haut klatschte, so schien ihr doch immer etwas zu fehlen. Die Hitze der Haut, die direkte Berührung – danach verzehrte sie sich. Wenn Ryan ihr jetzt befehlen würde, sie solle sich über seine Oberschenkel legen, damit er ihr den Hintern versohlen konnte, wäre sie im Paradies.

Er machte jedoch keine Anstalten, ihr etwas zu befehlen oder ihr gar wehzutun. Immer noch lächelnd ließ er die linke Hand höher gleiten, bis sie auf ihrem

Kreuzbein lag, so als wollte er sie stützen. Die andere Hand fuhr um ihre Hüften herum nach vorn und widmete sich ihrer Pussy. Summer biss sich auf die Unterlippe, als Ryan drei Finger in sie hineingleiten ließ.

Sein Daumen massierte ihre Klitoris, während seine Finger sich rhythmisch rein und raus bewegten und sie von innen streichelten. Sie rang mit dem Impuls, die Augen zu schließen, und konnte ihn nur mühsam unterdrücken. Sein Blick war forschend, als wollte er direkt in ihre Seele sehen. Zugleich waren seine Finger so tief in ihr, dass sie jede kleine Zuckung spüren mussten. Noch nie zuvor hatte sie sich einem Mann dermaßen ausgeliefert gefühlt, und das nach all den Dingen, die Logan mit ihr gemacht und von denen sie geglaubt hatte, dass sie sich nicht steigern ließen. Es gab ein Mehr, und das bestand nicht aus stärkeren Fesseln oder festeren Hieben, sondern aus der tiefen Intimität eines Blickwechsels.

Summers Knie gaben nach, als Ryan ihren G-Punkt fand. Seine Finger auf ihrem G-Punkt und sein Daumen auf ihrer Knospe ließen die süßesten Gefühle in ihr explodieren. Sie schluchzte auf, als sie kam, und schloss die Augen. Nein, sie konnte ihn jetzt nicht ansehen.

Er zog ihren Tanga wieder hoch, setzte sie auf seinen Schoß und zog sie an sich. Seine Arme lagen warm auf ihren Schulterblättern. Sie schmiegte den Kopf in seine Halsbeuge. Nach einer Weile spürte sie, wie er die Seidenkrawatte aufband, die noch immer ihre Handgelenke umschloss. Er brachte Summer in eine stehende Position, hob ihre Bluse auf und reichte sie ihr. Widerstrebend zog sie sich an und wich dabei seinem Blick aus.

Ryan stand auf, strich seine Krawatte glatt und band sie sich wieder um. Auf dem Weg zu dem Tisch, auf dem sein Aktenkoffer lag, sagte er: „Wir sollten nun zum geschäftlichen Teil kommen."

Sie verstand nicht, was er meinte, denn sie konnte kaum einen klaren Gedanken fassen.

Ryan ließ die Schlösser des Aktenkoffers hochschnappen, und im selben Augenblick hörte Summer, wie die Wohnungstür aufgeschlossen wurde. Sie straffte die Schultern und ging Logan ein paar Schritte entgegen, als er bereits ins Wohnzimmer trat. Er sah müde aus und wirkte gedanklich abwesend.

„Hallo, Ryan", sagte er mit einem leichten Heben der Hand und dann mit einem halben Lächeln zu Summer: „Na, hast du dich schon verliebt?"

Was sollte diese Frage, dazu noch so beiläufig gestellt? „Hör mal, ich …"

„Ja, ich weiß", unterbrach er sie. „Ich hätte das vorher mit dir absprechen sollen, aber als ich sah, was Ryan zu bieten hat, habe ich ihn spontan herbestellt."

Du meine Güte, was redete er denn da für lächerliches Zeug! Meinte er wirklich, er könnte entscheiden, was ein Mann ihr zu bieten haben sollte?

„Wie auch immer." Mit fahrigen Bewegungen schenkte Logan sich an der Bar einen Cognac ein. „Sei völlig hemmungslos."

Summer sah zu Ryan hinüber, der schmunzelte, als wüsste er etwas, das sie nicht wusste. Ja, er sah so aus, als würde er mühsam das Lachen unterdrücken. Er biss sich von innen auf die Wangen und seine Bauchmuskeln zuckten verräterisch.

Logan schwenkte den Cognac im Glas und nahm einen genussvollen Schluck. „Mach dir vor allem keine Gedanken wegen des Geldes."

Ähm – verkauft er mich etwa an Ryan?

„Für mich ist das eine Kapitalanlage."

Oder bezahlt er am Ende Ryan etwas dafür, dass er mich als Sklavin nimmt? Das ergibt doch alles keinen Sinn. Summer fand, dass es Zeit wurde, ein paar Fragen zu stellen.

Ryan kämpfte sichtlich dagegen an, in lautes Lachen auszubrechen. Er nahm etwas aus seiner Aktentasche, legte es auf den Couchtisch und sah sie mit einem schiefen Grinsen an.

Als Summer auf den Tisch schaute, war sie völlig perplex. Dann setzte eine Reihe von kleinen Schocks ein und sie ließ sich auf die Couch sinken.

Sie hatte die ganze Situation gründlich missverstanden. Sie atmete tief durch, um einen klaren Kopf zu bekommen, und nahm die oberste Klarsichthülle von dem Stapel, den Ryan auf dem Tisch abgelegt hatte. Es handelte sich dabei um ein Exposé für eine Eigentumswohnung, die für eine gehobene Klientel gedacht war. Ryan F. Lucas war Makler für Luxusimmobilien. Jetzt ergab alles einen Sinn.

Logan hatte wissen wollen, ob sie sich *in eine Wohnung* verliebt hatte. Und ja, er hätte mit ihr absprechen sollen, dass er einen Makler einlud, der einiges zu bieten hatte, das weit außerhalb ihrer finanziellen Möglichkeiten lag. Darum die Bemerkung, sie solle hemmungslos sein. Er meinte, sie könne hemmungslos aussuchen, was ihr gefiel, denn Logan würde es bezahlen. Das war die Kapitalanlage, von der er gesprochen hatte.

Das bedeutete aber auch, dass ihr Verhalten Ryan gegenüber die ganze Zeit höchst unpassend gewesen war.

Summer warf die Klarsichthülle auf den Tisch zurück. „Logan, das ist sehr nobel, aber ich lasse mir von dir keine Wohnung schenken."

„Wer redet denn von schenken? Ich werde sie an dich vermieten."

„Die Miete für so ein Objekt werde ich mir nicht leisten können."

„Der Mietpreis wird an deine Verhältnisse angepasst."

„Als Geschäftsmann solltest du wissen, dass eine Kapitalanlage nur so gut ist wie die Rendite, die sie bringt", gab Summer zurück. „Wenn du die Wohnung an mich unter Preis vermietest, ist es immer noch ein Geschenk. Ich möchte das nicht. Ich will genau den Lebensstandard haben, den ich mir leisten kann." Sie verschränkte die Arme.

Logan lächelte nachsichtig. „Wie du meinst. Ich werde so oder so eine Wohnung kaufen, weil mir das steuerliche Vorteile einbringt." Er nahm das Exposé, das sie in der Hand gehabt hatte, blätterte darin herum und begann, Ryan Fragen zur Lage und über die Ausstattung zu stellen.

Summer hörte nicht zu. Sie versuchte zu verstehen, wie sie sich so hatte irren können, und zu ergründen, wie peinlich es ihr war. Und vor allem: Was Ryan dazu gebracht hatte, sich so zu verhalten, als wäre es das Selbstverständlichste der Welt, dass eine Kundin sich ihm so unverblümt anbot.

Da es zu ihrem Beruf gehörte, sich in andere Menschen hineinzuversetzen, fiel es ihr nicht schwer, sich vorzustellen, wie der Abend aus seiner Sicht verlaufen sein musste. Ryan kannte Logan aus dem Club und wusste über dessen Sexualleben Bescheid. Im Verlaufe eines Gesprächs war Logan wohl auf seine Ex-Sklavin und deren Probleme bei der Wohnungssuche zu sprechen gekommen.

Und so stand Ryan also mit einem Koffer voller Immobilienexposés im Flur von Logans Penthouse und erlebte als Erstes gleich eine Überraschung. Er wurde vom Anblick eines nackten Hinterteils empfangen, das reizvoll in die Höhe gereckt wurde, während die Besitzerin dieser Kehrseite in der Badewanne nach etwas fischte. Er schaffte es trotzdem, professionell zu bleiben, plauderte mit ihr und spulte dann seine Fragen ab, die er wohl immer stellte, um herauszufinden, welche Wohnungen aus seinem Portfolio zu einem Kunden passten. Vielleicht hatte er sich über ihre kryptischen Antworten gewundert, es sich aber nicht anmerken lassen. Als es um das Thema Größe ging, erwartete er Quadratmeterangaben, nicht die Auskunft, dass „weniger manchmal mehr" sein könne.

Sie redeten eine Weile munter aneinander vorbei, bis sie ihn nach seinem Beruf fragte. Da wurde ihm klar, dass ein Missverständnis vorlag, denn wenn man einen Termin mit einem Immobilienmakler hat, kennt man seinen Beruf bereits.

An dieser Stelle hätte er einfach fragen können, was Logan ihr gesagt hatte. Aber er hatte es vorgezogen, das Missverständnis noch eine Weile bestehen zu lassen, und hatte, um Zeit zu gewinnen, auf dem Flügel gespielt. Vielleicht konnte er dabei gut nachdenken und die Dinge, die sie gesagt hatte, rekapitulieren.

Summer erinnerte sich, wie er sich plötzlich verspielt und dann wissend gelächelt hatte. Da war bei ihm der Groschen gefallen, und er hatte ihre Antworten verstanden, so wie sie jetzt seine Fragen verstand. Spätestens da hätte er die Sache aufklären müssen. Vielleicht hätte er es auch getan, doch genau in diesem Moment hatte Summer ihre Bluse ausgezogen. Ob er nun als Makler hier war oder als potenzieller Dom – das machte aus seiner Sicht nun keinen Unterschied mehr. Oder? Man könnte es auch so interpretieren, dass er den Irrtum, dem sie immer noch unterlag, schamlos ausgenutzt hatte. Sie sollte ihm böse sein.

Summer sah zu Ryan hinüber, der Logan die Vorzüge dreifachverglaster Fenster schilderte, und musste sich eingestehen, wie froh sie war, dass er sie nicht zurückgewiesen hatte.

Beim Gedanken an das, was er mit ihr gemacht hatte, wurde sie schon wieder feucht. Um sich abzulenken, nahm sie eins der Exposés und vertiefte sich in die ansprechenden Fotos. Was für ein Unterschied zu den schäbigen Behausungen, die sie heute abgeklappert hatte! Wollte sie sich wirklich zieren, wenn Logan ihr anbot, ihr weiterhin einen gehobenen Lebensstandard zu ermöglichen?

Das Hauptargument, das Angebot anzunehmen, saß ihr gegenüber und trug eine zerknitterte Seidenkrawatte. Wenn sie sich von Ryan keine Wohnungen zeigen ließ, würde sie ihn womöglich nicht wiedersehen.

Und sie musste mit ihm unbedingt da weitermachen, wo sie aufgehört hatten. Je eher, desto besser.

„Hübsch“, sagte sie und meinte damit das möblierte Loft mit Wintergarten, das für schlappe fünfhunderttausend Pfund zu haben war.

„Gut, du kommst langsam zur Vernunft“, sagte Logan. Er wedelte mit einem Exposé. „Ich habe ein interessantes Objekt entdeckt und schlage vor, dass Ryan es dir in den nächsten Tagen zeigt. Ich habe wenig Zeit für Besichtigungen und verlasse mich auf deinen Geschmack."

Ryan zückte ein iPad. „Ich schau gleich mal in meinen Terminkalender", sagte er und sah dabei Summer an. Als sein Blick ihren traf, spürte sie, dass sie errötete.

Logan deutete dieses Erröten falsch. „Du brauchst dich nicht zu schämen, wenn du mein Angebot annimmst, Summer."

„Okay", sagte sie unverbindlich.

Nachdem der erste Besichtigungstermin für Montagabend vereinbart worden war, verabschiedete sich Ryan freundlich und ohne auch nur eine Andeutung in seinem Verhalten, dass zwischen ihnen etwas gewesen war. Summer war ihm sehr dankbar dafür.

Logan brachte ihn zur Tür und ging danach in die Küche, wo er sich ein Sandwich zubereitete.

„Danke für dein Angebot", sagte Summer. „Ich weiß es zu schätzen, aber …"

Er winkte müde ab. „Es ist mir nur wichtig, dass es dir gut geht, denn ich hatte eine schöne Zeit mit dir."

Sie hörte einen Anflug von Wehmut in seiner Stimme, und das ermutigte sie, zu ihm zu gehen und ihn an der Wange zu berühren. „Ja, es war schön."

Er deutete ein Lächeln an. „Wirst du dir jetzt einen netten Mann suchen, mit dem du eine Familie gründest? Oder werde ich dich auf der Suche nach deinem nächsten Gebieter im Club wiedersehen?"

„Ich werde eine Weile ein glücklicher Single sein und mich dann überraschen lassen." *Und verführen lassen … von Ryan.* Wieder fühlte sie ihr Gesicht heiß werden.

„Aber pass auf dich auf, okay? Es gibt Männer, von denen sollte man lieber die Finger lassen. Ryan ist zum Beispiel so einer."

Summer zuckte zusammen und kaschierte es, indem sie eine Tomatenscheibe vom Schneidebrett nahm. „Wieso?“

„Er ist sehr anspruchsvoll und würde dich überfordern. Vielleicht sollte ich dich doch zu den Besichtigungsterminen begleiten, damit er sich nicht an dich ranmachen kann.“

„Keine Sorge, ich weiß mich schon zu wehren“, sagte sie hastig und schob sich die Tomatenscheibe in den Mund.

„Das will ich hoffen, sonst hätte ich ein schlechtes Gewissen, da ich dich mit ihm bekannt gemacht habe.“

„Was kann er schon Großartiges mit Frauen anstellen, was ich im Club nicht längst gesehen und später mit dir erlebt habe, hm?“ Sie bemühte sich um einen neckischen, beiläufigen Tonfall, doch der misslang, weil sie unbedingt wissen wollte, wovor genau sie sich bei Ryan in Acht zu nehmen hatte.

„Es ist weniger, *was* er tut, sondern *wo* er es tut.“

„Du hast ihn also in Aktion erlebt“, mutmaßte Summer.

„Nein, wir haben im Club nur geredet. Er war dort, um sich umzusehen, aber es hat ihm nicht gefallen.“ Logan klappte das Sandwich zusammen. „Der Club ist ihm zu spießig.“

„Zu spießig?“ Die Tomatenscheibe rutschte halb aus Summers Mund und sie schob sie hastig zurück. „Das soll ein Witz sein, oder?“

„Du kennst mich“, sagte Logan. „Ich mache keine Witze. Ich hoffe nur, du bist Psychologin genug, um jetzt nicht auf Ryan neugierig geworden zu sein. Warnungen bewirken ja leider oft genau das Gegenteil.“

„Keine Sorge. Was ihn betrifft, werde ich mich auf meine geschulten Instinkte verlassen“, sagte sie, behielt aber für sich, was ihre Instinkte ihr zuflüsterten: „Du musst diesen Mann haben.“

Kapitel 2

Nach einem verregneten Sonntagvormittag klarte der Himmel am Nachmittag wieder auf. Vor dem Café in Camden, in dem sich Summer mit ihrer besten Freundin traf, wischte ein Kellner das Regenwasser von den Sitzflächen. Vom Sonnenschein beschwingt, lächelte Summer dem jungen Mann zu und war sich mit einem Mal sicher, dass ihr der aufregendste Frühling ihres Lebens bevorstand.

Der Kellner, auf dessen Polohemd ein Anstecker mit dem Namen „Jacob" prangte, erwiderte ihr Lächeln und fragte nach ihren Wünschen.

„Ich möchte die Welt umarmen", sagte Summer.

Jacob grinste. „Dazu empfehle ich unseren Vanilletee und einen Schokomuffin."

„Klingt großartig."

Summer genoss die Sonne auf ihrem Gesicht, den frischen Geruch, den der Regen hinterlassen hatte, und die an- und abschwellenden Geräusche der Stadt. Sie brannte darauf, Holly alles zu erzählen. Bestimmt würde sie sämtliche Details über das Missverständnis hören wollen und es wunderbar finden. Ein Gefühl für Peinlichkeit besaß Holly nicht, denn sie trat ungehemmt in alle möglichen Fettnäpfchen und lachte mit den anderen mit, die sich über sie amüsierten.

Das herzliche Lachen war das Erste, was Summer an Holly aufgefallen war, als sie sie während ihres letzten Studiensemesters kennengelernt hatte. Das war in einem Seminar gewesen, für das der Dozent Holly engagiert hatte, um mit den Studenten Therapiesituationen zu improvisieren. Holly spielte verschiedene Patiententypen, von introvertiert bis extrovertiert, von depressiv bis manisch. Summer war über die Wandelbarkeit der Schauspielstudentin verblüfft gewesen und wollte sie näher kennenlernen. Sie war damals noch sehr unsicher, was ihre Zukunftspläne anbetraf. Als Psychotherapeutin arbeiten – ja. Sich verlieben – auf jeden Fall. Aber wohin sollte sie mit ihren erotischen Träumen, ihren dunklen Wünschen, die sie noch nie jemandem mitgeteilt hatte? Wie ließen die sich in ihr Leben integrieren?

Mit Holly konnte sie ungehemmt darüber reden, denn die trug ihr Herz auf der Zunge, sprach offen über alles, zog aber nie über andere her. Holly hatte ähnliche Fantasien wie Summer und genau so wenig Erfahrung, denn sie lebte in einer festen Beziehung mit einem Mann, der nur für Blümchensex zu haben war. Summer fand allerdings, dass Hollys Freund Cameron durchaus dominante Züge besaß und sehr gebieterisch auftrat. Wirklich ein Jammer, dass er alles, was mit SM zu tun hatte, als pervers einstufte.

Holly war der Ansicht, dass man alles ausprobieren sollte, was einen reizte, und sei es nur, um festzustellen, dass es einem überhaupt nicht lag. So blieb einem die Angst erspart, etwas versäumt zu haben. Sie hatte mit Summer gemeinsam den Club ausfindig gemacht, und da sie ihn selbst nicht betreten durfte – Cameron mit seiner Eifersucht durfte nicht einmal wissen, was sich in Hollys Kopfkino abspielte, wenn sie mit ihm schlief –, saugte sie Summers Schilderungen förmlich in sich auf. Vor einem Monat hatten Cameron und Holly miteinander Schluss gemacht. Aus Summers Sicht eine gute Entscheidung für beide. Es hatte sie auch darin bestärkt, ihre eigene Beziehung zu hinterfragen und sich einzugestehen, dass sie mit Logan keine Zukunft hatte.

Summer hörte Jacob kommen. Sie beschattete ihre Augen und lächelte den Kellner an, als er ihr den Tee und den Muffin servierte.

„Wünsche frohes Umarmen“, sagte er munter.

Sie bedankte sich, süßte den Tee, nahm einen genussvollen Schluck und sah die Straße entlang. Da war Holly, mit ihrem wippenden Gang und den langen kastanienbraunen Haaren, die in der Sonne glänzten, auch aus weiter Ferne nicht zu verkennen.

Summer rief sich die Details ihrer letzten Unterhaltung ins Gedächtnis zurück, damit sie nachher gleich wusste, wovon Holly sprach, denn ihre Freundin neigte dazu, einfach draufloszureden. Summer hatte gelernt, in wenigen Sekunden den Kontext zu erfassen, in dem Holly sich gerade befand. Das beherrschende Thema in Hollys Leben war zurzeit ihr Pech bei Rollenvergaben. Solange sie noch an der Schauspielschule gewesen war, hatte sie es okay gefunden, sich ihren Lebensunterhalt mit Gelegenheitsjobs zu verdienen. Sie hatte gekellnert und an der Kunstakademie Modell gesessen. Dabei hatte sie sich die ganze Zeit ausgemalt, wie es sein würde, die ersten Nebenrollen zu ergattern, dann die erste Hauptrolle, sich vom Theater zum Fernsehen und schließlich ins Kino hochzuarbeiten; mit tollen Kollegen vor der Kamera zu stehen, sich mit kapriziösen Regisseuren zu arrangieren und viele Facetten ihrer eigenen Persönlichkeit auszuleben. Leider klappte das alles nicht so wie erhofft. Obwohl Holly sich die Hacken wund lief, hatte sie bisher nur ein paar Statistenrollen und einen zehnsekündigen Auftritt in einem Werbeclip an Land ziehen können. Sie lebte immer noch von Gelegenheitsjobs, und das nervte sie, zumal sie dabei nicht mehr vom großen Durchbruch träumte, sondern sich mittlerweile fragte, ob sie nicht besser etwas Vernünftiges lernen sollte. Ihr sonniges Gemüt hatte sie dabei zum Glück nicht eingebüßt, aber als sie und Summer vor einer Woche zusammen shoppen gewesen waren, hatte sich eine nagende Unsicherheit bemerkbar gemacht. Holly hatte Summer gefragt, ob sie ihr nicht einen tollen Trick oder entscheidenden Kniff verraten könne, der bei Castings ihre Chancen verbessern würde.

„Du bist ein sehr eigener Typ und zugleich wandelbar. Du hast Temperament, Ausstrahlung, Disziplin, Präsenz. Ich würde dir sofort eine Rolle geben“, hatte Summer geantwortet. „Hätte ich geahnt, dass ich mal eine Freundin haben würde, die dringend jemanden braucht, der sie entdeckt, wäre ich nicht Psychologin geworden, sondern Filmproduzentin.“

Das war der Stand der Dinge, und der hatte sich wohl nicht geändert, sonst hätte Holly sie längst angerufen, um ihr die frohe Botschaft mitzuteilen, dass sie eine Rolle an Land gezogen hatte.

Holly hatte jetzt auch Summer gesehen und winkte lebhaft. Sie versuchte, schneller zu gehen, was aber schwierig war, denn sie trug ein hellgraues Kostüm mit Bleistiftrock und Mörder-Stilettos.

Schließlich hatte sie es geschafft. Schwungvoll warf sie ihre Umhängetasche auf den freien Stuhl an Summers Tisch, breitete die Arme aus und sagte grinsend: „Eines Tages werde ich berühmt sein, warte nur ab, Welt!“ Sie warf Jacob, der in der Eingangstür des Cafés erschienen war, eine Kusshand zu. „Ich hätte gern dasselbe wie meine wunderschöne Freundin. Ist sie nicht eine Augenweide? Ich wünschte, ich hätte dieses seidige, honigfarbene Haar, die ausdrucksvollen Augen, den zarten Teint, die süßen Lippen“, deklamierte sie im Bühnentonfall.

Summer stand auf, küsste Holly auf die Wange und drückte sie lachend auf den Stuhl, während sie gleichzeitig Hollys Tasche wegzog. Wie gut, dass Holly bei ihr schon lange kein Fremdschämen mehr auslöste. Aber etwas anstrengend war sie manchmal schon.

Jacob zwinkerte Summer amüsiert zu und verschwand dann im Inneren des Cafés.

„Ich führe jetzt Tagebuch“, sagte Holly. „Das ist sicher nützlich, wenn ich einmal meine Memoiren schreibe. Wusstest du, dass Julia Roberts als Kind wegen ihrer Hässlichkeit gehänselt wurde, vor allem weil sie einen großen Mund hatte? So ein Kindheitstrauma habe ich nicht vorzuweisen, aber immerhin kann ich eines Tages schreiben, dass mein Weg zum Ruhm steinig war. Die reinste Rüttelpiste. Bei der Oscarverleihung werde ich in Tränen ausbrechen und mich bei all jenen bedanken, die trotz allem zu mir gehalten und an mich geglaubt haben. Ach, das wird so bewegend.“ Sie griff sich ans Herz. „Du wirst ganz oben auf meiner Dankesliste stehen.“

Jacob erschien mit Hollys Gedeck. „Hm, Muffins.“ Holly leckte sich über die Lippen. „Die schmecken bestimmt so gut wie die Küsse meiner Freundin.“

Summer drückte Holly eine Hand auf den Mund. „Tut mir leid“, sagte sie zu Jacob. „Ich lege ihr sonst immer einen Knebel an, aber heute habe ich ihn vergessen.“

„Wir können damit leider auch nicht dienen“, sagte der Kellner und ging grinsend zu einem anderen Tisch.

Summer nahm die Hand von Hollys Lippen. „Ich habe eine leise Ahnung, dass du mich mit dem jungen Mann verkuppeln willst."

„Daran erkennt man die Psychologin. Du durchschaust die subtilen Ebenen der Kommunikation." Holly grinste, teilte den Muffin mit der Gabel und schnupperte am Inneren des Gebäcks. „Hm, riecht das schokoladig." Sie sah zu Jacob hinüber, der ihnen seinen knackigen Hintern zuwandte. „Ein Sonnyboy, gutaussehend, von jugendlicher Frische. Das ideale Kontrastprogramm zu Master Logan, Gebieter der Wehrlosen, Folterknecht der …"

Wieder musste Summer Hollys Redefluss mit der Hand stoppen, denn vom Nebentisch starrte ein älteres Paar mit großen Augen zu ihnen rüber. „Zu spät", sagte sie.

„Wie … was ist zu spät?", wollte Holly wissen, nachdem sie Summers Hand weggeschoben hatte.

„Dein Verkupplungsversuch. Es gibt bereits ein Kontrastprogramm zum *Gebieter der Wehrlosen*."

Holly nahm einen Schluck Tee, stellte die Tasse wieder ab, schob sich die Haare hinter die Ohren, stützte die Ellbogen auf den Tisch und das Kinn auf die Fäuste. „Ich lausche ergriffen."

Sie redete zwar meist ohne Punkt und Komma, aber wenn es darauf ankam, konnte sie ausgezeichnet zuhören. Hingerissen sog sie alles auf, was Summer ihr von ihrer Begegnung mit Ryan erzählte. Nur ein Blinzeln hin und wieder und kleine „Huch"-Laute zeigten, dass sie nicht zur Salzsäule erstarrt war. Natürlich lachte sie lauthals los, als Summer ihren Schock beim Anblick der Exposés schilderte. Dann riss sie sich zusammen und lauschte weiter. Gegen Ende wurde Summer leiser, da das Paar am Nebentisch immer längere Ohren machte.

Holly lehnte sich zurück und schüttelte den Kopf.

„Was ist nur los mit euch SM-Freaks, dass ihr immer so voranpreschen müsst? Ich glaube, ihr habt Angst vor echter Nähe. Andererseits beneide ich dich um so viel Initiative.“ Sie seufzte und gönnte sich noch ein Stückchen von ihrem Schokomuffin. „Willst du wissen, was ich denke?“

„Unbedingt.“

„Ich habe drei Ratschläge für dich, die alle mit ‚Nimm‘ beginnen. Erstens: Nimm Logans Angebot an, dir eine Luxuswohnung günstig zu vermieten. Ich bin immer dagegen, sich das Leben unnötig kompliziert zu machen, indem man alles analysiert. Wenn dein Ex dir gern eine Freude machen will, dann lass dich nicht groß bitten. Es ist eine klassische Win-Win-Lösung. Logan ist glücklich, du sparst dir eine Menge Geld und Stress, und ich freu mich schon darauf, dir beim Einrichten zu helfen.“

„Überredet.“

„Zweitens: Nimm Ryan. Ein Mann, der dich auf einem Klavierhocker sitzend so hingebungsvoll befriedigt, hat bestimmt auch auf anderen Möbelstücken einiges zu bieten.“

Summer lachte. „Da bedarf es gar keiner Überredung. Die Frage ist eher, ob Ryan *mich* will.“

„Hör mal, welcher Mann könnte einer Frau widerstehen, die ihn splitternackt mit neckisch vorgerecktem Po empfängt?“

Summer verdrehte die Augen. „Das war so peinlich.“

„Wenn ich für Aktmaler Modell sitze, muss ich manchmal gewagte Posen einnehmen, die für immer auf eine Leinwand gebannt werden. Ich finde das nicht peinlich, sondern faszinierend.“

„Das ist Kunst, also was ganz anderes“, fand Summer.

„Ryan hätte den Anblick sicher gern gemalt, wenn du lange genug stillgehalten hättest."

Summer grinste. „Und drittens?"

„Drittens: Nimm Logans Warnung ernst. Lass dich zu nichts hinreißen, bei dem du nicht mit ganzem Herzen dabei bist."

„Versprochen."

„Falls du dir nicht sicher bist, ob du zu einer realistischen Einschätzung von Ryans Persönlichkeit fähig bist, helfe ich gerne aus. Du könntest mich morgen zu der Wohnungsbesichtigung mitnehmen."

„Du bist nur neugierig auf ihn."

„Und wie! Ich leide außerdem an Männerentzug." Sie wurde ernst. „Sag mal, findest du, dass ich zu temperamentvoll bin und damit alle Produzenten und Regisseure abschrecke? Bei unserem letzten großen Streit vor dem Beziehungs-Aus meinte Cameron, ich sei ungezügelt und unreif. Das beschäftigt mich immer noch." Sie sah Summer unsicher an.

„Dein Temperament ist genau das, was ich an dir liebe. Wenn du anfängst, dich zu verbiegen, um irgendwelchen Anforderungen gerecht zu werden, die du nicht einmal genau kennst, begibst du dich auf schwieriges Terrain. Es könnte sein, dass dir eine Rolle entgeht, bei der genau das Temperament gesucht wird, das du zu unterdrücken versuchst. Julia Roberts hat ihre Hauptrolle in *Pretty Woman* zum Beispiel nicht *trotz*, sondern *wegen* ihres breiten Lächelns bekommen."

Holly beugte sich vor und küsste Summer auf den Mund. Zwischen ihnen war manchmal so ein zärtliches Prickeln. Summer war einige Male in Versuchung gewesen, Holly zu fragen, ob sie es auch spürte.

„Was würde ich nur ohne dich machen!“, sagte Holly zufrieden. „Nun kann ich deutlich entspannter zu dem Casting heute Nachmittag gehen.“

Als Summer für sich und Holly bezahlte, gab sie Jacob ein großzügiges Trinkgeld. Der bedankte sich, reichte Holly einen zusammengefalteten Zettel und beeilte sich, im Café zu verschwinden.

Im Weggehen faltete Holly den Zettel auf. „Das mit dem Verkuppeln muss ich noch üben. Irgendetwas habe ich grundlegend falsch gemacht.“ Sie wedelte mit dem Zettel. „Der Sonnyboy hat seine Handynummer mir statt dir gegeben.“

Kapitel 3

Während Holly mit dem Bus von Camden nach Notting Hill fuhr, wo das Casting stattfinden würde, fühlte sie eine wunderbare Erregung. Was Summer ihr erzählt hatte, war fast zu schön, um wahr zu sein. Ein toller Mann, sinnlich, verführerisch, anscheinend ein bisschen dominant … oder sogar sehr dominant, falls Logans Warnung berechtigt war. Wieso fand sie keinen solchen Mann? Nun gut, sie hatte ja auch nicht nach einem gesucht. Summer hatte Logan im Club kennengelernt und Logan wiederum hatte Ryan dort getroffen. Ob sie einmal wagen sollte, dorthin zu gehen? Anfangs brauchte man ja nur zuzusehen. Und vielleicht würde Summer sie begleiten.

Sie stieg aus dem Bus und ging zu dem Theater, eins der wenigen, das sie noch nicht kannte. Sie betrat es und folgte dem Pfeil auf einem an die Wand geklebten Blatt, auf dem „Casting-Büro" stand. Das Büro – wenn man es überhaupt so nennen konnte – war ein muffig riechendes, fensterloses Kabuff, in dem eine missmutig gestimmte Frau sie, ohne aufzusehen, nach ihrem Namen fragte, den sie in eine Liste eintrug. Dann hielt sie ihr wortlos ein Blatt hin, das Holly mit einem freundlichen „Dankeschön" entgegennahm. Sie kannte das Prozedere. Text lernen und dann warten, bis man aufgerufen wurde.

Im Gang, der zur Bühne führte, standen und saßen überwiegend ungeschminkte Frauen in Jeans und schlabberigen Shirts. Einige von ihnen schienen sich nicht einmal die Haare gewaschen zu haben. Holly kam sich in ihrem engen Kostüm, in dem sie als Sekretärin aus der Nachkriegszeit vorsprechen würde, total overdressed vor. Aber gut, so war sie nun mal, und Summer hatte sie darin bestärkt, ihren eigenen Weg zu gehen. Immerhin fiel sie auf. Holly sah sich nach der Toilette um, die sie rasch fand. Im Spiegel überprüfte sie ihr Aussehen und entdeckte einen Krümel in ihrem Mundwinkel. Sie leckte ihn weg, bevor sie den Lippenstift nachzog. Der Geschmack nach Schokomuffin erinnerte sie sofort wieder an das Café, an den süßen Kellner und daran, dass er ihr seine Telefonnummer zugesteckt hatte. Sie fühlte ein leichtes Prickeln irgendwo in der Magengegend. Dann hüstelte sie, straffte die Schultern, verließ die Toilette und fand eine ruhige Ecke. Schon nach wenigen Zeilen kam ihr der Monolog seltsam vor, denn er las sich eher, als gehörte er zu einer männlichen Rolle.

Sie hob den Kopf und hörte zwei jungen Frauen zu, die sich die Sätze abwechselnd gegenseitig vorlasen. Tatsächlich, das war ein komplett anderer Text. Holly seufzte und stöckelte in ihren Schuhen, die bei jedem Schritt enger zu werden schienen, zu der Frau im Kabuff zurück.

„Ich glaube, ich habe den falschen Text bekommen."

Die Frau nahm das Blatt, legte es weg und reichte Holly kommentarlos ein anderes. Holly überlegte, ob sie nicht einfach nach Hause fahren sollte. Wenn ein Casting schon mit so einer Panne anfing, verhieß das nichts Gutes. Andererseits hatte sie heute nichts anderes vor, und falls sie mal ihre Memoiren schrieb, könnte sie diese Erfahrung als kleine Anekdote einfügen. Ihr Vater pflegte immer zu sagen: „Es gibt keine guten oder schlechten Erfahrungen. Es gibt einfach nur Erfahrungen. Wie wir sie bewerten, ist unsere eigene Entscheidung."

Holly überflog den Text. Ja, der las sich stimmig. Sie hatte gerade mal die ersten drei Sätze verinnerlicht, als sie hörte, wie jemand ihren Namen rief. „Holly Benjamin. Holly Benjamin, bitte auf die Bühne."

Sie ging zu dem pickligen jungen Mann, der sie aufgerufen hatte. „Wäre es möglich, mich später dranzunehmen? Ich habe gerade erst …"

„Nein, ist nicht möglich." Er schob sie so ruckartig weiter, dass sie ins Stolpern geriet. Sie fing sich, indem sie sich am Vorhang festhielt. Staub wirbelte auf.

So erschien sie hustend am Bühnenrand.

„Holly Benjamin?", kam eine markige Stimme aus der dritten Reihe, wo der Regisseur mit zwei Assistenten saß.

Sie nickte und blinzelte gegen die schlecht eingestellte Bühnenbeleuchtung an, die sie blendete. Wenn sie dem Regisseur sagte, dass sie den Text zu spät bekommen hatte, wäre sie sofort raus. Jede noch so kleine Bemerkung dieser Art führte immer dazu, dass man als Querulant eingestuft wurde. Selbst wenn jemand hohes Fieber hatte, musste er sich in Bestform präsentieren. Divenhaftes Verhalten konnte man sich erst leisten, wenn man bei einem Topagenten unter Vertrag stand. Den Text abzulesen, wäre ein komplettes No-Go. Sogar die Tatsache, dass sie das Blatt noch in der Hand hielt, wurde von einem der Assistenten kritisch kommentiert.

Sie stopfte das Blatt in ihre Handtasche.

„Anfangen", bellte der Regisseur.

Fast hätte sie losgelacht, denn das war das mit Abstand verheerendste Casting ihrer bisherigen Laufbahn. Ihr persönlicher Tiefpunkt. Alles, was in Zukunft kommen würde, konnte nur noch besser werden.

Gegen den grellen Scheinwerfer anblinzelnd, begann sie mit belegter Stimme zu sprechen. Die ersten drei Sätze hatte sie immerhin drauf, auch die nächsten beiden waren noch nah am Original, da sie den ganzen Text einmal überflogen hatte. Danach musste sie allerdings improvisieren.

Der Regisseur fuchtelte mit der Hand herum. „Stopp, halt, was war *das* denn?“

„Ich habe den Text erst vor wenigen Minuten bekommen.“ Wenn er schon danach fragte, konnte sie es vielleicht erwähnen.

Leider hatte es nicht den gewünschten Effekt. „Wer zu spät zum Casting erscheint, dem ist es nicht ernst mit der Rolle.“

„Ich war rechtzeitig da“, sagte sie, um einen sachlichen Tonfall bemüht. „Aber man hat mir zuerst ein falsches Blatt ausgehändigt.“

„Dann hätten Sie ja diesen Text lernen können. Also wirklich, keine Eigeninitiative.“ Sie sah den Regisseur im Halbdunkel den Kopf schütteln. „Danke, das war’s.“

Zurück in ihrer kuscheligen Zweizimmerwohnung warf Holly alles, was sie angehabt hatte, in hohem Bogen von sich und stieg unter die Dusche, um ihren Frust abzuwaschen. Derart unfreundlich und obendrein ungerecht hatte man sie noch nie abgefertigt. So schwer hatte sie sich den Einstieg in eine Schauspielkarriere nicht vorgestellt, trotz all der warnenden Stimmen. Wie oft hatte sie gehört: „Lern lieber etwas Vernünftiges.“

Wild entschlossen, sich von dieser neuerlichen

Schlappe nicht unterkriegen zu lassen, rubbelte sie sich trocken. In einem letzten Akt des sich Abreagierens, öffnete sie ihre Umhängetasche, holte den vermaledeiten Text raus und zerriss ihn in allerkleinste Fetzen. Dabei fiel der Zettel mit der Handynummer heraus. Schlagartig hellte sich ihre Stimmung auf, als sie an das nette Lächeln und die strahlenden Augen von diesem Jacob dachte. Sie schätzte ihn auf Mitte zwanzig, also etwa in ihrem Alter. Ein schöner Kontrast zu ihrem Ex, der sie gerne hatte spüren lassen, dass er älter war als sie und somit erfahrener, reifer und vor allem lebenstüchtiger.

Sie wählte die Nummer. Es dauerte eine Weile, bis Jacob sich meldete.

„Hi, Holly hier", sagte sie mit ihrer Bühnenstimme, damit er sie trotz des Krachs, den vorbeifahrende Autos im Hintergrund verursachten, verstand. „Ich war heute Nachmittag mit meiner Freundin im Café."

„Ah ja, die beiden Schokomuffins", sagte Jacob.

„Genau. Ich bin die mit den langen Haaren. An der blonden Schönheit warst du ja nicht interessiert. Wie wäre es, wenn wir uns treffen? Ich wohne nur drei Häuserblocks vom Café entfernt." Ach, wenn sie doch bei Castings genauso locker drauf wäre! Die Regisseure würden ihr zu Füßen liegen.

„Ich bin gerade auf dem Heimweg von der Arbeit. Ich dusche noch schnell und dann – also, hm, ich könnte dich mit dem Auto abholen."

Holly hatte ein feines Ohr dafür, wenn jemand mit etwas hinter dem Berg hielt. War der schnuckelige Jacob doch kein so harmloses Bürschchen? „Wieso willst du mich abholen?"

„Ich würde dir gern jemanden vorstellen. Dazu müssen wir nach Hampstead fahren. Ich erkläre dir unterwegs, worum es geht.“

Das war nun wirklich merkwürdig. Trotzdem versuchte sie, es witzig zu nehmen. „Hey, du gehst ja ran, wenn du mich gleich beim ersten Date zu deinen Eltern schleppen willst.“

Er lachte. „Nein, nicht zu meinen Eltern. Zu jemandem, der … der dich beruflich interessieren könnte.“

„Du weißt doch gar nicht, was ich beruflich mache.“

„Du bist Schauspielerin.“

„Jetzt sag bloß, du hast mich aus der Eiscremewerbung erkannt.“

„Nein, aber ich habe mitbekommen, worüber du und deine Freundin euch unterhalten habt.“

Ob er Summers hocherotischen Bericht auch gehört hatte?

„Passt es, wenn ich in einer halben Stunde bei dir bin?“, fragte Jacob. „Und sei bitte ungeschminkt und trag legere Kleidung, falls es dir nichts ausmacht.“

Holly überlegte kurz. Es wäre ihr lieber gewesen, mit ihm in einen Pub zu gehen und ein bisschen zu quatschen. Aber vielleicht hatte er Kontakte in der Filmbranche.

„Okay.“ Sie nannte ihm ihre Adresse, legte auf und schimpfte im nächsten Moment mit sich selbst: „Du naives Ding. *Jemand, der dich beruflich interessieren könnte.* Pfff, vermutlich ein Pornoproduzent. Summer erzählst du, dass sie sich vor ihrem Ryan in Acht nehmen soll, und selber lässt du dich mit einem windigen Versprechen zu einem Treffen locken.“

Sprunghaft, wie sie war, kam ihr gleich eine andere Idee. Sie könnte diesen Ryan googeln, um zu sehen, auf wen Summer sich einließ. Sofort vergaß sie alles

andere. Wie praktisch, dass Ryan eine Initiale im
Namen hatte, dann würde sie nicht Millionen von
Suchergebnissen bekommen. Wofür das F wohl
stand?

Sie klappte ihren Laptop auf und startete eine Bild-
ersuche, denn es interessierte sie vor allem, ob dieser
Immobilienmensch so attraktiv war, wie Summer ihn
darstellte. Von Logan hatte sie ihr auch vorge-
schwärmt, aber als Holly ihn dann kennenlernte, war
sie ernüchtert gewesen. Nein, sie fand ihn weder
umwerfend noch sexy, sondern zum Fürchten. Er
war durchaus gutaussehend, aber er strahlte unerbitt-
liche Strenge und Korrektheit aus, wovon sie sich
verunsichert fühlte. Unter erotischer Dominanz stell-
te sie sich etwas anderes vor. In ihrer Fantasie ging
alles ungezwungen und spielerisch zu.

Als die erste Seite mit Suchergebnissen angezeigt
wurde, pfiff Holly durch die Zähne.

Es musste einen zweiten Ryan F. Lucas geben, denn
der, nach dem sie suchte, war angeblich ein gestan-
dener Geschäftsmann, kein jugendliches Unterwä-
schemodel.

Sie scrollte weiter runter und sah denselben Kerl in
Anzug und Krawatte, nur jetzt etwas älter, noch at-
traktiver, und laut der dazugehörigen Website war er
im Immobiliengeschäft tätig.

Sie scrollte wieder hoch und studierte ausführlich
den jungen Ryan. Ihr persönlich war er einen Tick zu
muskulös, aber eine Augenweide stellte er auf jeden
Fall dar, besonders auf den Fotos, auf denen er lä
chelte. Sie ging auf seine Immobilienseite und pfiff
erneut durch die Zähne, als sie das Portfolio durch-
sah. Gab es wirklich Leute, die sich solche Villen
leisten konnten?

Schließlich entdeckte Holly eine Wikipedia-Seite über Ryan, und da wurde er als Musiker vorgestellt. Wie viele Facetten hatte er denn noch? Sie las alles Wort für Wort.

Ryan F. Lucas war dreißig Jahre alt, Sohn aus gutem Hause und musikalisch hochbegabt. Mit neunzehn Jahren war er an der Musikakademie angenommen worden.

Fast schon zum Gähnen, dachte Holly. Viel zu glatt. Menschen, denen alles nur so zuflog, fand sie ätzend, wobci cin bisschen Neid mit hineinspielte, wie sie sich ehrlich eingestand. Doch Moment mal – warum verkaufte er jetzt Immobilien, anstatt in Konzertsälen zu glänzen?

Nach einer Aufzählung der Preise, die er in jungen Jahren eingeheimst hatte, folgte endlich die entscheidende Information. Er war fast mit seinem Studium fertig, als er vor einem Konzert in der Garderobe erwischt wurde, wo er sich mit einer Cellistin „eindeutig sexuellen Handlungen hingab“. Weiter hieß es, er habe anschließend so virtuos Klavier gespielt wie noch nie, trotzdem flog er schon am nächsten Tag hochkant von der Akademie. Seine Konzerte wurden abgesagt, seine Karriere war im Eimer. Danach hielt Ryan sich eine Weile mit Modeljobs über Wasser, da seine Familie ihm jegliche finanzielle Unterstützung verweigert hatte.

Das fand Holly hart. Ihre eigenen Eltern waren nicht vermögend, aber sie würden sie immer unterstützen, und sei es nur moralisch, egal, was sie anstellte. Aber ein Clan wie die Lucas’ konnte ein schwarzes Schaf wie Ryan wohl nicht dulden, nachdem er Schande über die Familie gebracht hatte. Wie lieblos!

Immerhin gab es ein Happy End. Ryan fand ein neues Betätigungsfeld. Er studierte BWL, wurde Makler und war damit so erfolgreich, dass er seiner verpatzten Karriere als Pianist wohl nur noch in stillen Mußestunden nachtrauerte.

Holly ging noch mal die Fotos durch. Ryan war nicht ganz Hollys Typ, aber sexy genug, dass sie sich von ihm mit einer Seidenkrawatte fesseln lassen würde.

Es klingelte und Holly tänzelte zur Tür. Sie war genau in der richtigen Stimmung, um mit Jacob zu flirten.

„Schon auf dem Weg", rief sie in die Gegensprechanlage, schnappte ihre Umhängetasche, Schal und Mantel, verließ die Wohnung und eilte die Treppe hinunter.

Jacob stand vor dem Haus. Er trug eine Lederjacke und sah zum Anbeißen aus. Die hellbraunen Haare waren nicht mehr nach hinten gegelt, sondern frisch gewaschen. Das Gel gehörte wohl zu seinem Kellner-Look. Die naturbelassene Freizeitversion gefiel Holly besser, denn die Haare wirkten nun heller und passten wunderbar zu seinen blauen Augen.

„Sie wäre sowieso zu alt für dich", sagte sie munter.

Jacob hob eine Augenbraue. „Äh … ach so, die Blondine." Er lachte und hielt ihr die Tür des klapprigen Peugeots auf, den er mit Abblendlicht in zweiter Reihe direkt vor ihrer Haustür geparkt hatte.

„Leger genug?", fragte sie, nachdem er sich hinters Steuer gesetzt hatte.

Er drehte den Kopf in ihre Richtung und ließ den Blick einmal über sie gleiten. „Die Jeans ist ziemlich eng, aber es geht ja sowieso nur um Probeaufnahmen."

„Und wieso stören da enge Jeans?“, fragte sie, während sie den Gurt anlegte.

Er startete den Wagen und fädelte sich in den Verkehr ein. „Wegen der Abdrücke, die sie auf der Haut hinterlassen.“

Das hörte sich an, als würde sie sich ausziehen müssen. Also ging es tatsächlich um Pornofilme. „Ich mache nur seriöse Sachen“, ließ sie ihn wissen.

„Es ist absolut seriös“, versicherte er ihr.

Behaupten konnte er viel, aber ob sie ihm glauben konnte? „Und wer ist dieser Jemand, dem du mich vorstellen willst?“, hakte sie nach.

„Aaron Heartland.“

Der Name hallte eine Weile in ihrem Kopf wider, bevor sie ihr Staunen in Worte fassen konnte. „Doch nicht etwa *der* Aaron Heartland?“, fragte sie ungläubig.

Heartland war der Gott der erotischen Fotografie. Eine Ikone. Er lichtete nicht einfach nur nackte Körper ab, er erzählte Geschichten. Seine Bilderserien waren Dokumentationen von Menschen und ihren Beziehungen – den Beziehungen, die sie zu sich selbst, zu anderen Menschen oder zu einem Gegenstand hatten.

Seine jüngste Ausstellung „Sinnliche Töne“ zeigte nackte Musiker mit ihren Instrumenten. Beim Betrachten der Bilder spürte man, wie viel Schönheit in der Musik lag, die man hervorbrachte, wenn man ein Instrument perfekt beherrschte.

„Ja, genau der.“ Stolz schwang in Jacobs Stimme mit. „Ich studiere Fotografie und Design und mache mein Praktikumssemester bei ihm.“

Das klang nun wirklich absolut seriös. Sie entspannte sich, während sie gleichzeitig auf einer anderen

Ebene wieder aufgeregter wurde. Als Model für Heartland zu arbeiten, wäre ausgesprochen cool. „Wie bist du an ihn rangekommen? Bestimmt bewerben sich viele Studenten um ein Praktikum bei ihm.“

„Ich musste mich nicht bewerben. Er hat sich an mich gewandt, nachdem er eine Serie von Porträtfotos von mir gesehen hatte.“

„Dann müssen deine Porträts etwas ganz Besonderes sein.“

Er zuckte die Schultern. „Zumindest in seinen Augen.“

„Und was für Porträts waren das?“

„Ich habe mich mit Mona Lisas Lächeln beschäftigt und mit der Frage, warum es so rätselhaft wirkt. Dazu habe ich Menschen auf genau diese Art lächeln lassen, wobei sie sich jeweils in einen bestimmten Gemütszustand versetzen sollten, zum Beispiel erleichtert, erregt oder peinlich berührt. Sie sollten verständnisvoll lächeln oder amüsiert, hochmütig oder unterwürfig, abwiegelnd oder besänftigend. Alles in allem habe ich siebenunddreißig verschiedene Gefühle hinter ein und demselben Lächeln fotografiert. Dann ließ ich ein paar Kommilitonen antreten, die mir sagen sollten, was sie in dem Lächeln sahen. Meistens gelang es ihnen, das Gefühl zu erspüren. Nur bei Mona Lisa selbst gingen die Meinungen weit auseinander. Da erschienen flüchtige, kurze Gefühlseindrücke, aber kein Gefühl, das man festhalten konnte. Ich glaube, das liegt daran, dass Mona Lisa kein Gefühl zeigt. Sie lächelt nicht etwa rätselhaft oder hintergründig, sondern mechanisch. Meine Schlussfolgerung ist, dass Leonardo da Vinci in der Tat ein Visionär war. Er hat nicht nur den ersten Hubschrauber entworfen, sondern auch das erste

Botox-Opfer auf Leinwand gebannt, lange bevor es Schönheitsoperationen gab. Vielleicht war sie auch autistisch."

Holly schüttelte grinsend den Kopf.

„Aaron Heartland gefiel meine Detailverliebtheit. Darum hat er mir die Praktikumsstelle angeboten."

„Wie ist er so?", fragte sie.

„Ein ruhiger Mensch, der sich für alles viel Zeit nimmt. Er hat schon sehr früh Karriere gemacht und ist jünger, als man erwarten würde."

„Wie kamst du darauf, mich ihm als Model vorzuschlagen?"

„Zu meinen Aufgaben gehört unter anderem, nach interessanten Menschen Ausschau zu halten. Da kommt mir mein Job im Café sehr gelegen."

Hatte Jacob am Ende nur als Modelscout Interesse an ihr? Das wäre jammerschade. Sie betrachtete sein Profil im Licht der entgegenkommenden Autos. „Und Heartland macht so spät am Abend noch Probeshootings?"

„Ich habe ihm so von dir vorgeschwärmt, dass er es kaum erwarten kann, dich zu sehen."

Na, das hörte sich schon viel besser an. Trotzdem musste sie Jacob den Kopf waschen. „Du hättest mich fragen sollen, ob ich überhaupt bereit bin, als Aktmodell zu arbeiten, bevor du ein Probeshooting vereinbarst."

„Stimmt", räumte er sofort ein. „Aber ich habe befürchtet, dann würdest du Nein sagen."

Sie tippte ihm an den Mundwinkel. „War das auch in deiner Serie?"

„Ja, ein entwaffnendes Lächeln war auch dabei."

Holly sah wieder in die Nacht hinaus. Sie war aufgeregt. Heartland hatte auch Fetisch-Fotos gemacht, eine Serie, die „Schmerzlust“ hieß. „Ich bin noch nie nackt fotografiert worden“, gestand sie. „Ich weiß nicht, ob ich das kann.“

„Weißt du, es kommt Heartland vor allem auf den Gesichtsausdruck an. Wenn man seine Fotos genau studiert, sieht man, dass er zwar nackte Körper abbildet, aber dort, wo die Aufmerksamkeit des Betrachters hingelenkt wird, also im goldenen Schnitt, befinden sich entweder die Augen oder ein in Szene gesetzter Körperteil. Heartland ist ein Ästhet.“

Jacob bog in eine Straße mit vornehmen, von hohen Mauern geschützten Häusern ein, hielt vor einem Tor und drückte die Taste einer Fernbedienung. Das Tor glitt zur Seite, er fuhr die Auffahrt hoch und parkte hinter einem Jaguar.

Im nächsten Moment ging eine gleißend helle Außenbeleuchtung an.

Heartland öffnete die Tür, als sie die breiten Eingangsstufen zum Haus hochgingen.

„Hi, Aaron. Das ist Holly Benjamin“, sagte Jacob, als sie die Tür erreichten, in der Heartland stand.

Holly schätzte Aaron Heartland auf Mitte dreißig. Er hatte dichte schwarze Haare und strahlende braune Augen, war gepflegt und gut gekleidet. Trotz seines herzlichen Lächelns wirkte er auf Holly einschüchternd. Sie stellte sich vor, wagte es aber nicht, ihm dabei die Hand zu reichen, und er schien das auch nicht zu erwarten. Die Augen immer noch auf sie gerichtet, sagte er: „Du hast das Licht am Wagen angelassen, Jacob.“

„Tatsächlich. Augenblick.“ Jacob hastete die Stufen wieder hinunter.

Holly zwang sich, Heartlands forschendem Blick standzuhalten, auch wenn sie in ihrem alten Wollmantel, ungeschminkt und mit windzerzausten Haaren bestimmt nicht besonders vorteilhaft aussah.

Nach ein paar Sekunden trat Aaron Heartland einen Schritt zurück und bedeutete Holly, an ihm vorbei ins Haus zu kommen. Jacob folgte kurz darauf. Sie befanden sich in einer Eingangshalle mit gewachstem, dunklem Holzboden. Die Möbel waren ein interessanter Mix. Es gab eine antike Standuhr, eine Garderobe, die ein Designer minimalistisch und ultramodern aus Edelstahl gestaltet hatte, und klassische, zeitlose Einzelstücke.

Heartland nahm ihnen die Jacken ab und ging durch eine Flügeltür in ein Wohnzimmer mit deckenhohen Bücherregalen und einem Wintergarten. In einem imposanten Kamin brannte ein Feuer. Auch hier standen Klassiker neben Antiquitäten und extravaganten Möbeln. Erhellt wurde der Raum von zahllosen Lampen, die eine angenehme Atmosphäre erzeugten.

Mit knappen Handbewegungen wies Heartland seinen Gästen ihre Plätze auf den Sesseln zu, die um einen Kaffeetisch herum gruppiert waren.

Kurz darauf erschien eine Frau mit einem Tablett. Kupferfarbene, fransig geschnittene Haare umrahmten ihr zartes Gesicht. Sie war barfuß und bewegte sich fast lautlos auf ihren zierlichen Füßen. Sie trug ein dunkelgrünes, tief ausgeschnittenes Kleid mit weitem Rock, das ihre Augenfarbe betonte, und Holly konnte nicht anders, als den Ansatz der wohlgeformten Brüste anzustarren. Elegant und mit einem entzückenden Lächeln servierte sie Tee und Sandwiches.

Als sie Holly einschenkte, sah sie ihr direkt in die Augen. „Mein Name ist Grace“, stellte sie sich vor.

Holly war mit einem Mal wie verzaubert. Wie immer, wenn sie von Gefühlen überrannt wurde, fielen ihr nur unsinnige Bemerkungen ein. Fast hätte sie gesagt: „Hat Mr Heartland dich in einem Katalog für Feen bestellt?“ Doch sie unterdrückte den Impuls und sagte stattdessen: „Ich bin Holly.“

Grace lächelte. „Ich freue mich auf unsere Zusammenarbeit.“

Als wäre alles schon beschlossene Sache! Und welche Rolle spielte Grace dabei? War sie Heartlands Assistentin?

Holly sah zu Heartland. Seine Gesichtszüge waren weich geworden, ließen ihn vertrauenerweckend und verletzlich aussehen.

„Danke“, sagte er zu Grace. „Du kannst uns gern Gesellschaft leisten, wenn du willst.“

Grace setzte sich mit überkreuzten Beinen vor den Kamin. Mit dem flackernden Feuer im Hintergrund wirkte sie noch zerbrechlicher.

„Ms Benjamin“, wandte sich Heartland an Holly. „Bitte erzählen Sie mir etwas über sich.“

Holly fasste in wohlgeformten Sätzen ihren Lebenslauf zusammen. Die ganze Zeit
über schaute Jacob sie erwartungsvoll an und warf immer wieder Seitenblicke auf Heartland, wie um sich zu vergewissern, dass er in den Augen seines Mentors eine gute Wahl getroffen hatte.

„Das ist kein Bewerbungsgespräch oder Casting im üblichen Sinne“, unterbrach Heartland sie nach einer Weile. „Ich brauche keine Fakten über Ihren Werdegang, sondern hätte gern einen persönlicheren Eindruck. Schildern Sie mir bitte etwas, das Sie besonders gefreut oder geärgert hat.“

Da musste sie nicht weit zurückdenken. Sie berichtete ihm von dem heutigen Casting. Dabei imitierte sie Körperhaltung, Mimik und Stimme aller beteiligten Personen. Sie gab die wortkarge Assistentin, den schmierigen Regisseur und natürlich sich selbst, ambitioniert, aber unsicher. Obwohl sie sich dabei nicht vom Sessel erhob, war ihr ganzer Körper in Bewegung. Sie verbuchte ihre kleine improvisierte Vorstellung als Erfolg, denn Heartland nickte zufrieden und Grace applaudierte sogar.

„Jetzt hätte ich aber auch ein paar Fragen", wandte Holly sich an Heartland. „Um was genau geht es hier? Das wollte Jacob mir nicht verraten."

„Es geht um meine nächste Fotoserie", antwortete Heartland. „Ich möchte die Annäherung zweier Menschen dokumentieren. Da Jacob nicht nur ein guter Fotograf ist, sondern auch ein ansprechendes Äußeres hat, soll er den männlichen Part übernehmen. Ich bat ihn, nach einer geeigneten Partnerin für die Shootings Ausschau zu halten." Heartland beugte sich vor und sah Holly so intensiv an, dass sie Mühe hatte, seinem Blick standzuhalten. „Das heißt, nach einer Frau, in die er sich verlieben könnte."

Holly ließ die Worte auf sich wirken, während sie ihr wild klopfendes Herz zu beruhigen versuchte. „Und wenn ich mich nicht in *ihn* verlieben kann?", fragte sie.

Heartland lehnte sich wieder zurück. „Dann wird es ein sehr kurzes Shooting werden."

„Außerdem verliebt man sich nicht vor der Kamera", wandte sie ein und unterstrich ihre Worte mit lebhaften Handbewegungen. „Einfach so, in ein paar Stunden. Wie soll das gehen?"

„Ich rede nicht von einem einzelnen Shooting. Das ganze Projekt wird sich über mehrere Wochen hin-

ziehen."
„Und Sie rennen uns die ganze Zeit mit dem Fotoapparat wie ein Paparazzo hinterher? Oder wie muss ich mir das vorstellen?", fragte sie absichtlich flapsig, um ihn zu provozieren.

„Nein", sagte Heartland ruhig. „Alles findet in meinem Studio statt. Private Treffen sind in der Zeit tabu. Nach der Beendigung des Projekts können Sie und er natürlich machen, was Sie wollen."

Holly sah erneut zu Jacob rüber. Er wirkte nicht überrascht. „Das wusstest du alles?"

„Ja", sagte er. „Ich war an der Entstehung der Idee beteiligt."

Holly schluckte. Sie fühlte sich hintergangen – aber gleichzeitig geschmeichelt. „Und was kann man dabei fotografieren?", erkundigte sie sich.

Jacob wollte antworten, doch Heartland brachte ihn mit einer knappen Handbewegung zum Schweigen. „Darüber reden wir gleich, wenn wir die Probeaufnahmen machen."

Holly nahm ein Sandwich. Sie würde sich nicht wie sonst überstürzt zu etwas hinreißen lassen, sondern in Ruhe überlegen.

Wenn sie es recht bedachte, befand sie sich in einer viel besseren Position als bei den Castings, an denen sie bisher teilgenommen hatte. Heartland hatte eine klare Vision für sein Projekt. Da er Jacob schon auserkoren hatte, der männliche Part zu sein, war er darauf angewiesen, dass Jacob eine Frau fand, in die er sich verlieben könnte. Je nachdem, wie wählerisch Jacob war und wie sehr er auf einen bestimmten Typ stand, könnte es Monate dauern, bis ihm wieder eine geeignete Frau über den Weg lief. Zudem hatte Holly den Vorzug, über Modelerfahrung zu verfügen. Sie hatte den Job also schon so gut wie in der Tasche. Sie war am Zug und konnte Ja oder Nein sagen.

Holly war sicher, dass Heartland das wusste und dass er auch wusste, dass sie es wusste. Denn er sah sie mit verschwörerischer Miene an, als wollte er sagen: „Ja, genießen Sie Ihre Macht. Verstecken Sie Ihre Gefühle nicht. Je mehr Sie mir Ihr Innerstes zeigen, desto besser werden die Aufnahmen."

Wieder wanderte ihr Blick zu Jacob, der sie aufmerksam musterte. Sie war mit zwei Männern zusammen, die beide Meister darin waren, in Gesichtern zu lesen. Also versuchte sie gar nicht erst, ein Pokerface aufzusetzen, sondern meinte grinsend: „Was für eine spannende Konstellation."

Sie aßen alle drei eine Weile schweigend, bis Grace auf die Füße sprang und Holly eine Hand hinhielt. „Komm, ich zeige dir das Studio."

Heartland nickte kaum merklich und Jacob warf Holly einen aufmunternden Blick zu. Sie nahm die angebotene Hand und ließ sich von Grace aus dem Raum führen.

„Studio ist eigentlich ein viel zu nüchternes Wort", sagte Grace, sobald sich die Tür hinter ihnen geschlossen hatte. „Es ist ein magischer Ort, an dem alles möglich ist."

„Ja", sagte Holly, „ein Fotostudio ist wie eine Theaterbühne, wie ein Filmset, wo man die Realität ausblenden kann und sich eine neue Welt erschafft."

Grace strahlte sie an. „Du sagst es." Sie führte sie eine knarrende Treppe mit einem polierten Holzgeländer hoch und hielt vor einer schweren Eichentür. „Das Heiligtum", sagte sie feierlich, ließ die Tür aufschwingen und betätigte einen Lichtschalter.

Zahlreiche Lampen flammten auf und ein riesiger

Dachraum wurde sichtbar. Er hatte keine Dachschrägen, denn das Dachgebälk begann erst oberhalb der Fenster. Die Balken waren dunkel, genau wie der glänzende Parkettboden. Die Wände bestanden aus unverputzten Sandsteinziegeln. An der linken Seite gab es drei quadratisch unterteilte Fenster, durch die man nun in die Nacht hinaussehen konnte. Drei Holzsäulen stützten das Dachgebälk.

Ein Teil des Raums war eingerichtet wie ein Clubzimmer, mit einem Billardtisch, einer antiken Standuhr, einem dunkelbraunen Chesterfieldsofa und einem runden Tisch, auf dem ein Schachspiel stand. Dahinter gab es eine Bar.

Direkt daran schloss sich ein professioneller Shootingbereich an. Oben an der Wand, direkt unterhalb der Dachbalken, war ein Gestänge befestigt, von dem ein weißer Hintergrundkarton herabhing, der einen Teil des Bodens bedeckte. Zahlreiche Lampen und Blitzlichtboxen standen verteilt im Raum.

Auf einem Arbeitstisch mit zwei Drehstühlen sah Holly einen Laptop und eine digitale Spiegelreflexkamera sowie einen aufgeklappten Koffer mit Objektiven in passenden Schaumstoffeinsätzen. Daneben gab es eine weitere Kamera auf einem Stativ.

An der Wand gegenüber dem Shootingbereich standen Requisiten bereit, darunter riesige Leuchtbuchstaben, ein Überseekoffer, eine Klappleiter, eine Nebelmaschine und ein Standventilator.

Rechts war etwa ein Viertel der Fläche durch zwei hohe, schwere Holzparavents abgeteilt.

Grace lehnte sich an den Billardtisch und breitete die Arme aus. „Na, was sagst du?"

„Ein bisschen Loftcharakter, ein bisschen Lagerhalle, ein bisschen Lounge und jede Menge Luxus", staunte Holly. „Sind hier alle Bilder entstanden, die Aaron Heartland je veröffentlicht hat?“

„Die meisten.“ Grace ging um einen Paravent herum und Holly folgte ihr.

„Schminkplatz und Garderobe“, sagte Grace im Vorbeigehen und öffnete dann eine Tür. „Das Bad. Auch hier werden Fotos gemacht. Es ist eine tolle Location.“ Sie knipste das Licht an.

Das Badezimmer war auf ansprechende Weise altmodisch. Über dem Rand einer frei stehenden Badewanne mit Löwenklauenfüßen, deren goldene Armaturen glänzten, lagen flauschige weiße Handtücher. Grace nahm eines und drückte es sich an die Wange. „Und natürlich dürfen sich die Models hier nach einem anstrengenden Shooting entspannen. Es gibt auch eine Massageliege. Da, neben der Tür.“

Holly schaute um die Tür herum. „Und wer massiert? Heartland persönlich?“

Grace legte das Handtuch hin und wackelte mit den Fingern. „Nein, ich. Ich habe eine Ausbildung als Masseurin.“

„Mit deinen zarten Händen?“

„Die haben mehr Kraft, als man ihnen ansieht.“

Gegenüber der Tür, durch die sie das Bad betreten hatten, gab es eine weitere Tür, auf die Holly deutete. „Was ist dort noch?“

„Da ist der Raum für die speziellen Shootings.“ Als Grace die Tür öffnete, bot sich Holly ein Anblick, der ihr den Atem raubte.

Summer hatte ihr die Ausstattung der Spielzimmer im Club oft genug plastisch geschildert, aber für Holly waren sie immer nur zweidimensional geblieben, wie Fotos oder Zeichnungen. Und nun stand sie an der Schwelle zu einem Raum, in dem all das dreidimensional war, real und berührbar.

Grace war schon hineingetänzelt und drehte sich einmal um sich selbst. Der Rock ihres Kleids schwang hoch, und Holly sah, dass sie darunter nackt war. Helles, zartes Schamhaar blitzte kurz auf, apfelförmige Pobacken reckten sich ihr entgegen. Dann blieb Grace stehen und hob die Handflächen zur Seite. „Willkommen in der Folterkammer", sagte sie vergnügt.

Die Sandsteinwände wirkten hier drin roh und bedrohlich.

Holly machte einen Schritt hinein und sah sich fasziniert um. Neben einer Reihe von Fessel- und Schlagwerkzeugen gab es Möbelstücke, die dafür gebaut worden waren, jemanden in allen möglichen Stellungen darauf zu fesseln.

Obwohl Holly sich um ungezwungenes Auftreten bemühte, beschwichtigte Grace sie.: „Ich hätte wohl besser nicht Folterkammer sagen sollen. Das ist ein fieses Wort und passt überhaupt nicht, denn schließlich wird hier niemandem gegen seinen Willen ein Leid angetan." Grace nahm eine der Peitschen von der Wand. Sie war aus dunkelbraunem Leder mit einem dicken Griff und einem langen, geflochtenen Riemen. „Sieh dir dieses Prachtexemplar an."

Holly berührte den Riemen. „Fühlt sich weich an."

„Ja, vieles hier drin ist mehr Schein als Sein." Grace setzte sich auf den Rand einer schwarzen Liege, schob ihren Rock hoch und legte den geflochtenen Lederriemen quer über ihre makellosen, weißen Oberschenkel.

Holly leckte sich über die Lippen. Nicht nur verspielt dominante Männer, sondern auch unverkrampft devote Frauen spielten in ihren Fantasien eine Rolle.

„Weißt du, was Heartland und Jacob genau mit mir vorhaben?"

Grace rollte die Peitsche zusammen und sprang von der Liege. „Natürlich weiß ich es", sagte sie auf dem Weg zur Tür. „Aber ich darf es dir nicht verraten, sonst werde ich bestraft."

„Bestraft?", fragte Holly entsetzt.

Grace drehte sich um. „So steht es in meinem Vertrag. Ich muss alle Anweisungen von ihm befolgen, sonst … werde ich gezüchtigt." Sie senkte den Blick. „Ist bisher aber noch nicht vorgekommen."

Holly war nicht sicher, ob sie Erleichterung oder Enttäuschung aus Grace' Ton heraushörte. „Ist es ein Sklavinnenvertrag?", fragte sie, da sie gern wissen wollte, in welchem Verhältnis Grace zu Heartland stand.

„Aber nein! Das mit dem Bestrafen steht in einem Zusatz zu meinem Arbeitsvertrag. Ich bin nur Heartlands Haushälterin und Assistentin." Sie sah Holly mit schiefgelegtem Kopf an. „Aber ich hätte nichts dagegen, ihm auch anderweitig zu Willen zu sein."

Sie drehte sich um und kehrte durchs Badezimmer ins Studio zurück.

Holly folgte ihr verwirrt. Grace war eine Frau, die doch in jedem Mann sofort den Beschützerinstinkt weckte. Unmöglich, dass Aaron Heartland sie züchtigen würde. Zumal Holly sicher war, dass er zärtliche Gefühle für Grace hegte, so wie er sie vorhin angesehen hatte.

Im Studio waren die Männer gerade dabei, alles für das Shooting vorzubereiten.

Jacob, mit einer Fernbedienung in der Hand, fragte Heartland: „Welche Farbe?"

„Schwarz."

Jacob drückte einen Knopf und der weiße Hintergrund wurde hochgezogen und aufgerollt. Er drückte einen anderen Knopf und ein schwarzer Hintergrund entrollte sich. Heartland begann derweil, Blitzlichtboxen auszurichten.

Holly spürte ein Kribbeln in den Handflächen. Das Studio war wie eine Bühne und sie würde die Hauptrolle darauf spielen. Sie liebte es jetzt schon. Egal, was Heartland von ihr verlangte, sie würde es genießen, im Zentrum der Aufmerksamkeit zu stehen. Sie musste sich ja nicht in Jacob verlieben, sie musste es nur überzeugend darstellen. Sie würde aufreizend, neckisch, zurückhaltend, abweisend oder spröde sein – je nachdem, wie Heartland die Sache zu inszenieren gedachte. Egal, was sich zwischen ihr und Jacob entwickelte, es blieb ein Theaterstück, das sie aufführten und von dem später nur Momentaufnahmen bleiben würden.

Grace legte die Peitsche auf den Billardtisch und fragte Heartland: „Wie soll ich Holly vorbereiten, Sir?"

„Ich brauche sie nackt, das Gesicht nur leicht abgepudert."

„Ist das nicht ein bisschen unrealistisch für die Darstellung erwachender Gefühle?", fragte Holly. „Menschen lernen sich in unserem Kulturkreis normalerweise bekleidet kennen."

„Kunst muss die Realität nicht wiedergeben", sagte Heartland. „Sie muss sie erhöhen."

Grace winkte sie hinter die Paravents, setzte sich in den Drehstuhl, der vor dem Schminktisch stand, faltete die Hände im Schoß und sah Holly erwartungsvoll an. „Lass mich deinen Alabasterkörper sehen."

Holly grinste. Grace verstand es, ihr jegliche Hemmungen zu nehmen, und so zog sie sich rasch aus.

„Setz dich bitte", sagte Grace und machte den Stuhl frei. „Das heißt, warte noch." Sie nahm einen weißen Seidenkimono vom Garderobenständer. „Jacob soll wenigstens die Illusion haben, dich auszuziehen."

Dankbar für die schützende Hülle streifte Holly den Kimono über und band eine feste Schleife in den Gürtel. Dann nahm sie vor dem beleuchteten Spiegel Platz. Grace betupfte Hollys Gesicht mit einem dicken Puderpinsel aus hauchzarten Haaren. „Schade, dass ich dich nicht schminken darf. Du hast wundervolle Wangenknochen und ausdrucksvolle Augen, die ich gern betonen würde."

„Hast du außer einer Ausbildung als Masseurin etwa auch eine als Visagistin?", erkundigte sich Holly.

„Ja. Außerdem kann ich ganz gut schneidern und kochen." Sie stellte den Puderpinsel ab und wählte aus einer Reihe von Haarbürsten eine mit dichten, schwarzen Borsten aus. Damit fuhr sie behutsam durch Hollys Haare.

„Ich wette, Jacob hat sich schon ausgemalt, wie er deine Haarpracht packt, sie sich um die Hand schlingt, deinen Kopf nach hinten zieht und dich küsst. So etwa." Grace drehte Holly auf dem Stuhl zu sich, beugte sich über sie, griff ihr in die Haare und küsste sie auf den Mund. Holly war in der ersten Sekunde zu verblüfft, um Grace abzuwehren, in der zweiten war sie bereits so hingerissen von den weichen Lippen, dass sie Grace um die Taille griff und auf ihren Schoß zog, um den Kuss zu vertiefen.

Wenn ich ein Mann wäre, würde ich Grace auf der Stelle in die Folterkammer tragen, sie dort fesseln und dann ficken, bis sie von Sinnen ist.

Holly erschrak über die rohen Gefühle, die aus ihr herausgebrochen waren. Hatte sie nicht noch vor wenigen Minuten gemeint, dass Grace in jedem Menschen den Beschützerinstinkt weckte?

Grace lächelte, als sie sich aufrichtete, leckte sich einmal kurz über die Lippen, dann drehte sie Holly wieder zum Spiegel. „Ich glaube, ich muss dich um die Mundpartie herum etwas nachpudern."

Sie machte sich erneut ans Werk, und Holly hatte Zeit, sich mit all den Eindrücken auseinanderzusetzen, die in den letzten Minuten auf sie eingestürmt waren.

Alles war vorbereitet, und Aaron sagte zu Jacob, er solle die Hose zunächst anbehalten, denn ein nackter Mann wirke in seinen Augen nicht dominant genug. Jacob stand einen Moment unschlüssig da und fragte sich, ob das, was er vorhatte, nicht danebengehen musste – einer Frau seine Vorstellungen, seine Lust, seine Fantasien aufzuzwingen. Vorhin, nachdem Grace und Holly das Wohnzimmer verlassen hatten, hatte er Aaron diese Bedenken mitgeteilt, doch der hatte sie sofort weggewischt.

„Du hast im Moment konkrete Ideen, aber du wirst sie nicht eins zu eins umsetzen, sondern sie laufend anpassen müssen, je nachdem, wie Holly reagiert."

Das stimmte. So war es auch mit Jenny gewesen, der Frau, die seine dominante Seite entdeckt hatte. In vielen sinnlichen Szenarien hatten sie alles ausprobiert, wozu sie Lust hatten. Oft hatten sie gemerkt, dass sich manches nicht so durchführen ließ, wie sie es sich vorgestellt hatten.

Als Jacob hinter die Paravents ging, um sich vorzubereiten, puderte Grace gerade Hollys Gesicht. Jacob sah sie im Spiegel an. Sie besaß Charisma und Natürlichkeit. Er hatte sie im Café während der Unterhaltung mit ihrer Freundin auf viele Arten lachen und lächeln sehen. Und jedes Mal, wenn sie ihn angesehen hatte, war ihm das Herz aufgegangen. Er konnte sein Glück kaum fassen, dass sie bereit war, sich auf das Projekt einzulassen, allerdings ohne zu wissen, dass es neben dem Verlieben auch um Dominanz ging. Eigentlich hatte er sich vorgenommen, beim ersten Shooting zurückhaltend zu sein und ihr die Initiative zu überlassen, doch das widersprach seiner Natur. Schon jetzt, noch bevor sie angefangen hatten, war der Wunsch, sie zu beherrschen, überwältigend. Ob er sie dazu bringen konnte, ihn anzuflehen, sie zu fesseln? Er hatte eine Idee, aber konnte er beim Probeshooting so weit gehen?

Er lächelte sie im Spiegel an, dann zog er seinen Pullover über den Kopf und entledigte sich seiner Schuhe und Strümpfe. „Soll ich mich selbst pudern oder machst du das?“, fragte er Grace.

„Ich bin gleich mit Holly fertig, dann bist du dran“, antwortete sie.

Jacob betrachtete sein Spiegelbild, dann hob er die Arme und fuhr sich mit den Fingern durch die Haare, die der Pullover statisch aufgeladen hatte. Dabei fing er Hollys Blick auf und verharrte mitten in der Bewegung. Warum sah sie ihn so eindringlich an? Er prüfte noch einmal sein Aussehen. Alles okay, soweit er das beurteilen konnte. Daraufhin ließ er die Arme wieder sinken.

Einen Moment lang spielte er mit dem Gedanken, die Aktion abzublasen, mit Holly in einen Pub zu gehen, mit ihr zu flirten und sie ganz privat zu verführen. Dann schaute er ins Studio hinüber, sah auf dem Billardtisch die Peitsche liegen und wusste wieder genau, was er wollte.

Schade, dass er sich nicht noch einmal durch die Haare fuhr. Er hatte so wunderbar definierte Oberarme, deren straffe Unterseiten Holly sehr sexy fand.

Als Grace Jacob abzupudern begann, ging Holly ins Studio rüber und atmete tief durch, um einen klaren Kopf zu bekommen.

Heartland schraubte eine Kamera auf ein Stativ. „Bereit? Brauchst du noch etwas, Holly? Und sag bitte einfach Aaron zu mir."

„Ich brauche nichts, danke."

Auf dem schwarzen Hintergrundkarton stand ein antiker Holzstuhl mit gepolstertem Sitz. *Etwas zum Festhalten, sehr gut,* dachte Holly. Doch dann kam Jacob hinter dem Paravent hervor, ging zielstrebig zu dem Stuhl, setzte sich rittlings hin und verschränkte die Arme auf der Lehne.

„Ich hätte auch gern ein Requisit", sagte Holly.

„Kriegst du." Grace setzte sich an den Laptop. „Ein akustisches Requisit." Sie drückte ein paar Tasten und durch die Lautsprecher unter der Decke erscholl: „I'm sexy and I know it."

Holly lachte und sah zu Jacob. Äußerlich wirkte er ruhig. Seine Hände lagen entspannt auf seinen auf der Stuhllehne gekreuzten Unterarmen, aber seine nackten Zehen zuckten und fungierten als unbewusste Blitzableiter für die Nervosität, die er perfekt zu verbergen meinte.

„Hört zu", sagte Aaron. „Ich weiß, dass wir es mit einer gestellten Situation zu tun haben, und doch möchte ich, dass ihr es als Date betrachtet. Denn genau das ist es. Ein Date bei einem Shooting. Eine ungewöhnliche Art, sich zu begegnen, besonders dann, wenn genau diese Begegnung der Zweck des Shootings ist, aber diese Konstellation ist nun mal das Thema des Projekts. Tut also die Dinge, die euch in diesem Moment angemessen erscheinen. Es gibt keine Regeln. Ihr müsst weder posen noch euch verstellen, aber wenn einem von euch danach zumute ist, sich in Szene zu setzen, dann nur zu. Ihr könnt sprechen oder schweigen. Ihr könnt Dinge gemeinsam tun oder separat. Ihr könnt euch von Grace weitere Requisiten bringen lassen. Alles ist möglich. Ihr dürft auch auf jede Art sexuell aktiv werden, wenn ihr das möchtet."

„Würde das nicht viel zu schnell gehen?", fragte Holly. „Ich meine, wenn wir erst mal an dem Punkt sind, wo wir miteinander schlafen wollen, ist das Thema abgehakt und das Shooting zu Ende."

„Nein", sagte Aaron. „Dann geht es erst richtig los."

„Aber …" Holly schluckte gegen ein trockenes Gefühl in ihrer Kehle an. „Heißt das, Sie … du willst uns fotografieren, *während* wir es tun? Das ist dann keine Aktfotografie mehr, das ist Pornografie. Da mache ich nie und nimmer mit."

Aaron sah sie mit einem so ernsten Blick an, dass sie befürchtete, er würde sie sich über die Schulter werfen, in die Folterkammer tragen und dort bei Wasser und Brot angekettet gefangen halten, bis sie bereit war, alles zu tun, was er von ihr verlangte. Instinktiv brachte sie sich hinter Jacob in Sicherheit und umklammerte seine Schulter.

„Pornografie!" Aarons Stimme war leise, doch er schien ernstlich wütend zu sein. „Dieses Wort will ich niemals im Zusammenhang mit meiner Arbeit hören. Nie! Ist das klar?“

Holly hatte es noch nie leiden können, wenn jemand sie anblaffte, schon gar nicht, wenn derjenige im Unrecht war. Bei Castings musste sie sich das schließlich oft genug gefallen lassen, so wie heute in dem schmierigen Theater. Der Regisseur war zu bedeutungslos gewesen, als dass sie ihn irgendwelcher Widerworte für würdig gehalten hätte, aber bei Aaron Heartland war das etwas anderes. Ihm musste sie die Stirn bieten. Er würde nicht wissen, dass es sich für sie dabei um eine Art von Respekt handelte, den sie ihm zollte, aber das war ihr im Moment egal.

„Pornografie“, wiederholte sie. „So nenne ich es nun mal, wenn zwei Menschen dabei gefilmt oder fotografiert werden, wenn sie Sex haben. Wenn dir das nicht passt, dann solltest du lieber Sonnenuntergänge knipsen.“ Das war eine dermaßen perfide Beleidigung für den berühmten Fotografen, dass sie vor ihren eigenen Worten erschrak und sie gern zurückgenommen hätte. Sie klammerte sich fester an Jacob.

„Du bist widerspenstig, eigensinnig und temperamentvoll“, sagte Aaron eisig. „Jacob, du wolltest sie später fesseln. Vielleicht fängst du gleich damit an.“

Holly ließ Jacobs Schulter los. „Das war’s. Ich bin raus aus der Sache. Ich lasse mich nicht beim Sex ablichten, und fesseln lasse ich mich ohne vorherige Absprache schon gar nicht. Ihr könnt euch euer Projekt …“ Sie unterdrückte die Bemerkung, wo die werten Herren es sich hinstecken konnten.

Grace machte die Musik aus, stand auf und griff nach Aaron Heartlands Hand. „Wir lassen die beiden besser einen Augenblick allein.“

Er riss sich los. „Misch dich nicht ein, Grace.“

„Es ist die einzige Chance, vertrauen Sie mir.“ Sie packte Aarons Handgelenk nun mit zwei Händen und zog ihn mit sich. Er wehrte sich zwar nicht körperlich, aber sein Gesicht verriet, dass er auf Grace jetzt genauso wütend war wie auf Holly.

Grace spürte ein angstvolles Prickeln zwischen den Schulterblättern, aber sie stand aufrecht und sah Heartland fest in die Augen. Er war so aufgebracht, dass er kein Wort sagte, wahrscheinlich, weil er sonst gebrüllt hätte. Er funkelte sie nur an, minutenlang. Grace hätte gern etwas zu ihrer Verteidigung gesagt, aber sie ahnte, dass es besser war, ihn zuerst zu Wort kommen zu lassen.

Sie unterdrückte den Wunsch, die Hände schützend vor der Brust zu verschränken. Jetzt bloß keine Schwäche oder Unsicherheit zeigen.

Endlich schien er sich so weit beruhigt zu haben, dass er reden konnte. „Du bist noch keinen Monat bei mir angestellt und nimmst dir schon Dinge heraus, die …“ Er schüttelte den Kopf. „Du darfst mich nicht mitten in einem Shooting unterbrechen.“

„Das Shooting hatte noch nicht mal angefangen“, sagte sie, um den sachlichsten und sichersten Tonfall bemüht, den sie zustande bringen konnte. Sie liebte ihren Job, sie liebte das Studio, sie vergötterte Heartland und sie wollte auf keinen Fall gefeuert werden. „Es ging mir nur darum, das Projekt zu retten, indem die beiden eine Chance bekommen, sich unter vier Augen und ohne zusätzlichen Zündstoff zu verständigen.“

Jetzt bemerkte sie den Hauch eines grimmig-amüsierten Ausdrucks auf seinem Gesicht. „Der zusätzliche Zündstoff wäre dann wohl ich.“

„Ja“, sagte sie knapp.
„Du bist respektlos.“
„Ich bin ehrlich. Und ich denke mit. Nichts davon können Sie mir zum Vorwurf machen.“
„Mitzudenken ist nicht deine Aufgabe“, sagte er mit gepresster Stimme.
Grace wollte noch etwas zu ihrer Verteidigung vorbringen, doch da wurde bereits die Studiotür geöffnet und Unruhe ergriff von ihr Besitz. Ob er vorhatte, sie später zu bestrafen?

Nachdem Grace und Aaron das Studio verlassen hatten, spürte Holly, wie stark sie ihre Schultern gestrafft hatte und wie angespannt ihr Nacken war.
Jacob erhob sich vom Stuhl und wollte nach Holly greifen, doch sie legte die Hände auf seine Brust, um ihn von sich fernzuhalten. „Was soll das? Vorhin sagtest du noch, es ginge vor allem um den Gesichtsausdruck und die Augen.“
„Das ist auch so“, sagte er. „Aaron wird beim Sex – falls es dazu käme – nur unsere Köpfe und allenfalls unsere Oberkörper oder vielleicht eine Pobacke und einen Schenkelansatz fotografieren. Oder was auch immer schicklich ist und die wahre Handlung nur erahnen lässt.“
„Als ob das viel an der Sache ändert. Da erzählt er großspurig, es gehe um Annäherung, und jetzt stellt sich heraus, dass das Ganze ein Euphemismus für Poppen ist.“ Ihre Stimme bebte vor Entrüstung. „Obendrein wollt ihr mir auch noch Gewalt antun und mich fesseln.“
„Nicht mit Gewalt“, sagte Jacob. „Meine Idee war eher, dass du darum bittest.“
„Dazu würdest du mich niemals bringen.“

„Wirklich nicht?“
„Absolut nicht.“
„Wetten wir?“
„Um was?“
„Wenn ich gewinne“, sagte er, „dann wirst du mir gestatten, dich lustvoll zu quälen. Und ich verspreche dir, dass du dabei nicht zu kurz kommen wirst.“ Er legte eine Hand an ihre Wange. Sie ließ es zu. „Ich werde streng sein und fordernd“, fügte er leise hinzu. „Unerbittlich, unnachgiebig und unersättlich.“

„Du hättest deine Handynummer lieber meiner Freundin geben sollen. Die hat reichlich Erfahrung mit strengen Männern, während ich so etwas bisher nur in meiner Fantasie erlebt habe.“

„Wie schön.“ Er lächelte. „Dann kannst du deine Fantasien jetzt real werden lassen.“

„Hier?“, fragte Holly und öffnete die Arme, um den Raum mit einer Geste zu umfassen. „Etwas so Privates hier ausprobieren? Und dabei auch noch ausgeleuchtet und fotografiert werden? Völlig idiotisch.“

Er knickte ein. Holly sah es ihm an. Er schürzte die Lippen, schüttelte leicht den Kopf. „Was habe ich mir nur dabei gedacht? Als ich das Projekt mit Aaron besprochen habe, klang es reizvoll und durchaus machbar. Er hat schon ganz andere Sachen realisiert. Aber ich habe bisher auch noch nie vor der Kamera …“ Er ließ den Rest unausgesprochen.

In dem Maße, wie er nachgab, merkte sie nun, dass sie in Gedanken bereits Ja gesagt hatte, ohne dass es ihr bewusst gewesen war. „Die Wette nehme ich trotzdem an“, sagte sie. „Weil ich sehen will, was du veranstaltest, um mich fesselungswillig zu machen.“ Aufmunternd lächelte sie ihn an. „Aber natürlich brauchen wir auch einen Wetteinsatz für dich. Sollte ich gewinnen, dann möchte ich … “ Sie wies mit dem Kinn auf den Billardtisch, wo die Peitsche lag. „Ich möchte dir zehn Hiebe verpassen.“

Jacob nickte. „Das ist fair. Das mit der Wette bleibt unter uns und wir setzen uns ein Zeitlimit von einer Stunde, okay?“

Er bat Aaron und Grace wieder herein.

Diese Wette, von der nur sie und Jacob wussten, half Holly dabei, nun nicht mehr etwas darstellen zu müssen, was sie nicht wollte. Sie konnte sie selbst sein.

Zusammen mit Jacob gestaltete sie das Set neu, wobei Aaron bereits anfing, sie zu fotografieren. Holly gewöhnte sich schnell daran, dass es hin und wieder aus einer der Boxen blitzte, die sich dann geräuschvoll wieder auflud. Sie blendete das technische Drumherum aus und tat das, was sie Summer ständig predigte: Sie genoss den Augenblick.

Den sperrigen Stuhl trug Jacob weg und brachte dafür ein paar Kissen. Holly bat Grace, weitere Kissen aus der Wohnung zu holen.

Nach wenigen Minuten hatten sie sich eine gemütliche Fläche geschaffen. „Die Zeit läuft ab jetzt“, sagte Jacob zu Holly und dann an Grace gerichtet: „Sag uns bitte, wenn eine Stunde vorbei ist.“

Dann nahm er Holly an den Hüften und zog sie zu sich heran, bis ihre Körper sich berührten. Sie fügte sich und bog den Kopf nach hinten. „Du darfst mich ausziehen.“

„Hatte ich sowieso vor.“ Er entknotete den Gürtel ihres Kimonos, schob den Stoff auseinander, lehnte sich vor und schnupperte an ihrer Halsbeuge. Auch Holly atmete seinen verführerischen Geruch ein. Sie legte ihre Hände auf seine Hüften, fuhr dann an seinen Flanken entlang nach oben. Sein Mund war an ihrem Ohr, ihr Mund an seiner Halsbeuge. Sie schmeckte salzige, warme Haut, fühlte seine Lippen an ihrem Ohrläppchen, kurz darauf seine Zunge, die sich ihren Hals entlang nach unten leckte. Sie nahm es als Einladung, es ihm gleichzutun, sie wandten einander langsam die Köpfe zu, bis sich ihre Zungenspitzen trafen. Dann küssten sie sich. Der Kimono rutschte von Hollys Schultern und fiel neben die Kissen. Sofort packte Jacob ihre Pobacken und zog ihren Unterkörper fest an scinen. Durch den Stoff seiner Hose spürte sie die Härte seiner Erektion. Sie war noch nie so schnell mit einem Mann intim geworden. Sie wollte ihn hier und jetzt, und zum Teufel mit dem Projekt. Wenn ihre Geilheit später zur Kunst erklärt wurde, konnte sie damit leben.

Sie nahm Jacobs Hände von ihrer Kehrseite, damit sie sich auf die Kissen setzen konnte. „Komm her“, befahl sie und ließ sich rückwärts sinken.

Er ließ sich neben ihr auf die Knie nieder, legte eine Hand auf ihren Bauch, die andere auf ihre rechte Brust.

Sie rekelte sich wohlig. „Streichle mich.“

Jacob schüttelte lachend den Kopf und raunte ihr zu: „Du machst es mir viel zu leicht, die Wette zu gewinnen.“

„Ich sagte streicheln, nicht fesseln.“

„Das liegt näher beieinander, als du denkst.“ Er strich zärtlich über ihre Haut, ließ die eine Hand auf ihrem Bauch kreisen, während die andere sich ihren Brüsten widmete.

Sie schloss die Augen und seufzte zufrieden.

„Spielst du mir auch nichts vor?“, hörte sie ihn flüstern.

Sie spreizte die Beine. „Überzeug dich selbst."

Seine Hand glitt tiefer, ihren Unterbauch hinunter, über ihren Venushügel. Dann zögerte er und Holly öffnete die Augen und sah ihn an. Nein, er zögerte nicht, er genoss es. Er betrachtete ihre Scham mit lustvollem Interesse.

Sie hatte nie zuvor ein so wildes Verlangen nach einem Mann verspürt. Und wie zärtlich er ihr jetzt in die Augen sah, während seine Hand sich langsam vorantastete, bis er fühlen konnte, wie feucht und willig sie war.

„Du zerfließt ja förmlich", murmelte er.

Sie streckte die Arme nach oben und zog ihn auf sich. „Und du explodierst gleich. Soll ich dir die Hose ausziehen?"

„Zuerst bist du dran." Er schob ein Bein zwischen ihre Schenkel und senkte den Kopf, um an einem ihrer Nippel zu knabbern. Seine Zunge umrundete die empfindliche Brustwarze. Holly fasste ihm in die Haare und spürte, wie ein warmes Gefühl sie durchflutete. „Sieh mich an."

Jacob hob den Kopf und blickte ihr in die Augen. Sie nahm sich Zeit, seine Iris zu studieren, das helle, klare Blau mit den vor Erregung geweiteten Pupillen. Er blinzelte nicht, hatte keine Scheu, die Intimität des Blicks zuzulassen. „Küss mich mit offenen Augen", bat sie.

Cameron hatte das nie fertiggebracht. Ein halbes Jahr lang hatte er sich geweigert, „so einen kindischen Unfug mitzumachen", wie er sagte. Später hatte er sich getraut, aber spätestens nach einer Sekunde die Lider wieder geschlossen. Als hätte er Angst, sie in sein Innerstes sehen zu lassen. Beim Sex hatte er nie mehr als Kerzenlicht geduldet.

Wenn er Holly jetzt sehen könnte – nackt, mit gespreizten Beinen, auf einem Lager aus Kissen, bestens ausgeleuchtet und im Fokus einer Kamera – er würde an ihrem Verstand zweifeln. Sie zweifelte ja selbst ein wenig daran, fragte sich, ob sie morgen nicht einen nachträglichen Schock erleiden würde.

Die Bedenken begannen, ihre Lust zu dämpfen, als Jacob, der ihr immer noch in die Augen sah, seine Lippen auf ihre senkte und mit der Zunge ihr Zahnfleisch liebkoste. Ein raues Stöhnen drang aus seiner Kehle und die ganze Zeit zuckte er nicht mit der Wimper, ließ sie an seinem Verlangen nach ihr teilhaben.

Es war Holly, die schließlich die Augen schloss, weil der Moment zu intensiv wurde.

Der Kuss dehnte sich aus. Seine Zunge drang tief in ihren Mund ein und löste in ihr den Wunsch aus, noch mehr von ihm zu spüren. Sie hob das Becken, um ihm zu signalisieren, dass sie ihn in sich haben wollte, ganz und gar. Jacob griff mit einer Hand unter ihren Hintern und presste sie an sich. Seine Finger drückten sich so fest in ihre Pobacken, dass es wehtat. Sie keuchte auf und löste den Kuss. „Zieh die verdammte Hose aus."

Er rutschte von ihr, doch er machte keinerlei Anstalten, sich auszuziehen, sondern nutzte die gewonnene Bewegungsfreiheit, um mit der Hand, mit der er sie eben noch so grob gepackt hatte, ihre Schamlippen zu streicheln. Behutsam ließ er zwei Finger in sie gleiten, sah ihr dabei in die Augen, wie um sich zu vergewissern, dass sie nichts dagegen hatte. Offensichtlich erkannte er schnell, dass sie ihn noch viel zu zurückhaltend fand, und stieß die Finger tiefer in sie hinein. Er merkte bald, welche Bewegungen und welches Tempo sie am meisten erregten, und machte gnadenlos damit weiter, bis sie ihn anbettelte, sie zu nehmen.

„Nichts lieber als das“, sagte er, „aber nur, wenn du dabei gefesselt bist.“

„Netter Versuch“, keuchte sie frustriert.

„Das ist kein Versuch. Sex gibt’s nur gefesselt.“ Er zog die Finger aus ihrer Scheide.

Holly drehte sich auf die Seite und streichelte seine Rippen, die seitlichen Muskeln und die weiche Haut seiner Unterarme. „Weißt du“, sagte sie frech, „ich kann es mir auch selbst besorgen.“

Was dann kam, ging so schnell, dass sie zuerst nicht verstand, was er genau getan hatte. Plötzlich lag sie auf dem Bauch, den Kopf tief in die Kissen gedrückt. Er war über ihr und hatte ihre Arme hinter ihrem Rücken so angewinkelt, dass die Unterarme parallel aneinander lagen. Mit der rechten Hand hielt er sie in dieser Stellung fest. Mit der linken Hand griff er um ihren Kopf herum, packte ihr Kinn und drehte ihren Kopf so, dass er sie im Profil sehen konnte.

Sie versuchte, sich freizukämpfen, strampelte mit den Beinen, bis er sie zwischen seinen Schenkeln einklemmte und ihr so den letzten Rest Bewegungsfreiheit nahm.

„Mistkerl“, presste sie hervor. „Aber die Wette hast du so gut wie verloren. Und dann gnade dir Gott.“

Er antwortete nicht, sondern küsste sie auf die Schläfe, den Mundwinkel, die Schulter, ließ ihre Arme los, fasste zwischen ihre Pobacken und unter ihr hindurch und stieß mit den Fingern zwischen ihre Schamlippen.

Hitze schoss ihre Wirbelsäule hoch. Sie war kurz davor zu kommen. Ihr Körper spannte sich an. Seine

Hand an ihrem Kinn verschloss ihren Mund. Dann hörte er unvermittelt auf, gab sie frei und drehte sie wieder auf den Rücken.

Als sie zu Ende führen wollte, was er angefangen hatte, hielt er ihre Hände fest. „Du weißt, was du sagen musst, um zu bekommen, was du willst."

Fessle mich und fick mich endlich.

Beinahe wären ihr die Worte rausgerutscht, so sehr brauchte sie die Erlösung. Sie rang mit sich, während ihr Atem stoßweise ging.

War es wirklich wichtig, diese Wette zu gewinnen? Sie war doch sowieso längst zu allem bereit.

Jacob ließ sie los und stand auf. Sie schaute zu ihm hoch, während er die Hose öffnete. Er hatte Mühe, sie über sein erigiertes Glied zu ziehen.

Er will es noch mehr als ich. Gleich wird er mich nehmen. Oh ja, bitte.

Doch sie täuschte sich. Er verschwand kurz aus ihrem Blickfeld. Als er wieder erschien, hielt er die Peitsche in der Hand. Er ließ den Riemen über ihren Bauch gleiten. Ihre Muskeln spannten sich an.

Fessle mich! Sie sagte es nur in Gedanken. Aber gleich, gleich würde sie es aussprechen. Sie musste nur wieder zu Atem kommen.

Jacob hatte die Situation falsch eingeschätzt. Was für ein idiotischer Plan, sie so sehr zu erregen, dass sie alles tun würde, nur um einen Orgasmus zu bekommen! Jetzt war er es, der vor Lust kaum noch ein und aus wusste. Warum war sie auch so schön und hemmungslos?

Er warf die Peitsche hinter sich und kniete sich neben sie. „Du hast gewonnen."

Sie sah ihn mit großen Augen an und realisierte

plötzlich, wie kurz davor sie gewesen war, klein beizugeben.

Sie richtete sich ein Stück auf, griff nach seiner Schulter und zog ihn zu sich. Jacob lag kaum auf ihr, da stieß er schon in ihre feuchte, samtige Tiefe, die ihn gierig umschloss. Er sah ihr in die Augen und genoss die Leidenschaft, die er darin erblickte. Sie umschlang ihn mit den Schenkeln, drückte ihn so fest an sich, dass er sich kaum rühren konnte, was auch besser war, denn er würde sonst viel zu schnell kommen.

„Ich weiß nicht, ob es euch gerade interessiert“, sagte Grace leise, „aber die Stunde ist jetzt rum.“

Holly lachte und mit ihren Bauchmuskeln zog sich auch ihre Vagina zusammen und massierte sein heißes Glied. Jacob verdrehte die Augen, um sie wissen zu lassen, dass jede Zuckung das Ende seiner Selbstbeherrschung bedeuten könnte.

Sie krallte die Hände in seine Schultern. Er griff nach ihren Handgelenken und führte sie über ihrem Kopf zusammen. Er roch ihren weiblichen Duft, dann küsste er sie. Zugleich begann er, in einem sanften, wiegenden Rhythmus in sie zu stoßen. Ihre Beine glitten von seinen Hüften. Sie öffnete sich ihm weit, wand sich, als er fester zustieß, und er musste innehalten, weil seine Erregung zu stark wurde.

Plötzlich fühlte er den Drang, sie zu ohrfeigen. Was würde es in ihr auslösen? Entsetzen, Abwehr, Panik? Oder war sie so erregt, dass es sie noch mehr erregen würde?

Er ließ ihre Arme los und richtete sich ein Stück auf. Den Blick fest auf ihre Augen gerichtet, um jede Regung darin erkennen zu können, holte er mit der rechten Hand aus. Er sah, dass sie erschrak, spürte das Zucken ihrer tiefsten Muskeln.

„Jacob“, flüsterte sie. „Was …?“

Da sah er, dass ihre Hände immer noch über ihrem Kopf lagen. Sie versuchte nicht, sich zu schützen. Mehr Ermutigung brauchte er nicht.

Seine Hand klatschte auf ihre rechte Wange, nicht allzu fest. Ihr Kopf zuckte ein wenig zur Seite, doch ihre Hände blieben, wo sie waren. Keine reflexartige Abwehr.

Sie drehte den Kopf zurück, die Augen geschlossen, stoßweise durch die halb geöffneten Lippen atmend.

„Sieh mich an“, befahl er.

Sobald sie die Augen geöffnet hatte, holte er erneut aus, wartete, konnte den Ausdruck in ihren Augen nicht deuten. Dann ohrfeigte er sie erneut, aber eine Spur fester.

Diesmal bewegte sie die Arme, aber nicht um ihn abzuwehren, sondern um sie um seinen Nacken zu schlingen. „Du weißt, was du da machst, ja?“, raunte sie ihm ins Ohr. „Du gibst mir einen Grund, nachher besonders grausam zu dir zu sein. Glaub mir, du wirst bei jedem einzelnen Peitschenhieb bereuen, was du gerade getan hast. Bitter bereuen.“

Er packte ihre Handgelenke, zog sie von seinem Nacken und drückte Holly auf die Kissen zurück. „Ich werde dich so rücksichtlos ficken, dass du nachher nicht einmal mehr die Kraft haben wirst, eine Peitsche zu halten, geschweige denn damit zuzuschlagen.“

„Stopp!“ Aarons Ruf hallte durch den Raum.

Erst da wurde Jacob wieder bewusst, wo er war. Er richtete sich auf und sah Aaron verwirrt an. „Was ist?“

Aaron stellte die Kamera ab. „Ihr legt ein Tempo

vor, das mich überfordert. Außerdem frage ich mich, ob ihr selbst noch wisst, was ihr tut."

Holly wirkte wie jemand, der aus einer Trance erwachte. Sie presste ihre Hände auf seine Brust. Er nahm das als Signal, von ihr herunterzuklettern, und setzte sich neben sie. War er dabei gewesen, die Kontrolle zu verlieren? Wo hätte es hingeführt? Er hatte noch nie eine so rohe, wilde Lust gespürt. Es hätte der Fick seines Lebens werden können. Oder ein Fiasko.

Aaron schüttelte den Kopf. „Ich habe ja schon viel erlebt … aber das …"

Jacob hob den Kopf. „Machen wir denn weiter mit dem Projekt?"

„Das entscheidet ihr", sagte Aaron. „Holly?"

„Ja, ich möchte gern mit euch arbeiten", sagte sie und lachte dann. „Das klingt so harmlos."

Jacob lächelte sie dankbar und erleichtert an. „Ich auch."

„Schön", sagte Aaron. „Dann kommt jetzt erst mal runter von eurem wilden Trip. Ich erwarte euch nächsten Sonntagnachmittag zum zweiten Shooting. Bis dahin habe ich die Verträge fertig. Ich zahle jedem von euch fünfhundert Pfund die Stunde, auch schon für heute, denn das war viel mehr als ein Probeshooting."

Jacob erhob sich und reichte Holly die Hand, um ihr aufzuhelfen. Als sie vor ihm stand, küsste er sie zart auf den Mund und strich ihr durch ihre zerzausten Haare.

„Zieht euch an", sagte Aaron. „Ihr könnt euch vorher gern noch im Bad etwas frisch machen. Aber bitte einer nach dem anderen. Und heimfahren werdet ihr auch getrennt. Kein Kontakt vor dem nächsten Shooting. Grace, bestell bitte ein Taxi für Holly."

Jacob ließ ihr den Vortritt ins Bad und sammelte seine Kleidungsstücke ein.

Kein Kontakt, eine ganze Woche lang. Er bezweifelte, dass er das durchhalten würde.

Nachdem Holly und Jacob gegangen waren, räumte Grace das Studio auf. Sie sammelte die Kissen ein und sah sich nach der Peitsche um, die Jacob vorhin noch in der Hand gehabt hatte. Sie konnte sie nirgends entdecken und ging rüber in die Folterkammer, um zu sehen, ob Jacob sie bereits selbst zurückgebracht hatte. Doch dort war sie auch nicht. Auch beim Schminkplatz und im Umkleidebereich konnte Grace sie nicht entdecken.

Kopfschüttelnd kehrte sie ins Studio zurück und wollte Heartland fragen, ob er sie gesehen hatte. Doch der war darin vertieft, die Aufnahmen zu sichten.

„Ich gehe schlafen, Sir, wenn das okay ist."

Er sah sie an. „Wir sind noch nicht fertig."

Sie versuchte, sich nicht anmerken zu lassen, dass sie Angst bekam. War er immer noch böse wegen vorhin und wollte sie bestrafen? Er hatte doch selbst gesagt, dass in seinem Studio keiner Frau Gewalt angetan werde.

„Ich erwarte dich in einer halben Stunde in meinem Arbeitszimmer", fügte er hinzu.

Ob Frauen dort *Gewalt angetan werden darf?*

Grace ging in ihr Zimmer. Wenn er sie im Arbeitszimmer sprechen wollte, ging es vielleicht um ihren Vertrag. Wollte er sie entlassen?

Das Shooting war außer Kontrolle geraten, und vielleicht wäre es besser verlaufen, wenn sie Heartland nicht im entscheidenden Moment dazu gebracht hätte, das Studio zu verlassen. Andererseits war Holly drauf und dran gewesen, alles hinzuschmeißen, doch dann … Was Grace da zu sehen bekommen hatte, hatte ihre kühnsten Vorstellungen übertroffen.

Nein, Heartland würde sie nicht entlassen, sie hatte ja nichts falsch gemacht. Aber sie hätte ihn gleich fragen sollen, worum es ging. Nun würde sie sich eine halbe Stunde lang Sorgen machen müssen.

Sie kramte den Arbeitsvertrag mit dem Zusatz heraus, der vor keinem Arbeitsgericht der Welt Bestand haben würde. Sie las noch einmal die Formulierung, die sie leichtfertig unterschrieben hatte. Darin hieß es, dass sie einwilligte, im Fall von Ungehorsam bestraft zu werden, und zwar durch „körperliche Züchtigung".

Sie hatte Holly vorhin unbekümmert erzählt, dass sie besser nichts Verbotenes tue, um nicht gezüchtigt zu werden. Doch von der Unbekümmertheit war nichts geblieben. Sie gab sich gern devoten Fantasien hin, aber Erfahrungen dieser Art hatte sie keine. Es ging ihr ähnlich wie Jacob, der davon träumte, eine Frau zu beherrschen, ohne zu wissen, ob ihm das wirklich lag.

Grace war gerade erst seit zwei Tagen hier angestellt gewesen, als Jacob und Heartland ihre Idee besprochen hatten, und war gespannt gewesen, wie es sein würde, wenn er versuchte, seine Fantasien auszuleben. Schließlich taugten die meisten Fantasien nicht für die Realität. Im Kopf blieb man immer Herr der Lage. Da gab es keine echten Gefahren, keine reale Verantwortung und vor allem keine körperlichen Schmerzen.

Gerade der letzte Punkt beunruhigte sie. Sie war einige Male, wenn sie allein im Haus gewesen war, in die Folterkammer gegangen, hatte sich alles genau angesehen und sich vorgestellt, was ein Mann – vor allem ein so verdammt schöner Mann wie Heartland – dort alles mit ihr machen könnte, und hatte dabei zwischen Erregung und Entsetzen geschwankt. Sie hatte sich vorsichtig mit einer Reitgerte auf die Rückseite der Oberschenkel geschlagen, aber nicht gewagt, fester zuzuschlagen, aus Scheu davor, sich selbst wehzutun.

Grace sah auf die Uhr auf ihrem Nachttisch. Von der halben Stunde waren noch keine zehn Minuten vergangen.

Ob sie es wagen konnte, einen Blick ins Arbeitszimmer zu werfen? Grace ging den Flur entlang bis zu der hohen, dunklen Tür. Heartland war bestimmt immer noch im Studio in die Fotos vertieft, darum bestand keine Gefahr, dass er plötzlich aufkreuzte und sie erwischte. Wieso schlug ihr Herz dann trotzdem bis zum Hals?

Sie drehte den Türknauf und hoffte, es wäre abgeschlossen, denn dann müsste sie sich keines Vergehens schuldig machen. Aber die Tür öffnete sich mit leisem Knarren.

Sie linste durch den Spalt – und sah nichts, denn der Raum lag völlig im Dunkeln. Würde Heartland es mitbekommen, wenn sie hier Licht machte? Sie rief sich den Grundriss des Hauses vor Augen. Die Studiofenster gingen nach Westen, der Raum hier nach Osten. Der Lichtschein würde also oben nicht zu sehen sein.

Sie tastete nach einem Lichtschalter, doch noch bevor sie ihn gefunden hatte, flammte die Deckenbeleuchtung auf. Grace hielt erschrocken die Luft an.

Ich werde noch paranoid. Das muss ein Bewegungsmelder sein, genau wie draußen und in den Kellerräumen.

Sie sah hinter sich in den Flur. Alles war still. Sie wandte sich wieder dem Arbeitszimmer zu. Nichts Ungewöhnliches, wenn man mal davon absah, dass es riesig und edel eingerichtet war, wie der Rest des Hauses. Es gab ein Stehpult, und der Schreibtisch, die Regale, die Sitzecke waren von gewaltigen Ausmaßen.

Grace machte zwei Schritte in den Raum hinein, um sich das Pult näher anzusehen. Es war aus dunklem Holz und hatte gedrechselte Beine, an denen in regelmäßigen Abständen Metallringe sowie weiter oben Griffe eingearbeitet waren. Die Platte war in Höhe und Neigung verstellbar und hatte entlang der hinteren Kante eine breite, mit Leder bezogene Polsterung.

Das war kein Pult zum Schreiben, sondern zum Fesseln. Eine Art Strafbock. Grace wich zurück. Hier würde er sie züchtigen. Sie sah sich nach dem dazugehörigen Schlaginstrument um. Als sie es entdeckte, konnte sie spüren, wie alle Farbe aus ihrem Gesicht wich. An der Wand über dem Pult hing ein langer Rohrstock. Er würde durch die Luft zischen und unerbittlich auf ihrem weichen Gesäß landen und …

Wieso wurde sie feucht? Wieder so eine Fantasie, die außer Kontrolle geriet.

Aber sie musste sich irgendwie mental auf das vorbereiten, was gleich geschehen würde. Also stellte sie sich vor das Pult, beugte sich vor und legte den Oberkörper auf der Polsterung ab. Den Kopf drehte sie zur Seite. Ob er sie fesseln würde? Oder würde er ihr nur befehlen, sich an den Griffen festzuhalten? Vielleicht ließ er sie die Beine spreizen.

Sie stellte die Füße etwas auseinander, griff nach hinten und hob ihr Kleid hoch. Was für ein erschreckendes Gefühl, nackt zu sein und auf eine Bestrafung zu warten. Wie grausam würde er sein? Vielleicht konnte sie ihn ja mit Betteln und Flehen milder stimmen.

Aaron Heartland war der wundervollste Mann, dem sie je begegnet war. Seine angenehme Stimme, die geschmeidigen Bewegungen, die einnehmende Art, alles an ihm war unwiderstehlich. Wenn er sie anlächelte, war sie verloren. Sie mochte es aber auch, wenn er ernst dreinblickte. Dann strahlte er Stärke und Ruhe aus.

Sie stellte sich vor, wie er eine Hand in ihren Nacken legte, wie er sich über sie beugte und sie zwischen die Schulterblätter küsste. Wohlige Schauer wanderten ihre Wirbelsäule entlang. Ob er sie zum Schreien bringen würde? Wie oft und wie hart hatte er ihre Vorgängerin bestraft?

Und was würde danach geschehen? Vielleicht würde er sie trösten, zärtlich in den Arm nehmen, küssen … danach sehnte sie sich so sehr. Wenn Schmerz der Preis war, den sie dafür zahlen musste, dann war sie dazu bereit.

Grace richtete sich auf und sah sich nach einer Uhr um, doch es gab hier drin keine. Besser, sie verließ den Raum und wartete vor der Tür.

Minuten verstrichen, dann hörte sie ihn die Treppe heruntereilen. Während er den Flur entlang auf sie zukam, versuchte sie, an seinem Gesicht abzulesen, wie er gestimmt war, doch seine Miene war undurchdringlich.

„Danke, dass du auf mich gewartet hast“, sagte er und öffnete die Tür. Er trat zuerst ein und ließ sie an sich vorbei, nachdem das Deckenlicht angegangen war.

Sie ging nur bis zum Stehpult, doch er deutete zur Sitzgruppe. „Nimm bitte Platz.“

Vielleicht wollte er erst mit ihr reden, ihr erklären, warum sie bestraft wurde.

Er setzte sich nicht zu ihr, sondern öffnete eine der Schubladen an seinem Schreibtisch. Als sie sah, was er herausnahm, wurde ihr kalt. Es waren ihre Bewerbungsunterlagen. Sie erkannte sie an der pinkfarbenen Klarsichthülle.

Also ging es um ihre Anstellung, die vielleicht in wenigen Minuten enden würde. Wieso fragte sie ihn nicht, was er vorhatte? Wieso war sie so verstockt, wenn sie mit ihm allein war, wo sie doch sonst keine Probleme damit hatte, den Mund aufzumachen?

Er entnahm die Unterlagen der Klarsichthülle, blätterte sie durch und kam mit den zwei Seiten ihres Lebenslaufs in der Hand zur Sitzgruppe, wo er sich, ohne von den Blättern aufzusehen, ihr gegenüber hinsetzte.

„Ich meine mich zu erinnern …“, murmelte er. „Ja, da steht es. Du spielst Klarinette.“ Er sah auf. „Ich habe dich noch nie spielen gehört.“

Sie blinzelte, um Zeit zu gewinnen und dieser unerwarteten Richtung, die das Gespräch nahm, folgen zu können. „Ähm. Nein. Ich spiele nicht mehr. Nachdem meine Eltern sich getrennt hatten, wurde der Unterricht zu teuer. Wir mussten die Klarinette verkaufen.“ Sie zuckte die Schultern. „Ging nicht anders.“ Sie wollte nicht daran denken, wie sehr es sie geschmerzt hatte, sich von dem geliebten Instrument zu trennen.

Heartland legte die Blätter auf den Couchtisch und

stützte die Ellenbogen auf die Knie. So saß er eine Weile schweigend da, dann sagte er: „Ich möchte mich bei dir dafür entschuldigen, dass ich dir Vorwürfe gemacht habe. Du hattest vollkommen recht, den Zündstoff aus der Situation herauszunehmen."

Sie strahlte und hätte vor Erleichterung am liebsten die ganze Welt umarmt. Keine Entlassung. Keine Bestrafung. Ihr Blick wanderte kurz zu dem Rohrstock an der Wand über dem Pult, huschte aber schnell wieder zu Heartland zurück.

Er setzte sich aufrecht hin und rieb die Hände aneinander, als würde er sich auf etwas freuen. „Weißt du, was wir morgen machen?"

Sie hob eine Augenbraue. „N-nein?"

„Kannst du es dir nicht denken?" Er deutete mit dem Kinn auf ihren Lebenslauf.

„Ich … nein." Sie war müde und von ihrer unnötigen Angst emotional ausgelaugt.

„Wir kaufen dir eine erstklassige Klarinette."

„Eine Klarinette?" Sie sprang auf. Von Zurückhaltung keine Spur mehr. Sie warf sich auf ihn, um ihn stürmisch zu umarmen. „Danke, Sir. Das ist fantastisch." Wie hatte sie ihn bloß so falsch einschätzen können? Nicht nur, dass er sie nicht bestrafte, er belohnte sie auch noch.

Er lachte nachsichtig und sichtlich zufrieden, während sie ihn mit Dankesbekundungen überschüttete.

Als sie von ihm abließ, räusperte er sich und sagte: „Ich habe völlig eigennützige Motive. Wenn ich schon eine Assistentin habe, die ein Musikinstrument beherrscht, dann will ich hin und wieder auch in den Genuss kommen, sie spielen zu hören. Und nun geh schlafen, dir fallen ja schon die Augen zu."

„Ja, Sir. Danke." Auf dem Weg zur Tür ging sie an

dem Stehpult vorbei und dachte daran, wie sie sich vorhin mit dem Oberkörper daraufgelegt hatte. Ob sie jemals in diese Situation kommen würde?

Kapitel 4

Am Montag war Summer schon morgens aufgeregt, weil sie Ryan abends wiedersehen würde und keine Ahnung hatte, was sie erwartete. Den ganzen Arbeitstag hindurch konnte sie sich nur schwer konzentrieren, da ihr tausend Fragen durch den Kopf gingen. Würden sie und Ryan über das peinliche Missverständnis reden, das zu ihrem zärtlichen, aber viel zu kurzen Moment der Lust geführt hatte? War es für ihn nur ein Intermezzo gewesen? Und was, wenn er mehr wollte? Wie weit würde sie gehen? War sie überhaupt schon bereit für eine neue Beziehung und wenn ja, musste es unbedingt wieder ein dominanter Mann sein?

Sie wusste nicht, inwieweit sie selbst die Entwicklung steuern konnte und in welche Richtung sie sie überhaupt steuern wollte. Bei Logan hatte sie sich treiben lassen können, denn er bestimmte den Kurs, und wo der hinging, war immer klar umrissen gewesen. Bei Ryan hingegen segelte sie im Moment noch auf ein unbekanntes Ziel zu. Und zu allem Überfluss lag dieses Ziel laut Logan außerhalb ihrer Wohlfühlzone.

„Pass auf dich auf", hatte er gesagt. „Ryan ist sehr anspruchsvoll und würde dich überfordern." Leider hatte er keine Details herausgerückt, worin die Überforderung bestehen würde.

Auch Hollys Rat beruhigte sie nicht gerade. „Nimm Reißaus, wenn es brenzlig wird."

Summer befürchtete, dass sie sich völlig unnötig in etwas hineinsteigerte, denn das Treffen heute Abend war ein Geschäftstermin, kein Date. Eine Wohnungsbesichtigung, auf die sie sich allerdings nur eingelassen hatte, weil sie Ryan wiedersehen wollte.

Nachdem der letzte Patient gegangen war, blieb ihr noch Zeit, ihr Make-up aufzufrischen und dann mit der U-Bahn zu der Adresse zu fahren, wo sie laut Exposé eine möblierte Dreizimmerwohnung mit Blick auf die Themse erwartete.

Der Himmel zeigte das fahle Grau der einsetzenden Dämmerung, als sie auf ein hypermodernes Ensemble aus Hochhäusern zuging. Eine schwarz glänzende Limousine hielt neben ihr am Straßenrand und der Fahrer stieg aus. Er hatte einen grau melierten Bürstenhaarschnitt, trug einen schwarzen Anzug und kam Summer vage bekannt vor. Er öffnete die hintere Wagentür.

Ryan stieg aus dem Fond des Wagens. Als er Summer anlächelte, pochte ihr Herz nicht nur in ihrer Brust, sondern auch in ihrem Schoß, und ihre Fingerspitzen vibrierten. Das fing ja gut an.

Ryan wandte sich an den Fahrer. „Sie brauchen nicht hier zu warten. Ich rufe Sie an, wenn wir fertig sind.“

Wieder dachte Summer, dass sie den Fahrer kannte. Er runzelte die Stirn, als er ihren forschenden Blick bemerkte. Ja, dieses Stirnrunzeln war ihr vertraut. Da blitzte doch etwas auf in ihrem Unterbewusstsein auf. Noch bevor sie in ihrem Gedächtnis weiter herumkramen konnte, stieg der Mann wieder ein und fuhr los.

Ryan küsste sie auf die Wange. Es war eine liebevolle Begrüßung, mit der er ihr eindeutig zu verstehen gab, dass er sie nicht nur wie eine Kundin zu behandeln gedachte. Und da war noch etwas, das sie jetzt erst realisierte. Er hatte den Fahrer weggeschickt, also würde es länger dauern. Ihre bisherigen Wohnungsbesichtigungen waren in wenigen Minuten vorbei gewesen. Ein Makler nahm sich bestimmt etwas mehr Zeit, aber wie lange konnte man damit zubringen, drei Zimmer anzuschauen? Keinesfalls mehr als eine halbe Stunde, und das war schon sehr hoch gegriffen. Was hatte er also vor? Wollte er sie anschließend zum Essen ausführen? Aber dafür hätten sie den Fahrer erst recht gebraucht, denn in dieser Gegend gab es weit und breit kein Restaurant.

„Bist du neugierig?", fragte er, und als sie nickte, erklärte er: „Die Wohnung liegt im neunten Stock des mittleren Gebäudes." Er tippte einen Code in das elektronische Schloss und führte Summer durch die Eingangshalle zu einem verglasten Aufzug.

Summer sah in die Dämmerung hinaus, während sich der Lift fast lautlos nach oben bewegte. Sie nahm Ryans Gegenwart mit allen Sinnen wahr. Keiner von ihnen sagte ein Wort.

Der Lift öffnete sich in einem Flur, der an ein Nobelhotel erinnerte. Ryan ging auf eine der Türen zu. „Es gibt fünf Wohnungen auf jeder Ebene", erklärte er, jetzt ganz der Makler. „Die Wohnung, die ich dir zeige, ist mit hundertfünfzig Quadratmetern die kleinste und hat eine spektakuläre Aussicht."

Hundertfünfzig Quadratmeter? Klein? Du liebe Zeit, ein Drittel davon würde ihr vollauf genügen.

Er ließ die Tür aufschwingen und bedeutete Summer vorzugehen. Als sie an ihm vorbeiglitt, atmete sie seinen Duft ein. Sie hatte noch nie so eine gelungene Kombination aus frischen und herben Noten geschnuppert. Das war ihr schon bei der ersten Begegnung aufgefallen, aber da waren so viele Eindrücke auf sie eingestürmt, dass sie nicht in der Lage gewesen war, jedem Einzelnen ausgiebig Beachtung zu schenken.

Ryan nahm eine Fernbedienung aus der Halterung an der Wand, die neben einem Display angebracht war. Er drückte eine Taste und mehrere Spots gingen an.

Vom Vorraum gelangten sie ins Wohnzimmer mit einer breiten, bodentiefen Fensterfront. Die dunkelroten Jalousien waren heruntergelassen, von der spektakulären Aussicht war nichts zu sehen.

Ryan führte sie ins Bad. „Mit Jacuzzi und Massage-Dusche", sagte er.

Sie sah sich um und schüttelte fassungslos den Kopf. „Dieses Bad ist für sich allein schon so groß wie die Wohnungen, die ich mir bisher angesehen habe."

Ryan ging zur nächsten Tür. „Hier ist das Schlafzimmer mit Ankleideraum. Alle Möbel sind aus hochwertigem Kirschholz."

Sie warf einen Blick hinein und fragte sich, wie sie diesem durchgestylten Raum eine persönliche Note geben sollte.

Es folgte ein Arbeitszimmer, das mit dem riesigen Schreibtisch und dem breiten Lederdrehstuhl einschüchternd auf sie wirkte. „Sehr maskulin", meinte sie.

Ryan nickte. „Die meisten Wohnungen hier werden an Geschäftsleute aus dem Ausland verkauft, die in London ein Pied-à-Terre brauchen."

Dann ging es in die offene Küche mit Lackfronten im selben Rot wie die Jalousien und einer Kochinsel mit angebauter Esstheke.

„Okay", sagte sie lahm.

Er legte den Kopf schief. „Kein Begeisterungsausbruch?“

„Ich koche gerne, aber ich brauche weder einen Dampfgarer, noch eine Wokmulde, noch was es hier sonst so gibt. Ich glaube, eine Luxuswohnung ist an mich verschwendet.“

Diesmal war er es, der „Okay“ sagte. „Aber die Aussicht aus dem Wohnzimmer schaust du dir trotzdem noch an, ja?“

Irrte sie sich oder lag etwas Lauerndes in seinem Blick? Welche Überraschung hielt er dort für sie bereit?

Sie folgte ihm um die Esstheke herum in den Wohnbereich. Wieder drückte Ryan auf die Fernbedienung. Die Jalousien hoben sich unter leisem Surren auf der ganzen Breite und gaben den Blick auf den bewölkten Himmel und die Lichter am anderen Themseufer frei.

„Netter Spezialeffekt“, kommentierte sie grinsend. Sie trat an eins der bodentiefen Fenster und drehte sich um. Ihr Blick wanderte über die weiße Ledercouch, die abstrakten Gemälde, die gläsernen Tische und schwarzen Sessel, über kubistische Schrankelemente und ein Mediencenter. Zwischen den Sesseln stand auf einem Tisch ein Sektkübel mit einer Flasche, daneben zwei Gläser.

„Auf einen Abschluss werden wir wohl nicht anstoßen können“, sagte Summer. „Die Wohnung ist mir nicht heimelig genug. Der Jacuzzi würde mir allerdings gefallen.“

Sie hoffte, dass Ryan die Anspielung verstand und sich daran erinnerte, wie er sie nackt über die Wanne gebeugt gesehen hatte.

Doch Ryan ging nicht darauf ein. Er trat neben sie ans Fenster und schaute sie von der Seite an. „Du legst also keinen Wert auf eine schöne Aussicht?“

„Nicht, wenn ich mich dabei wie auf einem Präsentierteller fühle.“ Sie drehte sich wieder um und deutete auf ein weiteres Hochhaus des Ensembles, das schätzungsweise zwanzig Meter entfernt und leicht versetzt stand, sodass es die Aussicht auf die Themse nicht behinderte, den Bewohnern aber beste Einblicke in die Fenster dieses Hauses bot.

„Das ist wahr. Vor allem dann, wenn es draußen dunkel und drinnen das Licht an ist.“ Wieder ein Druck auf die Fernbedienung. Warmes Licht flutete die Fensterfront. Ryan ging zu einem der schwarzen Ledersessel, setzte sich und sah sie mit einem Blick an, der nichts Geschäftliches mehr an sich hatte. „Ich möchte, dass du dich ausziehst“, sagte er knapp.

Verwirrt starrte sie ihn an. Das kam zu plötzlich. Außerdem war es weder eine Bitte noch ein Befehl gewesen, eher eine sachliche Aufforderung. Summer wusste nicht, wie sie reagieren sollte. Sie wartete, ob er sie stärker drängen würde, doch er sah sie nur abwartend an. Dabei legte er die Hände übereinander und lenkte durch die Bewegung ihren Blick darauf. Sie fand seine Hände wundervoll und wollte von ihnen berührt werden. Wenn sie dafür in Kauf nehmen musste, sich seinen seltsamen Regeln zu beugen … Andererseits gab es vielleicht einen Verhandlungsspielraum. „Könntest du bitte das Licht löschen?“

Er schüttelte den Kopf.

„Wollen wir ins Schlafzimmer gehen?“

Erneutes Kopfschütteln.

„Dann ziehe ich mich nicht aus.“ Ihr Schulterzucken fiel jedoch nicht sonderlich überzeugend aus, das merkte sie selbst.

Ryan griff ohne hinzusehen mit der rechten Hand

neben sich, wo er seinen Aktenkoffer abgestellt hatte. Er nahm ihn auf den Schoß, ließ die Schlösser aufschnappen und hob den Deckel. Summer folgte aufmerksam seinen Bewegungen.

Auch heute enthielt der Koffer Papiere, aber obenauf lag eine Peitsche mit mehreren kurzen Riemen.

Summers Körper reagierte schneller als ihr Verstand. Zwischen ihren Schulterblättern prickelte es, ihre Bauch- und Pomuskeln spannten sich an, ihre Pussy wurde feucht. Sie leckte sich über die Lippen.

Ryan sah es und lächelte. Es war ein einnehmendes Lächeln. So ganz anders als das überlegene Lächeln, das Logans Spezialität war. Sie hatte es erregend gefunden, aber auch einschüchternd. Ryans Lächeln hingegen war sanft, verständnisvoll, zufrieden. Widerstrebend löste sie den Blick von ihm, vermied es, erneut zur Peitsche hinzuschielen, die so viel wohligen Schmerz verhieß, und ging zur Tür.

„Na gut", sagte Ryan leise.

Sie hielt inne.

„Kleines Zugeständnis." Er griff nach der Peitsche.

Sie schwieg und hielt die Augen stur in den Vorraum gerichtet. Jetzt bloß keine Schwäche zeigen!

„Kurz bevor du kommst, werde ich das Licht löschen."

Sie empfand immer noch eine starke Scheu vor möglichen Beobachtern, dennoch lenkte sie ein, weil er ihr einen Orgasmus versprochen hatte. Sie knöpfte ihre Jacke auf und legte sie über einen der sechs Designerstühle beim Esstisch. Sie zog ihre Pumps und die Nylonstrümpfe aus, dann die Hose. Schließlich streifte sie den blauen Kaschmirpullover über den Kopf und schüttelte ihre Haare zurecht. Bis hierhin war es nicht schwierig gewesen. Doch ihren BH und den Tanga abzulegen, würde sie Überwindung kosten, auch wenn sie mit dem Rücken zum Fenster stand.

Ryan bemerkte ihr Zögern und stellte die Aktentasche auf den Boden. Er stand auf und begann, den Sekt zu entkorken. Vielleicht war es auch Champagner. Wie sie Ryan einschätzte, wahrscheinlich ein besonders teurer. Ryan schenkte etwas in ein Glas und kam zu ihr. „Meinst du, das könnte dich ein wenig lockerer machen?"

„Möglich", sagte sie und nahm einen Schluck. Der Champagner schmeckte sündhaft gut. Sie trank noch ein bisschen mehr. „Weißt du, es ist nicht nur mein Schamgefühl, es ist auch …" Sie deutete mit dem Daumen über ihre Schulter. „An einem der Fenster im Haus gegenüber könnte jemand mit einem Fernglas stehen, der uns beobachtet. Und wir wissen nicht, was das für ein Mensch ist. Vielleicht ein Mann, der Spaß am Zusehen hat? Das wäre nicht weiter schlimm. Ein Jugendlicher, der danach traumatisiert ist? Furchtbare Vorstellung."

Ryan nahm ihr das Glas ab und trank selbst daraus, dann lächelte er. „Summer, wenn du es von der psychologischen Seite her sehen willst, könntest du genauso gut mutmaßen, dass es jemand ist, der sich heute Nacht mit Schlaftabletten umbringen will. Dann sieht er uns, und ihm wird klar, dass das Leben doch lebenswert ist. Sehr lebenswert", ergänzte er mit leiser Stimme und beugte sich vor.

Seine Lippen legten sich für einen kurzen Moment sanft auf ihre. Ein süßer Schauer rieselte durch ihren Körper.

Dann ging er zum Sessel zurück, setzte sich wieder und schlug die Beine übereinander.

Etwas verloren stand sie da. Auf den Lippen schmeckte sie noch seinen Kuss und den Champagner. Nach kurzem Zögern entledigte sie sich ihres BHs und des Tangas. Sie hatte sich noch nie in einer vergleichbaren Situation befunden. Der eine Abend im Club, als sie sich ausgezogen hatte, war etwas völlig anderes gewesen. Da war man unter sich. Es gab keine fremden Beobachter. Und danach hatte sie Logan gehört, der sie mit niemandem geteilt hatte. Es gab keine gemeinsamen Clubbesuche, keine Sessions mit anderen Subs und Doms.

Hier kam sie sich vor, als wären tausend Kameras auf sie gerichtet. Es überraschte sie, wie sehr das ihr Gefühl für Nacktheit veränderte. Sie senkte den Blick und wünschte sich insgeheim eine Augenbinde.

„Es gibt Frauen“, sagte Ryan, „die genießen es, sich zu zeigen, und finden Sex erst richtig aufregend, wenn sie dabei Zuschauer haben. Und ich meine damit nicht Frauen, die in Nachtclubs auftreten, sondern einige Damen der High Society. Sie lieben diesen Kick.“

Summer stellte sich vor, wie Ryan es mit High-Society-Ladys an den Pools ihrer Luxusvillen trieb. Ihre wäre lieber gewesen, er hätte ihr diese Information vorenthalten.

„Weißt du, ich finde wie jeder Dom Gefallen daran, Frauen an ihre Grenzen zu bringen“, erklärte er. „Das kann bedeuten, noch fester zuzuschlagen, neue Fesselungen auszuprobieren, mehr Regeln aufzustellen und drastischere Strafen zu ersinnen. Aber irgendwann ist alles ausgereizt. Für guten Sex brauche ich im Grunde nur eine schöne, willige Frau und eine Peitsche.“

„Und eine Seidenkrawatte“, ergänzte sie.

Ryan lächelte. „Sowie eine unbekannte Anzahl von Zuschauern."

„Was genau willst du mir damit sagen?"

„Du sollst wissen, worauf du dich einlässt. Du hast mir gezeigt, dass du wie für mich geschaffen bist, weil du keinerlei exhibitionistische Neigungen hast. So kann ich dich mit Grenzerfahrungen konfrontieren, ohne dir allzu sehr wehtun zu müssen. Das hast du dir doch gewünscht, oder? Nur einen Hauch von Schmerz."

Sie sah kurz über ihre Schulter zum Fenster. „Und dann gleich so ein Einstieg! Wir haben hier eine Panoramawand, vor der ich für jeden sichtbar bin, der zufällig in die Richtung sieht."

„Glaube mir, es ist ein bescheidener Anfang." Er nahm die Peitsche aus dem Koffer.

Summer beobachtete mit zusammengepressten Lippen, wie seine Finger sich um den Griff schlossen.

„Dreh dich um", sagte er, „und lehn dich mit den Handflächen an die Glasscheibe."

Sie zögerte. Sie wollte mit ihm zusammen sein, nichts sehnlicher als das, aber sie konnte ihre Hemmungen nicht so schnell loslassen. Vor ihrem geistigen Auge versammelten sich bereits unzählige Spanner mit Ferngläsern, Teleskopen und Videokameras, die danach lechzten, sie von vorn zu sehen.

„Bitte hilf mir", sagte sie leise, ohne zu wissen, welche Art von Hilfe sie erwartete. Noch ein paar Schlucke Champagner vielleicht, ein weiterer Kuss oder ein klarer Befehl, der sie der Verantwortung für ihr Handeln enthob.

„Du bist wundervoll." Ryan legte den Kopf etwas zur Seite. „Oder machst du das nur mir zuliebe?"

„Mich so schamhaft anstellen? Nein, das ist echt.

Logan und ich waren immer nur zu zweit. Sobald Besuch kam, hat er mich behandelt wie eine gute Bekannte, nicht wie seine Geliebte."

„Dann ist es kein Wunder, dass dir jegliche Art von Zurschaustellung von Zärtlichkeit fremd geworden ist." Ryan beugte sich im Sessel ein Stück vor. „Und was ich mit dir vorhabe, geht weit über Zärtlichkeit hinaus. Ich werde dir nun nicht mehr helfen. Ich schaue nur zu, wie du mit dir haderst." Er schlug ein Bein über das andere. „Ich kann dir aber einen kleinen Tipp geben. Wenn jemand zum ersten Mal eine Rede halten muss, rät man ihm gegen das Lampenfieber gern, sich das Publikum in Unterwäsche vorzustellen. Wie wäre es, wenn du dir vorstellst, dass in dem Gebäude gegenüber nur Sehbehinderte leben."

Summer lachte lauf auf und spürte die befreiende Wirkung. Logan war stets sehr ernst gewesen. Mit Ryan würde alles anders werden, und zwar so vollkommen anders, dass sie von großer Abenteuerlust gepackt wurde.

Ohne weiter nachzudenken, drehte sie sich um, trat näher ans Fenster und streckte die Hände aus. Als sie das Glas berührte, fühlt es sich an, als würde es noch durchsichtiger werden. Summer sah zu dem anderen Gebäude hinüber. Nur in den unteren Stockwerken waren einige Fenster erleuchtet. Weiter oben hatte niemand das Licht angeschaltet, was nur bedeuten konnte, dass sie alle mitbekommen hatten, welches Schauspiel sie hier geboten bekamen.

Wie im Theater. Die Hauptdarstellerin steht im Rampenlicht, das Publikum sitzt im Dunkeln.

Verunsichert wartete sie auf Ryans Regieanweisungen.

Ryan beobachtete fasziniert, wie Summer sich zu entspannen versuchte. Wer hätte gedacht, dass eine Frau mit so umfangreichen sexuellen Erfahrungen etwas derart Unschuldiges an sich haben konnte? Ihre Avancen am Freitagabend waren nicht obszön, sondern schüchtern gewesen. Sie hatte den Anschein erweckt, als wäre sie über ihre Initiative selbst überrascht. Das fand Ryan ebenso unwiderstehlich wie ihre helle, zarte Haut und ihre Brüste, die wie dafür geschaffen waren, von seinen Händen umschlossen zu werden.

Ryan hatte die Haltung, in der er sie jetzt warten ließ, gestern Abend genau hier getestet. Womöglich lagen ihre Hände nur knapp unterhalb der Fingerabdrücke, die er auf dem Glas hinterlassen hatte. Er hatte gefühlt, was sie jetzt fühlte: Einen sicheren Stand auf dem beheizten Marmorboden, eine leichte Anspannung in der Schultermuskulatur wegen der nach vorn gestreckten Arme. Automatisch senkte man nach einer Weile das Kinn und atmete tiefer. Man spürte, wie dünn so eine Glasscheibe war, wie wenig einen von der Nacht da draußen trennte. Ein köstliches Gefühl, das Summer sicher zu genießen lernen würde. Aber vorher sollte sie ein bisschen leiden.

Ryan stand auf und trat zu ihr. Er streichelte sie von der Schulter hinunter zur Taille, nahm die seidige Textur ihrer Haut wahr, hörte ihr wohliges Seufzen. Er hob ihre honigblonden Haare, die etwas über schulterlang waren, und küsste sie auf den Nacken. Summer atmete hörbar aus.

„Stell die Füße weiter auseinander."

Sie reagierte sofort, wackelte dabei ein bisschen mit dem Po, als wollte sie dort auch berührt werden. Er stellte sich hinter sie, zwischen ihre gespreizten Beine, beugte sich vor, sodass sie seine Erektion zwischen ihren Pobacken spüren musste, und legte die linke Hand neben ihre auf das Glas. Mit der rechten Hand streichelte er Summers Venushügel.

„Hmmm“, machte sie kaum hörbar.

Er ließ seine Hand tiefer gleiten, bis er mit den Fingerspitzen ihre Schamlippen spreizen konnte.

Summer hauchte: „Oh Gott“, und er wusste, dass sie damit nicht nur das süße Gefühl der Lust meinte, das sie durchrieselte, sondern auch ihr Entsetzen darüber, dass sie womöglich beobachtet wurde. Er liebkoste ihre Klitoris und die weiche Haut dort, wo ihre Vagina sich öffnete. Warm umfing ihre Feuchtigkeit seine Fingerspitzen. Er knetete ihre Pussy, bis Summer zu zittern begann.

Jetzt hätte er aufhören und zum härteren Teil übergehen können, aber es reichte ihm noch nicht. Er wollte sie schmecken, sie auf der Zunge und den Lippen spüren, und dabei ausloten, wie lange sie ihren Höhepunkt zurückhalten konnte.

Sie war wunderbar erregbar, und dabei hilflos gefangen in ihrem Wunsch, ihm zu gehorchen. Er drehte Summer an den Schultern herum und lehnte sie mit dem Rücken gegen das Glas. In ihren Augen konnte er deutlich die Erleichterung darüber sehen, dass sie der Welt nun ihre Kehrseite zuwenden durfte.

Ryan strich ihr die Haare aus dem Gesicht und küsste ihren Nasenflügel. Er hatte das Bedürfnis, unendlich zärtlich zu ihr zu sein. „Du bist wunderschön“, flüsterte er.

Sie lehnte ihre Wange in seine Handfläche und er konnte ihr Lächeln spüren.

„Ich möchte, dass du erst kommst, wenn ich es dir gestatte."

Sie nickte, die Wange immer noch an seine Hand geschmiegt. „Ja, Sir."

„Nenn mich bitte nicht Sir oder Gebieter. Du bist nicht meine Sklavin. Wir spielen keine Rollen. Wir sind einfach wir."

Sie atmete tief durch, und er ahnte, was in ihr vorging. Es war für eine devot veranlagte Frau viel leichter, sich hinzugeben, wenn sie alle Verantwortung für ihr Handeln jemandem übertragen konnte, der absoluten Gehorsam verlangte. Er ließ ihr mehr Freiheiten, als ihr lieb war.

Ryan ließ sich auf die Knie sinken, packte ihre Pobacken, zog ihr Becken zu sich heran und küsste sie auf die Pussy. Laut und schmatzend, weil er wusste, dass sie das wieder zum Lachen bringen würde, und weil er den Klang ihres Lachens liebte.

Dann leckte und neckte er sie, bis sie laut und verzweifelt stöhnte: „Darf ich bitte kommen?"

„Nein." Er stieß die Zunge in ihre Spalte, rieb mit den Zähnen über ihre Klitoris und saugte an ihr, bis ihre Beine zitterten und ihr Atem stoßweise kam.

Sie gab hohe, spitze Laute von sich, schaffte es aber, ein weiteres „Bitte" hervorzupressen.

Er spreizte mit den Daumen ihre Schamlippen, leckte über die empfindlichen Innenseiten und ertrank fast in ihrer Lust. Als er sicher war, dass sie in den nächsten Sekunden explosionsartig kommen würde, ohne auch nur den Hauch einer Chance, es verhindern zu können, ließ er von ihr ab, stand auf und ging die Peitsche holen.

Er hatte Summer genau da, wo er sie haben wollte.

Summer konnte kaum noch stehen, so sehr bebte ihr ganzer Körper. Ihre Schulterblätter klebten am Glas. Sie hatte den Hinterkopf ans Fenster gelehnt und die Augen geschlossen. Ihre Kehle war eng, ihre Bauchmuskeln angespannt. Sie hatte nicht mehr die Kraft, Ryan darum zu bitten, kommen zu dürfen. Und genau in dem Moment, als sie jegliche Selbstbeherrschung verlor, löste er sich von ihr.

Jetzt wird er bestimmt sein Versprechen wahrmachen und das Licht löschen.

Doch als sie die Augen wieder einen Spalt öffnete, sah sie ihn nach der Peitsche greifen. Nein, nicht jetzt, unmöglich! Als er mit dem Schlaginstrument in der Hand zu ihr trat, eine geeignete Position einnahm und schließlich ausholte, wurde ihr Verlangen nach ihm so groß, dass sie die Mauer des Gehorsams durchbrach.

Ruckartig löste sie sich von der Glasscheibe und warf sich Ryan an den Hals. Sie umschlang ihn, drückte sich an ihn und flehte ihn an: „Bitte nimm mich. Nimm mich sofort. Fick mich, so hart du willst. Ich muss dich jetzt spüren."

Doch Ryan schob sie bestimmt von sich. Er lächelte sein verführerisches Lächeln, kleine Fältchen bildeten sich um seine Augen. „Ich mag es, wenn du impulsiv bist", sagte er. „Aber eine Strafe muss natürlich sein. Ich werde das Licht erst *nach* deinem Orgasmus löschen."

Sie drehte den Kopf, hoffte, dass gegenüber ein paar Lichter angegangen waren, die darauf schließen ließen, dass die Menschen dort ein eigenes Leben hatten, dem sie nachgingen, anstatt wie hypnotisiert zuzusehen, was zwei hemmungslose Menschen hier trieben. Doch das andere Gebäude war immer noch dunkel.

„Lehn dich wieder an die Glasscheibe."

Nach kurzem Zögern gehorchte Summer.

„Jetzt muss ich dich erst wieder dahin bringen, wo ich dich gerade hatte", erklärte Ryan ohne Vorwurf in der Stimme. Wenn sie sich nicht täuschte, schien es ihm zu gefallen, sie erneut bis an den Rand eines Höhepunkts zu stimulieren.

„Und diesmal wirst du mich dabei ansehen."

Er berührte ihr Kinn. Summer sah ihm in die Augen, so gern sie sie auch geschlossen hätte. Da er keine Anstalten machte, sich hinzuknien, würde er sie nicht noch einmal lecken. Aber nur mit den Fingern konnte er sie niemals in solche Ekstase versetzen wie vorhin mit seiner Zunge.

Er hielt den Griff der Peitsche hoch. „Darf ich?"

Sie verstand nicht, was er meinte oder wieso er fragte. Hatte sie ihm nicht längst signalisiert, dass er alles mit ihr machen durfte? Vielleicht war er gar nicht so selbstsicher, wie er sich gab. Der Gedanke gefiel ihr, denn ein paar Schwächen standen jedem Mann gut.

Sie nickte, auch wenn sie nicht wusste, was er vorhatte. Dann senkte er die Hand, und sie spürte, wie ihre Schamlippen auseinandergedrückt wurden und etwas Hartes, Glattes in sie eindrang. Der Peitschengriff. Ja, das war gut. Und es wurde noch besser, als Ryan sie mit langsamen, tiefen Bewegungen fickte. Ryan leckte über ihre Lippen und das erste Zucken eines Höhepunkts bebte durch ihren Körper.

Ryan reagierte schnell, zog den Peitschengriff aus ihrer Pussy und trat zurück.

Durch einen Tränenschleier sah sie, wie er ausholte, kurz innehielt und dann zuschlug. Dieser Anblick reichte beinahe, um ihren Orgasmus zu vollenden.

Doch dann setzte der Schmerz ein. Sengend heiß trafen die Lederriemen die Vorderseite ihrer Oberschenkel. Ryan war grausamer, als sie erwartet hatte. Sie liebte ihn dafür umso mehr und eine süße Schwäche durchflutete sie. Ja, sie wollte den Schmerz, wollte schreien und sich winden. Es hatte ihr gefehlt.

Ryan schlug erneut zu, traf sie diesmal höher, quer über den Venushügel. Sie blinzelte die Tränen weg, um in sein Gesicht sehen zu können. Die leicht zusammengezogenen Augenbrauen gaben ihm ein neues Aussehen. Sie kannte bisher nur den sanften Ryan. Nun lernte sie den strengen Ryan kennen. Er war nicht so düster wie Logan, wirkte immer noch vergleichsweise weich, aber nicht minder erbarmungslos. Erst jetzt wurde ihr bewusst, dass er ihr noch kein Safeword genannt hatte. Es war auch nicht nötig, denn da sie nicht gefesselt war, konnte sie sich ihm jederzeit entziehen. Allerdings war es leichter, ein Wort auszusprechen, als sich zu bewegen.

Wieder holte er aus und sie sah ihm in die Augen, sah die Lust darin. Summer gab sich dem Schmerz hin und dem Gefühl von wildem Begehren, das sie empfand, wenn ein Mann keine Hemmungen hatte, ihr wehzutun. Die Hiebe folgten langsam, stets in derselben Stärke, und doch schmerzten sie mit jedem Mal mehr, da ihre Haut zusehends empfindlicher wurde. Sie stöhnte und hatte Mühe stillzuhalten. Noch nie hatte sie einen Schmerz als so durchdringend empfunden, dabei hatte Logan deutlichere Spuren auf ihr hinterlassen. Was war es nur, das sie derart empfindsam machte?

Um ihre Hände davon abzuhalten, sich schützend über ihre Schenkel zu legen, verschränkte sie sie hinter dem Rücken, wo sie sich mit jedem Hieb mehr ineinander verkrampften.

Als sie Ryan gerade anflehen wollte aufzuhören, ließ er die Peitsche sinken. Forschend sah er sie an. „Nimm wieder die erste Position ein."

Es fiel ihr schwer, ihm zu gehorchen, und das nicht nur, weil sie sich nun wieder der Außenwelt zuwenden, sondern weil sie sich von ihm *ab*wenden musste. Als sie in die Nacht hinaussah und zu dem dunklen Gebäude hinüberblickte, formte sich ein Gedanke in ihrem Kopf, eine Erkenntnis, die sich knapp unterhalb ihrer Bewusstseinsschwelle befand. Summer wollte danach fassen, als Ryan schon wieder eine Frage an sie richtete.

„Wie magst du es am liebsten?"

„Was meinst du?"

„Wie magst du es, auf den Po geschlagen zu werden? Langsam oder schnell? Erst sanft, dann fester, oder umgekehrt? Immer auf dieselbe Stelle oder variierend? Es gibt so viele Möglichkeiten."

„Mach es so, wie es dir gefällt. Ich … ich bin nur das Instrument deiner Lust."

„So etwas will ich nicht hören. Diese Art zu denken hat Logan dir eingetrichtert. Aber die sollst du wieder verlernen. Wenn du mit mir zusammen bist, geht es genauso sehr um deine Lust wie um meine. Im Moment sogar in erster Linie um deine. Wie ich es mag, hast du gerade erlebt. Ich liebe es, eine Frau bis kurz vor ihren Höhepunkt zu bringen und sie dann zu schlagen, da sie so keinerlei Abwehrmechanismen mehr hat und der Lustschmerz sie völlig durchdringt. Ich habe in deinen Augen gesehen, dass mir das gelungen ist. Also lass dir ruhig Zeit, denk darüber nach und sag mir dann, was *du* willst."

Oh, das hätte sie ihm sagen können. Sie wollte seine

Hand auf ihrem Hintern spüren, nicht die Peitsche. „Du verlangst zu viel Neues von mir."

„Es war leichter, sich Logans Wünschen zu fügen und ihm die Kontrolle zu überlassen, hm?"

„Ja, mit zu viel Freiheit kann ich nicht umgehen. Aber vorhin, da …" Sie sah ihn über ihre Schulter hinweg an. „Da habe ich einen Wunsch geäußert."

„*Nimm mich sofort*", zitierte er sie. „*Fick mich, so hart du willst.*" Er ließ die Peitschenriemen über den Boden schleifen, vor und zurück. „Tut mir leid, ich schlafe nie beim ersten Date mit einer Frau."

Was für eine seltsame Aussage einer Frau gegenüber, die nackt vor ihm stand und darüber nachdenken sollte, wie sie ausgepeitscht werden wollte. Immerhin war ihr Geist im Laufe der Unterhaltung und mit dem Nachlassen des Brennens auf ihren Oberschenkeln klarer geworden. „Also gut, ich habe zwei Wünsche. Erstens möchte ich dabei lieber gefesselt sein. Und zweitens empfinde ich es intensiver, wenn ich dabei nicht stehe, sondern … " Sie räusperte sich. Es war nicht einfach, über diese Dinge zu reden. „Wenn ich über einen Tisch oder Stuhl gebeugt bin." Dann war die Haut zwar stärker gespannt, was es unangenehmer machte, aber das Schwächegefühl in ihren Beinen hatte seit dem ersten Beinahe-Orgasmus stetig zugenommen und sie war für jeden Halt dankbar.

„Das heißt, ich muss die nächste Krawatte opfern." Er trat zu ihr und küsste ihre rechte Schulter. Sie mochte es, dass er sie immer wieder beiläufig berührte, küsste oder an ihr schnupperte. Alles was er tat, war weniger ritualisiert, als sie es mit Logan erlebt hatte. Ryan führte sie zu dem gläsernen Esstisch, sagte: „Warte kurz", nahm eine rote Decke von der

Couch und breitete sie über die kalte Tischfläche.

Sie ließ ihren Oberkörper auf die Decke sinken, drehte den Kopf zur Seite und überkreuzte die Hände auf dem Rücken. Er band ihre Handgelenke sorgfältig zusammen, und es fühlte sich gut an, mit einer Seidenkrawatte gefesselt zu werden, viel liebevoller als mit Lederriemen.

„Und jetzt?“, fragte er.

„Jetzt möchte ich, dass du mich so schlägst, wie es dich am meisten erregt. Ich …“ Sie suchte nach den richtigen Worten. „Ich möchte dich in dem Schmerz spüren können.“

„Das ist poetisch“, stellte er fest. „Eine schöne Vorstellung.“

Noch schöner wäre es, wenn die verdammten Fenster hinter mir nicht wären.

Er holte das Champagnerglas und goss etwas von der prickelnden Flüssigkeit auf ihre Pobacken, wo er sie verrieb. „Nasse Haut ist empfindlicher“, erklärte er dabei. „Du bringst eine böse Seite in mir zum Vorschein, die ich schon gar nicht mehr wahrhaben wollte. Ich liebe es, um Gnade angefleht zu werden, darum werde ich so lange weitermachen, bis du genau das tust. Und zwar laut und vernehmlich.“

Summer seufzte wohlig, denn dass er nicht sanft sein würde, machte sie geil.

„Spreiz die Beine etwas weiter“, lautete seine letzte Anweisung, dann schlug er zu. Mit einem satten Klatschen schlangen sich die Riemen um Summers Rundungen. Nach drei Hieben rieb Ryan sie erneut mit Champagner ein. Das kühlte angenehm, aber bald merkte sie, dass die Feuchtigkeit ihre Haut tatsächlich empfindlicher machte. Mit jedem Mal etwas mehr. Auch die streichelnde Berührung, mit der er den Champagner verteilte, ließ sie sensibler werden.

Schließlich begann er auch noch, schneller und fester zuzuschlagen, und bald wand sich Summer in behaglichem Lustschmerz. Noch war Ryan weit davon entfernt, sie so zu quälen, wie Logan es getan hatte.

Er hielt inne. „Ich sehe schon", sagte er. „Mit dieser kleinen Peitsche werde ich dich nicht dazu bringen, mich um Gnade zu bitten." Er beugte sich über Summer und küsste sie auf die Wange. „Aber vielleicht damit." Er richtete sich wieder auf und öffnete seinen Gürtel.

Sie war noch nie mit einem Gürtel geschlagen worden. Fasziniert, wenn auch leicht beunruhigt, beobachtete sie, wie Ryan den Gürtel aus den Schlaufen zog, das Ende mit der Schnalle einmal um seine Hand wickelte und das schwarz glänzende, glatte Leder probehalber durch die Luft sausen ließ.

„Rustikal, aber wirkungsvoll", meinte er und lächelte wieder dieses unschuldige Jungenlächeln. „Und leicht nachzuspielen, falls wir jemanden da draußen am Fenster auf Ideen bringen."

Summer schloss reflexartig die Beine.

Er legte den Gürtel neben Summer auf den Tisch und tätschelte ihren Po. „Beweg dich ein Stück nach hinten. Ich möchte, dass deine Hüften mehr Bewegungsfreiheit haben." Er war erst zufrieden, als sie nur noch ab dem Brustbein aufwärts auf dem Tisch lag, und ließ sie dann die Beine spreizen, so weit sie konnte.

Allmählich veränderte sich etwas in Summer. Sie begann ein klein wenig Gefallen daran zu finden, dass sie so gut ausgeleuchtet und offen dargeboten war. Noch einmal bekam sie eine Champagnermassage.

Als Ryan wieder in ihr Gesichtsfeld trat, sah sie, dass er dabei war, sein Hemd aufzuknöpfen. Ein ganz und gar köstliches Gefühl durchströmte sie, das sich fast ins Unerträgliche steigerte, als er das Hemd auszog. Er hatte doch wahrhaftig ein Sixpack. Und dann seine perfekt definierten Arm- und Schultermuskeln! Wie gern hätte sie seine straffe Haut geküsst. Nun war sie dankbar für die helle Beleuchtung. Ihre größte Sorge war nicht mehr, dass ein Beobachter seelischen Schaden nehmen könnte, sondern dass jemand die Polizei rief, weil es so aussah, als würde ihr Gewalt angetan.

Ryan legte das Hemd neben ihrem Kopf auf den Tisch und sie konnte sein teures Rasierwasser daran riechen.

Ihre Haltung war unbequem, und da ihre Hände auf dem Rücken gefesselt waren, auch instabil. Sie musste aufpassen, nicht mitsamt der Decke vom Tisch zu rutschen. Die Decke diente aber sicher nicht dazu, es ihr bequemer zu machen, sondern sorgte dafür, dass ihr Körper keine Abdrücke auf dem Glas hinterließ. Sie hätte sich erniedrigt fühlen können, aber alles, was sie empfand, war Lust und ein wenig Angst, als Ryan den Gürtel wieder in die Hand nahm und ausholte. Der Schlag kam schnell und kraftvoll und raubte Summer den Atem. Augenblicklich traten ihr Tränen in die Augen. Ihr Po ruckte unweigerlich zur Seite, als könnte er sich nachträglich vor dem Schmerz schützen, der mit einigen Sekunden Verzögerung erst richtig einsetzte.

Als Summer sich wieder unter Kontrolle hatte, blickte sie Ryan in die Augen. Er erwiderte ihren Blick, und sie sah seine Lust, die sich mit ihrer zu etwas Magischem verband. Die nächsten Hiebe waren nicht ganz so fest und gaben ihr die Möglichkeit, sich in ihn hineinzuversetzen. Es war, als könnte sie nicht nur ihre eigenen, sondern auch seine Gefühle spüren.

Dann ließ sie ihren Blick wandern, über seine gut definierten Bauchmuskeln, die Brustwarzen, die Schultern entlang, die sich anspannten, wenn er ausholte. Sie versank in der Betrachtung seiner rechten Hand, die den Gürtel führte. Und wieder sehnte sie sich danach, dass diese Hand sie direkt auf den Po schlug, erst mit leichten Klapsen, dann mit immer härteren Hieben.

Sie stöhnte auf vor Lust, spürte die zunehmende Nässe ihrer Pussy und war dankbar, als Ryan fester zuschlug und sie damit von allem Denken befreite.

Aber sie war immer noch weit davon entfernt, ihn anzuflehen, er möge aufhören. Dank Logans strenger Erziehung war sie fast erschreckend ausdauernd darin, lustvolle Schmerzen zu ertragen und das Ausgeliefertsein zu genießen.

Ryan wurde das nun offensichtlich auch klar, denn er ließ den Gürtel für einen Moment sinken. „Du bekommst zum Abschluss drei feste Hiebe. Und anschließend wirst du mir die Hände küssen."

Ein Schauer lief ihren Rücken hinunter. Die Aussicht darauf, seine Hände zu küssen, ließ sie innerlich weich werden, und so war schon der erste der drei angekündigten festen Hiebe zu viel für sie. Sie schrie auf, zuckte unkontrolliert zur Seite, rutschte um ein Haar vom Tisch und rief: „Nein, nicht!"

Ryan war sofort bei ihr, hielt sie fest und brachte sie in eine aufrechte Position. Er hielt sie, streichelte ihren Rücken und sagte nach einer Weile: „Knie dich hin."

Als sie vor ihm kniete, zitternd und immer noch überrascht von ihrer unerwartet heftigen Reaktion, hielt er ihr die Hände vors Gesicht. Sie neigte den Kopf und bedeckte seine Hände mit Küssen, in die sie ihre ganze Hingabe legte. Schließlich drehte er die Handflächen nach oben. Sie leckte darüber, schmeckte Salz und einen Nachklang von Leder auf der rechten Hand, die den Gürtel gehalten hatte. Die ganze Zeit über fühlte sie das Brennen auf ihren Pobacken. Wenn sie Ryans Sklavin wäre, dürfte sie jetzt: „Danke, Sir", sagen. Aber da er das ja nicht wollte, schmiegte sie stattdessen ihre Wange in seine Handfläche. Sie spürte, wie er sich bewegte. Er kniete sich ebenfalls hin, führte ihren Mund zu seinem, küsste sie lange und tief.

„Darf ich in deinem Mund kommen?", fragte er.

Sie nickte, während seine Hände immer noch ihr Gesicht hielten.

Er stand auf, nahm die Decke vom Tisch, faltete sie zweimal und legte sie dann vor Summer auf den Boden. „So ist es bequemer."

Sie rutschte mit den Knien vom harten Marmorboden auf die Decke, überrascht von so viel Fürsorge. Inzwischen zog Ryan sich komplett aus. Summer erwartete, dass er ihr die Hände losband, doch er ließ sie gefesselt, stellte sich vor sie, fasste ihr in die Haare, bog ihren Kopf nach hinten und dirigierte die Spitze seines Glieds zu ihren Lippen.

Summer bemühte sich, ihre Kehle zu entspannen, denn was jetzt kommen würde, würde nicht leicht werden. Ihr Herz klopfte in angstvoller Erwartung. Deepthroating war eine von Logans Erziehungsmaßnahmen gewesen, die sie gefürchtet hatte und mit der er ihr beibringen wollte, dass nur *seine* Lust zählte. Es war für sie die ultimative Demütigung gewesen, und sie hatte lange gebraucht, um zu lernen, wie sie den Würgereflex unterdrücken konnte. Bei der Erinnerung daran verkrampfte sich ihre Kiefermuskulatur.

Ryan sah zu ihr herunter. „Ich werde dich nur so tief ficken, wie du es zulässt", sagte er, als hätte er ihre Angst mit einem Blick erfasst.

Sie blinzelte die Tränen weg, öffnete den Mund, nahm ihn in sich auf, ließ die Zunge um die Eichel kreisen und spürte die Intimität dieser Berührung. Langsam wagte er sich tiefer vor. Auch wenn seine Hände ihren Kopf hielten und sie ganz in seiner Gewalt war, fühlte sie sich ihm nicht hilflos ausgeliefert.

Sie hörte ihn stöhnen und begann, an seinem Glied zu saugen. Sofort wurde sein Stöhnen lauter. Sie versuchte, ihn noch tiefer in sich hineinzuziehen, war plötzlich wild darauf, so viel wie möglich von ihm in sich aufzunehmen. Und dann war er ganz in ihr, ohne dass sie ein Würgen verspürt hätte. Es war das erste Deepthroating, das sie genoss, und zwar so sehr, dass ihre Klitoris zu pochen begann. Seine Lust übertrug sich auf sie und sein Stöhnen ging ihr durch und durch.

„Gleich", presste er hervor. Mit ruckartigen Bewegungen fickte er ihren Mund, und Summer war wie von Sinnen vor Lust. Als er kurz darauf kam, schluckte sie alles, was sich pulsierend in sie ergoss.

Sein Schwanz glitt aus ihr heraus. Ryan sank vor ihr auf die Knie und drückte ihren Kopf an seine Brust, wo sie seinen kraftvollen Herzschlag fühlte. Dann küsste er ihre Haare, ihre Stirn, ihre Wangen, bog sie nach hinten und ließ seinen Mund ihren Hals hinunter zu ihren Brüsten wandern, küsste ihre harten

Nippel, ihren Bauch. Irgendwann lag sie halb auf der Decke, halb auf dem Marmorboden, die Hände immer noch hinter dem Rücken gefesselt, die Beine gespreizt. Ryan leckte ihre Pussy. Seine Bewegungen hatten nichts Kontrolliertes mehr. Leidenschaftlich reizte er sie, leckte und biss abwechselnd oder fickte sie mit den Fingern. Tierhafte Laute drangen aus ihrer Kehle, ohne dass sie sich bewusst war, sie zu erzeugen. Sie kam so plötzlich, dass ihr Körper sich zusammenzog. Sie bäumte sich auf, schrie, wand sich, gab sich ihm hin und blieb zuletzt keuchend und ermattet liegen.

Schluchzer begleiteten das Nachbeben, das sie von Kopf bis Fuß erfasste. Sie hatte die Augen geschlossen und öffnete sie erst wieder, als sie ein Geräusch hörte, das sie nicht sofort einordnen konnte. Dann sah sie, dass sich die roten Jalousien vor den schwarz gewordenen Nachthimmel senkten.

Ryan hockte sich hinter sie und band ihre Handgelenke los, dann legte er sich neben sie und zog sie an sich.

Sie drehte den Kopf zu ihm und sagte leise: „In den Wohnungen gegenüber ist niemand, nicht wahr? Sonst wäre hin und wieder ein Licht angegangen."

„Die oberen Apartments sind noch nicht fertiggestellt."

„Oh, das … das war …"

„Nicht fair, ich weiß. Aber wäre es dir lieber gewesen, wenn uns tatsächlich jemand zugesehen hätte?"

„Nein, natürlich nicht. Immerhin weiß ich jetzt, warum du gesagt hast, das wäre erst ein bescheidener Anfang."

Er lächelte und küsste ihre Fingerspitzen. „Nächstes Mal treffen wir uns in einem Restaurant. Geht Freitagabend? Ich sage dir noch Genaueres, wenn ich einen Tisch reserviert habe. Bis dahin habe ich sicher eine Wohnung gefunden, die besser zu dir passt, die femininer und vor allem weniger exponiert ist."

Es missfiel ihr, dass er nun über Geschäftliches zu sprechen anfing. Sie hätte lieber darüber geredet, wie sie zueinanderstanden. War sie seine Geliebte? Oder nur eine Gespielin für hin und wieder? War er monogam oder pflegte er mehrere Beziehungen?

Sie fuhr mit den Fingern durch seine Haare und registrierte erstaunt, dass sie schon wieder Lust auf ihn hatte. „Wieso schläfst du beim ersten Date nicht mit einer Frau?"

„Weil sich das als One-Night-Stand entpuppen könnte und darauf stehe ich nicht. Das macht Sex beliebig und austauschbar. Nicht mein Ding."

Jetzt weiß ich immerhin, dass er Sex nicht als Nebensächlichkeit betrachtet, sondern als Teil einer Beziehungsentwicklung zwischen zwei Menschen.

„Das ist genau genommen unser zweites Date", sagte sie. „Und nebenan ist ein sehr bequemes Bett." Sie legte ein Bein über seinen Oberschenkel.

Plötzlich wirkte er verunsichert und verschlossen.

„Tut mir leid", sagte sie, bevor er sie auch mit Worten zurückweisen konnte. „Ich wollte dich nicht drängen. Ich verspreche dir, dass ich mich beim nächsten Mal besser im Griff habe."

Sie hatte offensichtlich das Richtige gesagt, denn nun entspannte er sich wieder und lächelte. „Schön, dann wirst du sicher gern meine Anweisungen befolgen, die folgendermaßen lauten: Zieh am Freitag einen nicht zu engen Rock an, dazu eine kurzärmelige Bluse. Und keine Unterwäsche."

Er hob ihr Bein von seinem Oberschenkel und

stand auf. Sie blieb noch eine Weile liegen, streckte sich, um ihre Muskeln zu entspannen, und sah zu, wie er sich anzog und danach mit wenigen Handgriffen die Spuren ihrer Session beseitigte. Während er mit einem Taschentuch, das er an der Spüle nass gemacht hatte, die Champagnerflecken vom Marmorboden wischte, zog sie sich ebenfalls an. Dabei überlegte sie, was sie von seinen Anweisungen halten sollte. Er wollte sie doch nicht etwa in einem Restaurant intim berühren?

Das war etwas, das sie dringend mit Holly erörtern musste.

Kapitel 5

Am Dienstagmorgen, in einer Pause zwischen zwei Patiententerminen, rief Summer Holly an und erzählte ihr, was im Penthouse passiert war und welche Anweisungen Ryan ihr für die nächste Verabredung erteilt hatte.

Holly meinte relativ unbeeindruckt: „Wenn du Probleme mit seiner exhibitionistischen Veranlagung hast, dann solltest du an dem Abend lieber eine Hose anziehen. So kann er dir nicht in aller Öffentlichkeit unter den Rock fassen."

„Und wenn er dann das Interesse an mir verliert? Nein, lass gut sein, die Frage kann ich mir selbst beantworten. Dann meint er es sowieso nicht ernst und je eher ich das herausfinde, desto besser".

„Ich muss jetzt mal streng mit dir werden", erwiderte Holly. „In einer Beziehung werden die Rollen sehr früh verteilt. Darum ist es wichtig, sich darüber im Klaren zu sein, in welcher Rolle man sich wohlfühlen wird. Wenn du jetzt nicht aufbegehrst, wirst du es später erst recht nicht tun, weil es sich dann falsch anfühlen wird. Und so wird er dich unweigerlich immer weiter in seine exhibitionistische Welt hineinziehen und du wirst dem Sog nicht widerstehen können. Du wirst ihm aber auch nicht ohne Weiteres zeigen können, wie viel Angst es dir macht. So wird Ryan nicht merken, was er dir antut. Männer können nur auf Befindlichkeiten Rücksicht nehmen, die man ihnen klipp und klar mitteilt. Ohne Umschweife. Und selbst dann tun sie sich schwer damit."

Daraufhin gestand Summer ihr, dass sie bereits das Gefühl hatte, die Kontrolle zu verlieren. „Das verstehe ich nicht“, fuhr sie fort, „denn Logan hat mich viel stärker beherrscht als Ryan.“

„Hey, wer ist hier die Psychologin? Ryan hat dich emotional total in der Hand. Es gibt da einen Fachbegriff …“ Holly legte eine bedeutungsschwere Pause ein. „Verliebtsein.“

„Ja, das ist es wohl“, sagte Summer dazu nur.

„Und das verunsichert dich, weil du mit Logan keine echte Intimität erlebt hast. Denn damit meine ich: reden. Nicht über Politik oder Literatur – das ist nicht Reden, sondern Konversation. Ich meine persönliche Gespräche.“

„Worüber könnte ich mit Ryan sprechen?“, fragte Summer, während sie einen Bleistift auf ihrem Schreibtisch hin und her rollen ließ.

„Du könntest ihn beispielsweise fragen, wieso er von der Musikakademie geflogen ist.“

Summer war so verblüfft, dass sie den Bleistift zu stark anstieß. Er rollte über die Kante und landete lautlos auf dem Teppichboden. „Ich wusste nicht mal, dass er an der Musikakademie war.“

„Du hast ihn nicht gegoogelt?“, wunderte sich Holly.

„Nein, und das habe ich auch nicht vor. Ich will ihn kennenlernen, ohne mich vorher im Internet über ihn schlauzumachen.“ Weil ihr das Thema langsam zu nahe ging, fragte sie Holly, was es bei ihr Neues gab.

Die gab sich ungewöhnlich verschlossen. „So einiges, aber wir können ein andermal darüber reden.“

Da war etwas im Busch, dessen war sich Summer sicher, und wie sie Holly kannte, würde sie irgendwann damit rausplatzen.

Twinkle, twinkle, little star war die einzige Melodie, die

Summer auf dem Klavier spielen konnte. Das machte sie jetzt schon zum gefühlten hundertsten Mal auf Logans Flügel.

Zwei Tage lag ihre Begegnung mit Ryan zurück, und sie war immer noch damit beschäftigt, das Erlebte aufzuarbeiten. Während der Arbeit verbannte sie Ryan weitestgehend aus ihren Gedanken, weil sie sonst nicht die nötige Konzentration für ihre Patienten aufgebracht hätte. Aber sobald sie die Praxis verließ, war Ryan wieder in ihrem Kopf.

Twinkle, twinkle, little star klimperte sie weiter mit der rechten Hand, während sie sich mit dem linken Ellenbogen auf ein paar tieferen Tasten abstützte und ihr Kopf in ihrer linken Handfläche ruhte. Logan war für ein paar Tage dienstlich verreist. So konnte sie sich ungestört ihren Grübeleien hingeben.

Hoffentlich meldete sich Ryan bald mit einem weiteren Besichtigungstermin. Sie musste ihn unbedingt noch vor der Restaurantverabredung sehen. Sie brauchte ihn so sehr, dass es wehtat. Verrückt, völlig verrückt, denn sie wusste überhaupt nicht, wie er tickte. Mit Internetrecherchen würde sie ihm bestimmt nicht näherkommen, vielmehr würde sie eine Wand aus Vorurteilen und Erwartungen errichten.

Ist Ryan auf der Suche nach Liebe oder nur nach sexuellen Ausschweifungen? Und beeinflusst das Ziel einer Suche überhaupt das Ergebnis?

Als ihr Handy auf dem Couchtisch klingelte, schrak Summer hoch. Vielleicht war *er* es. Sie lief hin und nahm das Handy auf. „Hi“, meldete sie sich und ahnte, dass man diesem kurzen Wort die Enttäuschung anhörte, denn sie hatte auf dem Display gesehen, dass es Holly war. Summer hatte sich nach dem gestrigen Telefonat schon gedacht, dass sie sich bald wieder melden würde.

„Fünfhundert Pfund die Stunde stehen auf dem Spiel. Ich muss das Ding zurückschaffen, ohne dass jemand es merkt."

Summer versuchte gar nicht erst, Hollys kryptische Gesprächseröffnung zu entschlüsseln. Anscheinend ging es um „so einiges", wie sie es gestern formuliert hatte, und da fehlten Summer die Hintergrundinformationen. „Welches Ding?"

„Die Peitsche."

„Na, so was." Summer hob die Augenbrauen. „*Du* hast eine Peitsche?"

„Sie gehört mir gar nicht, und ich weiß nicht, was ich mit ihr machen soll. Könntest du vorbeikommen?"

Summer schaute auf ihre nackten, müden Füße hinunter und wackelte mit den Zehen. „Komm du lieber her. Logan ist nicht da", fügte sie sofort hinzu, denn sie wusste, dass Holly in seiner Gesellschaft befangen war.

Wie sich eine halbe Stunde später herausstellte, schüchterte das Ambiente von Logans Wohnung Holly sogar dann ein, wenn der Hausherr nicht zugegen war, denn sie sagte zur Begrüßung: „Ich muss nur einen Fuß über die Schwelle setzen und schon möchte ich den Blick senken und sagen: ‚Ja, Meister, wie Sie wünschen'. Es wird höchste Zeit, dass du etwas Neues findest."

Summer küsste Holly auf die Wange. „Erstens habe ich Logan nicht mit ‚Meister' angesprochen, und zweitens hast du recht, was die neue Wohnung anbetrifft. Ich warte stündlich auf Ryans Anruf."

„Und das nicht nur wegen seiner Funktion als Immobilienmakler, hm?" Holly legte ihre Umhängetasche aufs Sofa, öffnete sie und holte eine zusammengerollte Lederpeitsche heraus. „Hier ist das Corpus Delicti."

Summer setzte sich und klopfte auf das Polster neben sich. Sie hatte Käsesandwiches gemacht und eine Flasche Rotwein geöffnet, aus der sie Holly einschenkte. Sie reichte ihr das Glas. „Atme tief durch und erzähl mir schlüssig und chronologisch, warum die Peitsche ein Problem ist und was es mit dem Stundenhonorar von fünfhundert Pfund auf sich hat. Du jobbst doch nicht etwa als Domina?"

Holly grinste und sagte mit Pathos: „Ich arbeite für Aaron Heartland."

„Das ist dieser berühmte Fotograf, oder?"

Sie nickte und seufzte glücklich. „Wenn alles gut geht, werde ich der Star seiner nächsten Fotoserie. Aber dazu muss eine Menge gut gehen, denn es handelt sich um ein kniffliges Projekt. Ich sage dir das alles im Vertrauen, denn er hat mir eingeschärft, dass er Wert auf Diskretion legt. Aber dir kann ich alles sagen. Wegen deiner ärztlichen Schweigepflicht bist du es ja gewöhnt, Dinge für dich zu behalten." Sie sah sich um. „Logan ist wirklich nicht da? Und auch sonst niemand?"

„Wir sind allein."

„Schön. Mein Theatercasting nach unserem Treffen am Sonntag war eine Katastrophe. Weil ich danach eine Aufheiterung brauchte, habe ich den Sonnyboy aus dem Café angerufen. Er redete geheimnisvolles Zeug, fuhr mich zu Aaron Heartland, und der wollte mich gleich nackt fotografieren, am besten mit Jacob beim Sex und was nicht alles. Und erst die Folterkammer! Wenn Grace nicht gewesen wäre, hätte ich wahrscheinlich das Weite gesucht. Aber als Jacob mich geohrfeigt hat, wäre ich fast gekommen. Ich fasse es immer noch nicht.“

Summer begann, mit gezielten Fragen Ordnung in den Wirrwarr zu bringen. Dabei staunte sie immer mehr. Selbst wenn Holly übertrieb – was sie gerne tat –, blieb es doch eine unglaubliche Sache. Wie konnte man an einem solchen Setting sexuell erregt sein? Beobachtet, fotografiert und irgendwann in einem Bildband abgedruckt! Für Summer ein abschreckender Gedanke.

„Und wieso hast du die Peitsche mitgenommen?“, fragte sie zuletzt.

„Das geschah rein impulsiv. Ich vermute, weil ich mich mit dem Ding vertraut machen wollte, um meine Hemmschwelle abzubauen. Jetzt lachst du mich bestimmt aus.“

Summer nahm die Peitsche vom Tisch. „Nein, wieso denn? Du hast mich ja auch nicht ausgelacht, als ich dir erzählt habe, wie gehemmt ich bei meinem Treffen mit Ryan war, weil ich glaubte, Zuschauer aus einem Gebäude gegenüber zu haben. Jeder Mensch hat andere Grenzen.“

Sie entrollte die geflochtene Peitsche aus weichem Leder, die sich auf Fotos sicher hervorragend machte, ansonsten aber eher unpraktisch war. „Und damit wolltest du Jacob wegen der verlorenen Wette schlagen. Doch es kam nicht mehr dazu, weil Aaron das Shooting abgebrochen hat“, fasste sie zusammen, was sie verstanden zu haben glaubte.

„Ganz genau. Ein Glück!“ Holly rollte mit den Augen. „Ich weiß nicht mal, wie man mit so einem Ding umgeht.“

Summer lachte. „Du bist süß, weißt du das? Lässt dich da auf etwas total Irres ein, haderst mit dir und kannst es dabei wahrscheinlich nicht erwarten, dass es weitergeht."

Holly fuhr sich durch die Haare. „Jacob ist so sexy, denn er ist nicht nur ein Sonnyboy, sondern besitzt auch eine dunkle Seite. Und die finde ich sogar noch attraktiver."

„Schön, aber wieso ist die Peitsche ein Problem? Ruf Heartland an, sag ihm, was du gemacht hast, entschuldige dich und versprich, dass du sie zum nächsten Shooting wieder mitbringst. Der direkte, unkomplizierte Weg ist meist der beste."

„Danke, Frau Therapeutin." Holly klatschte Summer auf den Oberschenkel. „Dummerweise habe ich seine Telefonnummer nicht. Und im Internet konnte ich nur die Kontaktdaten seines Agenten finden. Den will ich damit aber nicht behelligen."

„Dann ruf Jacob an und lass dir von ihm die Nummer geben."

„Ähm, ja, dummerweise darf ich mit ihm keinerlei Kontakt haben. Erwähnte ich das nicht?"

„Nein. Wieso dürft ihr keinen Kontakt haben?"

„Weil wir uns ausschließlich bei den Shootings näherkommen sollen. Aaron will die Entwicklung unserer Beziehung lückenlos beobachten."

Summer zog die Augenbrauen zusammen, weil ihr das Projekt allmählich suspekt erschien. „Das klingt wie eine höchst dysfunktionale Kombination aus Voyeurismus und Stalking. Ich …"

„Es ist *Kunst*", fiel Holly ihr ins Wort. „Da greifen solche Diagnosen nicht."

„Na gut. Ich würde sagen, wenn du Jacob anrufst, um ihn nach Heartlands Nummer zu fragen, fällt das nicht unter das Kontaktverbot, weil es unverfänglich ist. Dabei entwickelt sich eure Beziehung nicht im

Geringsten weiter. Aber weißt du was, am besten rufe ich ihn an, dann brauchst du dir überhaupt keine Gedanken zu machen, dass du gegen die Regeln verstoßen könntest."

Holly kramte ihr Handy und den Zettel mit Jacobs Handynummer aus ihrer Umhängetasche und reichte beides Summer. „Mach den Lautsprecher an. So kann ich wenigstens seine Stimme hören." Sie seufzte schmachtend und Summer grinste.

Ihr Grinsen wurde noch breiter, als Jacob sich mit: „Sag jetzt bitte nicht, du hast es dir anders überlegt" meldete. Anscheinend begann er Gespräche gern so unvermittelt wie Holly.

„Das ist zwar Hollys Handy", sagte Summer, „aber ich bin die andere aus dem Café. Holly sitzt neben mir. Sie hat mich gebeten, dich anzurufen."

„Oh. Ihr ist doch nichts passiert?" Jacob klang ernsthaft besorgt. Holly fasste sich ans Herz.

Was für ein schöner Anblick, dachte Summer, und das, nachdem er sie bei der letzten Begegnung zweimal ins Gesicht geschlagen hat und sie anschließend bewusstlos ficken wollte. Sie muss den Verstand verloren haben. Dann wurde ihr klar, wie sie seit Jahren auf Holly wirken musste: Eine Frau, die sich von einem Mann malträtieren lässt und den Kerl dafür auch noch heiß begehrt.

„Alles in Ordnung", sagte sie ins Handy. „Holly braucht nur Aaron Heartlands Telefonnummer, und da sie keinen Kontakt mit dir haben darf, wollte ich dich danach fragen."

„Ich darf Heartlands Nummer leider nicht weitergeben. Ich könnte ihn höchstens anrufen, ihm Hollys Nummer geben und ihn bitten, sie anzurufen. Ist es denn etwas Wichtiges, dass sich der Aufwand lohnt?

Am Sonntag sehen wir uns sowieso wieder.“ Nun hörte Summer auch ihn hörbar ausatmen. Womöglich fasste er sich gerade ebenfalls ans Herz, wenn er daran dachte, was er dann alles mit Holly machen würde. Oder fassten Männer sich in solchen Augenblicken eher in den Schritt?

„Ich gebe sie dir, dann kann sie es dir erklären.“ Sie hielt Holly das Handy hin, die atemlos und noch konfuser als vorhin ihre Peitschen-Story zum Besten gab.

Jacob punktete bei Summer gewaltig, weil er nicht nur verstand, was Holly ihm eher unklar als klar zu machen versuchte, sondern weil er eine elegante Lösung für das Problem parat hatte. „Ich komme kurz vorbei und hole die Peitsche ab“, sagte er. „Morgen Vormittag bin ich bei Heartland und kann sie wieder zurücklegen.“

Summer gab ihm ihre Adresse, und Jacob versprach, in einer Stunde bei ihr zu sein.

Holly starrte so verliebt aufs Display, als wäre Jacob irgendwo da drin. „Dann sollte ich wohl besser gehen, sobald ich aufgegessen habe.“ Sie steckte das Handy weg und nahm ein weiteres Sandwich. „Ich darf auf keinen Fall da sein, wenn er kommt.“ Plötzlich wurde ihr Gesichtsausdruck trotzig. „Ist das nicht komplett albern? Was sollen diese Regeln? Und wieso halten Jacob und ich uns überhaupt daran? Wir sind erwachsene Menschen, obwohl ich in den letzten Tagen daran zu zweifeln anfange.“ Sie betrachtete nachdenklich das Sandwich. „Ich bin bereits fünfmal am Café vorbeigegangen, in der Hoffnung, Jacob könnte da sein. Ich wollte nur einen flüchtigen Blick auf ihn erhaschen. Ob das Aarons Absicht ist?“

„Du meinst, er will, dass ihr Sehnsucht nacheinander habt und dann am Sonntag so richtig ausgehungert seid?“

„Ja, was in meinem Fall bestens funktioniert.“ Holly legte das Sandwich hin, schüttelte den Kopf. „Ich gehe jetzt.“

Sie wollte aufstehen, doch Summer drückte sie aufs Sofa zurück. „Du bleibst hier und isst in aller Ruhe. Wenn Jacob aufkreuzt, gehe ich an die Tür und gebe ihm die Peitsche.“

Holly sah sie mit einem verschmitzten Gesichtsausdruck an. „Das glaubst du doch nicht wirklich? Stell dir vor, Ryan käme vorbei und du dürftest ihn nicht sehen, während er nur wenige Meter von dir entfernt ist. Würdest du nicht zur Tür stürmen und ihn mit heißen Küssen bedecken?“

„Stimmt.“ Summer dachte kurz nach. „Das Problem lässt sich lösen. Ich fessle dich. Magst du mit Lederriemen um die Handgelenke an einem Deckenbalken festgezurrt werden oder bevorzugst du die Fesselbank?“

„Klingt beides verlockend“, sagte Holly. „Aber ich greife lieber auf meine gute alte Selbstbeherrschung zurück.“

„Die dich am Sonntag komplett im Stich gelassen hat.“

„Ich war zu allem bereit.“ Holly griff nach dem Rotweinglas und klammerte sich regelrecht daran fest. „Es war diese verdammte Peitsche. Auch jetzt muss ich sie nur ansehen und … spüre etwas. Lust, Angst, Sehnsucht, Begierde, den Wunsch, mich ihm auszuliefern. Und genauso geil ist die Vorstellung, Jacob zu fesseln und auszupeitschen.“

Summer hatte ihre Freundin noch nie so hinreißend gefunden. „Ich glaube, ich habe dir noch nie erzählt, dass ich mir gerne vorstelle, eine Frau zu dominieren."

„Leichte bisexuelle Tendenzen?", fragte Holly. Dann lächelte sie vielsagend. „Die habe ich auch. Denkst du dabei an bestimmte Frauen?"

„Im Club gab es eine Sklavin, die ich sehr anziehend fand." Es war zwar über zwei Jahre her, aber Summer dachte immer noch an die attraktive Rothaarige, deren Anblick sie erregt hatte. „Ich habe oft zugesehen, wenn ihr Gebieter sie gefesselt hat. Er machte das sehr kunstvoll, und es dauerte lange, bis alles stimmte. Bei den beiden ging es nicht um Schmerz, sondern um Kontrolle. Es gipfelte meist in Erstickungsspielen, bei denen er ihr langsam die Luft abgedrückt hat, aber immer nur so weit, dass sie bei Bewusstsein blieb."

Holly fasste sich an den Hals. „Nicht sexy", befand sie. „Sag nicht, dass du auf so etwas stehst."

„Ich bin beim Zusehen aus Empathie jedes Mal fast blau angelaufen. Aber ich konnte nicht wegschauen, denn ich habe mir immer vorgestellt, wie es wäre, wenn ich sie einen Abend lang zur Sklavin nehmen könnte. Ich hätte sie natürlich anders dominiert. Für mich ist es der Schmerz, der SM interessant macht."

„Stopp!" Holly legte Summer eine Hand auf den Mund. „Hör auf, von dieser Frau zu reden. Ich hatte ehrlich gesagt gehofft, *ich* wäre die Frau deiner Träume."

Summer schob Hollys Hand ein Stück weg, betrachtete ihre Fingerspitzen. „Ein- oder zweimal habe ich auch dich in meine Fantasien eingebaut", gestand sie leise.

„Du meinst, wir waren zu dritt, du, ich und diese Sklavin aus dem Club?"

„Mich hat die Vorstellung unheimlich angetörnt, zuzusehen, wie sie dich leckt. Oder wie du ihre Brüste …“ Summer stockte.

„Ja?“

„Wie du mit einem Lederpaddel ihre Brüste schlägst.“

„Oh.“ Hollys Mienenspiel wechselte zwischen Erstaunen und Erschrecken. „Na, besser als umgekehrt.“ Sie hüstelte. „Ich glaube, ich könnte daran Gefallen finden. Ich habe mir ehrlich gesagt auch schon vorgestellt, wie es zwischen dir und mir sein könnte. Das fing an, als du mir zum ersten Mal gezeigt hast, welche Spuren Logan auf deinem Körper hinterlassen hat.“

Summer lehnte sich zurück und schloss die Augen, um die Situation wieder heraufzubeschwören, von der Holly sprach. Sie waren an einem Sommernachmittag zusammen im Kino gewesen, irgendeine romantische Komödie, und nach einer Weile war Summer unruhig geworden, weil einen Tag nach einer Bestrafung Sitzen nicht unbedingt angenehm war. Schließlich hatte sie aufstehen und rausgehen müssen und Holly war ihr nach einer Weile gefolgt, um sich zu entschuldigen. „Tut mir leid, ich weiß, dass meine ständigen Kommentare über die Leistung der Schauspieler nerven.“

„Das ist es nicht. Es sind die Striemen“, sagte Summer. „In zwei Tagen werde ich sie kaum noch spüren“, wiegelte sie sofort ab.

Ohne ein weiteres Wort zog Holly sie drei Häuser weiter in ein Bekleidungsgeschäft, schob sie in die Umkleidekabine und sagte: „Zeigen.“

Damals kannten sie sich noch nicht lange, aber Summer wusste bereits, wie hartnäckig Holly sein konnte, also brachte sie es hinter sich. Sie drehte sich um und hob ihren Rock, unter dem sie nur einen G-String trug. Sie hörte Holly erschrocken keuchen, sah im Spiegel ihren entsetzten Blick und spürte kurz darauf ihre Hände auf ihren Pobacken.

Summer schlug die Augen auf und sagte: „Ja, ich erinnere mich genau. Du hast in dem Café, in das wir anschließend gingen, die ganze Zeit ziemlich aufgewühlt gewirkt."

„So kam das also rüber." Holly sah an Summer vorbei zum Flügel. „Aufgewühlt." Dann kicherte sie. „Warte mal." Sie kramte in ihrer Umhängetasche und holte einen pinkfarbenen Samtbeutel raus. „Mein treuer Begleiter, ein Vibrator-Ei. Kabellos. Ich war vom Berühren deines Pos so erregt, dass ich im Café kurz auf die Toilette gegangen bin und mir das Vibro-Ei eingeführt habe. Während wir Espresso tranken und du versucht hast, mich davon zu überzeugen, dass Logans Misshandlungen die Erfüllung deiner dunkelsten Sehnsüchte sind, habe ich mit der Fernbedienung …"

„Du hast … du bist …"

„Ja, ich bin gekommen. Zweimal."

„In aller Öffentlichkeit? Während ich mit dir geredet habe? Ich glaube, ich habe das Summen gehört, aber ich dachte, da hätte jemand ein Handy, das sehr hartnäckig vibriert." Sie schüttelte den Kopf. „Also, in aller Öffentlichkeit – das könnte ich nicht. Ein Orgasmus ist schließlich etwas sehr Privates." Summer legte den Samtbeutel weg. „Machst du das öfter?"

„Ja, schon. Ist ein toller Kick. Ich wollte dir an Weihnachten so ein Ding schenken, aber da warst du noch mit Logan zusammen und der hätte es dir vermutlich weggenommen. Und wenn ich es dir jetzt gebe, wird Ryan sich der Fernbedienung bemächtigen. Jede Wette."

Summer sagte absichtlich nichts, damit Holly aufhörte, Unsinn zu reden, und wieder zum Thema kam: Sie, Jacob und dieses seltsame Projekt. „Meinst du wirklich, es könnte dir gefallen, wenn Jacob dich dominiert?"

„Oh ja. Das heißt, es kommt darauf an, wie weit ich die Kontrolle an einen anderen Menschen abgeben kann."

Summers Blick verharrte einen Augenblick auf der Peitsche, die aufgerollt auf dem Tisch lag, glitt zu dem Samtbeutel mit dem Vibro-Ei und wieder zurück zur Peitsche. „Ich könnte dir helfen, das herauszufinden", sagte sie langsam.

Sie berührte mit der rechten Hand die Wange ihrer Freundin, fuhr mit den Fingerspitzen in ihre seidigen Haare und küsste sie auf den Mund, wie sie es bei ihren Begrüßungen immer taten. Es war ein unschuldiger Kuss mit geschlossenen Lippen. Sie legte die linke Hand in Hollys Nacken. Der Kuss wurde tiefer. Es fühlte sich richtig an. Nicht peinlich, nicht wie ein Tabubruch, einfach nur schön und wohlig. Um zu sehen, ob Holly ähnlich empfand, wich sie ein Stück zurück, aber Holly folgte ihr bereits mit dem Mund und wollte den Kuss nicht beenden. Summer spürte eine neue, aufregend zarte Lust in sich aufsteigen. Sie berührten sich mit den Zungenspitzen, drängten ihre Körper aneinander und Summer spürte Hollys Hände auf ihren Hüften.

Ja, ich will es wirklich. Ich will Holly spanken. Es ist das, was ich mir so sehr von einem Mann wünsche. Die intimste Züchtigung, die ich mir ausmalen kann, vorausgesetzt, sie wird mit Liebe durchgeführt, nicht aus dem Wunsch heraus, den anderen zu demütigen.

Summer öffnete die Flanellbluse, die sie nach dem Duschen angezogen hatte. Sie trug darunter keinen BH. Holly steckte ihre Nase zwischen Summers Brüste und leckte die schmale Spalte. „Hm, jetzt weiß ich, warum Männer das so gern machen. Weil es himmlisch ist. Für einen Mann, der so ein wundervolles Körperteil nicht sein Eigen nennt, muss es eine Offenbarung sein."

Sie streichelte Summers Brüste, kniff sie leicht in die Brustwarzen, dann wagte sie es, einen Nippel zu lecken.

Summer genoss den Gedanken, dass sie mit Holly gleich dasselbe machen würde. Doch Holly ließ sich Zeit, leckte nicht nur, sondern benutzte bald auch die Zähne, biss erst leicht, dann fester in die nachgiebige Haut, kniff und rieb die Nippel, bis Summer laut aufstöhnte.

Holly lehnte sich ein Stück zurück, leckte sich über die Lippen und rekelte sich wie ein Kätzchen. Dann zog sie ihr T-Shirt in einer fließenden Bewegung über den Kopf. Der Duft von Hollys warmer Haut war unwiderstehlich, aber Summer wollte keinesfalls zu schnell voranpreschen. Sie begnügte sich damit, den Brustansatz zu küssen, der über Hollys weißem Spitzen-BH sichtbar war. „Warum haben wir das nicht schon viel früher gemacht?", murmelte sie.

„Weil Logan es vermutlich nicht erlaubt hätte." Holly griff nach hinten, öffnete den Verschluss ihres BHs und die Körbchen lösten sich von den sinnlichen Rundungen.

Summer umfasste Hollys Taille und saugte an einem Nippel, nahm ihn so tief wie möglich in ihren Mund auf. Am liebsten hätte sie herzhaft hineingebissen, so herrlich fühlte sich das an. „Leg dich über meine Knie“, befahl sie.

„Oh, du willst mir den Hintern versohlen, hab ich recht?“

Summer nickte. „Man nennt es spanken.“

Holly sah sich im Raum um, als suchte sie etwas. „Womit?“

Summer hob die Hände und drehte die Handflächen hin und her.

„Nein, deine Hände sind viel zu zart. Gibt es nicht ein schönes Lederpaddel, das du dafür verwenden kannst?“

„Schon, aber ich möchte dich lieber direkt spüren.“

Holly stand auf. „Dann werde ich mit deinen Händen vorliebnehmen“, sagte sie und zog ihre Hose und den weißen Seidenschlüpfer aus.

Summer dachte an Ryan. Was er wohl empfunden hatte, als er ihr dabei zugesehen hatte, wie sie sich entkleidete? War da auch so ein sehnendes Ziehen in seinem Unterleib gewesen?

Als Holly komplett nackt war, dirigierte Summer sie über ihren Schoß und streichelte den Rücken bis hinunter zu der Stelle, wo sich die Pobacken teilten. Sie fuhr in die Spalte, spreizte die Backen ein Stück auseinander und strich über Hollys Schamlippen. Sie ließ ihre Hand auf einer Pobacke ruhen, passte sich ganz der Form an, behielt die Hand dann in genau dieser leichten Krümmung, hob sie an und schlug zu.

Holly zuckte nicht einmal.

Summer machte weiter, holte jedes Mal ein bisschen mehr aus. Allmählich wurde sie sicherer, wagte es, die Hiebe schneller folgen zu lassen, bis Holly zum ersten Mal leise stöhnte. Nun behandelte Summer die andere Pobacke auf die gleiche Weise. Diesmal brachte sie Holly schneller zum Stöhnen.

Summer schlug abwechselnd fünfmal auf jede Pobacke, wieder und wieder. Holly wand sich, ihr Po war gerötet, doch sie bettelte nicht um Gnade. Genau dahin wollte Summer sie bringen. Fast erschrak sie darüber, wie sehr es ihr gefiel, Holly zu quälen. Sie hielt kurz inne, kratzte mit den Fingernägeln über die angespannten Pobacken, krallte sie tief hinein und schlug wieder zu, fester und schneller, als sie es vorgehabt hatte. Es war wie ein Rausch, und sie verstand nun, warum Logan ihr einmal gesagt hatte, dass das Leben eines Doms zu einem Großteil aus Selbstbeherrschung bestand. Erst als Holly kurz aufschluchzte, hielt sie inne. Doch sie wollte ihre Freundin noch mehr beherrschen. Sie zwängte die Backen auseinander, drückte mit dem Daumen gegen Hollys Anus, während sie ihre Finger in die Vagina gleiten ließ.

Holly sog hörbar die Luft ein und ließ sich willig mit den Fingern reizen. Summer tauchte tief in die samtige Nässe ein und begann zu stöhnen, als würde ihr selbst diese Behandlung zuteilwerden.

Sie versuchte, nicht an Ryan zu denken, sondern sich auf Holly zu konzentrieren, die sich so heftig auf ihren Knien wand, dass Summer sie mit ihrer freien Hand festhalten musste.

„Ja“, murmelte Holly mit tränenerstickter Stimme, „halte mich.“

Summer drückte noch fester auf die Stelle, wo der Rücken in die Pospalte überging. Sie fickte Holly mit den Fingern, so wie Ryan es bei ihr gemacht hatte, und fühlte, wie sie selbst immer feuchter wurde. Dann ging sie wieder dazu über, Holly zu schlagen.

„Nein!“ Holly glitt von Summers Oberschenkeln

auf den Boden, wo sie sich auf den Rücken drehte. „Keine Schläge mehr. Ich will dich spüren. Komm zu mir." Sie streckte die Arme nach Summer aus.

Summer zog sich aus und legte sich auf Holly. Ihre Brüste berührten sich. Summer bewegte den Oberkörper hin und her, damit sie mehr von ihnen fühlen konnte. Holly spreizte die Beine und Summer spürte auf ihrem eigenen epilierten Venushügel Hollys zarte, glatte Haut. „Hat er dich wirklich ins Gesicht geschlagen?", fragte sie kaum hörbar.

„Ja, und es hat mich fast verrückt gemacht vor Lust."

Bevor Summer wusste, was sie tat, holte sie mit der Hand aus und ließ sie auf Hollys Wange klatschen. Sie wollte sich sofort entschuldigen, doch da packte Holly sie im Nacken, zog ihren Kopf zu sich herunter und küsste sie so leidenschaftlich, dass Summer die Luft wegblieb. Sie wünschte sich, sie hätte einen Schwanz, den sie in die herrlichen Tiefen stoßen könnte, die sie vorhin mit den Fingern ausgelotet hatte.

Sie umschlangen sich, rieben ihre Schenkel aneinander, küssten sich auf die Schultern und auf die Halsbeuge. Sie waren so in ihr wildes Spiel vertieft, dass sie die Türglocke zwar hörten, aber nicht darauf reagierten. Erst nachdem der Gong ein drittes oder viertes Mal ertönt war, drang er vollends in Summers Bewusstsein.

„Das ist Jacob", rief sie. Obwohl es sie Überwindung kostete, sich von Holly zu lösen, setzte sie sich auf.

Sie und Holly wechselten einen Blick, verwirrt, lachend, verunsichert. Was war nur in sie gefahren? Würden sie, nachdem Jacob gegangen war, weitermachen, oder wäre der besondere Moment vorbei? Schon jetzt meinte Summer, erste Hemmungen zu verspüren.

Sie rappelte sich auf und rannte zur Tür, wo sie auf die Gegensprechanlage drückte. „Hallo?“

„Ich komme das Requisit abholen“, hörte sie Jacobs vergnügte Stimme.

Nachdem Summer den Türöffner gedrückt hatte, lehnte sie sich mit dem Rücken an die Tür und rang um Fassung. So konnte sie ihm unmöglich öffnen. Das Bad lag näher als das Wohnzimmer, also holte sie von dort den weißen Morgenmantel und warf ihn sich über. Dann fuhr sie sich durch die zerwühlten Haare. Die Situation ähnelte der von neulich, als Ryan aufgetaucht war, kurz nachdem sie sich vom Jetstrahl hatte verwöhnen lassen. Nur dass sie jetzt noch nicht gekommen war und die Lust stetig in ihr pulsierte. Ob Jacob es merken würde?

Aus dem Wohnzimmer war ein leises Stöhnen zu hören.

„Holly, sei still“, rief sie, dann öffnete sie die Wohnungstür und sah Jacob auf der Fußmatte stehen. Sofort wusste sie wieder, warum Holly ihn als Sonnyboy bezeichnet hatte. Sie beschlich der Verdacht, dass Holly die irre Story mit dem Starfotografen, dem Sex in einem Studio, den Ohrfeigen und dem ganzen Drum und Dran nur erfunden hatte, um Summer heiß zu machen. Jacob, der eine offene Lederjacke über einem karierten Hemd trug, wirkte im Vergleich zu Logan lieb und unbedarft.

„Komme ich ungelegen?“, fragte er.

Summer überlegte in Windeseile, wie sie ihr erhitztes Aussehen erklären könnte. „Poweryoga“, presste sie hervor.

„Ja, ja, ja!", kam es abgehackt aus dem Wohnzimmer.

„Ich hole die Peitsche", sagte Summer, eilte den Flur hinunter und öffnete die Wohnzimmertür nur einen Spalt.

Holly lag bäuchlings auf dem Sofa, den Po nach oben gereckt, in der Hand die rosa Fernbedienung. Ein Kissen dämpfte ihre Lustschreie.

Summer sah über die Schulter, um sich zu versichern, dass Jacob an der Wohnungstür wartete. Dann hastete sie zum Couchtisch und nahm die Peitsche. Als sie sich umdrehte, lehnte Jacob grinsend am Türrahmen.

„Ah ja", sagte er, „Poweryoga. Lasst mich raten, die Übung heißt ‚Gründelnde Ente'."

In dem Moment kippte Holly zur Seite, sah Jacob, riss die Augen auf und rief: „Es ist nicht so, wie es aussieht."

Die Fernbedienung fiel Holly aus der Hand und landete geräuschlos auf dem dicken Teppich.

Es ist nicht so, wie es aussieht! Du meine Güte, von allen bescheuerten Klischee-Sätzen muss mir ausgerechnet der einfallen. Wonach sieht *es denn aus? Nach einer Frau, die sich nackt auf einer breiten Ledercouch wälzt.*

Nachdem Summer sie allein gelassen hatte, war Holly nicht mehr in der Lage gewesen, klar zu denken, sonst hätte sie sich angezogen, mit übergeschlagenen Beinen hingesetzt und mittels Tiefenatmung ihre Selbstkontrolle wiedererlangt.

Dann könnte ich Jacob jetzt souverän begrüßen und entspannt mit ihm plaudern.

Andererseits hatte sie ja nicht ahnen können, dass er hereinkommen würde. Er sollte doch nur die Peitsche abholen. Die nahm er Summer jetzt aus der Hand und kam damit zur Couch. Eine Frechheit, wenn sie es genau bedachte. Summer hatte ihn sicher nicht hereingebeten.

Holly drehte sich auf den Rücken und tastete nach einem Sofakissen, um sich vor Jacobs Blick zu schützen, doch da war er schon bei ihr und nahm ihr das Kissen aus der Hand. Er setzte sich in Höhe ihrer Taille auf den Rand der Couch und legte die Peitsche auf ihren Bauch.

„Ich frage mich, ob wir wirklich eine Chance haben, uns an Aarons Regeln zu halten", sagte er.

Holly zuckte zusammen, als das kühle Leder ihre erhitzte Haut berührte. Falls Jacob das Projekt hinschmiss, war sie einen lukrativen Auftrag los, konnte dafür aber mit Jacob ungehemmt machen, was und wann sie wollte, und ohne dass jemand sie dabei fotografierte. Kein schlechter Tausch.

Vielleicht war das aber nur ein Test, und Jacob wollte ausloten, wie ernst sie Aaron Heartlands Anweisungen nahm. Immerhin machte er ein Praktikum bei ihm, und das war für seine berufliche Zukunft so wichtig, dass er es keinesfalls aufs Spiel setzen würde.

Für den Fall, dass er sie testete, würde sie ihm zeigen, dass sie die Selbstbeherrschung in Person war. Sie setzte sich auf, schob die Peitsche von ihrem Bauch und sagte entschieden: „Ich für meinen Teil werde mich an die Regeln halten. Und du solltest jetzt besser gehen."

Jacob zog die Augenbrauen zusammen, sah zu Summer, die mit verschränkten Armen und sichtlich interessiert beobachtete, wie Holly sich aus dieser vertrackten Situation zu retten versuchte.

Jacob sah wieder Holly an, nickte kurz und sagte

leise: „Braves Mädchen“, was Holly glauben ließ, sie hätte den Test bestanden. Doch dann packte er sie an den Schultern und küsste sie. Völlig überrumpelt gab sie sich dem Kuss hin, der ungestüm war verglichen mit den zärtlichen Küssen, die sie mit Summer ausgetauscht hatte. Jacob war fordernd und grob, und als Holly sich ihm entziehen wollte, griff er in ihren Nacken und hielt sie fest.

In einem unerwarteten Ansturm von Leidenschaft zogen sich Hollys Vaginalmuskeln um das Vibro-Ei zusammen. Noch lieber hätte sie Jacob in sich gespürt, aber sie durfte auf keinen Fall die Kontrolle verlieren. Sie kniff Jacob fest dorthin, wo sie eine Brustwarze vermutete, woraufhin er sich mit einem spitzen Laut von ihr löste und sofort zu lachen anfing.

„Aaron wäre stolz auf dich, und mich würde er augenblicklich in die Wüste schicken“, sagte er. „Zeig dich nie wieder nackt, wenn ich in deiner Nähe bin, sonst garantiere ich für nichts.“ Mit deutlichem Widerstreben erhob er sich, machte zwei Schritte und drehte sich dann um. „Hab was vergessen“, murmelte er und hielt sich eine Hand vor die Augen, als müsste er sich vor Hollys Anblick schützen, um nicht noch einmal von seinen Trieben übermannt zu werden.

Grinsend schob sie ihm die Peitsche, die auf den Boden gefallen war, mit den Zehen hin. Er bückte sich, fasste aber nicht nach dem Lederriemen, sondern nach ihrem Fuß. Sie versuchte, Jacob wegzukicken, aber er umschlang ihren Knöchel mit der Hand, sank auf die Knie und küsste ihren Rist.

Damit war klar: Er würde nicht gehen. „Heute gehöre ich Summer“, protestierte Holly schwach.

Jacob hob den Kopf. „Dann kann sie entscheiden, was wir tun sollen.“

„Schön, dass ihr mich endlich zur Kenntnis nehmt“, sagte Summer. „Ich werde euch sagen, was ihr tun sollt. Allerdings müsst ihr zuerst versprechen, mir zu gehorchen, egal, was ich verlange.“

Holly biss sich auf die Unterlippe. Sie wollte auf keinen Fall, dass Summer Jacob wegschickte, auch wenn es das Vernünftigste wäre. Der Gedanke, dass sie ihn tagelang nicht sehen würde, machte sie irre vor Verlangen nach ihm. Sie wollte ihn jetzt!

„In Ordnung, wir werden uns fügen“, sagte Jacob mit ironischem Unterton.

„Hundertprozentig?“, fragte Summer. Sie kam näher und sah auf Holly und Jacob herab. „Keine Ausflüchte, kein Protest!“

Holly sah Summer stirnrunzelnd an. Was hatte sie vor? Sie würde nicht so viel Aufhebens machen, wenn es nur darum ginge, Jacob wegzuschicken. „Einverstanden. Kann es sein, dass du eine gespaltene Persönlichkeit hast und ich gerade die Domina kennenlerne, die nur in Vollmondnächten zum Vorschein kommt? Ich spüre immer noch deine Handabdrücke auf meinem Po.“

„Sie hat dich geschlagen?“ Jacob, der nach wie vor auf dem Boden kniete, hob die Augenbrauen: „Macht ihr das öfter?“

„Nein“, sagte Summer. „Wir sind heute zum ersten Mal miteinander intim geworden.“

„Intim geworden!“, wiederholte Holly. „Was für eine gestelzte Ausdrucksweise! Wir sind übereinander hergefallen.“

„So genau wollte ich es gar nicht wissen“, gestand Jacob. „Also, wie lauten deine Anweisungen?“, wandte er sich an Summer.

„Ich möchte, dass du dich mit dem Rücken zu uns auf den Klavierhocker setzt und dich erst umdrehst, wenn ich es dir gestatte."

Jacob erhob sich folgsam, feixte aber auf dem Weg zum Flügel unentwegt. Er nahm das Ganze augenscheinlich kein bisschen ernst und ließ Summer ihr kleines Machtspiel genießen.

„Und du", sagte Summer zu Holly, „gehst ins Bad, entfernst das Vibro-Ei und ziehst das hier an." Sie schlüpfte aus dem Morgenmantel und reichte ihn Holly.

„Du willst nackt hier bei Jacob bleiben?", fragte Holly.

Daraufhin drehte Jacob sich um, taxierte Summer von oben bis unten und hob anerkennend eine Augenbraue.

„Ich werde mich ebenfalls anziehen gehen", sagte Summer.

War es am Ende gar nichts Erotisches, was sie vorhatte? Holly dachte daran, wie kritisch sich Summer über Aarons Projekt geäußert hatte. Vielleicht wollte sie es ihnen ausreden. Sie drückte den Morgenmantel an sich. „Du hast aber nicht vor, mit uns ein psychologisches Beratungsgespräch zu führen?"

„Gewiss nicht."

„Oder uns Klavierunterricht zu geben?", mutmaßte Jacob und begann, den Flohwalzer zu spielen.

Holly erinnerte sich an das, was Summer ihr von ihrer ersten Begegnung mit Ryan an diesem Flügel erzählt hatte. Am liebsten hätte sie sich Jacob jetzt so angeboten, wie Summer es bei Ryan getan hatte. Allerdings wäre sie ungehemmter als ihre Freundin, und nackt war sie ja bereits. Fehlte nur noch eine Krawatte, mit der Jacob ihr die Hände auf dem Rücken zusammenbinden konnte …

Ein Klaps auf den Po riss sie aus ihren Fantasien.

„Ab mit dir!“, kommandierte Summer.

„Ja, strenge Gebieterin.“ Holly klaubte ihre Klamotten zusammen und ging.

Summer wartete kurz, dann verließ sie ebenfalls das Wohnzimmer, wo Jacob weiter auf dem Flügel herumklimperte. Sie dachte sehnsüchtig an Ryans virtuoses Spiel – und fragte sich, was er wohl zu dem sagen würde, was sie jetzt vorhatte. Es war gewagt, denn sie begab sich damit in drei neue Rollen: Domina, Voyeurin und Exhibitionistin, wenngleich in einem überschaubaren Rahmen. Ein wenig würde sie Ryan dabei betrügen, falls man es so nennen konnte, denn er hatte bis jetzt keinen alleinigen Anspruch auf sie erhoben. Sie wusste nicht, ob er sich mit anderen Frauen traf. Er könnte sogar in einer festen Beziehung leben, von der sie nichts wusste.

Im Schlafzimmer zog sie sich etwas Passendes an: ein schulterfreies, schwarzes Etuikleid aus Lederimitat und schwarze High Heels. Sie bürstete ihre Haare und holte aus dem Schrank das Utensil, das sie brauchen würden.

Als sie ins Wohnzimmer zurückkam, stand Holly in den Morgenmantel gehüllt hinter Jacob und streichelte seinen Nacken. Er genoss die sanfte Massage mit geschlossenen Augen. Summer hatte ein schlechtes Gewissen, dass sie die beiden unterbrechen musste. Aber die alberne Regel, dass Jacob und Holly sich privat nicht näherkommen durften, stammte nicht von ihr. Summer hätte Holly davon abgeraten, die Sache durchzuziehen, wenn sie nicht sicher gewesen wäre, dass sie und Jacob trotz der seltsamen Umstände eine Chance hatten, eine harmonische Beziehung aufzubauen. Noch vor ein paar Wochen hätte Summer daran gezweifelt, dass man sich so schnell verlieben konnte, aber mit Ryan hatte sie es selbst erlebt.

Sie legte ihr Utensil auf den Couchtisch und ging zu einem frei im Raum stehenden Sessel, bei dem es sich um eine Spezialanfertigung handelte. „Holly, komm her und setz dich", sagte sie.

Holly küsste Jacob noch schnell auf die wirren Haare und machte es sich dann in dem Sessel gemütlich.

Summer trat hinter die Rücklehne, wo sich ein Paneel mit Knöpfen befand. Sie drückte den obersten Knopf, woraufhin rechts und links an den „Ohren" des Sessels Metallspangen herausgefahren wurden, die mit Leder bezogen waren. Summer beugte sich vor, nahm Hollys Hände, führte sie nach oben und drückte die Handgelenke in die offenen Spangen.

„Jetzt wird mir ein bisschen mulmig", meinte Holly.

„Nur so kann ich verhindern, dass du weiter an Jacob herumspielst."

„Das könntest du auch verhindern, indem du ihn wegschickst."

Summer wandte sich an Jacob. „Wenn du gehen willst, dann hält dich natürlich niemand auf."

Er wedelte abwehrend mit den Händen. „Ich fühle mich hier sehr wohl."

Summer drückte den Schalter, der die Spangen um Hollys Handgelenke schloss.

„Hilfe!", rief Holly. „Das ist ja wie in einem Agentenfilm. Werde ich jetzt verhört?"

„Nein, aber du darfst in aller Ruhe zusehen, wie ich … weitere Vorbereitungen treffe."

„Und wann verrätst du uns, auf was genau wir vorbereitet werden?“

„Wenn ihr euch nicht mehr wehren könnt.“

Jacob fragte Holly: „Bist du sicher, dass Summer nicht zur gefährlichen Psychopathin mutiert?“

Summer ließ sich nicht beirren. Sie öffnete eine Schublade in dem Sideboard zwischen Wohn- und Essbereich. Darin bewahrte Logan die langen Ledergurte auf, mit denen er sie an die Holzbalken zu fesseln pflegte. Sie nahm den breitesten Gurt heraus. Er hatte an jedem Ende Ledermanschetten und war mit einer Schnalle längenverstellbar. Summer wusste, dass er so eingestellt war, dass sie auf den Zehenspitzen stehen musste, wenn die Manschetten um ihre Handgelenke lagen. Sie kürzte den Gurt ein Stück und reichte ihn Jacob. „Wirf ihn über den Balken dort drüben.“ Jacob würde zwei Meter von Holly entfernt gefesselt dastehen.

Jacob betrachtete den Gurt. „Jetzt wird’s interessant.“ Er befolgte ihre Anweisung.

„Zieh dich aus.“

Jacob warf Holly einen fragenden Blick zu.

Die rekelte sich in dem Sessel, soweit ihre fixierten Hände es zuließen, und lächelte. „Ich weiß zwar nicht, was Summer bezweckt, aber ich bin absolut dafür, dass du dich ausziehst.“

Er knöpfte sein Flanellhemd auf. „Bekomme ich Musik dazu?“

„Das wird kein Striptease“, sagte Summer.

Trotzdem ließ Jacob es sich nicht nehmen, mit den Hüften zu wackeln und eine Riesenshow abzuziehen. Holly feuerte ihn mit Pfiffen und Johlen an.

Summer verkniff sich ein Grinsen. Unwillkürlich verglich sie Jacob mit Ryan. Er war jünger und drahtiger. Sein Po war dermaßen wohlgeformt, dass

Summer mit dem Gedanken spielte, die Funktion, die sie Holly zugedacht hatte, selbst zu übernehmen. Und was, wenn sie beide …? Ja, wieso nicht? Sie könnte es als Demonstration tarnen, um Holly zu zeigen, wie man es richtig machte. Eine aufregende Vorstellung.

„Streck einen Arm vor“, befahl sie und schloss eine der Manschetten um sein Handgelenk. „Heb den Arm hoch.“

Als er es tat, zog das Gewicht der zweiten Manschette die andere Seite des Gurts nach unten. Summer stieg auf einen Stuhl und griff nach der baumelnden Manschette.

Jacob verstand, was sie vorhatte, und streckte auch den anderen Arm in die Höhe. Als sie den ebenfalls gefesselt hatte, waren seine Arme fast durchgestreckt. Immer noch auf dem Stuhl stehend, führte sie die Manschetten zusammen und verband sie mit dem dafür vorgesehenen Haken. Sie hatte den Gurt bewusst nicht zu sehr gekürzt, damit es für Jacob nicht ungemütlich wurde, denn er würde längere Zeit in dieser Haltung verbringen müssen.

Zufrieden mit ihrem Werk trug sie den Stuhl zum Esstisch zurück.

Die Arme über dem Kopf gefesselt stand Jacob da, nackt, hilflos und verdammt sexy. Holly wand sich so heftig, dass sich der Satingürtel öffnete, den sie nur lose zusammengebunden hatte. Der Morgenmantel klaffte auf, ihre Oberschenkel wurden sichtbar.

Jacob ächzte. „Das ist eine Foltermethode, ja? Nur schauen, nicht anfassen. Wenn es ein Safeword gibt, möchte ich es jetzt sofort verwenden.“

„*Blue*“, sagte Summer und wartete, ob Jacob es tatsächlich nutzte.

Doch stattdessen sagte er: „Danke, gestrenge Meisterin."

Summer sah zwischen den beiden hin und her. „Fakt ist, ihr wollt beide nicht bis Sonntag warten. Fakt ist aber auch, dass ihr nichts tun dürft, was eure Beziehung voranbringt, denn wenn ich es richtig verstanden habe, will Heartland alles fotografisch festhalten."

Ihre Freundin nickte.

„Okay, dann solltet ihr also inzwischen nichts in dieser Richtung tun. Umgekehrt solltet ihr aber in Heartlands Studio nichts tun, das dieser Entwicklung entgegenläuft. Also wäre es nicht ratsam, wenn du die Peitschenhiebe, die Jacob aufgrund der verlorenen Wette bekommen soll, bis Sonntag aufhebst. Besser, du erledigst das hier. Heartland würde es sowieso nicht fotografieren wollen, also muss er es nicht sehen und genau genommen nicht mal davon wissen."

„Richtig!", rief Holly begeistert. „Mach mich los. Ich kann es gar nicht erwarten."

„Oh, oh", sagte Jacob. „Ich dachte, ich wäre in den Händen einer Domina, und nun werden es gleich zwei sein. Erbarmen!"

Er grinste so aufreizend, dass Summer beschloss, ihn wesentlich härter ranzunehmen, als sie es vorgehabt hatte. „Keine Zwischenbemerkungen", befahl sie. „Die Peitsche, die Holly bei Heartland mitgehen ließ, ist für Ungeübte nicht leicht zu handhaben, da sie einen sehr langen Riemen hat." Sie ging zum Couchtisch, wo sie die sechsriemige Peitsche aufnahm, die sie mitgebracht hatte. „Diese hier eignet sich besser. Sie ist ebenfalls recht weich, aber die Riemen sind kürzer und breiter."

„Ich dachte, du darfst Logans Schlaginstrumente

nicht benutzen?", warf Holly ein.

Summer machte einen Schritt auf die zu, holte aus und ließ das Leder von der Seite auf ihre Oberschenkel klatschen.

„Autsch, ich bin ja schon still." In der nächsten Sekunde zog Holly ruckartig die Knie hoch. „Das zieht."

„Der Schmerz setzt ein bisschen zeitverzögert ein." Sie hatte aus den Augenwinkeln bemerkt, dass Jacob, der bisher unruhig auf den Fußballen herumgewippt war, wie erstarrt dastand. Sie wartete, bis Holly die Füße wieder auf den Boden gestellt hatte, dann holte sie erneut aus. In dem Moment, als die Riemen Hollys Oberschenkel trafen, sah Summer Jacob an, dessen Blick auf Holly geheftet war, die leise stöhnte. Sein Schwanz hatte sich aufgerichtet.

Holly war fasziniert davon, wie lustvoll Jacob sie ansah. Dieser freche, unwiderstehliche Kerl schaffte es, sogar gefesselt stark und selbstbewusst zu wirken.

„Holly, hörst du mir zu?"

Reflexartig schlug Holly die Beine übereinander, als sie sah, dass Summer wieder mit der Peitsche ausholte. „Ja."

„Ich führe dir jetzt vor, wie man mit einer Peitsche umgeht. Sieh genau zu, denn ich zeige es nur …" Sie machte eine Pause. „Nur fünfmal."

„*Ein*mal würde reichen", meinte Jacob. „Holly lernt schnell."

„Für diese unangebrachte Bemerkung gibt es drei Hiebe extra."

„Das nennt man Willkür."

Summer grinste diabolisch. „Und noch mal drei extra. Das macht bereits elf. Du wirst es wohl schaffen, für ein paar Minuten ein braver Sklave zu sein.“

Jacob nickte. „Ich bin tief beeindruckt, Herrin, und werde mich allem fügen, was du verlangst.“

Holly öffnete ihre Beine und legte das rechte über die Seitenlehne des Sessels. Nun hatte Jacob freien Blick auf ihre Pussy.

Summer trat neben Jacob. „Sieh nicht ihn an, Holly, sondern mich. Beobachte, wie ich aushole.“ Die Riemen landeten auf Jacobs Pobacken. Er zuckte kaum zusammen und sein Gesicht blieb entspannt. Er lächelte sogar.

„Das“, sagte Summer, „war eindeutig zu schwach.“ Sie schlug erneut zu, diesmal stärker. Und ein drittes und viertes Mal, und immer steigerte sie den Schwung, mit dem sie die Peitsche auf seinen Körper klatschen ließ. Erst beim fünften Hieb atmete Jacob scharf ein und beim sechsten verkrampfte sich sein Unterkiefer. Holly hatte noch nie einen Anblick so erregend gefunden.

Summer kam zu ihr rüber, drückte ihr die Knie zusammen und schloss den Morgenmantel. Dann brachte sie ihre Lippen an Hollys Ohr: „Ihn zum Stöhnen zu bringen, überlasse ich nachher dir.“

Sie richtete sich wieder auf und setzte die Auspeitschung fort. Jacobs Erektion zeigte, dass er nach wie vor Gefallen an der Sache fand.

Als Summer fertig war, befreite sie Holly von den Spangen um ihre Handgelenke. „Du darfst Jacob weder anfassen noch küssen, sondern ihn nur mit dem Leder berühren.“

Holly rieb sich die Handgelenke und war dankbar, dass sie nun Gelegenheit hatte, ihre gewonnene Wette hier mit Summer zusammen einzulösen. Sie nahm die Peitsche am Griff, stand auf und drückte ihren halb geöffneten Mund auf Summers weiche Lippen. „Hm, Frauen schmecken im Grunde viel besser als Männer“, sagte sie, um Jacob zu ärgern. „Sie fühlen sich besser an. Sie riechen besser.“ Sie drehte sich zu Jacob um, der sie genau beobachtete. Sie hoffte, dass er etwas sagte, damit sie einen Grund hatte, die Anzahl der Hiebe zu erhöhen. Aber er schwieg.

„Wie gefügig er ist“, sagte sie zu Summer.

Jacob verzog keine Miene.

„Weißt du was“, sagte Summer. „Wir behalten Jacob die ganze Nacht hier und vergnügen uns mit ihm. Was meinst du?“

Holly war nicht sicher, ob Summer scherzte. Sie traute ihr im Moment alles zu. Dennoch ging sie zum Schein darauf ein. „Vielleicht sollten wir ihm gestehen, dass wir das alles von Anfang an so geplant hatten und dass ich nur deswegen die Peitsche mitgehen ließ, um ihn herzulocken.“

„Ich wette, das wusste er in dem Moment, als er dich nackt auf der Couch gesehen hat“, sagte Summer. „Die Absicht dahinter war offensichtlich. Und dass er sich auf unser kleines Arrangement eingelassen hat, ist für mich ein eindeutiges Signal, dass er insgeheim immer schon davon geträumt hat, von zwei Frauen dominiert zu werden.“

Endlich waren Anzeichen von Verunsicherung in Jacobs Gesicht zu sehen: ein leichtes Heben der Augenbrauen, geschürzte Lippen.

Summer setzte sich in den Sessel und schlug die Beine übereinander. „Fang an.“ Sie wandte sich an Jacob: „Oder möchtest du das Safeword benutzen?“

Jacob sah zwischen Holly und Summer hin und her, dann schaute er nach oben zu dem Ledergurt, als suchte er nach einer Möglichkeit, sich zu befreien.

„Nein “, sagte er sanft. „Ich gehöre euch, meine Gebieterinnen.“

Sie waren beide gute Schauspielerinnen, aber Jacob glaubte ihnen kein Wort, weil er den schnellen Blick bemerkt hatte, den Holly und Summer getauscht hatten. Sie hatten vorher überhaupt nichts abgesprochen und warfen sich jetzt Stichworte zu und improvisierten.

Er würde es ihnen leichtmachen, denn es gefiel ihm, wie sie mit ihm spielten, und ließ sie glauben, dass sie ihn völlig in der Hand hatten. Er war wegen der Fesseln tatsächlich in der schwächeren Position und fand das erregend. Nicht etwa, weil er Spaß daran hatte, sich zu unterwerfen, sondern weil es hinreißend war, wie Holly und Summer sich daran aufgeilten, ihn zu necken … und weil er sich auf all das freute, was er mit Holly am Sonntag machen würde.

Aaron hatte ihm einen Katalog mit außergewöhnlichen Fetischmöbeln gezeigt und ihm gesagt, dass er gern etwas davon für die Shootings kaufen wolle. Ein Bett hatte Jacobs Aufmerksamkeit erregt. Es ließ sich vielseitig verwenden und entsprach den ästhetischen Ansprüchen, die er und Aaron an die Fotoserie hatten. Dennoch hatte er gezögert, weil er meinte, dass schon der Anblick allein Holly erschrecken könnte.

Diese Bedenken hatte sie nun zerstreut. Gleich morgen würde er Aaron bitten, das Bett liefern zu lassen. Je mehr sie ihn quälte, desto lustvoller würde es sein, den Spieß umzudrehen.

„Nun schau dir das an.“ Holly deutete auf seine Erektion. „Er kann es kaum erwarten, von mir geschlagen zu werden.“

Wenn du wüsstest, mein Engel, was der wahre Grund für

meine Erregung ist.

Holly trat neben Jacob und holte aus. Sie begann mit einigen vorsichtigen Hieben, doch sie steigerte sich schnell. Ein Hieb traf ihn so fest, dass er die Pobacken unwillkürlich zusammenkniff und die Luft anhielt. Er drehte den Kopf, um Holly zuzusehen, wie sie ausholte. Wie sinnlich sie wirkte in ihrem Versuch, ihre Unsicherheit zu überspielen. Seine Hoden zogen sich lustvoll zusammen. Es würde nicht mehr lange dauern, bis er sie bitten würde, ihre Finger in seinen Hintern zu krallen. Er keuchte vor unbefriedigter Begierde.

Holly fasste das falsch auf. „Na gut, Sklave", sagte sie. „Dein Hintern hat genug gelitten. Jetzt ist dein Rücken dran."

An der Wand neben der Tür hing ein hoher Spiegel, in dem Jacob sich sehen konnte, sein steifes Glied, den kleinen Ruck, der durch seinen Oberkörper ging, wann immer Holly die Peitsche auf seinen Rücken niedersausen ließ.

„Danke, Herrin", sagte er in vorauseilendem Gehorsam, als Holly die Peitsche senkte. „Gestatte mir, dir die Füße zu küssen."

Sie lachte. „Das hättest du wohl gern, denn dazu müsste ich dich losbinden. Wie wäre es stattdessen mit einem Blowjob?"

„Aber du darfst mich doch nicht anfassen."

Holly sah Summer an. „Er gehört dir, falls du willst."

Summer stand auf, wartete, bis Holly sich gesetzt hatte, fixierte ihre Handgelenke wieder mit den Spangen und bat sie, die Kniekehlen über die Armlehnen zu legen. Dann betätigte sie einen weiteren Schalter. Die Armlehnen kippten ein Stück nach außen, und

Hollys Beine wurden so weit gespreizt, dass der Morgenmantel aufklappte. Jacob keuchte frustriert.

„Zuerst werde ich mich dir widmen“, sagte Summer zu ihrer Freundin.

Jacob schloss die Augen. Das war entschieden zu viel. Wenn er erst zusehen sollte, wie Summer Holly zum Kommen brachte … Aber gut, er hatte vor, ihr eine Menge Selbstbeherrschung abzuverlangen. Also würde er mit glorreichem Beispiel vorangehen.

Er wand sich vor Lust, als Summer sich zwischen Hollys Schenkel kniete, und sie genussvoll zu lecken begann. Hollys Säfte würden auf Summers Mund sein, auf ihrer Zunge. Und wenn er nachher in diesen Mund eindrang, der nach Holly duftete, wäre es ein bisschen so, als würde er die Frau nehmen, in die er sich immer mehr verliebte.

Holly zuckte genussvoll unter Summers Liebkosung, sie stemmte das Becken in die Höhe, und als sie kam, sah sie Jacob in die Augen. Wie gern hätte er sie in diesem Moment geküsst. Er ließ seinen Blick zu ihren fixierten Handgelenken wandern. Ihre Hände waren zu Fäusten geballt, und das brachte ihn auf eine weitere Idee, wie er sie bei ihrer nächsten Begegnung quälen könnte. Dieser Abend erwies sich als höchst inspirierend.

Summer sank auf die Fußballen zurück.

„Meine wundervollen Gebieterinnen“, sagte Jacob, „kann ich auf Erlösung hoffen?“

Summer erhob sich. „Darf ich wirklich?“, fragte sie Holly. Die nickte wortlos. Summer trat hinter den Sessel und schob ihn etwas näher an Jacob heran. Wollte sie ihn damit foltern, dass die Frau, die er so heiß begehrte, zum Greifen nah aber unerreichbar war? Er wusste noch genau, wie es sich angefühlt hatte, in sie einzudringen.

Summer trat vor Jacob und hob den Kopf, bis ihre Lippen direkt vor seinen waren. „Du kannst sie auf mir schmecken."

Jacob leckte über Summers Lippen. Es war, als würde er beide Frauen gleichzeitig berühren. Ein Beben ging durch seinen Körper und seine Hüfte presste sich gegen Summers Unterleib. Sie ohrfeigte ihn spielerisch für sein ungestümes Verhalten, dann ging sie auf die Knie und umfasste sein Glied. Jacob schloss die Augen, fühlte die Erleichterung darüber, endlich berührt zu werden, und musste an sich halten, um Summers Griff nicht augenblicklich mit wilden Stößen zu seiner Befriedigung zu nutzen. Schließlich wollte er ihren Mund. Und den bekam er auch! Samtig legten sich ihre Lippen um seine Eichel. Er ballte die Hände, zog an den Fesseln, um seine Arm- und Schultermuskeln maximal anzuspannen und irgendwie die Kontrolle zu behalten. Denn nur zwei, drei Stöße in diese warme, feuchte Höhle würden genügen und er würde kommen. Er war normalerweise ausdauernder, aber die Lust, die sich in ihm aufgestaut hatte, sehnte sich nach Erfüllung.

Summers Hand packte fester zu, als wollte sie ihm helfen, sich zu mäßigen. Dann schob sie den Kopf vor, reizte ihn mit der Zunge, saugte mit langsamen Bewegungen an seinem prallen Schwanz. Jacob hörte Holly stöhnen und sah ihr in die Augen, während Summer ihn gekonnt verwöhnte. Sie schien zu wissen, was sie tun musste, um seinen Orgasmus hinauszuzögern. Was ihr dominanter Geliebter wohl dazu sagen würde, wenn er davon wüsste? Würde er sie bestrafen? Jacob stellte sich vor, wie Summer erst geohrfeigt, dann zu Boden geworfen wurde, wie sie um Gnade bettelte, wie ein Rohrstock brennende Linien auf ihre nackten Schenkel zeichnete.

Er stieß das Becken vor. Da Holly ein Stück nach hinten gelehnt vor ihm saß und jetzt die Schenkel spreizte, war es fast so, als würde er sie penetrieren.

Er ergoss sich in Summers Mund und sie schluckte seinen Samen, saugte dabei aber weiter an ihm. Jacob ergab sich diesem herrlichen Gefühl, ließ die Spasmen zu, die seinen Körper schüttelten, und hing dann schlaff in den Fesseln, während Summer aufstand, sich umdrehte und Holly ihren Mund darbot. So wie er vorhin Hollys Lustsaft von Summers Lippen geleckt hatte, so konnte Holly nun seinen kosten. Jacob spürte bereits, wie sein Verlangen sich erneut regte.

Summer ließ Holly weiterhin gefesselt und band Jacob los. Er rieb seine Hände, die taub geworden waren und nun unangenehm zu kribbeln begannen. Summer drückte ihm seine Kleidungsstücke in die Hand. „Am Ende des Flurs ist ein Bad. Abmarsch, aber zackig!“, fügte sie hinzu, als er zögerte.

Er machte sich frisch, zog sich hastig an, fuhr sich durch die Haare und fragte sich, ob er das alles geträumt hatte. Nein, es war so real gewesen wie die Hitze, die auf seinen Pobacken und seinem Rücken zurückgeblieben war.

Als er in den Flur zurückging, stand Summer an der Haustür.

„Kann ich mich noch von Holly verabschieden?“, fragte er mit einem sehnsüchtigen Blick in Richtung Wohnzimmer.

„Nein“, sagte sie knapp. Sie hielt eine Plastiktüte in der Hand, die sie ihm reichte. „Heartlands Peitsche“, sagte sie. „Es ist besser, sie nicht offen spazieren zu tragen."

Jacob lächelte Summer an und küsste sie zärtlich auf den Mund. „Danke", sagte er. „Danke für einen wundervollen Abend und ein paar sehr inspirierende Momente."

Kapitel 6

Der ersehnte Anruf kam am nächsten Morgen.

Summer hatte unruhig geschlafen. Sie war in Gedanken immer wieder durchgegangen, was sie mit Holly und Jacob erlebt hatte. So viel Initiative hatte sie noch nie gezeigt.

Nachdem sie Jacob weggeschickt und Holly losgemacht hatte, war es noch nicht zu Ende gewesen, denn Holly fand, dass Summer zu kurz gekommen war und dringend einen Orgasmus brauchte. Summer fügte sich gern, als Holly ihr half, sich aus dem engen Kleid zu schälen. Dann war sie an der Reihe, sich in dem Sessel mit den Spangen fesseln zu lassen.

Holly führte Summer das Vibro-Ei ein und leckte sie, während sie nach Lust und Laune die Vibration anschaltete, sie aber sofort abstellte, wann immer Summer kurz davorstand zu kommen. Schließlich brachte sie auch noch die Peitsche ins Spiel, meinte, eine kleine Rache für die Hiebe vorhin sei angebracht, und schlug die Innenseiten von Summers Schenkeln, war jedoch sichtlich schockiert, als Summer sie darum bat, auch ihre Pussy zu peitschen. Zögerlich versuchte sie es, entwickelte schnell ein Feingefühl dafür, wie fest sie zuschlagen durfte, und genoss es immer mehr. Wieder schaltete sie die Vibration an, und so kam Summer, während der weiche Flogger ihre Lust weiter anheizte und die Kontraktionen ihres Höhepunkts sie die Vibrationen noch stärker fühlen ließen.

Anschließend hatten sie ausgiebig geschmust, sich allmählich abgekühlt und Holly war über Nacht geblieben.

Als Summers Handy klingelte, griff sie über ihre Freundin hinweg zum Nachttisch und sah Ryans Namen auf dem Display. Sofort war sie hellwach, lehnte sich ins Kissen zurück und meldete sich.

Ryan klang sehr geschäftsmäßig. Er hatte eine Wohnung entdeckt, die wie für sie gemacht war, und wollte einen Besichtigungstermin mit ihr vereinbaren. Sie sagte, dass sie heute erst nachmittags Patiententermine hätte, also verabredeten sie sich für elf Uhr. Sie merkte sich die Adresse, die er ihr nannte, und hoffte, dass er noch etwas Persönliches sagen würde, doch er beendete das Gespräch mit einem knappen „Bis später".

Enttäuscht darüber, dass Ryan so kurz angebunden gewesen war, aber zugleich erfreut, dass sie ihn in zwei Stunden sehen würde, rüttelte sie Holly wach. „Ryan hat angerufen. Er will mir eine Wohnung zeigen."

Holly streckte sich, gähnte und sagte: „Du triffst deinen glorreichen Nicht-dein-Gebieter? Den muss ich kennenlernen. Ich komme mit."

„Es ist nur eine Wohnungsbesichtigung", wiegelte Summer ab, denn sie wollte mit Ryan allein sein.

„Umso besser." Holly sprang vergnügt aus dem Bett. „Dann störe ich nicht bei einem Date."

„Nun … ich …"

„Keine Widerrede. Du hast meinem Sonnyboy einen blasen dürfen, dann wird es mir wohl erlaubt sein, mit deinem Immobilienheini ein paar Worte zu wechseln." Holly streckte die Hände aus, und Summer ergriff sie, um Holly aus dem Bett zu ziehen.

Sie gingen ins Bad, betraten die Dusche und rieben sich gegenseitig mit Duschlotion ein. Bald fanden sie sich in einen wilden Zungenkuss vertieft wieder. Holly verrieb Schaum auf Summers Pobacken, und das Wasser prasselte auf ihre Schultern, während sie sich aneinanderdrängten, bis ihre Venushügel sich berührten.

„Irgendwann“, stöhnte Summer, „will ich deine Muschi auf meiner spüren.“

„Ja“, sagte Holly mit kehliger Stimme. „Und ich werde das Vibro-Ei in mir haben und du wirst die Vibration auch spüren. Wir werden gemeinsam kommen und ich werde dabei an Jacob denken und du an Ryan. Wenn wir unsere Männer dann das nächste Mal sehen, wird jede von uns ihrem Süßen davon erzählen, und später tauschen wir uns aus, was sie gesagt haben, ob und wie wir dafür bestraft worden sind und …“

Lachend hielt Summer Holly den Mund zu. „Ich nehme dich besser doch nicht mit. Mit deinem losen Mundwerk wirst du Ryan am Ende noch von gestern Abend erzählen. Du wirst bestimmt alles ausplaudern. Ich kenne dich.“

„Na hör mal.“ Holly ließ mehr Duschlotion auf ihre Hand fließen und bearbeitete damit ihre Brüste und ihren Bauch. „Ich kann sehr wohl gepflegte Konversation machen. Ich werde mit ihm über klassische Musik plaudern.“

„Du hast keine Ahnung von klassischer Musik.“

„Nein, aber er.“

Das klang unverfänglich, und Summer würde auf jeden Fall aufpassen, dass Holly sich nicht verplapperte. Jacob war als Thema absolut tabu! Zumal Summer sich jetzt dabei ertappte, wie die Erinnerung daran sie erregte, wie er in ihrem Mund gekommen war. Und dann sein Abschied. Dieser sanfte Kuss, das Dankeschön …

Sie presste Holly unvermittelt gegen die Fliesen, nahm deren Hand, die voller Schaum war, schob sie zwischen ihre eigenen Schenkel und rieb sich an der Handkante, bis sie kam.

„Na, so was", sagte Holly hinterher frech. „Ich hatte keine Ahnung, dass der Gedanke an klassische Musik dich so antörnt."

Nach dem Frühstück rief Summer ein Taxi.

„Ich bin sehr gespannt", sagte Holly, nachdem sie eingestiegen waren und Summer dem Fahrer die Adresse genannt hatte. „Vor allem, ob er immer noch so gut aussieht wie zu seinen Zeiten als Model."

„Stopp!", rief Summer.

Der Kopf des Fahrers fuhr herum.

„Alles in Ordnung", sagte Summer zu ihm, „ich meinte meine Freundin. Holly, hör sofort auf, dein Internetwissen auszupacken."

„Ob du die pikanten Details von mir oder von ihm erfährst – wo liegt der Unterschied?"

„Wenn man zu schnell zu viel über einen Menschen erfährt, besteht die Gefahr, dass es langweilig wird. Es sind ja gerade die Entdeckungen, die man nach und nach macht, die einen reizen."

„Das hört sich an, als wäre es eine Art Schatzsuche."

„Ja, darum nennt man seinen Liebsten ja auch Schatz."

„Wenn du so argumentierst, dann muss ich sagen: Das Geld für dein Studium war zum Fenster rausgeworfen. Genauso wie sich Ryans Eltern die teure Akademie hätten sparen können", meinte Holly grinsend.

„Ich gehe nie wieder mit dir aus dem Haus, ohne dich vorher zu knebeln. Hast du Jacob auch gegoogelt?“, fragte Summer, um Holly davon abzubringen, weitere Dinge aus Ryans Leben auszuplaudern.

„Hätte ich gern, aber ich kenne seinen Nachnamen nicht. Ich weiß nicht, wo er wohnt, wie alt er ist, welche Musik er hört, was er gerne trinkt, welchen Sport er treibt und ob er ein Morgenmuffel ist. Nichts!“ Sie sah geknickt aus.

„Wunderbar“, munterte Summer sie auf. „Das bedeutet, du kannst all diese Schätze noch heben.“

Das Taxi hielt und die Tür wurde von außen geöffnet. Erstaunt stieg Summer aus und sah sich Ryan gegenüber.

„Danke“, sagte sie, bezahlte den Fahrer und schaute die Straße auf und ab, um sich davon abzuhalten, Ryan anzustarren.

„Die Gegend ist sehr ruhig“, sagte er, da er wahrscheinlich dachte, dass sie die Umgebung in Augenschein nahm. „Du könntest dich hier wohlfühlen. Verschiedene Läden sind gleich um die Ecke.“

Holly war auch ausgestiegen und auf den Bürgersteig getreten.

„Das ist meine Freundin Holly“, stellte Summer sie vor. „Ryan Lucas, mein Makler.“ Sie hatte bewusst den förmlichen Ton gewählt, in der Hoffnung, dass Holly sich entsprechend benahm.

Leider war es vor allem Ryan, der sich so verhielt. Er war sachlich und so kurz angebunden wie vorhin am Telefon, und Summer befürchtete, dass er die Verabredung für morgen absagen würde. Vielleicht war er einer anderen Frau begegnet. Unsicherheit ergriff rasend schnell von ihr Besitz. Sie nahm kaum wahr, was Ryan über das Haus erzählte, und folgte ihm schweigend die Treppe hinauf, während Holly unentwegt quasselte.

Ryan schloss die Wohnungstür im dritten Stock auf und ließ den beiden Frauen den Vortritt.

„Oh, das ist ja Liebe auf den ersten Blick“, sagte Holly. „Nicht wahr?“ Sie zwinkerte Summer zu. Es war eine Anspielung darauf, wie Summer Logans Bemerkung missverstanden hatte, ob sie sich verliebt hätte.

Es stimmte – die Wohnung war wirklich zum Verlieben. Es gab ein offen gestaltetes Wohnzimmer mit einer rustikalen Küchenzeile, ein kuscheliges Schlafzimmer mit Blick auf einen Park, ein gut geschnittenes Arbeitszimmer, ein Bad mit allem Komfort, aber nicht übermäßig viel Luxus. Alles war hell, freundlich und pflegeleicht, wie Ryan sagte. „Lichtdurchflutet“ war ein Wort, das er während des Rundgangs dreimal benutzte. Er klang, als hätte er das Exposé auswendig gelernt.

Summer fühlte sich zurückgewiesen.

Holly bestimmte das Gespräch immer mehr und begann tatsächlich, über klassische Musik zu plaudern, über Konzerte und Pianisten, über Lampenfieber, ihre eigene Bühnenerfahrung und über das, was sich hinter der Bühne in den Garderoben so abspielte. Sie bombardierte Ryan mit Fragen zum abrupten Ende seiner Karriere, von denen er keine beantwortete. Er entschuldigte sich damit, dass er keine Zeit für eine Unterhaltung hätte, da er gleich ins Büro zurückmüsse, und Summer war Holly fast dankbar, dass *sie* die Abfuhr kassierte, die wahrscheinlich Summer gelten sollte.

„Ich nehme die Wohnung“, sagte sie mit gezwungenem Lächeln.

Ryan sagte, er würde mit Logan einen Notartermin vereinbaren und in spätestens zwei Wochen könne

Summer einziehen.

War das derselbe Mann, der sie bei der letzten Besichtigung vor Lust fast rasend gemacht hatte? Als Summer das Gefühl hatte, vor lauter Frust kaum noch Luft zu bekommen, wurde es noch schlimmer. Sie beendeten die Besichtigung, und Holly stürmte in ihrer schwungvollen Art die Treppe hinunter, als Ryan Summer mit einem Ruck zurück in die Wohnung zog. So grob hatte er sie noch nie angefasst, und sie rieb sich demonstrativ den Oberarm, nachdem er sie losgelassen hatte.

„Hör zu", sagte er. „Deiner Freundin fehlt jegliches Feingefühl. Ihr habt mich anscheinend gegoogelt und meinen wunden Punkt gefunden. Sie hat unaufhörlich weitergebohrt, egal wie deutlich ich ihr signalisiert habe, dass ich das Thema beenden will."

Summer hob erstaunt die Augenbrauen, fühlte den Impuls, Holly zu verteidigen, denn schließlich war es doch nur ein harmloses Geplänkel über Konzerte gewesen, aber Ryan schaute so ernst drein, dass sich ihre Kehle verengte. Nun meinte sie, sich selbst verteidigen zu müssen, als hätte Ryan sie beschuldigt, Holly auf ihn angesetzt zu haben.

„Ich habe dich nicht gegoogelt und nicht einmal gewusst, dass du einen wunden Punkt hast."

Eine steile Stirnfalte bildete sich in Ryans Gesicht. „Sie wollte nicht lockerlassen. Ich dachte schon, ich müsste ausfallend werden. Bestimmt hat sie dir von der Sache erzählt. Freundinnen tauschen doch jeden Klatsch aus."

„Welche Sache? Ich weiß wirklich nichts", beteuerte Summer. „Es stimmt, Holly wollte mir alles Mögliche über dich erzählen, aber ich habe abgeblockt, denn ich lerne Menschen lieber auf direktem Weg kennen."

Endlich – er lächelte!

„Dann ist es gut", sagte Ryan und legte seine Hand an ihre Wange. „Ich erzähle dir nämlich lieber meine Version davon. Im Internet steht eine Menge Mist. Sag Holly, dass sie in Zukunft ihre Zunge im Zaum halten soll."

„In Ordnung. Steht unser Date für morgen Abend noch?", fragte sie.

„Natürlich. Ich hatte nicht vor, es abzusagen, nur, weil ich mich über deine Freundin geärgert habe."

„Nein, ich dachte, weil … nun ja, weil die Wohnungssuche beendet ist."

„Was hat das damit zu tun?"

„Ich weiß nicht, du benimmst dich, als ob du nicht mehr an mir interessiert wärst."

Er rückte seinen Krawattenknoten zurecht, eine klassische Übersprunghandlung, wenn Männer nicht wissen, wohin mit ihren Händen. „Ich hatte einen ziemlich stressigen Morgen. In unser Büro auf Mallorca wurde eingebrochen. Das bedeutete viel Herumtelefonieren mit der Polizei, mit Anwälten, der Versicherung, alles sehr aufreibend. Darum bin ich heute ausgesprochen schlecht gelaunt."

„Du wirkst eher distanziert."

Er zuckte die Schultern. „So äußert sich schlechte Laune bei mir."

„Wo treffen wir uns denn morgen?"

„Ich schicke dir einen Wagen. George wird um sieben Uhr bei dir klingeln. Du erinnerst dich an meine Anweisungen?"

„Rock, keine Unterwäsche, Bluse mit kurzen Ärmeln."

„Gut. Und merk dir das Safeword. *Feuer*."

„*Feuer*“, wiederholte sie und war alarmiert. Was hatte er vor? Wieso sollte sie bei einem Restaurantbesuch ein Safeword brauchen? Wie berechenbar und diskret war Logan doch gewesen! Alles hatte sich in seiner Wohnung abgespielt. Sie konnte immer sicher sein, dass er sie in der Öffentlichkeit niemals bloßstellen würde.

Es klopfte an der Tür. „He, was treibt ihr da drinnen?“, rief Holly.

Ryan drehte den Knauf und zog die Tür auf. „Summer hatte noch ein paar Fragen.“

Sie verabschiedeten sich vor dem Haus artig mit Handschlag, und Ryan ging auf die schwarze Limousine zu, die ein Stück die Straße hinunter parkte. Der Fahrer, den Summer diesmal nur von hinten sah, stieg aus, um ihm die Tür aufzuhalten.

Grau melierte Stoppelhaare. Woher kenne ich ihn nur? Ryan nannte ihn George. George … Augenblick mal … war das nicht …

„Dein Ryan ist ein blasierter Lackaffe“, unterbrach Holly ihren Gedankengang. „Total verschlossen, der feine Herr.“

Summer sah der wegfahrenden Limousine nach. „So würdest du dich auch verhalten, wenn jemand ungefragt in deiner Privatsphäre herumstochert.“ Sie küsste Holly auf die Wange. „Immerhin hast du Jacob nicht erwähnt. Ich gehe von hier aus in die Praxis, dann sehe ich gleich, wie weit der Weg ist.“ Mit einem Mal breitete sich unbändige Freude in ihr aus. „Ich werde schließlich bald hier wohnen.“

Kapitel 7

Der Freitag war Summers stressigster Tag. Sie hatte viele Patienten, darunter ihre schwersten Fälle. Normalerweise war sie voll bei der Sache, doch heute war alles anders. Sie ertappte sich immer wieder dabei, wie ihre Gedanken abschweiften. Am schlimmsten war es in der letzten Sitzung vor der Mittagspause. Ihr Patient, Aaron Froth, war ein gut aussehender Geschäftsmann, der sich beruflich zu viel vorgenommen hatte und obendrein noch zwei Freundinnen bei Laune hielt. Darüber hinaus leistete er sich anstrengende Hobbys, blieb keiner Party fern und meinte, sich mit Substanzen regenerieren zu müssen, von denen er besser die Finger lassen sollte.

Während Summer ihm zuhörte, war ihr bewusst, dass all das Reden, die Analysen, die kleinen Veränderungen im Alltag ihm wenig brachten. Er verfügte über keinerlei Selbstdisziplin. Er machte nur deswegen eine Therapie, weil er sich damit selbst belügen konnte. Er wollte sich überhaupt nicht ändern, sondern nur den Anschein wahren. So konnte er sich und seinen Freunden und Kollegen jederzeit sagen: „Ja, ich weiß, dass mein Leben kurz davor ist, den Bach runterzugehen, aber ich bin bereits in Therapie. Alles wird gut."

„Meinen Sie, ich kann das schaffen?", fragte er, nachdem er ausführlich seine anstrengende Woche geschildert hatte. „Eine dritte Freundin – ich weiß, das klingt, als hätte ich jegliches Maß verloren. Aber ich brauche das, verstehen Sie?"

Was Sie bräuchten, Mr. Froth, wäre eine ordentliche Tracht

Prügel!, schoss es ihr durch den Kopf.

Aaron sprang auf, als hätte sich der Sessel in einen Schleudersitz verwandelt. „Um Gottes willen!"

Hatte sie das eben etwa laut gesagt?

„Schnell raus hier!" Aaron rannte zur Tür.

Nein, sie hatte es nicht laut gesagt. Womöglich litt er zu allem Überfluss auch noch an drogeninduzierten Halluzinationen.

Da platschte ihr etwas auf den Kopf und sie sah hoch. Es regnete, es regnete von der Decke! Summer starrte einen Moment lang verständnislos auf den nassen Fleck, der sich um die Deckenlampe herum ausbreitete.

Aaron hatte die Tür bereits geöffnet und winkte Summer herbei. „Nun kommen Sie schon. Jemand muss schleunigst den Hauptwasserhahn abstellen. Und dann sollten wir nachsehen, was sich in den Räumen über der Praxis tut. Nicht, dass gerade jemand in seiner Badewanne ertrinkt."

Da realisierte Summer, dass sie ein ganz reales Problem hatten.

Drei Stunden später konnte sie nachvollziehen, wieso Ryan gestern wegen des Einbruchs in seinem Büro auf Mallorca miese Laune gehabt hatte. Das war sicher noch weitaus unangenehmer gewesen als ein Wasserrohrbruch.

Nun standen Sanierungsarbeiten an und zwei Etagen des Hauses würden mindestens eine Woche lang nicht benutzbar sein. Summer hatte einen ähnlichen Telefonmarathon hinter sich wie Ryan, nur, dass ihre Gesprächspartner nicht Versicherungen und Anwälte gewesen waren, sondern Patienten, deren Termine sie verschieben musste.

Im Stechschritt marschierte Summer von der Bushaltestelle nach Hause. Sie würde sich jetzt ein entspannendes Bad gönnen, eine Stunde mit einer Tasse Tee und einem guten Buch verbringen. Vielleicht wäre sie danach in Stimmung, das Date mit Ryan zu genießen.

Außen an der Wohnungstür klebte ein Post-it, auf dem in Logans akkurater Schrift stand: „Summer, ich habe Besuch. Wohnzimmer, Küche u. das große Bad sind für dich tabu. Glückwunsch zur neuen Wohnung. L."

Stirnrunzelnd entfernte Summer den Zettel. Dass Logan heute zurückkommen würde, hatte sie gewusst. Normalerweise fuhr er nach einer Dienstreise gleich ins Büro, aber heute hatte er wohl daheim etwas Wichtigeres zu tun.

Aus dem Wohnzimmer waren Stimmen zu hören, eine davon weiblich.

Lautlos schloss Summer die Haustür hinter sich und versuchte, sich nicht von der Enttäuschung überrollen zu lassen. Das Wohnzimmer war einige Tage lang ihr Reich gewesen, und nun wurde ihr deutlich klar, dass sie hier nur noch Gast war und dass Logan sich vermutlich freute, dass sie bald auszog. Ihr gemütliches Bad, die entspannende Stunde mit Tee und Buch – das konnte sie vergessen.

Doch Logan war fürsorglicher, als sie ihm zugetraut hatte. Auf dem Schreibtisch im Gästezimmer fand sie ein Tablett mit einem Teegedeck, einer Thermoskanne und ihren Lieblingskeksen vor. Sogar das Buch, das sie gestern aufgeschlagen auf der Couch vergessen hatte, lag bereit, mit einem Lesezeichen an der richtigen Stelle. Wenn Logan sie als Sklavin nur halb so aufmerksam behandelt hätte … Schon war ihre schlechte Laune wie weggeblasen und sie begann, das Gute an der Krise zu sehen. Dank des Wasserrohrbruchs in der Praxis hatte sie eine Woche frei und somit Zeit, in aller Ruhe Möbel zu kaufen und ihren Umzug zu organisieren. Die neue Wohnung war entzückend, sie konnte es kaum erwarten, sich dort häuslich einzurichten.

Sie ging in ihr Duschbad und erinnerte sich zufrieden an den gestrigen Morgen mit Holly. Ihre Freundin würde sie in der neuen Wohnung bestimmt oft besuchen und die Dusche dort war fast doppelt so groß wie diese hier. Sie könnten sich gegenseitig einseifen, ohne ständig aufpassen zu müssen, dass sie sich nicht die Ellbogen anschlugen.

Zehn Minuten vor sieben stand Summer an der Wohnungstür und überlegte, ob sie schon runtergehen sollte. Sie wollte nicht zu lange vor dem Haus in der kalten Abendluft warten müssen, denn ihr Rock reichte nur bis knapp zu den Knien und die Bluse war so dünn, dass man ihre Brustwarzen darunter erahnen konnte. Mehr hatte sie nicht an. Keine Unterwäsche, keine Strümpfe. Darüber trug sie zwar einen Mantel, doch ihre Beine waren nackt und ungeschützt. Für den Fall, dass sie sich noch anders entscheiden würde, war sie gewappnet, denn in ihrer Handtasche waren Nylonstrümpfe und ein Slip. Außerdem hatte sie ein Accessoire dabei: Nippelklemmen. Die waren ihr eingefallen, als sie sich beim Eincremen nach dem Duschen vorgestellt hatte, dass Ryan ihre Brüste streichelte. Sie liebte Nippelklemmen und hasste sie zugleich – und liebte sie, weil sie sie hasste.

Die Wohnzimmertür ging auf und Logan kam heraus. Jetzt bereute Summer, dass sie nicht schon gegangen war. „Ich bin so gut wie weg“, sagte sie hastig.

Logan trug seinen Morgenmantel, und sie erkannte sofort, dass er Sex gehabt hatte. Seine Körperhaltung war entspannt und es lag etwas Zufriedenes in seinen Zügen.

„Ich will dich nicht verscheuchen“, sagte Logan.

„Ich habe eine Verabredung.“ Summer fühlte sich unbehaglich, wollte jetzt aber nicht fluchtartig die Wohnung verlassen. Zwei Sätze konnte sie ruhig mit Logan wechseln. „Danke für den Tee. Ich war früher daheim, weil wir einen Wasserrohrbruch über der Praxis hatten.“

„Ich weiß“, sagte Logan. „Ich habe bei dir in der Praxis angerufen, um dir Bescheid zu sagen, dass ich Besuch mitbringe, und die Ansage auf dem AB gehört.“

„Ich muss los. Es wird spät.“

„Nur noch eins.“ Logan berührte sie an der Schulter. „Wieso hast du einen der Gurte verstellt?“

Summer senkte den Kopf, fühlte sich ertappt, gescholten, merkte, wie sie all die Unterwürfigkeit in sich spürte, die sie zu genießen gelernt hatte und die ihr plötzlich fremdartig erschien. Trotzig hob sie den Kopf. Keine Ausflüchte, keine Entschuldigung.

Manchmal ist die Wahrheit zu exotisch, um für bare Münze genommen zu werden. Einen Versuch ist es wert.

„Ich hatte einen Mann da, den ich gefesselt habe, um ihn auszupeitschen.“

„Mach keine dummen Witze. War Ryan hier? Hat er sich hier mit dir vergnügt?“

„Nein, Ryan ist seit seinem ersten Besuch nicht mehr hier gewesen. Aber ich treffe mich mit ihm zum Essen und der Wagen kommt gleich.“ Wieder wandte sie sich zur Tür.

„Du gehst mit Ryan aus? In diesem Aufzug?“ Nun schaute er sie genauer an, und sie entzog sich ihm nicht, als er den Mantel aufklappte. „Ich wette, du hast darunter …“ Er hob ihren Rock hoch. Summer wollte seine Hand abwehren, aber er hatte schon gesehen, dass sie keinen Slip trug.

„Ich wusste es“, sagte er kopfschüttelnd. „Und dabei hatte ich dich vor Ryan gewarnt. Anscheinend nicht deutlich genug. Geh und zieh dir etwas anderes an, am besten einen hochgeschlossenen Pullover und eine Hose. Du hast keine Ahnung, wie leichtsinnig es ist, in diesem Aufzug mit Ryan in ein Restaurant zu gehen.“

„Logan“, sagte sie ruhig und freundlich, fast ein wenig zu glatt, wie es ihr schien, „ich habe sehr wohl eine Ahnung. Ich weiß von seinem Exhibitionismus und stell dir vor – es gefällt mir.“ Das war geschwindelt. Es reizte sie ein klein wenig, aber sie hatte keine Ahnung, wie weit Ryan gehen würde. Dieses Risiko einzugehen, war ihre eigene Sache und ging Logan nichts an.

„Das ist mir neu“, sagte Logan. Es klang maßregelnd.

„Das kommt daher, dass ich mich immer nach dir gerichtet habe. Du bist derjenige von uns beiden, der jeglichen Austausch von Zärtlichkeit in der Öffentlichkeit gescheut hat. Du kennst nur die Seite von mir, die ich dir zeigen durfte.“ Summer staunte, noch während sie das sagte. Es war eine Erkenntnis, die ihr eben erst gekommen war. Sie hatte sich so sehr angepasst, dass sie sich nun neu kennerlernen musste.

Logan hob zu einem Protest an, da sah Summer,

wie hinter ihm jemand aus der Tür des Wohnzimmers spähte. Die Frau strahlte Unsicherheit gemischt mit Laszivität aus. Summer lächelte ihr zu.

„Kendra, geh zurück zur Couch“, sagte Logan, ohne sich umzudrehen. Dass Summer über seine Schulter schaute, genügte ihm, um zu wissen, was sich hinter ihm abspielte.

Kendra verschwand blitzschnell und Summer seufzte. „Du brauchst dir wegen Ryan keine Sorgen zu machen. Ich werde mich von ihm nicht so herumkommandieren lassen wie von dir. Er kann veranlagt sein, wie er will, fordern, was er will – ich entscheide, was ich zulasse und was nicht.“

„Viel Glück“, sagte Logan. „Falls du heute Nacht jemanden brauchst, an dessen Schulter du dich ausweinen willst, darfst du gern an meine Schlafzimmertür klopfen.“

Summer war zu verblüfft, um etwas zu erwidern. Sie lächelte ihn an und verließ die Wohnung, geradezu benommen von seinem Angebot. So liebevoll hatte er noch nie mit ihr geredet.

Während sie im Lift nach unten fuhr, wurde sie ernstlich nervös, weil Logans Besorgnis so aufrichtig geklungen hatte. Aber was in aller Welt konnte Ryan schon Schlimmes tun? Du meine Güte, in einem Restaurant gab es Gäste und Personal! Er konnte ihr allenfalls unter den Rock fassen und mit ihr spielen, bis sie kam. Wenn ihr das peinlich war, würde sie von ihm abrücken, sich ihm gegenübersetzen, ihm irgendwie ausweichen. Und falls es ihr gefiel, dann würde sie einen lautlosen Orgasmus haben und sich einreden, dass niemand es ihr ansah.

Sie hatte alles unter Kontrolle.

Alles, außer ihren Gefühlen für ihn.

Als Summer vor die Haustür trat, wartete bereits die Limousine, die Ryan geschickt hatte. Der Fahrer stieg aus, nickte Summer mit unbewegtem Gesicht zu und sagte: „Guten Abend, Ms Johnson."

Da machte es endlich *klick* und ihr fiel ein, wer er war und woher sie ihn kannte. Es handelte sich um George Markman, einen ehemaligen Patienten von ihr. Summer fühlte sich unangenehm berührt, ihm in so einer delikaten Situation zu begegnen, und überspielte es mit einem Lächeln. „Guten Abend, Mr Markman. Danke", ergänzte sie, als er ihr die Tür zum Fond aufhielt.

Sie glitt auf den Ledersitz und hoffte inständig, dass George Markman nichts, aber auch rein gar nichts über das Liebesleben seines Arbeitgebers wusste. George warf ihr im Rückspiegel einen kurzen Blick zu, bevor er losfuhr.

Vielleicht ist die Situation für ihn genauso unangenehm wie für mich. Immerhin weiß ich persönliche Dinge über ihn.

Er war einer ihrer ersten Patienten gewesen, nachdem sie sich selbstständig gemacht hatte. Sie war damals noch unsicher mit ihren Diagnosen gewesen, aber sie hatte das Gefühl gehabt, dass er seine Symptome simulierte. Es hatte einige Widersprüche und Ungereimtheiten gegeben. Außerdem ging seine Genesung viel zu schnell. Nach fünf oder sechs Sitzungen war alles vorbei. Sie erinnerte sich, dass es Probleme mit seinem Job bei einer Sicherheitsfirma gegeben hatte. Wieder sah sie, wie seine Blicke im Spiegel prüfend zu ihr wanderten.

„Falls Sie sich Gedanken wegen der Sache von damals machen", sagte sie mit entwaffnendem Lächeln, „kann ich Sie beruhigen. Das fällt natürlich unter die Schweigepflicht."

„Ich weiß“, sagte er knapp.

„Mr Lucas ist sicher ein sehr angenehmer Arbeitgeber“, sagte sie im Plauderton, wie sie ihn benutzte, wenn sie verstockte Patienten aus der Reserve locken wollte. Jetzt war er unangebracht und sie ärgerte sich darüber. Sie hoffte, George würde wieder kurz und knapp antworten, dann könnten sie den Rest der Fahrt schweigend zurücklegen.

Umso mehr erschreckte sie seine aufbrausende Antwort. „Angenehm? Ganz im Gegenteil. Ich bin bereits dabei, mich nach etwas Neuem umzusehen. Das sage ich Ihnen ganz im Vertrauen“, fügte er hinzu.

Summer sah, dass seine Schultern sich anspannten. „Sind die Arbeitsbedingungen so schlecht?“, fragte sie.

„Nein, die sind okay. Und die Bezahlung auch. Es ist nur … bitte nehmen Sie das nicht persönlich.“ Wieder suchte er ihren Blick im Rückspiegel. „Es ist die Art, wie Mr Lucas Frauen behandelt. Wie er sie benutzt und in kompromittierende Situationen bringt. Ich habe ihn in den sieben Monaten, in denen ich für ihn arbeite, schon viele Herzen brechen sehen. Sie täten gut daran, sich nicht mit ihm einzulassen.“

Summer versteifte sich. Sie war drauf und dran, Mr Markman zu sagen, dass ungebetene Ratschläge einem nie Sympathiepunkte brachten und dass sie auf seine Besorgnis verzichten konnte. Schlimm genug, dass Logan glaubte, sie vor Ryan beschützen zu müssen. Sogar Holly hatte sich negativ geäußert, ihn einen blasierten Lackaffen genannt. Entweder war sie selbst vor Liebe total blind oder …

„Wenn Sie möchten“, sagte George Markman in

ihre Verunsicherung hinein, „dann wende ich den Wagen und bringe Sie nach Hause zurück. Ich werde es Mr Lucas erklären. Das können Sie getrost mir überlassen."

„Danke", sagte Summer, um Fassung bemüht. „Sie machen sich unnötig Gedanken. Ich habe mit Mr Lucas vor allem geschäftlich zu tun."

„Das deckt sich nicht mit dem, was er zu mir gesagt hat."

Jetzt wurde er impertinent. Es stand ihm nicht zu, sich einzumischen. Sie unterdrückte den Impuls, ihn zu fragen, was Ryan ihm gesagt hatte. Sie würde das nicht mit Markman diskutieren. „Lassen Sie mein Privatleben meine Sorge sein."

„Wie Sie wünschen. Aber Sie wären nicht die erste Frau, die ich nach einem Date mit Mr Lucas ins Krankenhaus fahren muss."

Summer fühlte eine leichte Übelkeit in sich aufsteigen, doch dann meldete sich ihre professionelle Intuition: Er log. Dafür hatte sie ein Gespür. George Markman hatte sie dreist angelogen. Warum tat er das?

Oder wollte sie nur glauben, dass er log, weil sie den Gedanken nicht ertrug, Ryan könnte etwas anderes sein als der Traummann, den sie in ihm sah? Mit Exhibitionismus konnte sie umgehen. Aber Emotionslosigkeit war schwer zu durchschauen. Es gab Menschen, die sich meisterhaft darin verstanden, sich zu verstellen. Könnte es sein, dass Ryan an einer narzisstischen Persönlichkeitsstörung litt?

George Markman hielt vor dem Restaurant, öffnete die Wagentür für sie und sagte: „Wollen Sie es sich nicht doch anders überlegen?" Sein Ton war fürsorglich, aber er klang in Summers Ohren aufgesetzt. Sie verneinte entschieden.

Die kühle Luft, die auf den wenigen Metern, die sie vom Wagen zum Eingang zurücklegte, ihre Beine hochkroch, machte ihr bewusst, wie nackt sie unter dem Rock war. Sie zögerte kurz an der Tür, dann stieß sie sie entschlossen auf. Immerhin wurde kein Gehorsam von ihr erwartet, es gab keinen Vertrag, keine Androhung von Strafen. Es gab nur das Risiko, sich an Ryan zu verlieren. Sie war ihm viel zu schnell und viel zu gründlich verfallen.

Summer blieb im Windfang stehen und zögerte erneut, studierte die Speisekarte, die in einem goldenen Rahmen hing, und stellte fest, dass sie sich unter den Gerichten nichts vorstellen konnte. Zu viele faszinierende Fremdwörter.

Verunsichert betrat sie den Vorraum, wo ein Kellner sie nach ihrem Namen fragte und dann vorausging, um sie zu ihrem Platz zu bringen. Im Gehen verschaffte Summer sich einen Überblick. Das Restaurant hatte mehrere Räume, die sie durchquerten, bis sie beim letzten angelangten, der so etwas wie ein Separee war. Darin gab es drei runde Tische mit jeweils einer halbrunden, lederbezogenen Sitzbank. Zwei der Tische waren für jeweils zwei Personen eingedeckt. Die einzige Person in dem Raum war Ryan. Er stand auf, als sie an den Tisch geführt wurde, nahm ihr den Mantel ab und reichte ihn dem Kellner. Er streichelte Summers nackte Arme und küsste sie hingebungsvoll. All die Sehnsucht, die sie nach ihm gehabt hatte und die am Tag zuvor bei dem kurzen Besichtigungstermin nicht gestillt worden war, kam endlich zur Ruhe. Das aufgewühlte Gefühl, das sie durch die Woche begleitet hatte, verebbte. Die Zweifel, die Logan und Markman ihr eingeimpft hatten, verloren sich in den Tiefen des Universums. Sie schlang die Hände um Ryans Nacken und hielt ihn fest, damit der Kuss nicht endete.

Nach einer Weile löste er sanft ihre Finger und sah ihr in die Augen. „Wie schön du bist." Er küsste sie noch einmal, dann forderte er sie mit einer Handbewegung auf, sich zu setzen, ging um den Tisch herum und ließ sich von der anderen Seite links von ihr auf die gepolsterte Bank gleiten.

Ein zweiter Kellner erschien nahezu lautlos, zündete die schlanke weiße Kerze in der Tischmitte an, reichte Summer eine Speisekarte und fragte sie nach ihrem Getränkewunsch. Ryan schlug vor, auf die neue Wohnung anzustoßen, und bestellte eine Flasche Champagner.

Zusammen mit der Flasche im Eiskübel wurden kleine Häppchen auf raffiniert designten Löffeln gereicht, ein Gruß aus der Küche.

„Ich war noch nie in so einem edlen Restaurant", gestand Summer, nachdem sie die ersten Schlucke getrunken hatte.

„Damit du mich nicht für allzu versnobt hältst, lade ich dich das nächste Mal in eine Pizzeria ein."

„Gern. Und dann kommst *du* ohne Unterwäsche."

Ryan hob eine Augenbraue. „Aber nicht in Rock und Bluse, wenn's geht."

Summer lachte. „Du kommst *nur* in Unterwäsche."

Er runzelte die Stirn. „Du hast mich inzwischen also doch gegoogelt."

„Nein, wieso?"

„Ich habe mal für eine sexy Herrenwäschemarke gemodelt. Sozusagen *Victoria's Secret* für Männer. Ich dachte, darauf würdest du anspielen."

Nun musste Summer noch einen Schluck nehmen.

„Ich mache nie Anspielungen, immer nur klare Ansagen." Sie rieb mit den Fingern über seinen Oberschenkel und spürte die festen Muskeln. „Soso, ein Unterwäschemodel. Hast du nur Shootings gemacht oder warst du auch auf dem Catwalk?"

„Den Catwalk hätte ich mir nie entgehen lassen. Ich bin süchtig nach Aufmerksamkeit." Er stand auf, knöpfte sein Jackett zu und ging zu dem Rundbogen, der das Hinterzimmer vom restlichen Lokal abtrennte. Dann nutzte er den kurzen Weg von der Tür bis zur Wand und wieder zurück, um einen erstklassigen Walk hinzulegen, samt blasiertem Gesichtsausdruck, Hüftschwung, Aufknöpfen, Ausziehen und Über-die Schulter-Werfen des Jacketts. Er war gerade wieder an der Tür angelangt, als der Kellner zwei weitere Gäste in den Raum führte. Peinlicherweise pfiff Summer genau in diesem Moment durch die Finger.

Der Kellner sah sie erstaunt an, und sie schüttelte hastig den Kopf, um zu signalisieren, dass sie nicht ihn gemeint hatte.

Ryan setzte sich lachend wieder neben sie. „Danke. Ich fürchte, ich bin etwas aus der Übung."

Die beiden neuen Gäste waren Männer in Ryans Alter. Einer sehr schlank, mit wuscheligen, hellblonden Haaren. Er trug einen pflaumenfarbenen Anzug mit rosa Krawatte und passendem Einstecktuch. Der andere hatte dunkelbraune, lange Haare, die er im Nacken zusammengebunden trug, und einen dünnen, kunstvoll gestutzten Kinn- und Backenbart. Sein Nadelstreifenanzug sah teuer aus. Dazu trug er ein rotes Hemd und eine Lederkrawatte. Recht offensichtlich ein schwules Paar.

Als Ryan ihr etwas Wasser nachschenkte, verschüttete er ein paar Tropfen auf ihre Bluse. Summer sah auf ihre linke Brustwarze hinunter, die sich plötzlich kalt anfühlte. Auf der feinen, cremefarbenen Seide vergrößerte sich der nasse Fleck rasch und der Stoff wurde durchsichtig. Hastig legte Summer eine Hand über ihre linke Brust.

Ryan griff in seine Hosentasche, holte einen roten Seidenschal hervor, legte ihn ihr um den Hals und drapierte ihn so, dass die nasse Stelle bedeckt war.

Sie berührte die Enden des Schals. „Ein Geschenk für mich?“

„In diesem Lokal herrscht Krawattenzwang, also brauche ich später etwas anderes, um dich zu fesseln oder zu knebeln. Ich hoffe, du gibst mir den Schal dann zu dem Zweck wieder.“

„Nein.“

„Das wäre Nummer eins“, sagte er zufrieden. „Weißt du, ich zähle mit, wie oft du Nein sagst. Das Wort ‚Nicht‘ zählt auch, ebenso diverse andere Protestäußerungen.“

„Du darfst doch nicht einfach Regeln erfinden und mich für etwas ohne vorherige Absprache bestrafen.“

Ryan schüttelte den Kopf. „Wer redet denn von Bestrafungen? Für jedes Nein wirst du heute Abend einen Orgasmus haben.“

„Wir gehen also anschließend zu dir?“, fragte sie voller Hoffnung.

„Nein, du wirst die Orgasmen hier haben“, sagte er und griff nach der Speisekarte. „Worauf hast du Appetit?“

„Such du etwas aus.“ Summer aß eins der Häppchen. „Ich mag alles außer Innereien.“

Ryan bestellte zweimal das gleiche fünfgängige Menü.

„Ryan, dein Fahrer …“, begann sie, nachdem der

Kellner gegangen war, dann hielt sie sofort inne. Sie musste aufpassen, nicht versehentlich zu erwähnen, dass er ein Patient von ihr gewesen war.

„Oh, ich weiß“, sagte Ryan. „Es ist ein bisschen überzogen, sich als Makler einen Chauffeur zu leisten, aber ich finde es praktisch, weil ich auf diese Weise garantiert pünktlich zu meinen Terminen komme, da die Parkplatzsuche entfällt.“

„Darum geht es nicht. Du kannst so viele Bedienstete haben, wie du willst. Ich … was hast du Mr Markman über mich erzählt?“

„Nichts, wieso?“

„Was weiß er über dein Liebesleben?“, bohrte sie weiter.

„Ich habe noch nie eine Frau in meinem Dienstwagen gevögelt, falls du das meinst. Ich trenne Berufliches und Privates. Normalerweise“, fügte er hinzu. „Du bist die erste Frau, mit der ich bei einer Wohnungsbesichtigung eine Session hatte.“

Sie gönnte sich ein zweites Häppchen und lehnte sich zufrieden zurück. George Markman hatte also gelogen. Was bezweckte er damit? Wollte er das Liebesleben seines Arbeitgebers sabotieren?

Ryan, der sein Jackett nach der Catwalk-Einlage nicht wieder angezogen hatte, öffnete den Manschettenknopf seines rechten Ärmels und krempelte ihn hoch. Mit der linken Hand nahm er die Kerze aus dem Kerzenhalter. Nicht nur Summer, auch das schwule Paar sah fasziniert zu.

Ryan legte den Unterarm mit dem Handgelenk nach oben zwischen seinem und Summers Gedeck auf die weiße Tischdecke. Dann hob er die linke Hand, neigte die Kerze und ließ Wachs auf seine Haut tropfen. Seine Finger zuckten. Er hielt die Kerze tiefer und tropfte erneut Wachs auf seine Haut.

Er prüft, wie nah er herankommen kann, bevor es zu sehr wehtut. Er will genau das anschließend mit mir machen.

Sie warf den beiden Männern einen taxierenden Blick zu. Doch die waren mittlerweile vollauf mit sich selbst beschäftigt und küssten sich leidenschaftlich.

Ryan steckte die Kerze in den Halter zurück, zog die erkalteten Wachstropfen von seiner Haut und krempelte den Ärmel wieder herunter. Als er damit fertig war, erschien der Kellner mit dem ersten Gang. Auch am anderen Tisch wurde serviert.

Als wenn nichts gewesen wäre, wünschte Ryan ihr einen guten Appetit und sie begannen zu essen. Es schmeckte köstlich und Summer genoss jeden Bissen.

Nachdem abgeräumt worden war, sagte Ryan: „Wir haben zehn Minuten bis zum nächsten Gang. Das reicht, um dich für dein erstes Nein zu belohnen."

„Heb dir das lieber für später auf, denn es wird kein zweites Nein geben."

Ryan achtete nicht auf ihren Einwand. „Spreiz die Beine", sagte er. Wie immer bei ihm war es weder ein Befehl noch eine Bitte, er sagte einfach, was er wollte, und schaffte es damit, dass Summer ihm seinen Wunsch erfüllte. Daraufhin legte er sein rechtes Bein über ihren linken Oberschenkel, schob ihren Rock hoch und ließ seine Hand auf ihren Venushügel gleiten, wo er sie zärtlich zu streicheln begann. „Und nun leg deinen linken Arm auf den Tisch, mit der Handfläche nach oben."

Sie tat auch das und sah zu, wie er die Kerze wieder aus dem Halter nahm, sie höher hielt als vorhin und sie kippte. Der erste Wachstropfen war kaum zu spüren. Erst, als er die Kerze langsam senkte und ein paar Tropfen schnell hintereinander die zarte Haut auf der Unterseite ihres Arms trafen, spürte sie einen spitzen, heißen Schmerz. Sie zuckte nicht, hielt still und konzentrierte sich auf Ryans Finger, die ihre Schamlippen spreizten. Sie sah kurz zu den beiden Zuschauern, die das Schauspiel interessiert verfolgten, während Ryan die Kerze immer tiefer hielt und zugleich mit der anderen Hand Summers Klitoris liebkoste. Summer wunderte sich einen Moment lang, dass er die verschiedenen Aktivitäten so gut koordinieren konnte, dann erinnerte sie sich an sein virtuoses Klavierspiel. Natürlich war er motorisch sehr geschickt.

Seine Fingerspitzen öffneten ihre Vulva und glitten hinein. Ein wohliges Gefühl breitete sich in ihr aus, reichte aber nicht, um von den Hitzepunkten abzulenken, die in immer schnellerer Folge ihre Haut trafen. Sie schloss die Augen, lehnte den Kopf zurück und vertraute darauf, dass Ryan wusste, was er tat.

Das Wachs hörte auf zu tropfen. Nun fühlte sie nur noch den festen Druck seines Unterschenkels auf ihrem Bein. Sie spürte, wie er sich ihr mit dem Gesicht näherte, fühlte seine Lippen sanft auf ihren.

„Sieh mich an", bat er leise. Er spielte mit ihrer Klitoris, drückte und rieb sie abwechselnd. „Wir haben noch zwei Minuten."

Sie öffnete widerstrebend die Augen, unterdrückte jeden Laut, atmete flach, biss sich auf die Unterlippe, als der Orgasmus sie überrollte und ihr ein Schrei zu entweichen drohte. Er lächelte und ließ von ihr ab.

„Oh verdammt", hauchte Summer zufrieden, aber beschämt. Sie wagte nicht, zu den beiden Männern hinüberzusehen. Und auch den Kellner, der wenige Sekunden später den zweiten Gang servierte, blickte sie nicht an. Sie schloss schnell die Beine. Als der

Kellner gegangen war, begann sie, das Wachs von ihrem Arm zu entfernen und die kleinen Plättchen zu denen zu legen, die Ryan vorhin neben dem Kerzenhalter auf den Tisch gehäuft hatte.

Wieso hat Ryan so viel Macht über mich? Wozu werde ich mich heute Abend noch hinreißen lassen? Ob Logan und George Markman doch recht hatten, mich vor ihm zu warnen?

Das leichte Gefühl der Schwäche, das sie nach dem Orgasmus empfand, machte sie anfällig für neue Zweifel. Sie aß ein paar Bissen, und es war, als würde sie ein Kunstwerk zerstören, so großartig sah das Arrangement auf ihrem Teller aus. Dann sagte sie, ohne Ryan anzusehen: „Auf der Herfahrt hat Markman angefangen, mir von einer Frau zu erzählen, die er ins Krankenhaus gefahren hat."

„Ja, das war ein Schreck", sagte Ryan.

Der Bissen blieb ihr fast im Hals stecken. Es stimmte also. Wie konnte er das zugeben, ohne mit der Wimper zu zucken? Sie legte das Besteck auf den Teller, weil es ihr aus den Händen zu gleiten drohte. „Ich würde gern wissen, wie die Sache ausgegangen ist."

„George konnte sich kaum aufs Fahren konzentrieren, weil sie so laut geschrien hat", berichtete Ryan. „Es gelang mir nicht, sie zu beruhigen. Ihr Mann war dermaßen blass, dass ich befürchtete, er würde jeden Augenblick ohnmächtig werden."

Summer wurde fast schwarz vor Augen.

„Wir haben es gerade noch rechtzeitig ins Middlesex Hospital geschafft", fuhr er fort. Dann sah er sie an. „Was ist denn? Deine Hände zittern ja. Es ist alles gut gegangen. Ihr Mann hat mich am nächsten Morgen angerufen. Erstens um zu sagen, dass sie die Wohnung nehmen, die sie besichtigt hatten. Und zweitens, um mir stolz mitzuteilen, dass es eine komplikationslose Geburt war und dass sie einen süßen Jungen bekommen haben. Was man als Makler so alles erlebt. Ich habe danach einen erweiterten Erste-Hilfe-Kurs gemacht, in dem ich gelernt habe, was man im Falle einsetzender Wehen tun muss. Jetzt bin ich gewappnet, falls ich mal wieder eine hochschwangere Kundin habe."

Summer konnte ihn nur mit großen Augen anstarren. Keine Geliebte, sondern eine Kundin. Kein Dreier, sondern eine Wohnungsbesichtigung. Alles falscher Alarm. Sie umarmte ihn. „Du bist wunderbar", sagte sie. „Einfach wunderbar." Was sie eigentlich hatte sagen wollen, war: *Verzeih mir, dass ich dir etwas Schreckliches unterstellt habe.*

An beiden Tischen wurde nun abgetragen und Wein nachgeschenkt. „Wie viel Zeit haben wir diesmal?", fragte Summer.

„Fünfzehn Minuten", sagte Ryan.

„Wird hier nach der Uhr gekocht?"

„Nein, ich habe das vorher so vereinbart."

„Was bist du denn für ein Kontrollfreak?"

Ryan lachte. „Gar keiner, ich bin weder pedantisch noch übergenau oder gar zwanghaft. Eher im Gegenteil. Aber sexuelle Eskapaden müssen sorgfältig geplant werden, ähnlich wie Basejumps."

„Du vergleichst Sex mit Extremsport?"

Anstelle einer Antwort küsste er sie, und Summer dachte, wie gern sie jetzt mit ihm allein gewesen wäre.

„Ich habe einen Auftrag für dich", sagte er. „Das Seidentuch ist mir doch zu schade, um dich damit zu fesseln. Aber dieser Herr dort drüben könnte dir seine Krawatte leihen. Geh hin und frag ihn."

„Mit welcher Begründung?"
„Sag ihm die Wahrheit, er wird nachher sowieso sehen, wie ich dir die Handgelenke zusammenbinde."
„Wieso fragst *du* ihn nicht?", gab sie trotzig zurück.
„Weil es für den weiteren Verlauf des Abends gut wäre, wenn du dich mit den beiden vertraut machst."
Summer zog die Augenbrauen zusammen. Was sollte das denn bedeuten? Widerstrebend rutschte sie von der Bank und ging zu dem anderen Tisch. „Guten Abend", sagte sie. „Ich heiße Summer, und mein Freund möchte, dass ich … ähm …"
Der Dunkelhaarige klopfte auf die Bank neben sich. „Setz dich einen Augenblick. Ich heiße Desmond."
„Ich bin Frank", stellte sich der Blonde vor. „Was können wir für dich tun?"
„Ich soll mir deine Krawatte leihen", sagte sie zu Desmond. „Allerdings könnte es sein, dass sie etwas leiden wird."
Desmond lockerte seinen Krawattenknoten und meinte grinsend: „Seine eigene ist Ryan wohl zu schade dafür."
Summer hätte beinahe laut aufgelacht. Desmond kannte Ryan. Das Ganze war eine abgekartete Sache! Frank und Desmond waren eingeweiht. Und Summer war froh darüber, denn es bedeutete, dass Ryan mehr Rücksicht auf sie nahm, als es den Anschein hatte. Erst ein Panoramafenster, durch das niemand hereinsehen konnte, jetzt ein Publikum, das ein Teil der Inszenierung war. Ryan setzte sie nicht wirklich der Gefahr aus, in eine peinliche Situation zu geraten. Er ließ sie es nur glauben.
Lächelnd nahm sie Desmonds Krawatte entgegen, bedankte sich und kehrte zufrieden zu ihrem Tisch zurück. Nun hat sie einen Wissensvorsprung, denn

Ryan ahnte nicht, dass sie ihn durchschaut hatte.

Mit Sicherheit wussten auch die Kellner Bescheid und würden zwischen den Gängen tunlichst nicht aufkreuzen, um Getränke nachzuschenken. Es mochte ein öffentliches Restaurant sein, und doch waren sie hier so sicher, als wären sie zu Hause oder im Club.

Sie überreichte Ryan die Krawatte.

„Gut gemacht“, sagte er. „Hände auf den Rücken.“

Sie setzte sich so, dass er ihre Handgelenke fesseln konnte. „Und was für eine Grausamkeit hast du jetzt geplant?“, fragte sie munter.

„Gar keine. Ich will dich lediglich beim nächsten Gang füttern. Du sollst jeden Bissen ohne Ablenkung genießen. Die Lachs-Basilikum-Terrine ist ein besonderes Geschmackserlebnis, geradezu ein Gaumenorgasmus.“

Summer dachte, dass ihr nichts besser schmecken konnte als seine Küsse, behielt das aber für sich.

Es überraschte ihn, wie gut alles lief. Frank und Desmond hatten sich schick rausgeputzt und schafften es, die unbeteiligten Beobachter zu geben, ohne ihn dabei ständig anzüglich anzugrinsen, wie er befürchtet hatte.

Er kannte die beiden aus dem Nachtclub, in dem er nach seinem Rauswurf aus der Akademie einen Job als Klavierspieler gefunden hatte. Frank und Desmond waren die Besitzer des Clubs. Sie hatten ihn finanziell unterstützt und moralisch aufgebaut, als er am Tiefpunkt seines Lebens angekommen war. Damals hatte er ihnen versprochen, sich eines Tages dafür zu revanchieren. Und dieser Tag war heute, denn er wollte den beiden einen erotischen Wunsch erfüllen. Ob Summer mitmachen würde, konnte er nicht einschätzen. Was er zwischen dem vierten und fünften Gang mit ihr vorhatte, lag mit Sicherheit außerhalb ihrer Wohlfühlzone. Er würde deshalb sehr genau auf ihre Reaktionen achten müssen.

Dummerweise war es oft nicht einfach, ihre Signale zu deuten. Sie neigte zu unvorhersehbaren Gedankengängen, die sie konsequent verfolgte, bis sie sich in Nichts auflösten. So wie ihre Vermutung bei ihrem ersten Treffen, als sie glaubte, Logan hätte einen neuen Gebieter für sie eingeladen. Nachdem Ryan das klargeworden war, war er die vorangegangene Unterhaltung in Gedanken durchgegangen und hatte festgestellt, dass sie gern an Theorien festhielt, selbst wenn sie immer unwahrscheinlicher wurden. Sie hatte es geschafft, jede seiner Fragen zu ihren Immobilienwünschen sexuell zu interpretieren. Wer wusste, was sich in ihrem Kopf sonst noch abspielte! Er würde sich angewöhnen müssen, alles möglichst präzise zu formulieren, um keine weiteren Doppeldeutigkeiten zuzulassen. Auch ihre Frage vorhin nach der Frau, die ins Krankenhaus gebracht werden musste, hatte so geklungen, als hätte sie etwas anderes dahinter vermutet.

Eins wusste er aber mit Gewissheit: Sie liebte es, hilflos zu sein. Seit er ihr die Hände gefesselt hatte, wirkte sie gelöster. Es gab ihr Sicherheit, denn nun überließ sie ihm die Verantwortung für alles Weitere.

Der dritte Gang wurde serviert, und Ryan ließ Summer das Arrangement auf den Tellern bewundern, bevor er sie bat, die Augen zu schließen.

Er nahm etwas von der Terrine auf die Gabel, dippte sie in den Soßenspiegel und führte sie zu Summers Mund. Sie öffnete die Lippen und ließ sich füttern.

„Hm“, machte sie wohlig. „Mehr.“

Er aß selbst einen Bissen.

„Wann bekomme ich wieder etwas?“

„Wenn du aufhörst zu drängeln.“

Er fand ihren Anblick köstlicher als das Essen und konnte sich nicht an ihr sattsehen, während er die Gabel wieder an ihre Lippen führte, ihr beim Genießen zuschaute und ihren Nacken streichelte.

Desmond zeigte Ryan den hochgereckten Daumen. Es war das vereinbarte Zeichen, das bedeutete: „Ja, wir wollen es durchziehen. Sie gefällt uns.“

Ryan ließ Summer am Weinglas nippen, tupfte ihre Mundwinkel mit der Serviette ab und sagte ihr, dass sie die Augen wieder öffnen könne, ihr Teller sei leer.

„Da ist noch etwas Soße“, stellte sie fest.

Ryan wischte mit dem Zeigefinger über den Teller und hielt ihn Summer hin, die ihn ableckte. „Jetzt kannst du mich wieder losbinden.“

„Erst beim nächsten Gang. Bis dahin möchte ich … du wirst es gleich merken.“

Er wartete, bis abgedeckt worden war, dann wickelte er den Schal von Summers Hals und legte ihn neben sich auf die Bank. Summer stellte keine Fragen und protestierte auch nicht, als er ihre Bluse aufknöpfte. Sie sah nur einmal kurz zu Frank und Desmond rüber, dann schaute sie wieder Ryan an. Ein leicht amüsierter Zug lag um ihre Mundwinkel, so als wüsste sie etwas, das er nicht wusste. Er würde aus dieser Frau wohl nie ganz schlau werden.

Er zog ihr die Bluse aus dem Rockbund und schob sie über Summers Schultern nach hinten, bis sie von den gefesselten Handgelenken gestoppt wurde. Summer atmete hörbar ein. Es klang erwartungsvoll, nicht abwehrend. Er betrachtete ihre Brüste, deren

Form und Größe er als vollkommen empfand. Ihre rosigen Nippel baten förmlich darum, mit Klemmen verziert zu werden. Vielleicht sollte er doch wieder etwas mehr Zubehör ins Spiel bringen. Er umfasste ihre Brüste von unten, streichelte die zarte Haut und kniff leicht in die Nippel. Summer zeigte trotz der beiden Zuschauer nicht die geringste Spur von Widerstand. Um eine Reaktion von ihr zu provozieren, holte Ryan mit der rechten Hand aus und ließ sie auf ihre Brust klatschen. Summer blieb die Selbstbeherrschung in Person. Ryan hingegen drohte die Kontrolle zu entgleiten. Sein Schwanz war steif geworden und sehnte sich nach Summers Mund. Ryan klatschte weitere Male auf ihre Brust, ohne Summer den kleinsten Laut zu entlocken. Er schlug fester und schneller zu, wechselte mit beiden Händen ab, bis sich ihre Haut leicht rötete, und er merkte, dass er sich Erleichterung verschaffen musste, sonst würde es ihn zerreißen.

„Meine Handtasche", sagte Summer.

Er war so mit seiner eigenen Lust beschäftigt gewesen, dass er sie nur verständnislos ansehen konnte.

„Greif hinein", fuhr sie fort. „Im Seitenfach findest du ein rotes Schächtelchen."

Ryan atmete tief durch, griff über Summer hinweg nach der Tasche und fand das Schächtelchen. Als er es aufgeklappt hatte, schmunzelte er. Zwei silberne Klemmen mit Stellschrauben waren darin, deren Spitzen mit hautschonendem Gummi bezogen waren.

„Woher wusstest du, dass wir die brauchen würden?"

Sie zuckte nur die Schultern.

Er befestigte die erste Klemme und drehte die Stellschraube, bis Summer die Unterlippe zwischen die Zähne zog, dann machte er die zweite Klemme fest, und diesmal zog er die Schraube zu, bis Summer leise „Uh“ machte.

„Ich will deine Brüste ficken“, sagte er.

Sie nahm sofort eine geeignete Position ein, drehte sich zu ihm, legte den Kopf in den Nacken und drückte den Rücken durch. Er musste nur noch die Hose öffnen, sich vor sie auf die Bank knien, sein Glied zwischen ihre Brüste schieben und die weichen Halbkugeln mit den Händen zusammendrücken, bis sie ihn eng umschlossen. Dann bewegte er sich, rieb sich an ihnen und stöhnte leise. Mit den Daumen bekam er die Ringe zu fassen, die an den Klemmen hingen, und zog daran, bis Summers Augen sich mit Tränen füllten. Eine der Tränen löste sich und tropfte auf seine Eichel. Er fickte sie hemmungslos, und trotz seiner Geilheit spürte er eine tiefe Sehnsucht danach, Summer in den Arm zu nehmen und festzuhalten. Er war noch nie einer Frau so nah gewesen.

Ihre Nippel brannten, sein Phallus rieb über ihre zarte Haut und Summer war benommen vor Lust. Nur ihre verkrampften Schultern konnte sie nicht länger ignorieren. Sie stützte sich auf ihren Fäusten ab, aber da ihre Hände gefesselt waren, gaben sie ihr nur unsicheren Halt.

„Warte bitte“, sagte sie und Ryan ließ sofort ihre Brüste los.

„Tu ich dir weh?“ Er wischte ihr behutsam eine Träne weg.

Natürlich tat er ihr weh. Das wollte er doch – und sie wollte es auch. Aber seine Besorgnis war rührend.

„Ich brauche jemanden, der mich stützt.“ Sie sah

zum Nachbartisch, wo der blonde Frank sich sofort erhob. Er setzte sich hinter sie, sodass sie sich an ihn lehnen konnte. Augenblicklich entspannten sich ihre Schultern, ihr Nacken, ihre Arme. Sie wunderte sich, wie leicht es ihr fiel, diesen Fremden an sich heranzulassen. Dem etwas düsterer wirkenden Desmond hätte sie sich allerdings nicht anvertrauen können.

Als wären Frank und Ryan ein eingespieltes Team, übernahm Frank es, ihre Brüste – zuerst zögerlich – zusammenzupressen. Summer seufzte leise, um ihm zu signalisieren, dass sie seine Berührung als angenehm empfand. Ein Brustfick war für sie nichts Neues. Logan hatte dem meist eine ausgedehnte Brust- und Nippelfolter vorangehen lassen. Sie konnte sich nicht erinnern, das alles jemals ohne dünne, rote Striemen auf der Haut erlebt zu haben.

Immer schneller glitt Ryans Schwanz auf und ab, bis er unkontrolliert zu zucken begann. Als er kam, griff er nach einer Serviette.

Frank ließ ihre Brüste los, richtete Summer ein Stück auf, damit sie sicher saß, und kehrte zu seinem Tisch zurück. Formvollendet und diskret, dachte Summer.

„Du hast nette Freunde“, sagte sie zu Ryan, der nun neben dem Tisch stand und seine Kleidung richtete.

Er hob eine Augenbraue und rutschte wieder zu ihr auf die Bank. „Okay, du hast mein Spiel durchschaut. Womit habe ich mich verraten?“

„Das bleibt mein Geheimnis.“

Ryan griff nach den Nippelklemmen und zog daran. „Ich kann dich dazu bringen, es mir zu sagen.“

„Nein, das kannst du definitiv nicht.“

Er legte den Kopf schief. „Stimmt, ich habe vergessen, dass du zwei Jahre lang einem Vollblut-Sadisten gehört hast.“ Er löste die Schrauben und öffnete die Klemmen.

Das zurückströmende Blut ließ sie aufstöhnen. Ryan griff um Summer herum und löste die Krawatte von ihren Handgelenken. Sie drückte sich an seinen Körper und fühlte sich geborgen. Fast bedauerte sie es, als er ihre Bluse zurechtrückte und die Knöpfe wieder schloss. Gerade noch rechtzeitig, denn in dem Moment erschienen zwei Kellner, die an beiden Tischen den vierten Gang auftrugen.

Summer rieb ihre Handgelenke und nahm das Besteck auf. Beim Essen versank sie in Gedanken.

Wie geht es mir? Ist es tatsächlich okay für mich, wenn ein Mann zusieht und ein anderer mich festhält, während der Mann, den ich unendlich begehre und von dem ich noch nicht einmal weiß, wie er zu mir steht, mich in einem Restaurant für einen Brustfick benutzt, obwohl sich jederzeit ein anderer Gast in den Raum verirren könnte?

Sie drückte Ryans Handgelenk und er lächelte sie an. „Alles okay?“

„Ja, ich glaube schon.“

„Ich stelle dir gleich eine Frage und möchte, dass du in Ruhe nachdenkst, bevor du antwortest. Nach diesem Gang haben wir eine Stunde Zeit, bis das Dessert serviert wird. Bist du bereit, für diese sechzig Minuten meine Sklavin zu sein, so wie du es für Logan warst? Ich meine damit, dass du dich mir absolut unterordnest, egal was ich von dir verlange.“

Summer legte das Besteck auf den Teller und sah Ryan forschend an. „Wenn wir bei dir daheim wären, würde ich sofort Ja sagen. Aber hier …“ Sie sah zu Frank und Desmond. Was auch immer Ryan vorhatte, die beiden wussten Bescheid. Frank erwiderte ihren Blick, und Summer meinte, darin den Wunsch zu lesen, dass sie einwilligte. „Sag mir wenigstens, ob wir in diesem Raum unter uns bleiben."

„Du sollst einwilligen, ohne irgendeine Sicherheit zu haben. Ich möchte, dass du dich mir völlig auslieferst."

„Das setzt eine Menge Vertrauen voraus."

„Und Risikofreudigkeit. Du hast Zeit, es dir zu überlegen, bis dein Teller leer ist. Dann will ich eine Antwort."

Summers Kehle war eng. Sie legte die Nippelklemmen in die Schachtel zurück und verstaute sie in der Handtasche. Sie hatte Angst, dass sie Nein sagen könnte. Verrückt, aber so war es. Schließlich hatte sie sich wieder so weit gefangen, dass sie weiteressen konnte. „Gibt es ein Alternativprogramm, falls ich Nein sage?"

„Oh ja, auch für diesen Fall habe ich mir etwas überlegt."

„Verrate es mir."

Er deutete mit der Gabel auf den einen ungedeckten Tisch. „Du wirst dich nackt dorthin legen. Ich werde dich mit Kerzenwachs foltern, deine Brüste, deinen Bauch, die Schenkel und auch deine Pussy. Zuletzt werde ich dich mit der Kerze ficken. Schließlich hättest du dir mit dem Nein wieder einen Orgasmus verdient."

Summer starrte den Tisch an. „Du machst Witze."

„Keineswegs."

„*Das* ist das Alternativprogramm? *Das* ist die harmlose Variante, ja?" Sie versuchte nicht einmal, ihre Entrüstung zu verbergen.

Ryan nickte.

„Und das alles willst du mit mir tun, während deine beiden Freunde zusehen?"

„Aber nein.“ Ryan strich Summer übers Haar und sah ihr in die Augen. „Sie werden nicht zusehen. Sie werden dich dabei festhalten.“

Ein Aufflammen von Lust schoss so schnell durch Summers Adern, dass ihr siedend heiß wurde. Sie erschrak darüber, wie sehr die Vorstellung sie erregte. Sie trank aus dem Wasserglas, um sich abzukühlen. „Und du meinst, das würde ich zulassen, *ohne* dir vorher absoluten Gehorsam versprochen zu haben?“

„Ja“, sagte Ryan. „Du hast mir gerade erst gezeigt, wie willig du bist.“

„Wenn ich dafür willig genug bin, dann auch für … das andere …“

„Das Hauptprogramm? Nein, das würdest du nicht machen, ohne dich an ein Versprechen gebunden zu fühlen.“

Summer aß weiter. Sie war fast bereit einzuwilligen. Schließlich konnte sie notfalls immer auf das Safeword zurückgreifen. *Feuer.* Doch etwas störte sie. „Geht es dir darum, mich zu testen?“, wollte sie wissen.

Ryan schien zu merken, wie ernst ihr die Frage war. Er stellte das Glas ab, aus dem er getrunken hatte, und drehte seinen Oberkörper ganz in ihre Richtung. „Tests sind fast so ein schlimmer Beziehungskiller wie Eifersucht. Als Psychologin weißt du das. Ich verspreche dir, dass ich so etwas Unreifes nie tun würde.“

Es klingt, als würde er davon ausgehen, dass wir lange zusammenbleiben werden. Er hat von Beziehungskillern gesprochen, also sind wir bereits in einer Beziehung. Die ist zwar noch nicht klar definiert, aber ich weiß jetzt, dass er es ernst mit mir meint.

„Ich willige ein.“ Kaum hatte sie es ausgesprochen,

bekam sie Herzklopfen. Obwohl sie aufgewühlt war, aß sie weiter. Wenn sie in der Zeit mit Logan nicht gelernt hätte, sich auch im Zustand angespannter Erwartung ihren Appetit zu bewahren, wäre sie spindeldürr. Außerdem wusste sie, dass sie immer noch ein freier Mensch war. Sie konnte jederzeit aufstehen und das Restaurant verlassen. Sie selbst entschied, wie weit das Spiel gehen würde.

Nachdem abgetragen worden war, schloss der Kellner zum ersten Mal die Tür zu ihrem Separee. Sie fragte sich, was Ryan dafür bezahlt hatte, solche Privilegien eingeräumt zu bekommen.

„Es gelten folgende Regeln", sagte er unvermittelt. „Du hast während deiner sechzig Minuten als meine Sklavin absolutes Redeverbot. Außerdem erwarte ich, dass du meine Befehle unverzüglich ausführst." Er sah sie eindringlich an. „Deine sechzig Minuten beginnen jetzt." Er packte sie an den Schultern und zog sie von der Bank. Als sie stand, drehte er sie um und hielt sie an den Oberarmen fest. Desmond und Frank waren aufgestanden. Desmond knöpfte ihre Bluse auf. Summer starrte ihn wie hypnotisiert an.

„Ich glaube, wir sollten ihr sagen, was wir vorhaben", meinte Frank.

„Sobald sie nackt ist", antwortete Ryan. Er zog die Bluse von ihren Schultern und legte das Kleidungsstück auf die Bank. Der Rock wurde geöffnet und fiel zu Boden. Desmond bückte sich, hob erst ihren einen, dann den anderen Fuß, zog jeweils den Schuh aus und nahm den Rock auf. Da sie sonst nichts trug, hatten diese wenigen Handgriffe gereicht, um sie zu entblößen.

Ryan drehte sie zu sich um. „Sieh mich an." Zum ersten Mal klang er streng genug, um ihr damit Halt zu geben. „Meine beiden bisexuellen Freunde und ich werden dich nehmen, zu dritt. Frank von vorn, Desmond von hinten, und ich werde dich in den Mund ficken."

Alle drei gleichzeitig?

Es war, als hätte er sie mit eiskaltem Wasser überschüttet. Sie wunderte sich, dass sie es schaffte, die Worte nicht entsetzt herauszuschreien. Logan hatte sie nie mit anderen Männern geteilt. Nein, das konnte sie nicht, unmöglich!

Jetzt war der Moment, um alles zu beenden, bevor es zu spät war. Der Moment, sich von Ryan loszureißen und ihm zu sagen, dass er den Verstand verloren hatte. Ihm zu sagen, dass sie ihn nie wiedersehen wollte. „Ich hasse dich", presste sie hervor.

Ryans Hände umklammerten ihre Arme. Sie versuchte, sich loszureißen und nach ihm zu treten, doch er war zu stark.

„He, nicht durchdrehen, okay?", sagte er. „Ich habe gesehen, wie deine Augen vorhin geleuchtet haben, als ich dir vom Alternativprogramm erzählt habe. Du bist nicht annähernd so entsetzt, wie du glaubst, sonst würdest du das Safeword benutzen."

Verdammt, er hatte recht. Dennoch wand sie sich. „Lass mich sofort los!"

Er zog sie an sich, drückte ihren Kopf an seine Brust. „Ich werde dich niemals loslassen", murmelte er in ihr Haar.

Obwohl es in der augenblicklichen Situation als Drohung aufgefasst werden konnte, wusste Summer, dass es ein Versprechen war. Sie schluchzte auf, als sie spürte, wie wenig sie dem entgegenzusetzen hatte.

„Ihre Augen haben geleuchtet?", hörte sie Desmond fragen. „Dann schlage ich vor, dass wir uns die

Wachsfolter als Vorspiel gönnen. So kann sie sich an uns gewöhnen und in Fahrt kommen."

Ryan ließ Summer los und griff nach der Kerze. „Guter Vorschlag. Fessle ihr die Hände vor dem Körper."

Summer war kaum dazu gekommen, sich nach dem Wechselbad der Gefühle wieder zu fangen, dennoch streckte sie gehorsam die Arme aus und ließ sich von Desmond die Handgelenke mit seiner Lederkrawatte zusammenbinden.

„Leg dich mit dem Rücken auf den Tisch", befahl er. Er wirkte insgesamt gebieterischer als Ryan und erinnerte sie an Logan, was es ihr leichter machte, ihm zu gehorchen. Sie legte sich hin, die gefesselten Hände vor der Brust, die Beine angezogen und fest zusammengepresst.

Desmond und Frank zogen ihre Jacketts und Hemden aus. Desmond war braun gebrannt, muskulös und tätowiert, Frank im Kontrast dazu schlank und hellhäutig.

Auch Ryan zog sein Hemd aus und sagte: „Heb die Beine und spreize sie." Als wäre es die selbstverständlichste Sache der Welt, nackt auf der weißen Tischdecke in einem Nobelrestaurant zu liegen und für drei Männer die Beine breit zu machen.

Ist das alles real? Oder träume ich es nur?

Ein Klaps auf die Außenseite ihres Oberschenkels erinnerte sie daran, dass sie noch nicht gehorcht hatte.

„Mit ihrem Gehorsam ist es nicht weit her", fand Desmond.

Summer errötete vor Scham. Würden sie die ganze Zeit über sie reden, als wäre sie nur ein Objekt?

Desmond und Frank stellten sich rechts und links

neben den Tisch, etwa auf Höhe ihrer Hüfte, und griffen nach ihren Fußgelenken. Ihre Beine wurden nach hinten oben gezogen und so weit gespreizt, dass es wehtat. Desmond packte ihre gefesselten Handgelenke und zog sie über ihren Kopf. Frank berührte mit der freien Hand ihren Bauch und streichelte ihren Venushügel. Sie schloss die Augen und machte sich mit dem Gefühl vertraut, von einem Fremden intim berührt zu werden. Erstaunlicherweise mochte sie es.

Plötzlich traf ein glühender Schmerz ihre Brüste. Summer riss die Augen wieder auf. Ryan hielt zwei brennende Kerzen über sie und ließ das Wachs in parallelen Bahnen auf sie tropfen, von ihren Nippeln über ihren Bauch bis hinunter zu ihren Schamlippen. Sie gab sich dem Schmerz hin, dem eine Woge von Lust folgte, die noch verstärkt wurde, als die Hände der beiden Männer, die sie festhielten, sich ihrer immer mehr bemächtigten.

Ryan legte die Kerzen weg und schlug auf die Unterseite ihrer gespreizten Oberschenkel. Hart klatschten seine Hände auf ihre Haut. Sie keuchte. Er schlug fester zu, traf ihre Schamlippen, die schmerzhaft zu prickeln begannen. Summer schrie auf. Ryan ließ von ihr ab, aber nur, um eine Stoffserviette zu holen, die er zusammenlegte, ihr zwischen die Zähne schob und seitlich an ihrem Kopf verknotete. Dann küsste er Summer auf die Halsbeuge. Etwas in ihr schmolz dahin. Als er sie wieder schlug, wurde ihr Schoß nass, ihr Körper bog sich ihm entgegen, sie leistete nicht den geringsten Widerstand. Sie wollte sich auflösen in dem Gefühl, ihm die absolute Macht über sich zu geben. Wenn er sie jetzt genommen hätte, wäre sie sofort gekommen.

Doch stattdessen tat er das, was er angekündigt hatte, er fickte sie mit der Kerze. Erst nur mit einer, dann kam eine zweite dazu. Die Dehnung verstärkte all ihre Empfindungen. Mehr als zuvor spürte sie, wie offen sie vor den Blicken der beiden Fremden ausgebreitet war. Keine ihrer Reaktionen blieb verborgen. Emotional verlor sie jeglichen Halt und war froh, dass starke Hände sie umfassten, sodass sie sich fallen lassen konnte. Sie bog den Kopf nach hinten, biss auf die Serviette, schloss die Augen und versank in einem Meer aus Wollust. Wie aus weiter Ferne hörte sie Ryan sagen: „Du darfst nicht kommen."

Der Knebel dämpfte ihr frustriertes Aufstöhnen, doch es gelang ihr, sich unter Kontrolle zu bekommen. Sie atmete langsam und tief, entspannte ihre Schenkel und ihre Bauchmuskeln, fühlte deutlich die Bewegungen der Kerzen in ihrer Pussy. Sie dachte an frisch gefallenen Schnee, um sich abzulenken. Es half nur wenige Sekunden, dann kündigten sich die ersten Wellen ihres Höhepunktes an.

„Ich will sie endlich ficken", rief Desmond. Ob er ahnte, dass er sie damit rettete?

Wie eine Puppe hob er Summer vom Tisch. Ryan entfernte die Serviette und streichelte mit der Fingerkuppe über ihre Lippen. Keuchend vor Erregung atmete sie seinen Duft ein und wünschte sich, sie wäre mit ihm allein.

Ryan zog den Tisch von der Bank weg. Frank, der sich bereits komplett ausgezogen hatte, setzte sich, schob sein Becken vor und streckte die Arme nach Summer aus. Seine Schamregion war epiliert, sein erigiertes Glied sah aus wie aus allerfeinstem Marmor gemeißelt – und es war viel größer, als sie erwartet hatte. Desmond ließ sie auf die Füße herunter und dirigierte sie zu seinem Freund. „Spreiz die Beine."

Sie beugte sich vor und stützte sich mit den gefesselten Händen auf Franks Brust ab. Sie hätte ihren Schoß nur ein Stück senken müssen, dann wäre sein Phallus in ihre feuchte, gedehnte Pussy eingedrungen, doch sie wartete auf den Befehl. Keine Eigeninitiative, so hatte es Logan von ihr verlangt, und das würden auch diese Männer von ihr erwarten.

Frank fasste sie an den Hüften, seine Berührung war zart, fast schüchtern, dann hob er das Becken und zog sie gleichzeitig auf sich herab. Als seine Eichel ihre inneren Schamlippen berührte, hielt er kurz inne und sah sie mit forschendem Blick an. *Darf ich es?*, schien er mit diesem Blick zu fragen.

Summer nickte kaum merklich, brachte den Hauch eines Lächelns zustande. Er drang genussvoll in sie ein. Frank machte es ihr leicht, bewegte sich zärtlich in ihr, ließ sie beinahe vergessen, dass dies erst der Anfang war. Franks Hände wanderten höher und umschlossen ihre Brüste.

Desmond packte sie grob von hinten um die Taille. Summer versteifte sich vor Angst. Zwar hatte auch Logan sie oft auf diesem Weg genommen, doch nie war sie von zwei Männern gleichzeitig ausgefüllt gewesen. Schon fühlte sie den Druck gegen ihre Rosette und tat instinktiv das, was es ihm leichter machen würde, in sie einzudringen: Sie hielt leicht dagegen. Er glitt ohne Probleme in sie hinein, denn er hatte vorher ein Gleitmittel aufgetragen.

Die beiden Männer fanden einen gemeinsamen Rhythmus, Desmond nahm sie von hinten, Frank von vorn. Sie fühlte sich unfassbar gedehnt und ausgefüllt. Ihre Gedanken verstummten, ihr Körper übernahm die Kontrolle, ihre Gefühle folgten.

Und dann war Ryan auf der Bank, kniete neben Frank, griff nach Summers Kopf, zog ihn auf sein Glied zu, das genau auf Höhe ihres Mundes war. Sie sog ihn in ihren Mund, schloss die Lippen um ihn, ließ ihn so schnell und tief stoßen, wie er wollte.

Mit einem Mal war es, als könnte sie fliegen. Sie fühlte sich schwerelos, getragen von der Lust, die sie miteinander teilten.

Desmonds Finger gruben sich schmerzhaft in ihre Flanken. Auch Frank verlor jegliche Hemmungen, während er sie nahm. Ryan hingegen wurde langsamer, schien jede Berührung ihrer Zunge, ihres Gaumens zu genießen. Ihre Sinneseindrücke verschmolzen miteinander, wurden zu einem einzigen wilden Trommelwirbel. Als sie zu kommen begann, bekam sie nur noch entfernt mit, dass auch die Männer einer nach dem anderen einen Höhepunkt erreichten, hätte aber nicht sagen können, in welcher Reihenfolge.

Hinterher legten Desmond und Frank sie auf die Bank und lösten ihre Fesseln. Sie drehte sich auf die Seite und dämmerte kurz weg. Als sie etwas später die Augen wieder öffnete, kniete Ryan vollständig bekleidet vor ihr und strich ihr eine Haarsträhne aus dem Gesicht. „Geht es dir gut?“

„M-hm“, murmelte sie, zu erschöpft zum Nicken.

Er begann, die Wachsplättchen von ihrem Körper zu lösen. „Ich bin stolz auf dich. Und ich glaube, Frank ist ein bisschen in dich verliebt.“ Er zwinkerte ihr zu.

Und du, was empfindest du für mich?

Wie gern hätte sie ihn das gefragt, aber das war nicht der richtige Augenblick. Sie war zu aufgewühlt und geschwächt und schloss erneut die Augen. Nach einer Weile hörte sie Schritte. Ihr Kopf fuhr hoch, doch es war kein Kellner, sondern Desmond und Frank, wieder adrett angezogen und mit einem Gesichtsausdruck, als wäre nichts gewesen. Sie setzten sich an ihren Tisch.

„Ich bring dich zur Toilette, dann kannst du dich frisch machen“, sagte Ryan. Er half ihr in eine sitzende Position und zog ihr die Bluse über. Sie schaffte es, Rock und Schuhe selber anzuziehen. Auch an ihre Handtasche dachte sie. Aber sie war froh, sich an Ryan festhalten zu können. Sie sah sicher erhitzt und sehr mitgenommen aus.

Als sie dann auf der Toilette in den Spiegel sah, bestätigte sich ihre Vermutung. Sie kämmte sich die Haare, entfernte einen verräterischen Spermafleck von ihrem Kinn und puderte sich die Wangen. In der Kabine freute sie sich, feuchtes Toilettenpapier vorzufinden. Nachdem sie sich vorsichtig gereinigt hatte, zog sie den Slip und die Nylonstrümpfe an, die sie mitgenommen hatte.

Danach kehrte sie ins Separee zurück, in dem die Männer gründlich aufgeräumt hatten. Alles stand wieder an seinem Platz, die Kerzen waren durch neue ersetzt worden.

Die Desserts warteten bereits auf den Tischen, ebenso ein Teegedeck. Summer merkte, dass sie große Lust auf etwas Süßes, Schweres, Üppiges hatte.

Ryan schenkte ihr ein. „Assam“, sagte er. „Unsere Lieblingssorte.“

Summer lächelte. *Unsere* Lieblingssorte, Worte wie Balsam.

Frank und Desmond kamen mit ihren Tellern und Gläsern zu ihnen rüber und setzen sich rechts und links außen auf die Bank. Frank saß neben Summer. Er aß schweigend und sie spürte seine Befangenheit.

Desmond kannte solche Hemmungen nicht. „Süße“, sagte er an Ryan vorbei, „du hast den geilsten Hintern, den ich je gefickt habe.“

Frank räusperte sich.

„Ähm, außer deinem natürlich“, sagte Desmond zu ihm. „Außer deinem.“

Kapitel 8

Die drei Männer unterhielten sich, aber Summer hörte kaum hin und blickte müde in ihre Teetasse. Sie musste ständig das Gähnen unterdrücken und wurde erst aufmerksam, als sie merkte, wie Ryan sich neben ihr versteifte und sagte: „Nein, sollst du nicht."

Sie blickte auf. „Wer soll was nicht?"

Desmond sagte: „Summer, ich habe dich gerade gefragt, ob ich dir erzählen soll, woher Frank und ich Ryan kennen."

„Ich möchte nicht, dass du es ihr erzählst, okay?", sagte Ryan zu Desmond. „Das mache ich irgendwann selbst."

Summer mutmaßte, dass es etwas mit seinem wunden Punkt zu tun hatte, auf dem Holly herumgeritten war. „Ich bin sowieso nicht mehr aufnahmefähig", sagte sie.

Das wurde als allgemeines Signal zum Aufbruch verstanden. Ryan bat den Kellner, zwei Taxis zu bestellen, die kurz darauf kamen. Desmond und Frank umarmten und küssten Summer zum Abschied, bevor sie in ihr Taxi stiegen.

Sie dachte, das andere Taxi wäre nur für sie, und war überrascht, als Ryan ebenfalls einstieg. Nun, vermutlich stand sein Fahrer nicht rund um die Uhr auf Abruf bereit und es war schon nach Mitternacht. Sie gähnte jetzt hemmungslos, ließ den Kopf auf Ryans Schulter sinken und schlummerte ein.

„Wir sind da", sagte Ryan irgendwann.

Sie richtete sich auf und sah aus dem Fenster auf eine ihr unbekannte Häuserzeile. „Bei dir?" Das kam überraschend.

Sie folgte Ryan, nachdem er den Fahrer bezahlt hatte, ins Haus.

Im Aufzug sagte er: „Nach der intensiven Session möchte ich dich in meiner Nähe haben, falls es Redebedarf gibt. Darum habe ich mein Gästezimmer für dich vorbereitet."

Augenblicklich fühlte Summer sich zurückgewiesen. Aber gut, es gab viele Gründe, warum jemand lieber allein schlief. Vielleicht schnarchte er oder schlug im Schlaf um sich. Sie wollte das jetzt nicht thematisieren. Immerhin: Das Gästezimmer war sehr schön, es lagen sogar ein Nachthemd und eine Grundausstattung mit Kosmetika für sie bereit. Ryan gab ihr einen kurzen, liebevollen Kuss auf den Mund. „Mein Zimmer ist gegenüber. Falls du schlecht träumst oder sonst etwas ist, kannst du mich jederzeit wecken, okay?"

Sie nickte, dann machte sie sich bettfertig, legte sich hin und löschte das Licht. Eine Weile tobten alle möglichen Gedanken und Gefühle durch ihren Kopf, dann gelang es ihr, alles loszulassen.

Am nächsten Morgen schlichen sich leise Töne in Summers Schlaf. Eine weiche Melodie, auf dem Flügel gespielt. Ryan war also schon wach. Sie streckte sich vorsichtig. Ein paar Verspannungen erinnerten sie an das, was gestern Abend geschehen war. Ein Ansturm von Lust rollte über sie hinweg. Sie sprang aus dem Bett und ging duschen.

Nachdem sie sich angezogen hatte, tappte sie barfuß durch die Wohnung, immer der Klaviermusik nach. In dem langen Flur hingen Aktgemälde mit dickem Farbauftrag und von großer Leuchtkraft.

Im Wohnzimmer angekommen blieb sie stehen. Ryan spielte mit geschlossenen Augen, konzentriert und entspannt zugleich. Seine Wohnung war größer als Logans, aber nicht so aufgeräumt. Alles war ein wenig verspielt, lässig und doch stilsicher. Als wäre Ryan im Luxus aufgewachsen und nähme ihn kaum noch wahr. Er musste keinen Lifestyle inszenieren, er lebte ihn einfach.

Ryan ließ das Stück ausklingen und öffnete die Augen. Als er Summer sah, lächelte er befangen und sagte: „Oh, du bist schon wach."

Das war ernüchternd und eine ebenso sinnlose Gesprächseröffnung wie: „Na, auch beim Einkaufen?", wenn man jemandem im Supermarkt begegnete. Hatte er Angst vor zu viel Nähe? Wusste er nicht, was er hier in seiner Wohnung mit ihr anfangen sollte?

„Ja, und ich muss auch gleich los", erwiderte sie, dabei hatte sie noch nicht einmal auf die Uhr gesehen.

„Ich auch", sagte er. „Ich habe heute drei Besichtigungstermine."

„Am Samstag?"

„Viele meiner Kunden können sich unter der Woche nicht freinehmen."

„Ach so, klar." Etwas unbeholfen stand sie da, wusste nicht so recht, worauf sie wartete, und meinte schließlich: „Bestellst du mir bitte ein Taxi?"

„Möchtest du nicht wenigstens noch frühstücken?"

Man konnte Fragen auf verschiedene Arten stellen, je nachdem, auf welche Antwort man hoffte. Das drückte sich in Tonfall, Gestik und Mimik aus. Meist nur subtil, aber Summer wusste solche Zeichen zu deuten. Ryan hoffte, dass sie Nein sagen würde. Also tat sie ihm den Gefallen. „Nein danke."

Endlich stand er auf, kam zu ihr, nahm sie in den

Arm und küsste sie.

Jetzt, wo ich so gut wie weg bin, kann er wieder Nähe zulassen.

„Sehen wir uns nächste Woche?“, fragte sie und wollte hinzufügen, dass sie viel Zeit hatte. Jeden Tag. Immer. Denn ihre Praxis war geschlossen.

Doch er antwortete sofort. „Nein, leider nicht. Ich fliege am Montag nach Mallorca wegen des Einbruchs dort. Wie es aussieht, ist ein PC mit Kundendaten gestohlen worden, und meine Angestellten sind mit der Situation überfordert.“

Summer war ebenfalls überfordert, aber das behielt sie für sich. Vielleicht konnte Holly ihr helfen.

Seit drei Tagen war Grace wieder glückliche Besitzerin einer Klarinette. Und was für ein hochwertiges Instrument das war! Aaron Heartland hatte darauf bestanden, dass sie sich ausführlich beraten ließ. Er hatte sie auch Noten aussuchen lassen und daran gedacht, dass sie einen Notenständer brauchte.

Nun übte Grace viele Stunden am Tag und war erfreut, wie wenig sie verlernt hatte, wie schnell sich ihre Finger an ihre Fertigkeiten erinnerten und was für ein sinnlicher Genuss es war, Musik zu machen. Nur die Akustik in ihrem Zimmer taugte nichts. Der Ton klang wegen der vielen Stoffe und Polster zu gedämpft.

Nach dem Frühstück fragte sie Heartland, ob sie im Wohnzimmer üben könnte.

„Gern“, sagte er. „Ich wollte dich schon fragen, wann du mir etwas vorspielst.“

„So richtig vorspielen … also …“ Sie zögerte.

„Nein, nein“, wiegelte er ab, „ich erwarte kein Konzert von dir. Ich will bloß den Klang genießen und deine Freude am Spielen beobachten."

Eigentlich hatte sie gehofft, dass Heartland sagen würde, sie habe das Wohnzimmer für sich. Wieso war er heute nicht im Studio und bearbeitete Fotos?

Sie holte die Klarinette, Noten, Notenständer und stellte sich vor die Terrassentür, wo genug Licht auf die Noten fiel. Dann spielte sie, jedoch aus Unsicherheit möglichst leise.

Heartland hatte es sich in einem Sessel bequem gemacht, las, sah hin und wieder kurz zu ihr, lächelte aufmunternd und las weiter.

Grace wurde sicherer. Natürlich wusste er, wie man Menschen half, sich zu entspannen, sich nicht beobachtet zu fühlen oder – in ihrem Fall – nicht belauscht. Unauffällig zu agieren gehörte zu seinem Beruf.

Im Grunde war es angenehm, einen Zuhörer zu haben. Überhaupt genoss sie es, in seiner Nähe zu sein. Was gab es Besseres als einen Arbeitgeber, von dem man nicht genug bekam, der einen durch seine schiere Gegenwart beseelte?

Sie hatte in den letzten Tagen aufgehört, sich Szenarien auszumalen, in denen er sie fesselte und schlug. Stattdessen stellte sie sich vor, wie er sie sanft verführte und behutsam liebte. Sie war über das bloße Schwärmen hinaus, war nicht mehr nur verknallt, sondern verliebt.

Aber wie sollte das enden, wenn nicht in Liebeskummer? Sie war zu jung für ihn, hatte nicht genug Klasse, nicht den passenden gesellschaftlichen Hintergrund, und sexuell war sie ihm gewiss zu unerfahren. Wenn sie ihren Job behalten wollte, täte sie gut daran, Heartland ihre Gefühle nicht zu zeigen.

Das Telefon klingelte. Es lag auf dem Tisch neben

dem Lehnsessel. Hastig legte Heartland das Buch beiseite und ging ran. Er schien auf den Anruf gewartet zu haben. Grace hörte auf zu spielen.

Das Gespräch war kurz und Heartland wirkte hinterher enttäuscht. „Ich dachte, es wäre Morgan", sagte er. „Vielleicht ist der Brief noch nicht angekommen." Sein Bruder Morgan war Anwalt und kümmerte sich um Heartlands Verträge mit Verlagen, Galerien und Models.

„Welcher Brief?" Grace stellte die Klarinette in den Ständer und setzte sich ein Stück von Heartland entfernt auf den Boden. So saß sie am liebsten, die Beine untergeschlagen, der Rücken kerzengerade.

Heartland stützte die Ellenbogen auf den Knien ab. „Es ist eine alberne Sache zwischen Morgan und mir. Wir haben uns von klein auf Wettkämpfe geliefert. Wie Jungs halt so sind. Das lässt später, wenn man erwachsen wird, meist nach, aber bei uns passierte genau das Gegenteil. Wir haben das Spiel weiter verfeinert und regelrecht kultiviert. Aus den Wettkämpfen wurden Mutproben, aus den Mutproben ausgeklügelte Streiche. So ist es bis heute. Unsere Aktionen werden immer subtiler. Der neueste Streich dürfte mein Meisterstück sein. Mit der Morgenpost müsste mein Bruder einen Brief von seiner Bank erhalten haben, in dem der Vorstand sich herzlich dafür bedankt, dass er das gesamte Vermögen auf seinem Festgeldkonto in die Stiftung für Obdachlose hat einfließen lassen, die die Bank zur Imagepflege gegründet hat."

„Oh nein!", sagte Grace. „Sie haben im Namen Ihres Bruders dessen Vermögen gestiftet? Aber damit machen Sie sich strafbar!" Sie sah sich Heartland schon im Knast besuchen und ihm dort die Klarinettenstücke vorspielen, die sie zu seiner Erbauung einstudiert hatte.

„Nein, ich habe …“ Er wurde vom Telefon unterbrochen, sah aufs Display, hob verschwörerisch die Augenbrauen und machte den Lautsprecher an.

„Du glaubst doch nicht im Ernst, dass ich auf diesen Kinderkram reinfalle“, meldete sich eine Männerstimme.

Heartland zuckte die Schultern und seufzte. „Doch, eigentlich schon. Gib zu, du hast es zuerst geglaubt.“

„Höchstens zwei Sekunden lang“, erwiderte der Mann, bei dem es sich um Morgan handeln musste. „Ich hatte den Brief vielleicht zu einem Drittel durch, da war mir klar, dass du dahintersteckst. Beim nächsten Drittel habe ich kurzfristig erwogen, ob du tatsächlich die Chuzpe hättest, so etwas zu deichseln. Die Antwort darauf war ein klares Nein. Beim letzten Drittel sah ich dann vor meinem geistigen Auge, wie du das Briefpapier der Bank gefälscht und einen juristisch einwandfrei klingenden Brief formuliert hast. Ende der Geschichte. Tja, netter Versuch.“

„Mist!“ Heartland machte eine Faust und drehte sie. „Und ich dachte, diesmal kriege ich dich. Keine Sorge, ich bleibe dran. Immerhin bemühe ich mich, während du mich schon lange nicht mehr hinters Licht zu führen versucht hast.“

Nach einem kurzen Schweigen sagte Morgan: „Doch, das habe ich, du hast es wohl nur noch nicht gemerkt.“ Dann legte er auf.

Heartland sah Grace an. „Ich soll irgendetwas nicht gemerkt haben? Spannend.“ Er lehnte sich zurück. „Spielst du noch ein bisschen für mich?“

Grace folgte der Aufforderung gern, doch schon nach wenigen Minuten wurden sie wieder unterbrochen, diesmal vom Türgong.

„Das wird das Bett sein.“ Heartland erhob sich. „Es soll heute geliefert werden.“

Grace daran dachte, wie die Dinge beim letzten Shooting außer Kontrolle geraten waren, und ihr Puls beschleunigte sich. Mit diesem Möbelstück eröffneten sich ungewöhnliche Möglichkeiten. Und sie würde dabei sein und zusehen … ob sie dem überhaupt gewachsen war?

Zurück daheim zog Summer sich aus und betrachtete sich lange in der verspiegelten Tür des Kleiderschranks. Sah sie irgendwie verändert aus? Verdorbener vielleicht? Was geschah mit einer Frau, nachdem sie von drei Männern gleichzeitig genommen worden war? Nach so einer Erfahrung konnte doch nicht alles beim Alten sein.

Sie trat näher an den Spiegel und studierte ihr Gesicht. Das Einzige, was sie darin las, war Sehnsucht nach Ryan, und zwar nach dem Ryan, den sie liebte – der mit dem jungenhaften Lächeln und dem verspielten Sadismus, mit dem verrückten Hang zum Exhibitionismus und der Lust am Experimentieren. Es gab jedoch leider auch den anderen Ryan, der verkrampft und abweisend wirkte.

Und der verunsicherte sie.

Nun würde sie über eine Woche lang warten müssen, bis sie ihn wiedersah und herausfinden konnte, ob es mit ihnen weiterging. Sie hasste sich dafür, dass sie sich das gefallen ließ. Wieso hatte sie ihn nicht längst gefragt, was er für sie empfand?

Genug gegrübelt! Sie hatte heute einiges vor. In einer Stunde traf sie sich mit Holly, um Möbel für ihre neue Wohnung auszusuchen. Alles würde einfacher werden, wenn sie ihr eigenes Reich hatte und damit auch ein Privatleben. Sie zog sich rasch etwas Praktisches an und ging in die Küche, um zu frühstücken.

Auf dem Küchentisch lag ein Zettel. Sie las ihn, während sie darauf wartete, dass das Teewasser kochte. „Liebe Summer, ich hoffe, du hattest einen schönen Abend. Um 13 Uhr kommt Kendras Gebieter. Es wäre mir lieber, wenn du nicht zu Hause bist. L."

Kopfschüttelnd legte Summer den Zettel hin, goss den Tee auf und holte ein Joghurt aus dem Kühlschrank. Logan in einem Dreier, das konnte sie sich nicht vorstellen.

Sie drehte den Zettel um und schrieb: „Ja, mein Abend war schön. Ich bin heute den ganzen Tag mit Holly unterwegs. Gruß, Summer."

Eine halbe Stunde später betrat sie das Möbelhaus, in dem sie und Holly sich in der Bettenabteilung treffen wollten. Holly lag auf einem überbreiten, unfassbar kitschigen rosa Polsterbett, Arme und Beine ausgebreitet, die Augen geschlossen.

Summer setzte sich an den Bettrand. „Etwas Tee, Mylady?"

Holly schlug die Augen auf. „Du glaubst nicht, was ich für Entzugserscheinungen habe!"

„Morgen siehst du Jacob doch wieder."

„Nicht Jacobentzug. Sexentzug. Den habe ich mir selbst verordnet."

„Du hast heute also kein Vibro-Ei in der Handtasche."

Holly richtete sich auf und stützte sich auf die Ellenbogen. „Nein."

„Das ist bitter."

Holly stieß sie mit der Schulter an. „He, mach dich nicht über mich lustig. Immerhin leide ich nicht allein. Ich habe Jacob eine Nachricht geschickt und ihm ebenfalls untersagt, zu onanieren. Ich will, dass wir beide richtig ausgehungert sind. Nur so kann ich mich vor der Kamera gehen lassen."

„Ich verspreche dir, dass ich dich ordentlich ablenken werde. Ich habe nämlich vor, heute sämtliche Möbel zu finden, die ich brauche. Und dieses Bett wird definitiv nicht in die engere Auswahl kommen." Sie deutete auf das rosa Ungetüm.

Holly schwang die Beine über die Bettkante. „Wieso willst du alle Möbel an einem Tag finden?"

„Logan hatte gestern eine Frau zu Besuch. Ein anderes Clubmitglied hat sie ihm anscheinend geliehen. Heute kommt dieser Typ und sie wollen sich zu dritt vergnügen. Je mehr Zeit ich außer Haus verbringe, desto besser."

„Ein Dreier", sagte Holly genussvoll. „Hm, wenn beispielsweise Aaron Heartland morgen mitmischen würde … also ich weiß nicht … er sieht ja irre gut aus, ist so ein richtig hübscher Kerl … aber ich konzentriere mich lieber auf *einen* Mann." Holly stand auf und strich ihren Rock glatt. „Hast du diese Erfahrung schon gemacht?"

Summer erhob sich ebenfalls und betrachtete mit großem Interesse die Bettenauswahl. „Ähm."

„Ähm heißt Ja."

„Ähm heißt: einen Dreier nicht, aber einen Vierer."

„Wieeee bitte?" Hollys weit aufgerissene Augen drückten Bewunderung und Entrüstung zugleich aus. „Wieso hast du mir nie davon erzählt?"

„Weil es erst gestern war", sagte Summer kaum hörbar.

„Da warst du doch mit Ryan essen."

„Ja, und das Pärchen, das am Nebentisch saß …"

„Oh nein!“ Holly drückte Summer die Handflächen auf den Brustkorb. „Wenn du und Ryan es unbedingt mit einem anderen Paar machen müsst, dann bitte mit Jacob und mir. Vorausgesetzt, Ryan fasst mich dabei nicht an. Der ist mir zu unfreundlich.“

„Erstens“, sagte Summer, „ist Ryan die Liebenswürdigkeit in Person und zweitens waren die beiden anderen Männer.“ Sie ging zwischen den Betten entlang.

„Ach so, dann ist ja gut.“ Holly spielte mit einer Fernbedienung und das Kopfende einer Matratze bewegte sich unter leisem Motorsurren nach oben. „Nee, warte mal, von wegen gut. Du hast es mit *drei* Männern … das hast du wirklich? Du und ein *Gangbang* – unvorstellbar.“

„Sag nicht *Gangbang*, das klingt versaut.“

„Drei Männer hintereinander, ich bitte dich, wenn das nicht versaut ist.“

„Nicht, äh, hintereinander.“

Holly legte die Fernbedienung weg und presste sich die Hände auf die Ohren. „Ich will nichts mehr davon hören.“ Sie ließ die Hände wieder sinken und grinste. „Nichts, außer jedem verdammten Detail.“

„Ein tolles Gefühl“, sagte Summer, als sie sich einige Stunden später in einem Selbstbedienungsrestaurant mit ihren Tabletts am letzten freien Tisch niederließen.

„Ja, endlich ein paar Kalorien.“ Holly machte sich über ihre Spaghetti her.

„Ich meine unseren erfolgreichen Vormittag. Jetzt habe ich alles für einen Neustart beisammen.“ Ryan hatte ihr eine Kopie des Grundrisses der Wohnung gegeben, was bei der Auswahl der Möbel geholfen hatte.

„Alles? Und was ist mit Gardinen, Teppichen, Bettzeug, Fernseher, Töpfen, Pfannen …“

„Stopp!“ Summer wedelte mit dem Brötchen, das sie gerade in die Salatsoße getunkt hatte, und ein paar Spritzer landeten auf der Tischdecke. „Themenwechsel. Ich habe ein Problem.“

„Ich lausche“, versicherte Holly.

Summer erzählte ihr von Ryans Verhalten am Morgen. „Ich weiß nicht, warum ich es nicht über mich bringe, Klartext mit ihm zu reden.“

„Könnte es eventuell daran liegen, dass du zwei Jahre lang einem Mann aufs Wort gehorcht hast?“

„Ja, aber deswegen habe ich mich doch nicht in ein initiativloses Etwas verwandelt, sonst könnte ich meinen Job zum Beispiel nicht machen.“

„Dann hast du zu viel Angst. Angst wirkt lähmend. Aber es gibt einen schönen Spruch, den meine Oma mir in mein Poesiealbum geschrieben hat und der mein Lebensmotto ist: ‚Geh dahin, wo die Angst wartet, dann bist du auf dem richtigen Weg‘. Also rufst du Ryan morgen an, verabredest dich mit ihm und fragst ihn, ob er nur ein Spiel mit dir spielt. Versprich mir, dass du das tun wirst.“

„Das wird ein bisschen knapp, denn er fliegt schon am Montag für eine Woche nach Mallorca.“

Holly zog eine lange Nudel geräuschvoll in den Mund. „Er fliegt nach Mallorca? Aber Häschen, bist du noch zu retten! Muss ich dir denn alles vorsagen?“

Summer war verwirrt. „Wie meinst du das?“

„Liebe macht nicht nur blind, sondern anscheinend auch extrem unfähig, klar zu denken. Ryan fliegt nach Mallorca und du hast wegen des Wasserrohrbruchs eine Woche frei. Also fliegst du mit.“

„Das wäre mir zu spontan", wandte Summer ein, während sie sich im Stillen eingestand, dass sie von allein tatsächlich nicht auf diese Idee gekommen wäre. „Außerdem könnte es sein, dass er auf Mallorca eine Geliebte hat."

„Dann wäre es gut, wenn du das jetzt erfährst, und nicht erst, wenn du Ryan verfallen bist. Oh, warte, du bist ihm ja schon verfallen." Sie grinste breit.

„Außerdem kann ich dich doch nicht allein lassen", sagte Summer, die dankbar für jedes Argument war, das ihr einfiel, um Ryan nicht fragen zu müssen, ob er sie mitnahm.

„Du meinst wegen morgen." Holly wirkte etwas ernster. „Wenn ich dir verspreche, dass ich mich zu nichts hinreißen lasse, was ich nachher bereuen könnte, kannst du mich getrost allein lassen."

„Es wird sich aber so anfühlen, als würde ich dich im Stich lassen. Du warst immer da, wenn ich jemanden zum Reden gebraucht habe."

„Reden kann man auch am Telefon."

Summer schob das letzte Salatblatt auf dem Teller hin und her.

„Da ist noch was, hm?", mutmaßte Holly. „Raus damit."

Summer erzählte ihr von George Markman, von seiner Warnung und davon, dass er einmal ihr Patient gewesen war. „Ich habe ein seltsames Gefühl, was ihn betrifft."

„Seltsamen Gefühlen sollte man immer vertrauen. Du hast seine Patientendaten. Die würde ich mir an deiner Stelle mal vornehmen. Und jetzt gehen wir rote Satinbettwäsche kaufen. Passend zu den Dessous, die wir anschließend besorgen werden."

Summer lachte. „An meinen Dessous hatte Ryan

bislang herzlich wenig Interesse. Nur am Weglassen derselben."

Nachdem sie die Wohnungstür geschlossen hatte, streifte Summer ihre Pumps ab und lauschte. Aus dem Wohnzimmer drang ein Violinkonzert an ihr Ohr. Das war alles. Kein Stöhnen, keine fremde Männerstimme. Summer seufzte erleichtert. Kendra und ihr Gebieter waren wohl schon fort.

Der Shoppingmarathon mit Holly hatte sich in jeder Hinsicht gelohnt. Ihr neuer Haushalt war fast vollständig. Alles würde am Tag vor ihrem Umzug direkt in die neue Wohnung geliefert werden. Nun waren ihr Konto leer, ihre Füße müde und sie hatte einen Riesendurst. Sie ging in die Küche und schenkte sich ein Glas Wasser ein, als Logan in Jeans und legerem Hemd ebenfalls dort erschien. Auf den ersten Blick wirkte er lässig, aber als er sie begrüßte, spürte sie, dass er frustriert war. Er lehnte sich an den Kühlschrank und verschränkte die Arme. So verschlossen, wie er wirkte, wusste Summer, dass ihm etwas auf dem Herzen lag.

„Sag es einfach", forderte sie ihn auf. „Ich bin zu müde für Ratespiele."

„Es sind zwei Dinge. Zum einen hattest du recht, als du sagtest, ich sei derjenige von uns beiden, der jeglichen Austausch von Zärtlichkeit in der Öffentlichkeit gescheut hätte. Ich habe ein echtes Problem damit, wie ich jetzt weiß." Er sah an ihr vorbei aus dem Fenster in die Dunkelheit hinaus. „Der Dreier war ein Fiasko. Ich hätte wissen müssen, dass ich in so einer Situation keinen hochkriege. Vor ein paar Jahren habe ich einen Dreier mit zwei Frauen probiert und das hatte genauso wenig Sinn. Mit einem weiteren Mann, dazu noch einem, der so viril und selbstbewusst ist wie Kendras Dom … es war erniedrigend."

„Emotional induzierte erektile Dysfunktion", meinte Summer.

Logan grinste. „Das ist ein langer Begriff für ein kurzes Problem."

Summer berührte ihn am Arm. „Sag mal, wie ist Ryan zu Frauen? Ich meine, hast du mich nur wegen seinem Hang zum Exhibitionismus vor ihm gewarnt oder ist da mehr?"

„Nein, er ist in Ordnung. Er weiß, was er will, und nimmt es sich."

„Das kann man wohl sagen." Summer dachte an den vergangenen Abend und Hitze stieg ihr ins Gesicht.

Logan runzelte die Stirn. „Gehörst du ihm bereits?"

„Gehören? Nein, ich … wie kommst du darauf?"

„Wegen der SMS, die er mir geschickt hat." Logan zog sein Handy aus der hinteren Jeanstasche, klickte auf dem Display herum und las vor. *„Ich bin nächste Woche dienstlich verreist. Bitte achte auf Summer. Ich möchte nicht, dass sich ihr ein anderer Mann nähert.*" Logan senkte das Handy. „Klingt ziemlich besitzergreifend, wenn du mich fragst."

Summer war verwirrt. „Zu mir hat er nichts darüber gesagt, wie ich mich in seiner Abwesenheit verhalten soll." Nicht, dass er ihr in dieser Hinsicht etwas zu sagen hätte! Aber er hätte sie einfach fragen können, wie sie darüber dachte. Aber so eine Frage hätte vermutlich zu einer ernsthaften Unterhaltung geführt, und genau der schien er auszuweichen wie ein Torero dem Stier.

„Ich habe ihm geantwortet, dass er dir vertrauen

kann“, sagte Logan. „Aber wenn er dir nicht gesagt hat, was er von dir erwartet, dann brauchst du dich auch nicht danach zu richten.“

Als Summer eine halbe Stunde später auf ihrem Bett saß und ihren Laptop aufklappte, spukte ihr immer noch Ryans Nachricht an Logan im Kopf herum. Was verunsicherte ihn? Wieso wollte er nicht über Gefühle reden?

Sie hatte ein viel zu unklares Bild von ihm. Lauter Puzzleteile, die nicht zusammenpassten. Am wenigstens gefielen ihr die Teile, die Markman beigesteuert hatte. Eine seiner Aussagen – die Sache mit dem Krankenhaus – hatte sich jedoch als Lüge entpuppt. Was war aber mit dem Satz, der ihr Kopfzerbrechen bereitete? *„Ich habe ihn in den sieben Monaten, die ich für ihn arbeite, schon viele Herzen brechen sehen.“*

Sie hatte nach dem Wasserschaden den Laptop aus der Praxis mitgenommen, auf dem sich ihre Patientendateien befanden. Sie öffnete George Markmans Akte und las das Protokoll ihrer Gespräche. Dabei fiel ihr alles wieder ein.

George war ein seltsamer Fall gewesen. Er arbeitete bei einer Sicherheitsfirma und war erwischt worden, als er sich aus der Portokasse bediente. Wie sich herausstellte, nicht zum ersten Mal. Er redete sich damit heraus, dass er aufgrund privater und finanzieller Probleme so gestresst war, dass er wie unter Zwang handelte. Sein Chef wollte ihm eine Chance geben, falls er sich behandeln ließ. Der Chef war es auch, der die Therapietermine für George gemacht hatte. Fünfmal war George in Summers Praxis gewesen, hatte beim ersten Mal wirres Zeug geredet, beim zweiten Mal einen bunten Mix aus Burn-out-Symptomen geschildert, beim dritten und vierten

Gespräch enthusiastisch erzählt, wie gut ihre Therapie anschlug, und sich beim fünften Termin als neuer Mensch präsentiert, der sich großartig fühlte und alles wieder im Griff hatte.

Damals war Summer noch nicht bewandert genug gewesen, um zu erkennen, was für sie jetzt offensichtlich war: George hatte den Burn-out samt Heilungsprozess nur vorgetäuscht.

Summer klappte den Laptop zu. Nein, Markman durfte man kein Wort glauben. Sie vermutete, dass er schlecht über Ryan geredet hatte, um Summer schnellstmöglich zu vertreiben – und zwar nicht aus Ryans Leben, sondern aus seinem eigenen, damit sie ihm nicht nachträglich auf die Schliche kam. Letztlich hatte er damit genau das Gegenteil bewirkt. Sie wusste nun, dass er sie und seinen damaligen Arbeitgeber belogen hatte. Unternehmen würde sie deswegen nichts. Was auch?

Immerhin, Markmans Warnungen konnte sie getrost in den Wind schreiben. Hollys Rat hingegen war vermutlich Gold wert. Bevor sie Zeit hatte, sich in Wenns und Abers zu verstricken, wählte sie Ryans Nummer.

„Hallo, Summer“, meldete er sich. „Was gibt es? Ist alles in Ordnung?“

„Ja, alles bestens. Ich wollte dich nur fragen, ob ich eventuell nach Mallorca mitkommen könnte.“ Sie merkte, dass sie noch tausend andere Dinge hinterherschieben wollte. Dass sie sich nach dem Meer sehnte, dass sie aus dem grauen London rausmusste und dass sie es natürlich voll und ganz verstand, wenn das für ihn jetzt zu kurzfristig wäre. Doch sie schaffte es, sich das alles zu verkneifen.

„Musst du denn nicht arbeiten?“, fragte er.

„Wir hatten einen Wasserrohrbruch in der Praxis. Sie bleibt eine Woche geschlossen.“

„Großartig. Ich meine, ein Wasserrohrbruch ist natürlich alles andere als großartig“, ergänzte er. „Aber dass du Zeit hast, ist schön. Ich hole dich am Montag um neun Uhr ab.“

Sie konnte kaum fassen, wie selbstverständlich er das sagte. „Danke, welchen Flug soll ich buchen?“

„Ich kümmere mich um alles.“

Holly hatte ja so recht gehabt! Sie umarmte sie in Gedanken und sagte Ryan, dass sie pünktlich vor dem Haus stehen würde. Dann legte sie auf, bevor es mit ihr durchging und sie ihm eine Liebeserklärung machte.

Das hob sie sich auf – zum Beispiel für einen Strandspaziergang im Abendrot.

Kapitel 9

Das Erste, was Jacob beim Anblick des Betts dachte, das mitten in Aarons Studio stand, war: „Wow“, das zweite war: „Ein Glück, dass ich Hollys SMS ignoriert habe.“

Ihr Vorschlag, sich in Enthaltsamkeit zu üben, hatte ihn zum Schmunzeln gebracht. Wenn er sich nicht heute früh in der Dusche einen runtergeholt hätte, wäre er jetzt nicht in der Lage gewesen, dieses Meisterwerk zu betrachten, ohne dabei eine Erektion zu bekommen, die ihm jeden Tropfen Blut aus dem Gehirn gesaugt hätte.

Einen klaren Kopf zu bewahren, hatte für ihn heute Priorität. Er wollte Herr der Lage sein, sich von Holly in keinerlei Spielereien hineinziehen lassen.

Aaron war dabei, die Blitzlichtboxen anzuordnen. Grace assistierte ihm, wirkte dabei ungewohnt still und hielt von dem Bett respektvoll Abstand. Solche Berührungsängste hatte er bislang noch nicht an ihr beobachtet.

Das Bett dominierte den Raum und wirkte schon für sich allein sehr erotisch, da es prachtvoll gearbeitet war. Das Bettgestell war aus edlem, dunkel glänzendem Holz. Das Kopfteil hatte die Form eines Prangers und war auch als solcher gedacht. Ein Fußteil gab es nicht, sodass man von dieser Seite aus freien Zugang hatte. An den beiden unteren Ecken waren stehende Balken angebracht, an denen in verschiedenen Höhen längenverstellbare Ketten befestigt waren. An den Seitenteilen waren ebenfalls Fesselungsmöglichkeiten vorhanden. Die Matratze war mit schwarzem Leder bezogen.

Jacob ging rüber in die Folterkammer und holte alles, was er an Zubehör brauchen würde. Er legte die Sachen auf einen Stuhl, der weit genug vom Bett entfernt stand, um nachher nicht mit auf die Fotos zu kommen.

„Ich schlage vor, dass wir Holly vor dem Hereinkommen die Augen verbinden“, sagte Aaron. „Sie sollte das Bett erst sehen, wenn sie ausreichend erregt ist.“

„Gute Idee.“ Jacob holte eine Augenbinde und gab sie Grace. „Leg sie ihr bitte an, bevor du sie ins Studio bringst.“

„Okay“, sagte Grace. „Ich fahr dann mal los.“

Als sie fort war, wandte sich Jacob an Aaron. „Ist irgendetwas mit ihr? Sie wirkt so scheu. So kenne ich sie gar nicht.“

„Dir ist es also auch aufgefallen.“ Aaron rückte eine Box zurecht. „Seit ein paar Tagen verhält sie sich merkwürdig. Ich habe überlegt, ob es eventuell mit der Klarinette zusammenhängen könnte. Vielleicht weckt das Instrument Jugenderinnerungen, die sie nun beschäftigen. Vielleicht sind es aber auch die normalen Stimmungsschwankungen, mit denen man bei Frauen immer rechnen muss.“

Auch bei Holly, dachte Jacob und verspürte plötzlich das dringende Bedürfnis, mit ihr zu sprechen, um sicherzugehen, dass ihre Stimmung nicht gerade in die falsche Richtung schwankte.

„Ist das normal?“

„Nein, das ist nicht normal.“

„Willst du es denn?“

„Woher soll ich wissen, was ich will? Ich bin verrückt nach ihm, komme um vor Verlangen, vor Lust – und vor Lampenfieber. Verdammt!“

„Jetzt mal im Ernst, wieso hast du dich auf den Quark eingelassen?“

„Ach Gott, das kam alles so plötzlich. Ich dachte … ich wollte … ich … pah, nun setz mich doch nicht unter Druck.“

So ging das schon den ganzen Morgen. Bei allem, was sie tat, führte Holly Selbstgespräche, endlose Dialoge zwischen ihrer Vernunft, ihrer Unsicherheit, ihrer Sehnsucht und noch einigen anderen Facetten ihrer Persönlichkeit, die ihren Senf dazugeben wollten.

„So, das reicht“, sprach sie schließlich ein Machtwort. Sie hielt mitten im Geschirrspülen inne und pfefferte eine Tasse so heftig ins Wasser zurück, dass der Schaum bis zu ihrer Nase hochspritzte. „Ihr haltet jetzt alle die Klappe!“

Betretenes Schweigen. Sie musste lachen, weil sie sich selbst angemotzt hatte und sich nun auch selbst beleidigt anschwieg. *Sehr souverän.*

Sie trocknete die Hände am Geschirrtuch ab und ging ins Schlafzimmer, wo ihr Handy auf dem Nachttisch lag. Bevor sie Jacobs Nummer wählte, probte sie kurz, wie sie ihre Absage am besten formulieren würde.

„Hör mal, ich habe es mir anders überlegt. Ich kann das nicht. Beim ersten Shooting wusste ich noch nicht, worauf ich mich einlasse, und plötzlich war da diese Lust und … ich habe die Kontrolle verloren. Das will ich kein zweites Mal erleben. Nicht bei etwas, das mir so wichtig ist wie die Beziehung zu dir. Ich will, dass wir einfach ein Paar sind. Gern mal etwas experimentierfreudig, auch ein bisschen in Richtung SM, alles super. Aber das soll nicht in Aaron Heartlands Studio stattfinden, sondern in unserer eigenen Welt. Ich weiß, dass das Studio auch ein Teil deiner Welt ist“, nahm sie gleich das Gegenargument voraus, das sie von ihm erwartete, „aber ich …“ Oh, Faden verloren.

Sie starrte das Handy an, hoffte, Jacob würde anrufen und absagen, damit nicht sie diejenige war, die alles verdarb, damit sie großmütig sagen konnte: „Das verstehe ich, ist überhaupt kein Problem. Wir drücken den Reset-Knopf und fangen von vorn an.“

Ob sie zuerst mit Summer sprechen sollte? Aber war eine Frau, die sich zu einem Vierer mit drei Männern hinreißen ließ, in dieser Sache die richtige Ansprechpartnerin? Genau diese Geschichte war es ja gewesen, die Hollys Zweifel ausgelöst hatte. Was Summer mit Ryan erlebt hatte, verdeutlichte ihr, wie schnell Dinge eine Eigendynamik entwickeln konnten. Beängstigend.

Sie könnte auch ihren Ex anrufen. Cameron hatte es immer verstanden, sie zur Vernunft zu bringen. Aber hatten sie sich nicht genau deswegen getrennt? Weil er so vernünftig war und sie so sprunghaft, spontan und risikofreudig? Verwandelte sie sich jetzt etwa in eine Zweitausgabe von ihm? Bloß nicht!

Das Handy klingelte. Und es war Jacob.

Sagt er am Ende wirklich ab? Nein, bloß das nicht! Aber das wollte ich doch. Oder nicht? Wenn ich nur wüsste, was …

„Schluss mit den Spekulationen!“ Sie ging ran. „Hi?“, meldete sie sich unsicher.

„Ich bin bei Aaron“, sagte Jacob. „Grace kommt dich gleich abholen.“

„Ähm, ja?“

„Ist das eine Schauspieltechnik, jede Äußerung wie eine Frage klingen zu lassen?“

„Nein? Ich meine: Nein! Ich bin nur … verunsichert."

„Das brauchst du nicht. Es wird prima. Ich freue mich auf dich. Auf uns."

Sie lächelte. Der Klang seiner Stimme ließ sein Gesicht vor ihrem geistigen Auge auftauchen. Die Unsicherheit versickerte in den Tiefen ihres Unterbewusstseins und die Bühne gehörte nur noch dem Verlangen. „Ich freue mich auch. Glaube ich. Ja?"

„Ja!", sagte er nachdrücklich.

Fünf Minuten später klingelte es, Holly ging runter und staunte: Grace war mit Heartlands Jaguar vorgefahren.

„Er vertraut dir diesen Luxusschlitten an?", fragte sie, nachdem sie sich auf den Beifahrersitz gesetzt und die Innenausstattung bewundert hatte.

Grace startete den schnurrenden Motor. „Ist vollkaskoversichert."

„Was haben Aaron und Jacob denn Schönes für mich vorbereitet?", erkundigte sie sich.

„Das darf ich nicht verraten."

„Weil du sonst bestraft wirst, hm?", meinte Holly leichthin und wunderte sich, als Grace nicht mit der üblichen Flachserei reagierte, sondern die Lippen aufeinanderpresste und sich auf den Verkehr konzentrierte. „Wie sieht Jacob aus?"

„Wie immer."

„Details, bitte. Gel in den Haaren oder nicht? Klamotten. Alles."

„Kein Gel. Klamotten?" Grace kniff kurz die Augen zusammen. „Schwarzer Pullover mit V-Ausschnitt, schwarze Jeans."

Holly schloss die Augen. Sie konnte sich Jacob sehr gut in einem schwarzen Pullover vorstellen. Wenn er dann noch die Ärmel hochschob – oder besser noch, wenn er den Pullover über den Kopf zog … Sie seufzte wohlig.

„Ja, die Sitze sind wirklich bequem“, bemerkte Grace, und Holly ließ sie in dem Glauben, dass sie deswegen geseufzt hatte.

Zufrieden stellte Jacob fest, dass das Bett die ideale Höhe für ihn hatte: Wenn Holly an der Kante lag, konnte er sie im Stehen nehmen. Und wenn er ihre Beine mit den Manschetten an den seitlichen Balken fesselte, war sie ihm ausgeliefert. In dem Moment ging die Tür auf, und Grace schob Holly, die eine schwarze Augenbinde trug, vor sich her. Unwillkürlich strahlte er sie an, obwohl sie es nicht sehen konnte.

Aaron ging zu ihr, berührte sie an der Schulter und sagte: „Holly, willkommen zurück.“

Sie lächelte unsicher und ließ sich von Grace in den Schminkbereich führen.

Jacob trank einen Schluck Wasser. „Ich bin aufgeregt.“

„Ich auch“, sagte Aaron, klang dabei aber gelassen. „Nur, wenn man aufgeregt ist, macht man einen guten Job.“ Er nahm die Kamera auf und richtete sie auf Jacob. „Du hast gerade einen sehr interessanten Gesichtsausdruck. Ich glaube, man nennt ihn ‚rettungslos verliebtes Starren‘.“

„Oh, und ich dachte, ich würde weltmännische Souveränität ausstrahlen. Ist es so besser?“ Er nahm einen Peitschengriff zwischen die Zähne.

Aaron senkte die Kamera. „Versuch bitte nicht, deine Unsicherheit zu überspielen. Es ist okay, Lampenfieber zu haben.“

Jacob und Aaron hatten vereinbart, dass Holly

selbst entscheiden sollte, wie sie das Shooting beginnen wollte. Angezogen oder nackt, mit oder ohne Augenbinde. Gespannt starrte Jacob auf den Paravent, als er hörte, wie ein Stuhl gerückt wurde. Kurz darauf kam Grace um die Ecke.

„Sie möchte, dass du sie holst", sagte sie zu Jacob.

Holly stand mit dem Rücken zum Paravent. Sie trug die Augenbinde und sonst nichts. Sie hoffte, dass Jacob verstand, warum sie hier auf ihn wartete. Sie wollte einige Sekunden mit ihm allein sein. Sie brauchte einen Moment wirklicher Intimität, bevor sie beide im Fokus der Kamera standen.

Sie hörte ihn kommen, und im nächsten Augenblick spürte sie seinen Atem an ihrer Schläfe, dann seine Hände warm auf ihren Schultern, seine Daumenkuppen drückten leicht auf ihre Wirbelsäule, sein Mund streifte ihr Haar.

Sie hätte sich gern umgedreht und sich an seine Brust gelehnt, doch sie tat es nicht, denn sie fühlte, dass ein besonderer Reiz darin bestand, sich etwas zu versagen.

„Gehen wir", sagte er.

„Ja?"

Er lachte leise. „Das war Absicht, oder?"

„Ja."

Er nahm ihre Hand und führte Holly um den Paravent herum.

Im Studio war es mucksmäuschenstill. Holly hatte Grace gebeten, keine Musik laufen zu lassen. Sie wollte in Stille gehüllt sein wie in ein edles Kleid. Das Wissen, dass Grace und Aaron sie ansahen, verursachte ein Prickeln auf ihrer Haut. Sie hatte sich auf den letzten Minuten der Fahrt vorgenommen, diese

Sache nicht nur mitzumachen und irgendwie hinter sich zu bringen, sondern sie mit allen Sinnen zu genießen. Später, wenn sie die Fotos in der Ausstellung sah, würde sie sagen können: „Das waren die aufregendsten Stunden meines Lebens. Ich habe mich selbst neu kennengelernt."

Jacob blieb stehen. „Dreh dich um."

Sie tat es, und er schob sie noch ein Stück zurück, bis sie etwas Kühles an der Rückseite ihrer Beine spürte, oben nachgiebig – vielleicht Leder –, unten hart – vermutlich Holz. Er hob ihren rechten Arm zur Seite, sie hörte ein leises Rasseln wie von einer Kette, die durch eine Führung gezogen wurde, dann schloss sich eine kühle Ledermanschette um ihr Handgelenk. Er wiederholte das Ganze mit dem linken Arm. Nun stand sie mit ausgebreiteten, leicht erhobenen Armen da und fühlte sich, als würde sie schweben. Das Leder an der Rückseite ihrer Oberschenkel erwärmte sich langsam. Unter den Füßen spürte sie den gewachsten Parkettboden. Alles, was sie fühlen wollte, waren Jacobs Hände. Sie hörte seine Schritte, leise, auch er war barfuß. Dann strich etwas über ihren Bauch. Eine Reitgerte. Das Ende der Gerte bestand aus einem dreieckigen Stück Leder. Mit diesem kleinen Paddel klatschte Jacob sachte auf ihren Bauch, auf ihre Flanken und die Außenseiten ihrer Schenkel. Ob er sie warnen würde, bevor er fester zuschlug? Doch er suchte nur immer empfindlichere Regionen ihres Körpers: die Innenseiten ihrer Schenkel, die weiche Unterseite ihrer Arme, zuletzt ihre Brüste und ihre Nippel. Dann folgte eine kleine Pause, als würde er Atem holen, um schließlich zarte Schläge auf ihren Schamlippen zu platzieren. Da merkte Holly, wie feucht sie bereits war.

Sie hörte Jacob die Gerte weglegen, dann war er herrlich nah bei ihr. Er streichelte sie überall dort, wo er sie eben mit dem Paddel berührt hatte, nur mit den Fingerspitzen und viel zu sanft. Sie hob den Kopf und Jacob legte seine Hände um ihren Nacken und küsste sie auf die Lippen. Etwas in Holly gab endgültig nach. Sie wusste jetzt, was Summer gemeint hatte, als sie sagte, sie sei Wachs in Ryans Händen gewesen. Nie hatte Holly sich Cameron so restlos hingegeben wie Jacob.

Er löste die Manschetten um ihre Handgelenke und sagte: „Zieh mich aus."

Sie umfasste seine Taille, zupfte am Saum seines Pullovers, schob die Hände zwischen Haut und Stoff und spürte die Wärme seiner glatten Haut. Es kam ihr vor, als würde sie zum ersten Mal einen Mann berühren, ohne ihn zu sehen, dabei stimmte das nicht. Da Cam vorzugsweise im Dunkeln mit ihr geschlafen hatte, war es der Normalfall gewesen, nichts zu sehen.

Doch das hier war anders, denn sie standen im Licht und eine Kamera hielt alles fest. Es würde Fotos geben, die zeigten, wie sie den Pullover nach oben schob, wie sie Küsse auf seinen Bauch und seine Brust setzte. Während sie es tat, sah sie es vor ihrem geistigen Auge, sah ihre Zunge, die seine Nippel umkreiste. Sie tastete nach seinen Handgelenken, zog den Pullover vollends über seinen Kopf, warf ihn irgendwohin und wuschelte durch Jacobs Haare. Er küsste sie, führte ihre Hände zu seinem Gürtel und sagte: „Mach weiter."

Sie öffnete mit flinken Fingern den Gürtel und die Knöpfe seiner Jeans. Als sie die Hose über seinen Hintern schob, spürte sie nackte Haut. Sie knetete die festen Pobacken und fand, dass Männerhintern extra dafür geschaffen worden waren, von Frauen gepackt zu werden. Als ihre Hände nach vorn glitten, hielt er sie fest.

„Das würde mich zu sehr erregen“, sagte er.

Er zog die Hose selber aus, dann nahm er Holly an den Schultern, drehte sie in eine andere Richtung, schob sie ein Stück nach vorn und löste ihre Augenbinde. „Was sagst du?“

„Das ist … gigantisch und … und furchteinflößend.“ Holly betrachtete die Ledermanschetten an den Balken, umrundete das Bett, warf einen mehr als kritischen Blick auf das Kopfende. „Das sieht aus wie – nein, das *ist* ein Pranger.“ Sie fuhr herum. „Das hast du doch nicht wirklich vor, oder? Mich da reinzustecken? Das macht mir Angst. Ehrlich. Ich – bekomme ich ein Safeword?“

„Natürlich. Bleiben wir bei *Blue*“, schlug er vor. „Leg dich hin. Mit dem Kopf ans Fußende. Den Pranger brauchen wir erst später.“

Wenn er denkt, er würde mich dazu bringen, das mitzumachen, dann täuscht er sich. So erregt kann ich gar nicht sein, dass ich meinen Kopf da fixieren lasse.

Sie assoziierte einen Pranger mit einer Guillotine, und damit hatte sie ein ernsthaftes Problem. Im Schauspielunterricht hatte sie einmal in einer Enthauptungsszene die Delinquentin spielen sollen. Schon als sie den Kopf auf den Holzblock gelegt hatte, war Panik in ihr aufgestiegen, und als der Henker das Pappbeil gehoben hatte, war sie ausgetickt und kreischend weggelaufen. Noch Stunden später hatte sie sich immer wieder davon überzeugen müssen, dass ihr Kopf noch ordentlich auf ihrem Hals saß.

Holly sah Jacob an, der sie forschend betrachtete. „Ist etwas?“, erkundigte er sich.

„Nein, alles okay. Soll ich mich auf den Rücken oder auf den Bauch legen?“

Er ließ ihre Hände los. „Auf den Rücken.“

Sie schaute ihn in seiner ganzen nackten Pracht an und dachte daran, wie sie ihn ausgepeitscht hatte. Sie streichelte über die hellen Haare auf seinem Unterarm. Dann drehte sie sich um, hob ein Knie und stieg auf das hohe Bett. Sie legte sich mit dem Kopf ans Fußende, die Beine Richtung Kopfende ausgestreckt.

„Rutsch ein Stück nach hinten zum Rand, bis dein Kopf nach unten hängt.“

Holly tat auch das und merkte, dass es ihr gefiel, von ihm nach und nach in eine immer hilflosere Position manövriert zu werden. Wieder fixierte er ihre Handgelenke mit den Manschetten. Die Arme weit ausgebreitet, den Kopf nach unten hängend, fühlte sie sich bereits ausgesprochen wehrlos, doch es wurde noch schlimmer – oder besser?

„Heb deine Beine und spreiz sie. Wie gelenkig bist du?“

„Ballettunterricht gehörte zur Schauspielausbildung“, sagte sie und ahnte, was jetzt kommen würde. Sie sah ihm zu, als wäre sie nur Beobachter, so wie Aaron und Grace. Jacob stand am rechten Balken und hielt die oberste Manschette etwas über seiner Schulterhöhe. Er griff nach ihrem Fußgelenk, als sie ihm willig das Bein hinstreckte, und fesselte es. Nachdem er mit ihrem linken Bein dasselbe am anderen Balken gemacht hatte, waren ihre Beine weit nach oben und hinten gespreizt, ihr Schoß war allen Blicken und Berührungen preisgegeben. Sie fühlte ein angstvolles Prickeln im Nacken und sah zu Jacob auf, der hinter ihrem Kopf stand. Er hielt wieder die Gerte mit dem Paddel in der Hand.

„Was jetzt kommt, erfordert deine höchste Konzentration. Ich werde dich mit dem Paddel erregen und zum Kommen bringen, und ich möchte, dass du dabei die ganze Zeit die Hände geöffnet lässt."

Das war alles? Wieso sollte das Konzentration erfordern?

„Sobald du auch nur einen Finger nach innen krümmst, passiert das hier."

Er holte aus und im nächsten Moment fühlte sie einen scharfen Schmerz auf der Innenseite ihres rechten Oberschenkels. Ihre Beine zuckten in dem reflexartigen Versuch, sich schützend zu schließen. Die Ketten, die sie hielten, strafften sich.

„Uh", keuchte sie, „das war fies."

„Und schon hat deine Konzentration nachgelassen", stellte er fest und holte erneut aus.

Hastig öffnete Holly die Hände, die sich als Reaktion auf den Schmerz zu Fäusten geballt hatten. „Nein, warte! Ich passe jetzt auf."

Jacob strich mit der Gerte über ihre Schamlippen und klatschte mit dem Paddel leicht auf die zarte Haut. Holly entspannte sich und schloss die Augen. Das Paddel traf hin und wieder ihre Klitoris, was angenehme Schauer durch ihren Körper jagte.

Sie spürte etwas an ihren Lippen, nur der Hauch einer Berührung, aber sie wusste sofort, dass es sein Glied war. Sie öffnete den Mund, streckte die Zunge raus und leckte über die Eichel, die sich ihr entgegenreckte. Ein seliges Schaudern durchfuhr sie. Wie hatte sie Summer beneidet, als sie Jacob einen geblasen hatte. Jetzt gehörte sein Schwanz endlich ihr. Kleine elektrische Entladungen von Lust durchzuckten ihren

Schoß, während sie ihn in ihren Mund aufnahm. In dieser Stellung hatte sie es noch nie getan. Es war köstlicher als jeder ihrer bisherigen Blowjobs.

„Meine Süße“, sagte Jacob leise. „Du wirst nicht zubeißen, wenn ich dich gleich schlage, okay?“

Ihre Hände! Sie hatte schon wieder die Kontrolle verloren. Sie spreizte die Finger und wappnete sich für den nächsten Schlag. Der Hieb traf diesmal die andere Schenkelinnenseite, der Schmerz flammte auf. Sie wollte protestieren, doch Jacob schob sein Glied tiefer in ihren Mund und knebelte sie so besonders effektiv.

Verdammter Mistkerl. Wenn er denkt, dass ich mir das gefallen lasse … Au!

Wieso hatte er schon wieder zugeschlagen? Oh, sie hatte die Hände aus Wut zu Fäusten geballt. Das reichte, sie würde ihm zeigen, dass sie sich sehr wohl unter Kontrolle hatte, und dass sie sich auch dann noch konzentrieren konnte, wenn er tief in ihre Kehle stieß.

Sie atmete ein paarmal schnaubend durch, um sich in den Griff zu bekommen. *Hände spreizen! Okay. Und jetzt genau so lassen.* Ihre Pussy war so feucht geworden, dass das Paddel schmatzende Geräusche machte, als Jacob sie wieder damit reizte. Das Leder liebkoste ihre Schamlippen, spielte mit ihrer Knospe. Der Schmerz auf ihren Schenkeln verblasste. Sein Glied stieß schneller und schneller in ihre Kehle. Ihre Hände sehnten sich danach, sich irgendwo hineinzukrallen. Es war ihr nie bewusst gewesen, aber je näher sie dem Orgasmus kam, desto stärker wurde der Drang, nach etwas zu greifen. Sie musste mit aller Macht dagegen ankämpfen.

Und wenn ich den Kampf absichtlich verliere? Wenn ich den

Schmerz möchte?

Sie erschrak vor sich selbst, vor der rohen, wilden Gier, die sie ergriffen hatte. Sie ballte die Hände so fest, dass es wehtat.

Jacob glitt aus ihr heraus, bevor er wieder zuschlug. Immer noch hielt sie die Fäuste fest zusammengepresst, während sie lustvoll aufstöhnte.

„Du willst es“, hörte sie Jacob ausrufen, überrascht, entzückt, schockiert, alles zugleich. „Dann sollst du es bekommen. Öffne deinen Mund.“

Er drang wieder in sie ein und sie saugte seinen Schwanz tief in ihre Kehle. Ihre Hände umklammerten die Ketten, die die Ledermanschetten hielten. Ihre Bauchmuskeln waren so angespannt, dass ihr Po sich hob. Das Paddel schlug sachte ihre Schamlippen. Sie war froh, dass er einen Gang zurückgeschaltet hatte, denn so konnte sie sich völlig entspannen und unter wilden Zuckungen ihrer Vagina kommen.

Er glitt aus ihr heraus, damit sie genug Luft bekam. Als die Wellen ihrer Lust langsam verebbten, drang er wieder in sie sein und zog sich erst zurück, als er kam. Sein Samen spritzte auf ihre Brüste und ihren Bauch. Sie lachte sinnlich und befreit, während Tränen aus ihren Augenwinkeln in ihren Haaransatz flossen.

Grace merkte, dass sie die ganze Zeit aufgeregt auf ihrem Daumen herumgebissen hatte, denn sie war unglaublich angespannt gewesen.

Jacob hatte Hollys Fesseln gelöst und ihr etwas zu trinken gegeben. Jetzt lagen die beiden in Löffelchenstellung auf dem Bett und er streichelte ihren Bauch.

„Du magst es, von mir dominiert zu werden, hm?“, fragte Jacob leise.

„Meinst du?“, fragte Holly matt.

„Oh ja“, sagte Jacob. „Du gerätst geradezu in Ekstase und kannst nicht genug bekommen.“

„Ja, scheint so“, murmelte sie. „Du bist süß und ich kann dir vertrauen. Mit anderen Männern habe ich es nie gewagt, meine verborgenen Leidenschaften auszuprobieren.“ Sie drehte sich auf den Rücken.

Er stützte sich auf einen Ellenbogen, um ihr ins Gesicht zu sehen. „Süß? Ich bin *süß*? Nicht etwa Furcht einflößend oder Ehrfurcht gebietend?

Sie tätschelte lachend seine Wange. „Nein, und das ist auch gut so. Strenge Männer törnen mich ab. So wie Summers Ex, dieser Superdom Logan mit den tausend Regeln, Geboten und Strafritualen. Das wäre überhaupt nicht mein Ding. Aber mit dir ist es ein wildes, geiles Spiel.“

„Schön, dann spielen wir jetzt weiter. Du darfst dir etwas wünschen.“

„Alles, was ich will?“

„Absolut alles.“

Etwas Lauerndes trat in Hollys Blick. „Ich könnte mir einen Strap-on umschnallen und dich in den Arsch ficken.“

Jacob jaulte lachend auf. „Ups, das war leichtsinnig von mir, aber okay, ich sagte alles, also würde ich mich von dir dieses eine Mal ausnahmsweise in den Arsch ficken lassen.“

„Du hast Glück, denn darauf habe ich nicht die geringste Lust. Ich wollte dich nur ärgern.“

„Puh“, sagte Jacob und grinste.

Grace fand sein Grinsen sinnlich. Aber noch viel sinnlicher fand sie Aaron Heartlands konzentriertes Arbeiten mit der Kamera. Sie musste sich zwingen, nicht zu ihm hinzusehen, weil sie befürchtete, genau wie Holly sämtliche Hemmungen zu verlieren. Sie war gnadenlos, hilflos und haltlos in ihn verliebt, und das war echt nicht witzig. Verliebt in einen Mann, dem sie niemals das Wasser reichen konnte! Der sich bestenfalls dazu herablassen würde, sie zu züchtigen, falls sie ungehorsam war, mehr Körperkontakt war nicht drin. Sie verzehrte sich danach, von ihm geküsst zu werden.

„Was ich mir wünsche …“ Holly sah zu Grace rüber.

Grace riss die Augen auf. Ob sie Holly per Gedankenübertragung ihren Wunsch übermitteln konnte? *Ich möchte, dass Aaron Grace küsst, sie leckt, sie nimmt, während wir dabei zusehen.*

Doch das sagte sie natürlich nicht. Stattdessen: „Grace, habt ihr Vibratoren? Ich stehe auf alles, was vibriert.“

„Ja, sicher, ich gehe sie holen.“ Grace ging in die Folterkammer, in der sie sich gut auskannte, weil sie so oft darin gestöbert hatte. Als sie mit ihrer Ausbeute zurückkam, lag Holly mit dem Po am Fußende, ihre Beine waren zu einem V gespreizt an die Balken gefesselt. Der Anblick erregte Grace sofort. Sie legte die drei Vibratoren neben Jacob, der hinter Holly auf der Matratze saß.

Jacob griff nach Hollys Händen und zog sie über ihren Kopf. „Grace, könntest du den Vibrator bedienen, während ich sie festhalte?“

Grace warf einen unsicheren Blick zu Aaron. Der nickte. „Ich möchte aber nicht mit aufs Bild“, sagte sie.

„Kein Problem“, erwiderte Aaron, „ich werde mich sowieso auf die Gesichter und Hände der beiden konzentrieren.“

„Okay, welchen soll ich nehmen?“, fragte sie Jacob.

„Alle drei natürlich. Bring sie mit jedem zum Kommen.“

Holly protestierte: „He, so hatte ich mir das nicht vorgestellt.“

„Dreimal hintereinander? Ernsthaft?“, hakte Grace nach. Männer hatten ja keine Ahnung! Sie hatte selbst ausprobiert, wie oft hintereinander sie sich zum Kommen bringen konnte. Spätestens nach dem zweiten Orgasmus hatte sie eine längere Pause gebraucht, weil ihre Pussy überreizt war und keine Berührung mehr vertrug. Es wäre die reinste Folter gewesen, wenn … oh, genau darum wollte er es.

„Ja, ernsthaft“, sagte Jacob. „Außer, Holly würde das Safeword benutzen. Weißt du noch, wie es lautet?“, wandte er sich an Holly.

„*Blue*. Nein, ich möchte es noch nicht benutzen.“

Grace nahm den schlanken Vibrator und trat ans Fußende. Hollys Schenkel waren gerötet. Grace biss sich auf die Lippen. Sie wusste nicht, ob sie die Spuren des Paddels erregend oder erschreckend fand. Sie streichelte behutsam über Hollys Schenkelinnenseiten, merkte, dass sie selbst feucht wurde, und musste an sich halten, um nicht aufzustöhnen.

Der Vibrator glitt mühelos in Hollys feuchte Spalte. Grace schaltete ihn ein und bewegte ihn langsam rein und raus, drehte ihn und beobachtete dabei Hollys Gesicht. Die sah zu Jacob hoch, der sich daraufhin hinunterbeugte und sie küsste.

Die Reaktion darauf war sofort spürbar. Holly war so feucht, dass die Bewegung des Vibrators schmatzende Geräusche verursachte. Grace erhöhte die Vibration und wenige Sekunden später kam Holly.

Grace entfernte den Vibrator und schaltete ihn aus.

„Okay, weiter." Jacob deutete auf den Vibrator mit dem großen Kugelaufsatz. Ein machtvolles Gerät, vor dem Grace gehörigen Respekt hatte.

„Oh nein", stöhnte Holly. „Gebt mir wenigstens ein paar Sekunden, um mich zu erholen."

„Na gut", sagte Jacob. „Ich werde die Zeit nutzen, um dich zu knebeln."

Sobald sie den Ballknebel im Mund hatte, fühlte Holly sich der nächsten Stimulation gewachsen. Sie genoss es, auf den Widerstand zu beißen, hörte das Summen des Vibrators, als Grace mit der glatten, weißen Kugel sacht auf Hollys Schamlippen tupfte. Bald schon war sie wieder so weit, dass sie mehr spüren wollte und es genoss, als die intensive Vibration ihre Klitoris fand und dort verweilte, mal mit stärkerem, mal mit leichterem Druck. Holly ruckte mit dem Kopf hin und her. Es war geil und grausam zugleich, weil sie nicht selbst darüber bestimmen konnte, was der Vibrator mit ihr tat.

Holly verkrampfte sich bis in die Zehenspitzen, versuchte, sich von Jacob loszureißen, doch er umklammerte ihre Handgelenke mit festem Griff. Nun fuhr der Vibrator die ganze Länge ihrer Spalte entlang, rauf und runter, von ihrer Klitoris bis zu ihrer Rosette und wieder zurück.

„*Blue*?", fragte Jacob, und als sie vehement den Kopf schüttelte, sagte er zu Grace: „Schalte zwei Stufen rauf."

Der Vibrator wurde von ihr entfernt, und Holly vermisste ihn sofort. Das Geräusch wurde lauter, und dann war da ein kaum wahrnehmbares Gefühl. Grace musste den Vibrator ein paar Luftmoleküle von ihrer Knospe entfernt halten. Holly hob den Po, kam der

Vibration entgegen. Sie hob ihren Hintern weiter an, spürte die Anstrengung in ihren Beinmuskeln, wurde mit einer weiteren Berührung des Vibrators belohnt, aber nur für eine Sekunde. Es war zwecklos, sie war Grace auf Gedeih und Verderb ausgeliefert. Holly senkte den Po, hielt einfach still, wehrte sich auch nicht mehr gegen Jacob. Dann war der Vibrator wieder da, rieb summend über ihre Schamlippen, und sie stand kurz vor dem nächsten Orgasmus, sehnte sich danach, verzehrte sich förmlich danach. Aber Grace ließ sich Zeit, bis sie sich erneut Hollys Klitoris näherte. Immer wenn Holly dachte, jetzt wäre es so weit, entfernte sich die Vibration, wanderte zur Innenseite ihrer Schenkel, zu ihrem Po, von dort zwischen ihre Schamlippen. Dann war sie wieder über ihrer Klitoris, senkte sich unfassbar langsam auf ihre pochende Knospe, wurde dann so plötzlich darauf gedrückt, dass Hollys Lust explodierte. Sie schrie gegen den Knebel an als sie kam, bog den Nacken durch, presste den Hinterkopf fest an Jacobs Oberschenkel und wand sich, so weit die Fesseln es zuließen.

Wie aus weiter Ferne bekam sie mit, wie Jacob Grace den dritten Vibrator reichte.

„Nein, das kann ich ihr nicht antun“, protestierte Grace.

„Dann übernehme ich das.“ Jacob ließ ihre Hände los und stand auf. „Nimm ihr den Knebel ab.“

Grace erschien neben Holly, die den Kopf zur Seite drehte, damit Grace den Verschluss lösen konnte. Erleichtert schloss sie den Mund, öffnete ihn aber sofort wieder zu einem lauten Protestschrei, als der dritte Vibrator, ein dicker Dildo, hart und unerbittlich in ihren Schoß geschoben wurde. Er war noch nicht einmal angeschaltet, aber Holly war es jetzt schon zu viel. Sie wollte sich einfach nur zusammenrollen und tief durchatmen.

Holly versuchte, den Vibrator mit den Händen abzuwehren, woraufhin Jacob ihr befahl, die Hände unter den Po zu schieben. Sie hatte keine Ahnung, warum sie gehorchte, obwohl sie Jacob viel lieber geboxt und beschimpft hätte. Aber noch mehr als das wollte sie, dass er extreme Dinge mit ihr tat, sie bis zum Äußersten forderte. Sie spürte wieder dieses wilde Gefühl in sich aufsteigen. Als Jacob den Vibrator tief in sie hineinstieß und ihn anschaltete, war es, als hätte sie ein Leben lang geschlafen und würde erst jetzt zu ihrer vollen Weiblichkeit erwachen. Er fickte sie gnadenlos mit dem kalten, harten, summenden Dildo, fickte sie so schnell und fest, dass ihr für einen Moment die Sinne schwanden. Dann war sie wieder voll da und wollte nur noch eines: Jacob spüren, sein warmes, festes Glied. Sie hob sich ihm entgegen.

„Fick mich", flehte sie. „Ohrfeige mich dabei, tu alles, was du willst, aber nimm mich. Sofort!"

„Denk nicht, dass dir der Vibrator deswegen erspart bleibt." Er zog ihn raus.

Holly erwartete, dass er ihn auf ihre Klitoris pressen würde, während er sie nahm. Doch da fühlte sie den Druck gegen ihre Rosette. „Oh nein, nein." Im völligen Widerspruch zu ihrem Protest zog sie mit den Händen, die immer noch unter ihr lagen, ihre Pobacken auseinander. Der Vibrator, feucht von ihren Säften, glitt in sie hinein. Einen kurzen Moment lang dachte sie daran, wie Summer ihr das Gefühl geschildert hatte, in beide Öffnungen gleichzeitig gefickt zu werden, dann spürte sie es bereits selbst. Eine Welle siedender Hitze schoss ihren Rücken hinauf. Sie war so eng wie noch nie, als Jacob in sie eindrang, da der Vibrator nun tief in ihr steckte.

Jacob hielt ihn mit einer Hand an Ort und Stelle, während er sich mit der anderen an einem Balken festhielt. „Uh, das wird schnell gehen“, kündigte er an. „Ich spüre die Vibration an meinen Hoden. Das ist verflucht gut.“

Holly bekam den Vibrator zu packen. „Ich halte ihn, komm her.“

Jacob verstand, beugte sich vor und stützte sich mit den Händen neben Hollys Kopf ab. Dann küsste er sie leidenschaftlich. „Oh fuck, du bist so heiß“, stöhnte er, als er kam.

Sie entfernte den Vibrator, packte Jacob an den Haaren und biss ihn in die Lippen. Sie war zu ausgepowert für einen weiteren Orgasmus, aber das hinderte sie nicht daran, seinen Höhepunkt zu genießen, als wäre es ihr eigener.

Eine Weile empfand sie nichts als Stille. Ihr Herzschlag hatte sich beruhigt, ihr Atem ging leise und gleichmäßig, ihre Gedanken waren eine weiße Fläche. Sie lag auf der Seite, an Jacobs Brust gekuschelt, in seinen Armen, eingehüllt von seinem Geruch.

Holly hörte Grace, die die Vibratoren einsammelte, das Klicken der Kamera, das Laden der Blitzgeräte, denn Aaron fotografierte auch diesen Moment.

„Du schuldest mir einen Orgasmus“, sagte Holly, um Jacob zu signalisieren, dass sie zu neuen Schandtaten bereit war, auch wenn ihr etwas bang zumute war, wenn sie an den Pranger dachte.

„Darf ich kurz stören?“ Grace erschien neben dem Bett und fuchtelte mit einem Puderpinsel herum. „Ihr glänzt.“

Das erinnerte Holly daran, dass sie sich in einer Inszenierung befand, egal wie real sich alles anfühlte. Wie würde es mit ihr und Jacob danach weitergehen? Wären sie überhaupt in der Lage, eine Beziehung zu führen?

„Fertig“, sagte Grace, als sie beide abgepudert hatte. Dann zog sie sich zurück.

Holly sah zu Jacob hoch und wartete auf seine Anweisungen.

Er rutschte zum Kopfende des Betts, entriegelte den oberen Teil des Prangers. „Komm her.“

Holly kniete vor den Aussparungen und zögerte. „Was ist, wenn ich in Panik gerate?“

„Dann benutzt du das Safeword und ich befreie dich sofort“, versprach Jacob.

Sie ging auf die Ellenbogen runter, streckte sich aus, legte erst die Hände, dann den Kopf ab. „Warte noch“, bat sie, ruckelte hin und her, zog die Knie an und fand schließlich eine Körperhaltung, die einigermaßen bequem war. Ihr Oberkörper lag auf der Matratze, ihr Po war hochgereckt. Sicher war das vom Designer dieses Möbelstücks genau so geplant gewesen.

Jacob senkte langsam den oberen Teil des Prangers ab, wartete ein paar Sekunden und schloss dann die Verriegelung.

Ein beklemmendes Gefühl packte Holly. Sie schluckte dagegen an, zwang sich, ruhig zu atmen.

„Das sieht unglaublich geil aus.“ Jacob war neben das Bett getreten und umrundete es, bis er wieder am Kopfteil angelangt war. Er streichelte über Hollys Haare.

Sie versuchte, das Zittern zu unterdrücken, das von ihr Besitz ergriffen hatte. Nie und nimmer würde sie in dieser Haltung einen Orgasmus bekommen können, aber sie würde durchhalten, irgendwie, dem Projekt zuliebe.

Sie spürte, wie Jacob sich neben sie auf die Matratze kniete, dann waren seine Hände auf ihrem Rücken. Sie beruhigte sich ein wenig.

„Dein Anblick macht mich so heiß“, sagte er, „dass ich mich kaum entscheiden kann, in welcher Reihenfolge ich vorgehen will. Soll ich dich zuerst schlagen und dann nehmen oder umgekehrt?“

Sie kannte ihn inzwischen gut genug, um zu wissen, dass er sie nur dazu bringen wollte, ihn anzuflehen: „Schlag mich – nimm mich!“ Aber er hatte einen denkbar ungünstigen Zeitpunkt für solche Spielchen gewählt.

Sie zwang sich zur Ruhe und schaffte es, mit einigermaßen gelassener Stimme zu sagen: „Was immer du auch willst, tu es, ich gehöre dir.“

Sie hörte ein zischendes Geräusch.

„Nur ein Test“, sagte Jacob und fuhr fort, eine Gerte durch die Luft zu ziehen. „Nein, das gefällt mir nicht. Warte.“ Er ging, wahrscheinlich in die Folterkammer. Holly ließ den Kopf ein Stück nach unten sinken, um ihren Nacken zu entspannen. Ablegen konnte sie ihn nicht, denn hinter dem Pranger endete das Bett.

Jacob kam wieder und kniete sich vors Bett. „Schau dir diese Peitsche an. Sie hat einen kurzen Riemen und ich werde dir nur drei nicht allzu starke Hiebe damit verpassen. Trotzdem möchte ich wissen, ob du dafür bereit bist.“

Sie hob den Kopf und drehte ihn so, dass sie Jacob ansehen konnte. „Was empfindest du?“

Er lächelte. „Ich liebe es, dir wehzutun und dabei zu

sehen, wie heiß es dich macht."

„Dann bin ich bereit."

Jacob stand auf und kniete sich auf das Bett, ein Stück von Hollys Füßen entfernt. Der erste Hieb war geradezu sanft. Doch der nächste brannte ein wenig. Sie wappnete sich für den dritten, indem sie die Muskeln anspannte. „Fuck", hörte sie sich fluchen.

Der dritte Hieb klatschte auf ihre Pobacken und ein fieser, aber dennoch lustvoller Schmerz folgte dem Geräusch.

Im nächsten Moment ertönte ein spitzer Schrei. Holly dachte, er käme von ihr selbst, doch dann hörte sie Aaron sagen: „Grace, wenn dich das so mitnimmt, solltest du besser rausgehen."

Schritte entfernten sich hastig, eine Tür wurde geöffnet und geräuschvoll wieder geschlossen.

Holly empfand ein tiefes Begehren, das sie völlig vereinnahmte. „Bitte nimm mich ganz langsam", bat sie.

Er kniete sich hinter sie und drang so sachte in sie ein, dass sich ein wohliges Gefühl in ihr ausbreitete und sie ihre Fixierung durch den Pranger nicht mehr als bedrohlich empfand. Jacob nahm sie mit bedächtigen Bewegungen, streichelte dabei ihren Rücken, griff um sie herum und spielte mit ihren Brustwarzen.

„*Blue*", sagte sie nach einer Weile, denn sie konnte nicht länger in dieser Haltung verharren. „Mein Nacken wird steif."

Jacob glitt aus ihr heraus und befreite sie aus dem Pranger. Sie richtete sich auf, bis sie kniete, dann drehte sie sich um. Jacob sah sie fragend an.

„Mach weiter", sagte sie und legte sich auf den Rücken. Dankbar, ihn ansehen zu können, schaute sie zu ihm auf und ließ sich von ihm küssen, bis sie kaum noch Luft bekam. Auch in dieser Stellung nahm er sie ohne Hast, als hätten sie endlos Zeit. Als sie kam, war es, als würde sie eine Welle in Zeitlupe heranrauschen sehen. Sie wurde von ihr überspült und davongetragen.

Kurz darauf kam auch Jacob, mit den üblichen Ächzlauten, die Männer wohl nicht unterdrücken konnten. Holly lachte mitten in ihren abebbenden Orgasmus hinein, was ihn noch einmal aufbranden ließ.

Sie drehte sich auf die Seite, mit dem Blick zu Aaron, der vor der Matratze kniete und ihren Gesichtsausdruck für die Ewigkeit festhielt.

Kapitel 10

Am Montagmorgen glühte Summer vor Reisefieber und war dankbar für jede Ablenkung. Logan war bereits auf und werkelte in der Küche. Sie ging zu ihm und informierte ihn über ihre Reisepläne.

Er zog die Augenbrauen hoch. „Dass du mit ihm verreist, finde ich völlig übereilt. Dort ist niemand, der dir helfen kann, falls er zu weit geht."

Summer war versucht, Logan von dem Vierer im Restaurant zu erzählen, damit er wusste, dass sie seinen Schutz nicht annähernd so sehr brauchte, wie er glaubte. Oder würde das eher nach hinten losgehen und ihn erst recht in der Ansicht bestärken, dass Ryan sie überforderte?

„Ich verspreche, dass ich dich sofort anrufen werde, falls etwas sein sollte. Okay?" Sie trat auf ihn zu, umarmte ihn und gab ihm einen Kuss auf die Wange. Dann ging sie mit einem Becher Kaffee zurück in ihr Zimmer und sah noch einmal ihr Gepäck durch.

Kurz darauf rief Ryan an und sagte, dass er in wenigen Minuten bei ihr sein würde.

Als die Limousine vorfuhr, wartete sie bereits mit ihrem Rollkoffer am Straßenrand.

Der Wagen hielt, und George Markman stieg aus, um ihr die Tür aufzuhalten. „Guten Morgen", sagte er. In seinen Augen lag etwas, das Summer nicht gefiel. Missbilligung. Oder gar Misstrauen?

Sie bemühte sich um einen vertrauenerweckenden Gesichtsausdruck, der ihm sagen sollte: „Keine Sorge, ich werde Ihrem Boss kein Wort über Ihre Probleme bei Ihrem vorigen Arbeitgeber erzählen."

Dann glitt sie neben Ryan auf die Rückbank und wurde von ihm mit einem verhaltenen Lächeln begrüßt. Er wirkte angespannt. Mal wieder. Ob es die Probleme mit seiner Firma waren? Sie hätte ihn nicht so eingeschätzt, dass er sich davon dermaßen runterziehen ließ.

Markman fädelte das Auto in den Verkehr ein. Summer sah eine Weile aus dem Fenster, dann meinte sie: „Das ist aber nicht die Strecke nach Heathrow.“

„Wir fahren nach Gatwick“, erklärte Ryan. „Dort steht der Jet meiner Firma.“

„Ein Privatjet? Wow.“

„Nur geleast“, wandte er bescheiden ein.

Auf der Fahrt hatte sie nicht viel von Ryan, denn sie zog es vor, nicht mit ihm zu reden, während Markman zuhören konnte. Der würde daraus womöglich nur wieder Gründe ableiten, sich ungebeten in ihre Privatsphäre einzumischen.

Erst als sie ausgestiegen waren und über das Rollfeld gingen, sprach Summer aus, was sie beschäftigte: „Nur, dass du's weißt, Ryan: Ich steh nicht auf Sex über den Wolken.“ Sie hatte gestern vor dem Einschlafen alle möglichen Szenarien durchgespielt, die Ryan einfallen könnten, und keine davon hatte ihr behagt.

Ryan wartete mit einer Antwort, bis sie in den Flieger eingestiegen waren. Er ließ Summer einen Platz wählen und setzte sich neben sie. „Nur, weil ich sexuelle Handlungen mit Vorliebe an öffentlichen Orten ausübe, bedeutet es nicht, dass ich an *jedem* öffentlichen Ort Sex haben muss. Ich kann mich völlig normal durch die Welt bewegen. Selbst dann, wenn du an meiner Seite bist“, fügte er mit einem Augenzwinkern hinzu. „Außerdem …“ Er räusperte sich, als wäre ihm das Folgende peinlich. „Außerdem leide ich an Flugangst.“

Sie hob verblüfft die Augenbrauen. Ryan litt an Flugangst? Das war irgendwie rührend. Sie senkte die Augenbrauen wieder und meinte fröhlich: „Dann ist es ja gut, dass du eine Frau vom Fach dabeihast.“

„Danke, aber ich habe schon eine Therapie hinter mir. Die hat immerhin bewirkt, dass ich nicht mehr bei jedem Luftloch Herzkammerflimmern bekomme. Und mit Vernunftargumenten werde ich laufend von wohlmeinenden Freunden versorgt. Ich weiß, dass Flugzeuge die sichersten Verkehrsmittel sind, aber ich mag sie trotzdem nicht. Am liebsten wäre es mir, wenn du mich einfach in Ruhe lässt, okay?“

„Mache ich“, versprach sie. In Wirklichkeit hatte sie vor, ihn abzulenken, denn das half am besten. Aber das sagte sie nicht, denn wenn er es wusste, funktionierte es nicht mehr.

„Starts und Landungen hasse ich am meisten“, führte Ryan aus. „Mit Achterbahnen hatte ich nie ein Problem, aber eingesperrt in diese fliegende Konservenbüchse …“

„Deine fliegende Konservenbüchse ist gemütlich, geräumig und kuschelig.“ Summer machte es sich in dem breiten Ledersitz bequem und überlegte, ob ein Kuss Ryan fürs Erste von seiner Angst ablenken würde.

Da erschien Markman. Vielleicht wollte er nur melden, dass er das Gepäck ordnungsgemäß verstaut hatte. Dann fing er aber an, sich durch die offene Cockpittür mit dem Piloten zu unterhalten.

„Kommt er mit?“, fragte Summer leise.

„Ja, ich benötige auch auf Mallorca einen Fahrer,

weil ich mit dem Rechtsverkehr nicht klarkomme. Er fungiert außerdem als Flugbegleiter und als Butler. Mein Mann für alles."

Summer hätte am liebsten geflucht. „Wozu brauchen wir im Hotel einen Butler?"

„Wir wohnen nicht in einem Hotel. Ein Freund von mir ist gerade auf Konzerttournee und überlässt mir seine Villa."

„Du hast einen Freund, der Popstar ist?"

„Nein, Cellist. Er lebt genau das Leben, das mir einst vorschwebte." Jetzt mischte sich ein trauriger Ausdruck in Ryans Anspannung.

„Du wolltest also Konzertpianist werden? Das dachte ich mir schon, als ich dich spielen hörte. Das war so vollkommen, so virtuos. Was ist deinem Traum in die Quere gekommen?"

„Und da wären wir an meinem wunden Punkt", sagte Ryan unglücklich.

Summer erinnerte sich, dass Holly erwähnt hatte, er sei von der Akademie geflogen. Ein Themenwechsel war fällig. Sie erzählte ihm von Holly, den Castings, den vielen Absagen. „Aber jetzt hat sie einen tollen Auftrag. Sie modelt für Aaron Heartland. Sagt dir der Name etwas?"

„Natürlich. Heartland war einer meiner ersten betuchten Kunden und sehr zufrieden mit mir, weil ich genau das gefunden habe, was er gesucht hat. Drei andere Makler hatten nicht verstanden, worauf es bei einem Fotostudio ankommt. Mir half dabei meine eigene Erfahrung als Model. Ich habe das perfekte Haus für ihn ausfindig gemacht. Danach hat er mich weiterempfohlen und so war ich dick im Geschäft. Er sieht übrigens verdammt gut aus. Heartland ist der einzige Mann, bei dem ich mir vorstellen könnte, schwul zu werden.“

Sie lachte auf. „Das werde ich zu verhindern wissen.“

Ryan sah an ihr vorbei aus dem Fenster. „Oh, wo kommt denn der Nebel her?“

„Das sind Wolken. Wir fliegen gerade durch sie hindurch.“

„Im Ernst? Ich habe den Start gar nicht mitbekommen. Du hast mich absichtlich abgelenkt, stimmt's?“ Ryan fuhr mit den Fingern durch Summers Haare, zog sie zu sich und küsste sie. „Danke, aber für den Rest des Fluges werde auf meine bewährte Methode zurückgreifen: die Augen schließen und ein Hörbuch hören.“

Summer hatte nicht daran gedacht, etwas zum Lesen mitzunehmen, also schaute sie eine Weile aus dem Fenster. Markman saß hinter ihr, und das bereitete ihr Unbehagen, bis sie ihn schnarchen hörte. Er verschlief den Flug. Gut. Sie sah zu Ryan, der trotz der geschlossenen Augen nicht entspannt wirkte. Das Hörbuch bot nicht genug Ablenkung. Sie hätte gern seine Hand gehalten, aber sie hatte versprochen, ihn in Ruhe zu lassen. Also studierte sie sein Aussehen, ließ sich von ihren Gefühlen für ihn vereinnahmen, lächelte und seufzte abwechselnd und wandte sich schließlich wieder dem Fenster zu.

Kurz vor der Landung riss sich Ryan die Kopfhörer von den Ohren und begann, mit den Zähnen zu knirschen.

„Ist das etwa der Grund, wieso du nicht als Star um die Welt reist? Wegen deiner Flugangst?“, fragte sie.

„Was? Nein.“ Er schüttelte den Kopf und trommelte mit den Fingern auf der Lehne. „Sei bitte still.“

„Tut mir leid", sagte sie, als ihr klar wurde, dass sie gerade zwei wunde Punkte auf einmal getroffen hatte.

„Schon gut." Er versuchte ein Lächeln. „Ist ja nicht deine Schuld, dass ich so eine zerrüttete Existenz bin."

Kaum hatte der Jet aufgesetzt, entspannte sich Ryan. „Uff", sagte er. „Danke für deine Geduld, Summer. Ich hoffe, du bereust nicht, mich begleitet zu haben."

„Kein bisschen", sagte sie und sah in den strahlenden Sonnenschein hinaus. Urlaubsstimmung erfasste sie und wirbelte ihre Laune im Kreis herum. „Es ist herrlich hier."

Vor dem Flughafen empfing sie ein Mann, der an einen Wagen gelehnt wartete und von dem er sich sofort abstieß, als er Ryan sah. Die Männer umarmten sich. „Das ist der Chef meiner Niederlassung in Palma, Valentino Lopez." Dann stellte er Summer vor.

Lopez ergriff ihre Hand. „*Hola*, Miss Johnson. Ich hoffe, Sie hatten einen guten Flug."

„Ich schon", sagte sie mit einem Seitenblick auf Ryan.

Lopez nickte verständnisvoll, dann begann er in rasend schnellem Spanisch auf Ryan einzureden, während sie alle in den Wagen stiegen. Markman setzte sich hinters Steuer und sie fuhren los. Ryan antwortete Lopez nahezu akzentfrei und Summer genoss den Klang der Sprache. Sie hatte immer schon gefunden, dass Spanisch sinnlich und wildromantisch klang. Und wenn Ryan es sprach, umso mehr.

Sie kurvten am Meer entlang, durch enge Gassen, eine gewundene, von Villen gesäumte Straße hoch und in eine herrschaftliche Einfahrt.

„Ich fürchte, du wirst dich allein zurechtfinden müssen“, sagte Ryan zu Summer. „Ich werde im Büro gebraucht. Nicht nur, dass seit dem Einbruch alles drunter und drüber geht, jetzt hat sich auch noch mein wichtigster Mitarbeiter krankgemeldet und ich werde seine Besichtigungstermine übernehmen.“

„Kein Problem“, meinte Summer. Ein bisschen Zeit allein würde ihr guttun. „Setzt mich einfach mit dem Gepäck ab.“

Ryan gab ihr einen flüchtigen Kuss. Sie stieg aus und beschirmte die Augen.

Markman lud alles aus dem Kofferraum und gab ihr noch ein paar Instruktionen. Dann setzte er sich wieder hinters Steuer und die drei Männer fuhren davon.

Angekommen! In der Sonne, in der Freiheit. So empfand sie es. Sie hatte in den zwei Jahren mit Logan nur einmal Urlaub gemacht, ein verlängertes Wochenende in Lissabon zusammen mit Holly.

Sie straffte die Schultern und machte sich daran, ihre Bleibe zu erkunden. Wie Markman sie gebeten hatte, brachte sie zunächst seine Reisetasche in das Apartment über der Garage. Dann holte sie die beiden Rollkoffer und zog sie über einen von Blumen gesäumten Weg, der an einem riesigen Swimmingpool vorbeiführte. Das Gästehaus lag idyllisch zwischen rankenden Pflanzen und hatte einen rustikalen Charme, mit rohen Steinwänden, die sich mit Verputz abwechselten, sowohl außen als auch innen. Es gab zwei Schlafzimmer, jeweils mit eigenem Bad. In beiden waren die Betten frisch bezogen. Sie grübelte kurz nach, ob Ryan mit ihr ein Bett teilen wollte. Aber da er sie in seiner Wohnung ins Gästezimmer verfrachtet hatte, stellte sie die beiden Koffer jeweils in ein Schlafzimmer. Für sich hatte sie das mit Poolblick ausgesucht. Das Haupthaus hinter dem Pool war modern, mit Flachdach und riesigen Glasfronten. Ryan hatte ihr auch den Schlüssel fürs Haus gegeben, damit sie die Küche benutzen konnte. Doch bevor sie sich dort umsehen wollte, brauchte sie eine Erfrischung. Sie zog sich eilig aus, lief barfuß quer über den stoppeligen Rasen und machte einen Kopfsprung in den Pool. Ah, war das eine Wohltat. Sie kraulte Bahn um Bahn und spürte ihren Körper wie schon lange nicht mehr.

Nachdem sie den Pool verlassen hatte, stellte sie fest, dass sie nicht daran gedacht hatte, ein Handtuch mit an den Pool zu nehmen. Aufs Geratewohl öffnete sie eine Truhe, die am Rand des Beckens stand – und tatsächlich fand sie darin frisch duftende, flauschige Badetücher. Wenn der berühmte Cellist hier weilte, wimmelte es sicher von Bediensteten. Nun, wenn sie es genau bedachte, musste auch in seiner Abwesenheit jemand hier nach dem Rechten sehen. Ein Gärtner, eine Haushälterin. Sie sollte lieber nicht nackt herumlaufen. Sie wickelte sich fest in das Badetuch und ging ins Gästehaus, wo sie ein Sommerkleid anzog und ihre Haare durchkämmte.

Mit dem Schlüssel ließ sie sich ins Haupthaus und rief: „Hallo, jemand da? *Hola*?“ Keine Antwort. Die Küche war schnell gefunden und der Kühlschrank gut bestückt. Sie nahm eine Flasche Mangosaft und einen Joghurt mit nach draußen, legte sich in einen der Liegestühle auf der Terrasse, genoss die traumhafte Aussicht und schwelgte in den blumigen Düften, mit denen die Insel sie empfangen hatte. Ryan fehlte ihr, aber irgendwann würde sein Arbeitstag ja zu Ende sein.

Sie fand es wohltuend, über unverplante Zeit zu verfügen, denn ihre Freizeit war lange von Logan bestimmt gewesen. Wenn sie es recht bedachte, verdankte sie diesen Urlaub einem Einbruch und einem Wasserrohrbruch. Wie seltsam das Leben manchmal spielte. Vielleicht sollte sie sich viel mehr treiben lassen, weniger planen. So wie Holly es ihr vorlebte.

Während sie den Segeljachten zusah, die in den Hafen einliefen, rief sie Holly an. Die meldete sich gewohnt munter und ohne große Vorrede. „Also, wo habt ihr es getrieben? Auf der Bordtoilette, im Frachtraum oder auf den Tragflächen?"

„Nirgends. Ryan leidet an Flugangst."

„Oh, kann es etwas Tragischeres geben, als einen Exhibitionisten, der den coolsten Ort fürchtet, an dem man Sex in der Öffentlichkeit haben kann?"

„Ja, er war untröstlich", meinte Summer lachend. „Aber jetzt sag, wie war es gestern?"

„Unbeschreiblich." Schon mit dem nächsten Satz widersprach sie sich selbst und begann ausführlich zu beschreiben, was Jacob mit ihr angestellt hatte.

Summer konnte es kaum fassen. „Und das alles, während ihr fotografiert wurdet? Ich wäre total verkrampft gewesen und unfähig, mich so gehen zu lassen."

„Mich haben die Kameras erst richtig heißgemacht. Nächsten Sonntag ist das dritte Shooting. Bis dahin verzehre ich mich vor Sehnsucht nach Jacob und übe mich in Enthaltsamkeit, weil sich das bewährt hat."

„Ich lebe gerade auch enthaltsam, leider." Summer erzählte Holly, dass Ryan beruflich komplett eingespannt war, und Holly riet ihr, ein Candle-Light-Dinner vorzubereiten.

Nach dem Gespräch ging Summer ins Haus, denn

es war kühl geworden. Sie verschaffte sich drinnen einen Überblick über die gut bestückte Speisekammer und stellte in Gedanken ein dreigängiges Menü zusammen, als ihr Handy klingelte. Es war Ryan. Summer ahnte bereits, was kommen würde.

Kein Candle-Light-Dinner! Ryan aß mit einem Kunden und es würde spät werden.

Sie bereitete sich etwas Pasta mit Gorgonzolasoße zu, aß im Mondschein auf der Terrasse und beschloss, früh schlafen zu gehen, in der Hoffnung, den nächsten Tag umso aktiver gestalten zu können.

Nachdem sie sich hingelegt und das Licht gelöscht hatte, lauschte sie eine Weile in die Dunkelheit.

Sie wusste nicht, wie lange sie schon geschlafen hatte, als sie eine Bewegung wahrnahm. Die Decke wurde angehoben, ein Körper schob sich hinter sie. Summer erschrak kurz, dann wurde ihr klar, dass es Ryan sein musste. Sie drehte sich um und tastete nach ihm.

„Ich wollte dich nicht wecken", sagte er leise. „Tut mir leid, dass es so spät geworden ist. Schlaf weiter, für alles andere bin ich viel zu müde. Tut mir ebenfalls leid."

Sie tastete nach seiner Wange, streichelte sie, fuhr mit der Hand in seine Haare und seufzte wohlig. „Du brauchst dich nicht zu entschuldigen. Es ist schön, dass du da bist." *Hier bei mir, in meinem Bett*, ergänzte sie in Gedanken. „Darf ich mich an dich kuscheln?"

Statt einer Antwort zog er sie näher zu sich und vergrub den Kopf in ihrer Halsbeuge.

Summer spürte ein sanftes Gefühl, mehr Geborgenheit als Lust, und ließ sich davon wieder in den Schlaf tragen.

Kapitel 11

„Ich weiß, dass ich bisher kein guter Gesellschafter war“, sagte Ryan, als sie am nächsten Morgen auf der Terrasse des Haupthauses frühstückten.

Summer war immer noch hin und weg von den wundervollen Düften des Gartens. Sie fühlte sich so voller Tatendrang, dass sie kaum stillsitzen konnte. „Das ist okay“, sagte sie. „Natürlich würde ich gern mit dir zusammen die Insel erkunden, aber ich weiß ja, dass du geschäftlich hier bist.“

Er lächelte sie an, und sie merkte, dass sie es wunderbar gefunden hätte, mit ihm an den Strand zu gehen und anschließend durch Palma zu bummeln. Außerdem hätte sie ihn gerne mal in etwas anderem gesehen als in Anzug und Krawatte.

„Danke für dein Verständnis“, sagte er. „Ich wäre nicht so eingespannt, wenn Ortiz nicht krank geworden wäre.“

„Ist das dein wichtigster Mitarbeiter, den du jetzt vertreten musst? Was fehlt ihm denn?“

„Der Einbruch hat ihn furchtbar mitgenommen. Ich war gestern Abend bei ihm, um ihn aufzumuntern und ihm von dem Abschluss zu erzählen, den ich dank seiner guten Vorarbeit machen konnte. Er wollte gar nichts davon hören, war völlig durch den Wind. Kannst du mir das erklären?“

„Wenn der Einbruch in seiner Wohnung stattgefunden hätte, dann wäre es eine Verletzung seiner Privatsphäre gewesen, das kann psychisch sehr belastend sein. Aber der Arbeitsplatz ist ein Raum, den man nicht im gleichen Maße als geschützt empfindet. Der Wasserrohrbruch in meiner Praxis ist mir zwar lästig, aber er stresst mich nicht. Ein Wasserrohrbruch in meiner eigenen Wohnung wäre tausendmal schlimmer. Vielleicht hat Ortiz irgendwelche Schuldgefühle, die ihn quälen, weil er sich für die Sicherheit der anderen Angestellten verantwortlich fühlt."

„Darüber habe ich auch mit ihm geredet. Ich habe ihm gesagt, dass es keinen hundertprozentigen Schutz vor Einbrüchen gibt. Er hat sich nichts vorzuwerfen. Die Alarmanlage war angeschaltet, der Safe verschlossen. Und trotzdem kommt Ortiz mir vor, als könnte er jederzeit einen Nervenzusammenbruch erleiden."

„Wenn du magst, kann ich mit ihm reden. Allerdings spreche ich kein Wort Spanisch."

Ryan küsste sie. Er schmeckte nach frischer Grapefruit und Honig. „Danke, es wäre toll, wenn du das machen könntest. Ortiz spricht fließend Englisch, Französisch und Deutsch. Darum ist er ja mein wichtigster Mitarbeiter, da wir Kunden aus ganz Europa haben. Ich gebe dir seine Adresse und Telefonnummer. Er wohnt in einem Apartmenthaus an der Strandpromenade. Hast du einen Führerschein?"

„Ja."

„Dann kannst du den Mini nehmen. Der ist extra für Gäste. Und denk dran, dass hier alle auf der falschen Straßenseite fahren."

„Im Gegensatz zu dir leide ich weder an Flugangst noch an Rechtsfahrschwäche."

„Meine Superwoman", meinte Ryan lachend.

So fühlte sie sich an diesem Morgen tatsächlich.

Als sie eine halbe Stunde später an Ryans Seite voller Tatendrang in die Garage ging, die der Verkaufshalle eines Autohauses glich, polierte George gerade die Motorhaube eines glänzenden, schwarzen Wagens, der nicht aussah, als hätte er eine Politur nötig.

„Sir, brauchen Sie mich heute den ganzen Tag?“, fragte er Ryan.

„Nein, Sie können mich im Büro absetzen und sich dann den Vormittag freinehmen. Ich habe erst nach dem Mittagessen einen Außentermin.“ Ryan gab Summer einen raschen Abschiedskuss.

Summer machte sich mit der Bedienung des Minis vertraut, dann fuhr sie los. Sie kurvte durch die Villengegend, blieb hin und wieder stehen und stieg aus, um eine Aussicht zu genießen oder einen Brunnen zu bestaunen. Schließlich orientierte sie sich in Richtung Meer, bis sie einen Parkplatz an der Strandpromenade fand. Das Navi verriet ihr, dass es von hier aus nur wenige hundert Meter bis zu dem Apartmenthaus waren, in dem Ortiz wohnte. Sie beschloss hinzugehen, ohne vorher anzurufen. So, wie Ryan ihn beschrieben hatte, war Ortiz voller Abwehrstrategien gegen jede Art moralischer Unterstützung. Eine typische Verhaltensweise bei Schuldgefühlen. Wenn sie unangemeldet bei ihm auftauchte, bliebe ihm keine Zeit, seine Schutzmechanismen zu aktivieren.

Sie schulterte ihre Handtasche und überlegte sich unterwegs, wie sie Ortiz dazu bringen könnte, sich ihr anzuvertrauen. Wie gut das Gespräch laufen würde, hing schon von den ersten Sätzen ab.

Das Apartmenthaus hatte acht Stockwerke, der Eingangsbereich war videoüberwacht. Sie stellte sich so, dass sie von der Kamera gut zu sehen war, dann drückte sie die Klingel von Ortiz’ Apartment.

„Sí?“, kam es aus dem Lautsprecher.

„Guten Morgen, Mr Díaz, mein Name ist Summer Johnson. Ryan Lucas schickt mich.“

„Worum geht es?“ Die Frage klang unwirsch auf

eine Art, die Unsicherheit verriet.

„Es geht um die gesundheitlichen Probleme, die Sie infolge des Einbruchs haben."

„Was ist damit? Denkt Mr Lucas etwa, dass ich simuliere? Sollen Sie überprüfen, ob ich wirklich krank bin?"

„Nein, ich möchte Ihnen meine Hilfe anbieten. Ich bin Psychologin."

Ortiz murmelte etwas auf Spanisch, das sich unhöflich anhörte. Am Ende sagte er: „Gehen Sie, lassen Sie mich in Ruhe."

„Nun gut. Was soll ich Mr Lucas ausrichten?" Sie hoffte, ihm damit ein wenig zuzusetzen, damit er sie doch noch hineinließ.

Er reagierte nicht sofort, meinte nach einer Weile jedoch mürrisch: „Also gut, kommen Sie kurz hoch. Dann können Sie gleich das Attest von meinem Arzt mitnehmen, damit Mr Lucas sieht, dass ich ordnungsgemäß krankgeschrieben bin."

Das hörte sich nicht nach dem Beginn eines erfolgreichen Therapiegesprächs an. Der Eindruck verstärkte sich noch, als Ortiz sie mit grimmigem Gesicht an der Wohnungstür empfing. Seine Augen wirkten trüb, die schwarzen Haare ölig, und ein dunkler Bartschatten ließ ihn alles andere als seriös aussehen. Summer konnte sich aber vorstellen, dass er frisch geduscht und rasiert, in einem Hemd mit Krawatte anstelle des fleckigen T-Shirts, eine gute Figur machte.

„Tut mir leid, dass ich so hereinplatze", sagte sie, denn sie meinte jetzt zu verstehen, warum er sich über unangemeldeten Besuch nicht freute. Er war nicht präsentabel. Anscheinend war ihre Taktik grundfalsch gewesen. Und zu allem Überfluss spürte sie auch noch einen Druck auf der Blase.

„Passt mir gerade gar nicht“, sagte er und eine Alkoholfahne wehte ihr entgegen, als er sie mit einer knappen Armbewegung in die Wohnung bat. Im Wohnzimmer erfasste sie mit einem schnellen Blick die teure Einrichtung und das Whiskyglas auf dem Couchtisch. Die breite Balkontür stand offen. „Was für eine wundervolle Aussicht Sie haben. Ich bin zum ersten Mal auf Mallorca und jetzt schon verliebt in …“

„Hören Sie, Miss“, unterbrach er sie. „Ich habe keine Lust auf Small Talk. Warum hat Mr Lucas Sie geschickt?“

Sie drehte sich zu ihm um. „Ich habe in London eine Praxis, in der ich überwiegend Fälle von Burn-out behandle, darum könnte ich Ihnen vielleicht helfen.“

„So ein Unsinn. Ich brauche Ruhe, sonst nichts.“ Er ging zu einem Sekretär, nahm einen Briefumschlag heraus und drückte ihn Summer in die Hand. „Meine Krankmeldung. Nächste Woche arbeite ich wieder. Sagen Sie Mr Lucas, dass er aufhören kann, sich unnötige Sorgen zu machen.“

Summer hatte das Gefühl, jeder Versuch von ihr, Ortiz zu helfen, würde alles nur schlimmer machen. Also nickte sie. „In Ordnung, ich richte es ihm aus. Kann ich noch kurz Ihre Toilette benutzen, bevor ich gehe?“

„Ist gleich neben der Eingangstür.“ Ortiz setzte sich auf die Couch, stellte den Fernseher an und würdigte sie keines Blickes mehr.

Mission gescheitert. Auf dem Weg zur Toilette steckte Summer die Krankmeldung in ihre Handtasche. Hoffentlich war Ortiz nächste Woche wirklich wieder fit. Summer befürchtete, dass er sich neben der vom Arzt verordneten Ruhe zu viel Alkohol gönnte.

Nachdem Summer die Toilette benutzt hatte, sah sie im Spiegel, dass ihr Nasenrücken gerötet war, und kramte in ihrer Handtasche nach dem Sunblocker, den sie wohlweislich eingepackt hatte.

Dabei hörte sie die Türklingel und kurz darauf Ortiz, der in die Gegensprechanlage brummte: „Was denn noch?“

Vermutlich dachte er, sie wäre schon gegangen, hätte es sich aber noch mal überlegt und wollte einen neuen Versuch starten.

Die Antwort verstand Summer nicht, aber sehr wohl Ortiz’ laute Antwort: „Bist du verrückt, hier aufzukreuzen?“

Schön zu wissen, dass es Besucher gab, die noch weniger willkommen waren als sie.

Kurz darauf erschien der Besucher wohl an der Wohnungstür, denn sie hörte ihn schimpfen – lauter und aufgebrachter als Ortiz selbst. „Sag mal, bist du noch zu retten? Du läufst herum wie ein Penner.“

Ortiz antwortete etwas, die Stimmen entfernten sich in Richtung Wohnzimmer. Summer öffnete die WC-Tür einen Spalt und sah niemand anderen als George Markman, der gerade durch die Wohnzimmertür verschwand.

„Und was ist das?“, rief Markman. „Du trinkst am helllichten Vormittag? Damit ist jetzt Schluss. Du darfst dich nicht so gehen lassen.“

„He, Finger weg!“, hörte Summer Ortiz zetern. „Das ist Single Malt, den kannst du nicht einfach wegschütten.“

„Du kannst dir bald palettenweise teuren Whiskey leisten, aber wenn du dich gehen lässt, bringst du alles in Gefahr. Also hopp! Duschen, rasieren, ordentlich anziehen. Und dann fahre ich dich ins Büro."

Summer machte einen raschen Schritt in Richtung Wohnungstür. George mischte sich wohl öfter ungebeten in die Angelegenheiten anderer Menschen, so wie er es auch bei ihr gemacht hatte. Nun, vielleicht waren klare Anweisungen genau das, was Ortiz brauchte, nachdem sie und Ryan mit Einfühlsamkeit gescheitert waren.

Sie hatte die Türklinke bereits in der Hand, als Ortiz fauchte: „Du bist der Allerletzte, von dem ich mich herumkommandieren lasse."

Aha, die klaren Anweisungen fruchteten also ebenfalls nicht.

„Du hast mir diesen ganzen Mist eingebrockt", fuhr Ortiz fort. „Ich hätte mich nie in die Sache reinziehen lassen sollen."

Summer stockte in der Bewegung. Ihr Herz begann wild zu hämmern.

„Schon vergessen, dass du gar keine andere Wahl hattest?" Das war wieder George.

„Du bist nicht nur ein Dieb, sondern auch ein mieser Erpresser", zeterte Ortiz.

Ortiz nannte George einen Dieb? Und er hatte sich von ihm reinziehen lassen? Steckten die beiden etwa hinter dem Einbruch? War das denkbar? Summer fühlte leichte Übelkeit in sich aufsteigen. Wenn sie sie jetzt entdeckten …

Das Letzte, was Summer hörte, bevor sie die Wohnungstür so leise wie möglich hinter sich zuzog, war George, der sich um einen ruhigeren Ton bemühte. „Ortiz, Junge, reiß dich zusammen. Vergiss dein schlechtes Gewissen. Lucas ist versichert, der bekommt alles wieder, jeden Cent, auch den Betrag, den die Jungs mit den Kreditkarten abgehoben haben."

Jetzt konnte es keinen Zweifel mehr geben. Summer schlüpfte aus ihren Sandalen und schlich ein Stockwerk runter, erst dort zog sie die Schuhe wieder an und holte den Aufzug. Es war zwar unwahrscheinlich, dass Ortiz in den Flur hinausschauen würde – schließlich wartete Markman darauf, dass er sich ordentlich anzog –, aber falls doch, dann würde er sich fragen, wieso sie überhaupt noch da war. Oder aber Ortiz erwähnte just in diesem Moment Markman gegenüber ihren Besuch und Markman ging sich vergewissern, dass sie fort war. So oder so wollte sie nur schnellstmöglich weg und Ryan informieren. Ihr Herz klopfte bis zum Hals, während sie im Lift runterfuhr. Bevor sie ausstieg, sah sie prüfend in die Eingangshalle hinaus.

Erstaunlich, wie paranoid man wird, wenn Adrenalin durch die Adern pumpt.

Sie fühlte sich erst in Sicherheit, als sie wieder im Mini saß und tief durchatmete, bis ihr Herzschlag sich etwas beruhigt hatte. Erst jetzt merkte sie, dass sie den Sunblocker immer noch umklammert hielt. Sie steckte ihn in ihre Handtasche zurück und zog ihr Handy raus. Auf den Schreck folgte ein Hochgefühl, das eine weitere Ladung Adrenalin durch ihr System jagte. Sie hatte soeben ein Verbrechen aufgeklärt. Nun gut, nicht mit detektivischem Scharfsinn, sondern durch Zufall. Dennoch fühlte es sich toll an. Aber ob man ihr glauben würde?

Sie rief Ryans Handynummer an und schon begann ihr Herz, wieder zu rasen.

„Hallo, Summer", meldete er sich. „Was gibt es?"

„Ich weiß, wer euch ausgeraubt hat", hauchte sie

aufgeregt. „Ortiz und Markman haben das Ding gemeinsam gedreht. Ich habe mitbekommen, wie sie darüber gesprochen haben. Weitere Komplizen gibt es anscheinend auch noch."

„Ach du liebe Zeit", sagte er. Und nach einer kurzen Pause: „Bist du in Sicherheit?"

Sie fand es wunderbar, dass er sich um sie sorgte. „Ja, ich sitze im Auto. Sie werden in Kürze beide bei dir im Büro auftauchen."

„Das trifft sich gut, denn es ist gerade jemand von der Polizei hier. Ich werde ihn bitten, zu bleiben. Komm am besten auch her, denn ich werde deine Aussage brauchen. Aber beruhige dich erst mal etwas, bevor du losfährst, du klingst total aufgelöst."

Sie versprach es. Er nannte ihr die Adresse seines Büros, dann beendeten sie das Gespräch.

Der wichtigste Schritt war getan, nun würde alles seinen Gang gehen. Sie entspannte sich allmählich und konnte wieder klarer denken. Und dann tat sie geistesgegenwärtig das, was sie nach Patientengesprächen immer machte: Sie diktierte alles Wichtige in ihr Handy. Die Erinnerung an das belauschte Gespräch war noch frisch, so konnte sie sicher sein, nachher nichts zu vergessen oder durcheinanderzubringen. Vor allem der Satz „Lucas ist gut versichert" war eindeutig. Somit konnten Ortiz und Markman nicht behaupten, dass Summer etwas missverstanden hätte und dass die beiden Männer über etwas anderes, völlig Harmloses gesprochen hätten.

Danach programmierte sie die Adresse von Ryans Büro ins Navi und fuhr los. Nach etwa zehn Minuten war sie da, parkte auf dem Kundenparkplatz vor dem Büro, einem flachen Gebäude aus hellem Stein, und betrat den Vorraum, der angenehm klimatisiert war.

Eine Tür links von ihr stand offen. Sie sah zwei Frauen an Computern sitzen und tippen. Rechts gab es eine Glastür, und dahinter sah sie Ryan und Valentino Lopez, die an einem kleinen Konferenztisch saßen und mit einem Polizisten sprachen.

Sie straffte die Schultern und ging hinein. „Hi", sagte sie schüchtern.

Ryan stand auf und sah ihr prüfend in die Augen. „Alles klar?"

„Ja, mir geht es gut."

Er zog ihr einen Stuhl hervor, wartete, bis sie sich gesetzt hatte, und bot ihr etwas zu trinken an. Der Polizist sprach sie auf Spanisch an und Lopez übersetzte. „Er bittet Sie zu schildern, was Sie in Erfahrung gebracht haben."

Sie beschrieb die Situation im Apartment und spielte anschließend das Sprachmemo auf ihrem Handy ab. Lopez übersetzte wieder alles. Der Polizist forderte für die Festnahme Verstärkung an.

Ryan saß blass daneben und schüttelte den Kopf, als könnte er das alles nicht fassen.

Dann wurde es turbulent. Ortiz erschien und wollte beim Anblick des Polizisten auf der Stelle kehrtmachen, wurde aber von Lopez festgehalten. Es gab ein Handgemenge. Markman, der draußen am Wagen geblieben war, bekam das mit und mischte sich ein. Wütende Worte wurden gebrüllt, Fäuste flogen.

Ryan zog Summer aus dem Gefahrenbereich und stellte sich schützend vor sie. Sie war froh, dass er sich nicht in die Schlägerei einmischte. Als zwei weitere Polizisten eintrafen, war die Lage rasch geklärt. Markman versuchte vergeblich, sich noch schnell aus dem Staub zu machen. Er und Ortiz wurden in Handschellen abgeführt.

Summer lehnte sich an Ryan und begann zu weinen, weil sie jetzt erst merkte, wie sehr sie das alles mitgenommen hatte.

Sie und Ryan gingen zu Fuß zur Polizeiwache, die nur wenige Straßen vom Büro entfernt lag. Dort musste Summer ihre Aussage mehrfach wiederholen und am Ende die abgetippte Version sowohl in Englisch als auch in Spanisch unterschreiben.

„Ich kam mir vor wie eine Verdächtige, nicht wie eine Zeugin", sagte sie anschließend zu Ryan, der auf sie gewartet hatte, um mit ihr zusammen zum Büro zurückzugehen. „Wieso wollten sie es immer wieder hören?"

„Weil George Markman alles eisern geleugnet hat", sagte Ryan, während sie die engen Gassen durchquerten. „Das hat mir der Kommissar vorhin erzählt. Markman hat behauptet, du hättest etwas missverstanden und noch einiges dazu erfunden."

„Ah, es ging also darum, ob ich mich in Widersprüche verstricke."

„Vermutlich."

„Aber ich schwöre, dass es genau so war. Ich bin eine gute und aufmerksame Zuhörerin, das bringt mein Beruf mit sich."

Ryan lächelte. „Mich brauchst du nicht zu überzeugen. Ich habe dir sofort geglaubt, auch wenn es mich hart trifft, dass zwei meiner Angestellten mich gemeinsam hintergangen haben. Ich habe mich immer für einen fairen Arbeitgeber gehalten – und dann so was. Das ist bitter, und es fällt mir schwer, es nicht persönlich zu nehmen." Er blieb kurz stehen und lächelte sie an. „Die Polizei brauchst du übrigens auch nicht mehr zu überzeugen. Ortiz ist beim Verhör am Ende doch eingeknickt und hat alles gestanden."

„Uff."

Am Büro angekommen, küsste Ryan sie auf die Wange. „Ich würde dich jetzt gerne zur Villa zurückbegleiten, aber ich muss schnellstmöglich einen Nachfolger für Ortiz finden."

„Das ist in Ordnung. Ich komme klar."

„Wirklich?"

„Wirklich", versicherte Summer.

Sie stieg in den Mini und fuhr langsam davon. Im Rückspiegel sah sie Ryan, der ihr nachschaute. Er wirkte verloren, und sie hätte am liebsten umgedreht, um ihn innig zu umarmen.

Eine Stunde später war alles fast wieder wie am Abend zuvor. Sie saß allein am Pool und genoss die milde Abendluft und den Ausblick auf die Bucht. Aber innerlich war sie aufgewühlt wie schon lange nicht mehr. Und das war nicht die Nachwirkung des Adrenalins. Es war auch nicht der Kick, den Einbruch aufgeklärt zu haben. Es war ihr neues Gefühl für Ryan – ein Gefühl, das nichts mit Sex zu tun hatte, sondern mit dem Menschen hinter dem attraktiven Gesicht. Sie wollte jetzt wirklich wissen, warum er einen wunden Punkt hatte. Sie wollte alles über ihn wissen, wollte ihn durch und durch kennenlernen.

Sie rief Holly an, die sich gewohnt fröhlich meldete. „Na, Herzchen, genießt du den Sex unter der südlichen Sonne und die heißen Orgien am Strand?"

„Von wegen Orgien. Ich habe den Tag überwiegend auf der Polizeiwache verbracht."

„Oh mein Gott, wobei seid ihr erwischt worden?"

Trotz ihrer enormen Anspannung musste Summer lachen. „Bei gar nichts. Genau genommen war es umgekehrt. *Ich* habe jemanden erwischt." Sie erzählte Holly von ihrer unfreiwilligen Lauschaktion und den Folgen. Dabei kochte unerwartet Wut in ihr hoch, und sie erkannte, was sie die ganze Zeit schon so fuchste. George war ein ehemaliger Patient von ihr und hatte sie ebenfalls hintergangen, denn rückwirkend war alles klar. George hatte seinen vorigen Arbeitgeber bestohlen. Er war ein Wiederholungstäter. Jetzt konnte sie absolut sicher sein, dass George sie am Freitag vor dem Restaurantbesuch nur deswegen vor Ryan gewarnt hatte, weil er sie loswerden wollte, da sie von seiner kriminellen Vergangenheit wusste. Er hatte ja nicht ahnen können, dass sie nie auf die Idee gekommen wäre, ihn zu verdächtigen, an dem Einbruch auf Mallorca beteiligt zu sein.

Doch das erwähnte sie Holly gegenüber nicht. Sie lenkte das Gespräch in eine andere Richtung, schwärmte von der Villa und der Aussicht auf die Segeljachten.

Nach dem Telefonat fühlte sie sich besser. Sie richtete sich etwas zu essen und ging damit in ihr Schlafzimmer im Gästehaus, in dem es eine Couch und einen Fernseher gab. Im Nachthemd saß sie da, aß und schaute einen Spielfilm. Sie verstand kein Wort, und das war gut so, denn das unglaublich schnell heruntergerasselte Spanisch der Darsteller empfand sie als einlullend und so schlief sie nach einer Weile ein.

Es war Ryan, der sie weckte, indem er sie auf seine Arme nahm und sie zum Bett trug. Sie kuschelte sich an ihn. Seine Nähe tat ihr unendlich gut. Er roch frisch geduscht und seine Haut war angenehm kühl.

„Ich habe drei gute Neuigkeiten", sagte er leise. „Willst du sie hören?"

„Unbedingt.“

„George hat endlich ausgepackt und zwei weitere Mittäter verraten. Alle Sachen konnten wiederbeschafft werden.“

„Großartig. Und zweitens?“

„Ich habe einen exzellenten Nachfolger für Ortiz gefunden.“

„So schnell?“

„Ein Arbeitsplatz in meiner Firma ist sehr begehrt.“

„Ich freue mich für dich. Und drittens?“

„Ich habe morgen den ganzen Tag frei und gehöre nur dir.“

Sie öffnete die Augen und sah ihn an. „Du könntest jetzt schon mir gehören.“

„Ich möchte nicht riskieren, dabei einzuschlafen. Ich bin fix und fertig.“

„Du scheust doch sonst kein Risiko“, murmelte sie und musste gähnen.

„Hm, deine Backenzähne sind wunderschön“, sagte er.

Sie lachte leise und schloss wieder die Augen. „Ich weiß meine Trümpfe zur rechten Zeit auszuspielen.“

Ryan löschte das Licht. „Schlaf gut, Süße“, sagte er.

Und sie fühlte sich wunderbar geborgen.

Kapitel 12

Summer erwachte, als es hell wurde, denn sie hatte am Abend die Rollläden nicht heruntergelassen. Sie schlug die Augen auf, streckte die Arme und sah dann zu Ryan, der links von ihr auf der Seite lag, nur halb zugedeckt, die Arme angewinkelt.

Sie lächelte unwillkürlich und empfand das Bedürfnis, ihn sanft zu streicheln, bis er aufwachte. Aber sie verkniff es sich, denn es war sogar noch schöner, sich einfach nur vorzustellen, wie weich seine Haare, wie glatt seine Haut und wie straff seine Muskeln waren.

Er trug kein Oberteil und so gönnte sie sich anstelle einer Berührung eine andere sinnliche Annäherung. Sie schnupperte an seinem Oberarm, seiner Schulter, seiner Halsbeuge, seinem Nacken, immer darauf bedacht, ihn nicht mit der Nasenspitze zu stupsen. Er duftete wunderbar und strahlte Wärme und Vertrautheit aus.

Er atmete tief ein und leise seufzend aus, seine Fingerspitzen zuckten, aber er schlief weiter. Was würde er tun, falls er aufwachte und sah, dass sie ihn beobachtete? Würde er ihr das Nachthemd ausziehen? Ihre Brüste küssen?

Die Vorstellung erregte sie so sehr, dass sie sich mit langsamen, vorsichtigen Bewegungen auszog und sich auf dem Rücken liegend zu streicheln begann. Sie umfasste ihre Brüste, knetete sie, spürte die samtige Haut und ihre Nippel, die sie sanft drückte. Sie hatte sich noch nie so bewusst und hingebungsvoll selbst berührt.

Sie robbte ein Stück von ihm weg, um ihn nicht durch eine unbedachte Bewegung zu wecken. Es war einfach zu schön, ihn so nah bei sich zu haben, ganz für sich allein. Sie streichelte ihren Bauch und die Innenseiten ihrer Schenkel, näherte sich langsam ihren Schamlippen und spürte bereits, wie sie feucht wurde. Sie wusste genau, wo sie sich berühren musste, um sich schnell zum Höhepunkt zu bringen, aber sie hielt sich zurück, erforschte ihre Pussy, als wäre es das erste Mal.

Summer entspannte sich zusehends, eingelullt von Ryans gleichmäßigen Atemzügen. Dann schnaubte er leise, seine Augen bewegten sich hinter seinen Lidern. Er träumte.

Sie stimulierte sich weiter, drang mit zwei Fingern in ihre Spalte ein, rieb sich immer heftiger, bis sich dieses kribbelnde Gefühl in ihr ausbreitete, das ihren Höhepunkt ankündigte. Innig liebkoste sie ihre Klitoris, bis sie leise stöhnend kam. Mit einem wohligen Seufzen rückte sie näher an Ryan heran und streichelte seinen Rücken. Er blinzelte ein paarmal, dann sah er sie an und brummte wie ein zufriedener Bär.

Summer nahm das als Aufforderung für weitere Zärtlichkeiten und küsste seine Brust. Doch sie musste ihn missverstanden haben, denn er schob sie sachte von sich weg. „Ich möchte, dass wir bis heute Abend enthaltsam sind."

Sie dehnte sich lasziv. „Wieso? Enthaltsamkeit hatten wir in den letzten Tagen genug."

Wenn Logan ihr Sexverbot erteilt hatte, dann einfach nur, um über sie zu bestimmen. Aber Ryan war anders gestrickt. Darum befürchtete sie, dass es für ihn ein Weg war, um zu verhindern, dass sie miteinander schliefen, während sie allein waren. Sex als reine Intimität ohne den extra Kick war für ihn vielleicht uninteressant.

„Ich gehe duschen", sagte er und stand auf.

„Und was hast du heute Abend mit mir vor?", fragte sie. Wollte er sie wieder an ihre Grenzen bringen?

„Das wird eine Überraschung." Er verschwand im Bad.

Sie zog die Decke über sich und starrte nachdenklich vor sich hin. Wo sollte das hinführen, wenn sie sich immer nur nach ihm richtete?

Ryan kannte die Symptome: die innere Unruhe, das ständige Ausweichen vor Berührungen, Fragen, selbst vor Blicken. Summer musste den Eindruck gewinnen, dass er sie nicht mehr begehrte. Dabei war nicht sie es, der er auswich. Es waren seine eigenen verworrenen Gedanken und Gefühle, die er am liebsten im Pool ertränkt hätte, um Ruhe vor ihnen zu haben.

Erstaunlich, wie viel Geduld Summer zeigte. Als er aus dem Bad kam, hatte sie bereits auf der Poolterrasse den Frühstückstisch gedeckt. Sie ertrug sein Schweigen und blickte scheinbar zufrieden aufs Meer hinaus, während sie genüsslich kaute. Dabei gingen auch ihr sicher einige Fragen durch den Kopf. Wozu das Sexverbot? Was hatte er heute Abend mit ihr vor? Was empfand er überhaupt für sie?

Oder fragte sie sich eher: Wieso habe ich mich auf diesen launischen Kerl eingelassen? Vielleicht versenkte sie ihn in Gedanken auch gerade im Pool.

Er grinste unwillkürlich. Sie reagierte sofort, strahlte ihn an. „Fertig gegrübelt?"

„Nein, aber beinahe fertig damit, alles zu verdrängen, worüber ich nachgrübeln könnte."

Sie lächelte. „Dann lass uns an den Strand fahren. Nichts hilft einem so gut beim Loslassen wie der Anblick von Wellen."

Er rechnete es ihr hoch an, dass sie nicht fragte, was ihn beschäftigte, und dass sie dabei auch nicht so wirkte, als ob sie wüsste, dass er wusste, dass sie wusste, dass ihn etwas beschäftigte – gewissermaßen. Vermutlich hoffte sie, dass er irgendwann von selbst aus sich herausgehen würde und ließ ihm Zeit. Kein Drängen, kein Hinterfragen, wie er es aus früheren Beziehungen kannte. Es war entspannend und vielleicht … ja, vielleicht würde er sich ihr wirklich öffnen können.

Sie murrte nicht, als ein Anruf kam und er einige geschäftliche Dinge regeln musste, obwohl er ihr versprochen hatte, sich den ganzen Tag freizunehmen. Zum Glück ließ sich alles am Telefon erledigen, doch das Gespräch zog sich über eine Stunde hin.

Als er fertig war, fand er Summer vor sich hin summend im Schlafzimmer vor, wo sie Strandlaken und Sonnenmilch einpackte.

Sie nahmen wieder den Mini. Er lotste sie zu seiner Lieblingsbucht, die vormittags schattig und darum wenig besucht war. Dort gingen sie barfuß durch den Sand, immer am Wasser entlang. Es half wirklich. Es war, als würden seine Grübeleien von den Wellen mitgenommen und weit aufs Meer hinausgetragen werden. Er griff nach Summers Hand und schlenkerte sie hin und her.

„Weißt du, ich rede nicht gern über Dinge, die mich belasten. Ich handle lieber. Oder vielmehr: Ich wurstle mich so durch. Erstaunlicherweise mache ich das sehr effektiv und lande immer wieder auf den Füßen. Selbst damals, als ich von der Akademie geflogen bin und meine Eltern mich mehr oder weniger aus der Familie geworfen haben. Vielleicht erzähle ich dir eines Tages davon."

Sie blieb stehen. „Jetzt wäre doch ein guter Moment dafür."

Er merkte, wie sich etwas in ihm versteifte, und versuchte, dagegen anzuatmen.

„Bitte", sagte sie. „Ich weiß, wir nähern uns wieder einmal deinem wunden Punkt. Und ich muss einfach mehr darüber wissen, um darauf Rücksicht nehmen zu können."

Er malte mit dem Zeh Kringel in den Sand. „Es hat … es hat in meinem Leben einmal einen tiefen Einschnitt gegeben", sagte er, den Blick auf den Boden gerichtet.

Sie gingen weiter. Er sah abwechselnd zum Horizont, auf den Sand, zu einer Felsformation – nur Summer sah er nicht an.

„Wann war das?", fragte sie schließlich.

„Ist gut zehn Jahre her. Aber ich schäme mich heute noch. Es war meine eigene Schuld. Ich habe meine Musikerlaufbahn leichtfertig aufs Spiel gesetzt."

„Durch deine Modeljobs?"

„Nein, die kamen später. Ich wurde mit neunzehn an der Musikakademie angenommen. Ich habe Preise gewonnen, riesige Konzertsäle gefüllt. Aber ich war nicht so diszipliniert, wie man als Künstler sein sollte. Ich habe hin und wieder gekifft."

„Der Druck ist groß, schätze ich. Viele Künstler nehmen Drogen. Wahrscheinlich mehr, als man weiß. Enorme Dunkelziffer."

„Die Drogen waren nicht das Problem. Ich war nicht mal süchtig. Jedenfalls nicht nach Marihuana." Er blieb wieder stehen und diesmal sah er sie an. „Du kannst dir sicher denken, wonach."

„Oh." Ihre Augenbrauen wanderten langsam in die Höhe, als die Erkenntnis sie traf. „Wo und mit wem?“

„Viele Male mit allen möglichen Frauen – anderen Studentinnen, Lehrerinnen, einer Musikmanagerin – an allen möglichen und unmöglichen Orten.“

Sie schüttelte den Kopf. „Und es ist immer gut gegangen, bis …“

„Ja, bis es einmal nicht gut ging. Ich erspare dir die Details.“

„Du meinst, du ersparst es *dir*, mir die Details zu erzählen. Ist schon in Ordnung. So genau brauche ich es nicht zu wissen. Aber sind Skandale nicht genau das, was man als Künstler braucht?“

„Nicht, wenn man an einer ehrenwerten Akademie ist, die solche Skandale überhaupt nicht braucht. Danach habe ich gemodelt und als Musiker in einem Nachtclub gearbeitet. Du kennst die Besitzer.“

Sie errötete. „Frank und Desmond?“

„Ja, ich verdanke ihnen viel.“

„Ich verstehe ehrlich gesagt nicht, wieso das dein Karriere-Aus war. Du hättest trotzdem weiter Konzerte geben können. Du hättest andere Lehrer gefunden, andere Möglichkeiten.“

„Dazu hätte ich moralische Unterstützung gebraucht. Jemanden, der mir den Rücken stärkt. Ich war verdammt allein. Und auch das war zum Teil meine eigene Schuld. Ich hatte aufgrund meines oberflächlichen Lebensstils keine echten Freunde. Niemand hat zu mir gehalten.“

„Aber du hast doch Familie.“

„Für die war ich gestorben.“

Sie zog ruckartig an seinem Arm. „Im Ernst? Deine Eltern haben dich … ausgestoßen?“

„So ähnlich. Okay, ich hatte nie ein wirklich tolles Verhältnis zu meinem Vater.“ Falls ihr auffiel, dass er nur von seinem Vater sprach, nicht von seiner Mutter, so hakte sie nicht nach. „Ich war immer schon ein Familienrebell. Ich bin von einigen Schulen geflogen. Wenn du mich jetzt analysieren willst, du dir keinen Zwang an."

„Klingt nach einem typischen Fall. Du hast deine Musikerlaufbahn leichtfertig aufs Spiel gesetzt, als wärst du mit deiner Zukunftsperspektive nicht wirklich glücklich gewesen, hattest aber keine Chance, Alternativen auszuprobieren, weil du in die Erwartungen deiner ehrgeizigen Familie eingebunden warst. Da du das Klavierspielen geliebt hast, bist du den Weg dennoch gegangen, hast dich dabei aber unbewusst selbst sabotiert. Deine Eskapaden an der Schule waren Warnschüsse, und ein guter Familientherapeut hätte damals Schlimmeres verhindern können, indem er die unausgesprochenen Konflikte ans Tageslicht geholt hätte."

Er spürte Unmut in sich aufsteigen. Doch ihm war sofort klar, dass dieser sich nicht gegen Summer richtete, sondern gegen so vieles, was sich in den Jahren aufgestaut hatte. Fast sein ganzes Leben hindurch. „Möglich", sagte er. „Die Zurückweisung durch meinen Vater tut immer noch weh, obwohl ich mir ein wunderbares neues Leben aufgebaut habe und ein Teil der Familie wieder mit mir kommuniziert."

„Es ist normal, dass es wehtut."

„Ist es auch normal, sich durchzuwursteln, anstatt sich seinen Problemen zu stellen?", fragte er. Denn trotz seines beruflichen Erfolgs war eine nagende Unsicherheit in ihm. Das Gefühl, eine Mogelpackung zu sein. Und der Einbruch in sein Büro hatte dieses Gefühl, das er erfolgreich verdrängt zu haben meinte, wieder an die Oberfläche geholt.

„Absolut“, sagte Summer. „Das machen die meisten Menschen. Sie meinen nur im Nachhinein, sie hätten die ganze Zeit eine Strategie verfolgt.“

„Jetzt brauche ich eine Abkühlung“, sagte er. Er zog die Hose aus, streifte sein Shirt über den Kopf, lief nur in Boxershorts ins Meer, hechtete hinein und kraulte ein paar Züge. Als er sich umdrehte, sah er, dass Summer so vorausschauend gewesen war, unter ihrem Kleid einen Bikini zu tragen. Sie lief auf ihn zu, schaffte es aber nicht weit. Als sie bis zu den Knien im Wasser stand, riss sie die Augen auf, dann drehte sie sich um und rannte kreischend wieder an den Strand. Ryan schwamm ein Stück hinaus und kehrte zu Summer zurück, die es sich auf dem Strandlaken bequem gemacht hatte.

„Das Wasser ist eisig“, beschwerte sie sich.

„Stimmt, ich hätte dich warnen sollen. Um diese Jahreszeit hat es höchstens fünfzehn Grad.“ Er schlüpfte aus seinen nassen Shorts und wrang sie aus.

„Oh, gut, dass ich Sexverbot habe“, feixte Summer mit einem Blick auf den Körperteil, der unter der Kälte am meisten gelitten hatte. „Sonst hätte ich bei dem prachtvollen Anblick für nichts garantiert.“

„Sei nur weiterhin so frech“, sagte er, „dann garantiere *ich* für nichts.“

Sie drehte sich auf den Bauch und reckte ihm ihren Po entgegen. „Nur zu.“

Er war drauf und dran, ihr tatsächlich den Hintern zu versohlen, wenn sie schon so lieb darum bat, doch in dem Moment fiel eine Großfamilie lautstark in die Bucht ein.

Die Tapas schmeckten lecker. Summer war sicher, dass die Wellen und der Geruch nach Salzwasser zu dem wunderbaren Geschmack beitrugen. Und dann war da noch der Klang der fremden Sprache, der das Urlaubsgefühl abrundete.

Sie saßen auf der Terrasse eines Strandrestaurants, das überwiegend von Einheimischen besucht wurde. Von der Einrichtung her war es rustikal, mit uralten, dunklen Holztischen und ausgebleichten Sonnenschirmen. Die Bedienung war herzlich und das Essen eine Wucht. Es war Ryans Stammlokal auf der Insel, wie er ihr verraten hatte.

Am Nebentisch unterhielt sich ein junges Pärchen. Ryan schien ihnen zuzuhören, denn er grinste in sich hinein.

„Worüber reden die beiden?“, fragte Summer.

„Darüber, wie sehr sie sich lieben und wie sie es einander beweisen wollen.“

„Und das ist witzig?“

„Ja, weil sie sich dabei ständig zu übertrumpfen versuchen. Oh Gott.“ Er schlug sich die Hand vor den Mund und prustete.

„Was? Sag schon.“

Er nahm die Hand weg und schüttelte lachend den Kopf. „Schwer zu übersetzen. Sinngemäß hat sie gesagt, dass sie ihm einen blasen wird, dass ihm die Ohren wegfliegen.“

Summer sah zu den beiden hin, die sich immer wieder über den Tisch hinweg berührten, und lächelte. Jung und verliebt – nun, das war sie auch. Sie legte ihre Finger zärtlich auf Ryans Unterarm. „Wieso sprichst du eigentlich fließend Spanisch?“

„Eine meiner Nannys war Spanierin.“

„Ah, und eine andere deiner Nannys war anscheinend Eistaucherin, darum konntest du vorhin im kalten Meer schwimmen.“ Sie räusperte sich. „Hoffentlich war das jetzt nicht taktlos von mir."

„Aber nein." Er nahm ihre Hand von seinem Unterarm und küsste sie, jeden Finger einzeln. „Eine freche Bemerkung ist mir allemal lieber als die übliche Reaktion, die ich bekomme, wenn ich meine Nannys erwähne. Du weißt sicher, was ich meine."

Sie senkte den Blick und sagte: „Es tut mir so leid für dich, dass deine Eltern dich an Kindermädchen abgeschoben haben."

„Genau das", bestätigte er. „Der mitfühlende Tonfall, der bedauernde Gesichtsausdruck und die unausgesprochene Unterstellung, meine Mutter sei eine Rabenmutter gewesen." Er aß weiter, als wäre das Thema damit für ihn abgehakt.

Seit ihrem Gespräch am Strand waren ihr viele Dinge durch den Kopf gegangen. Das meiste hatte mit Ryan zu tun, aber einiges auch mit ihr selbst. Sie hatte in letzter Zeit eine gewisse Unlust verspürt, wenn sie in die Praxis gegangen war, und nun wusste sie, woran es lag. Sie wollte nicht mehr nur Fälle von Burnout behandeln. Familientherapie reizte sie viel mehr. Sie würde sich fortbilden, Seminare belegen, ihr Angebot erweitern.

Ryan war für sie nun kein großes Fragezeichen mehr. Sie hatte eine gute Vorstellung davon, wie er tickte. Das, was er beim Frühstück so salopp als Durchwursteln bezeichnet hatte, war eine Mischung aus Improvisationsgeschick und einer gehörigen Portion Unverdrossenheit. Er war der Typ, der durch Krisen aufblühte. Auch die Sache mit dem Einbruch in seinem Immobilienbüro würde ihm nur vorübergehend zu schaffen machen, dann würde er plötzlich vor Ideen sprühen.

Es gab keinen Widerspruch zwischen seinem Exhibitionismus und seiner emotionalen Verschlossenheit. Er bewältigte Krisen, indem er im Stillen vor sich hin grübelte und dann mit frischer Energie an neue Projekte heranging. Ja, er brauchte Krisen, Rückschläge und Schwierigkeiten, um zu Höchstform aufzulaufen. Und genau da setzte auch seine sexuelle Lust an: Ungewöhnliche Situationen, die Gefahr, entdeckt zu werden – das waren Aphrodisiaka für ihn.

Sie überlegte, ob sie ihn nach seiner Mutter fragen sollte. Ihr war nicht entgangen, dass er bisher nur über seinen Vater und seine Familie im Allgemeinen gesprochen hatte. Doch sie beschloss, es nicht zu forcieren. Ryan hatte sich für einen Tag schon genug geöffnet.

Sie aßen eine Weile schweigend, dann sagte Ryan aus heiterem Himmel: „Sie war keine Rabenmutter, weißt du.“ Er schluckte. „Sie hatte überhaupt keine Chance, meine Mutter zu sein, denn sie starb vor meiner Geburt.“

Summer ließ die Gabel fallen, so sehr schockierte sie seine plötzliche Offenbarung. „*Vor* deiner Geburt?“

„Ja, sie erlitt im siebten Schwangerschaftsmonat eine Gehirnblutung, fiel ins Koma und wurde kurz darauf für hirntot erklärt. Ihr Körper wurde noch einige Wochen am Leben erhalten, damit ich einen besseren Start hatte. Wie traurig das alles war, wurde mir erst bewusst, als ich so sechzehn, siebzehn war. Da fing ich an, wissen zu wollen, wie sie war, welche Eigenschaften ich von ihr hatte. Meine Großmutter erzählte mir, sie sei eine fröhliche, unerschrockene Frau gewesen, die es liebte, Risiken einzugehen und neue Dinge auszuprobieren. Genau das steckt auch in mir, darum lag es mir eigentlich nicht, mich von der Musik völlig vereinnahmen zu lassen. Du lagst mit deiner Analyse goldrichtig."

„Puh", sagte sie. „Du hättest deine Mutter sicher gerne gekannt."

„Und wie. Aber erst jetzt, wo ich ein Leben lebe, wie sie es sich für mich gewünscht hätte, fehlt sie mir."

Da er gerade so gesprächig war, offen und bereit, über Gefühle zu reden, wagte Summer einen Vorstoß. Es war die Chance, ihn zu fragen, was er für sie empfand und wo ihre Beziehung hinsteuerte. „Ryan", begann sie, „ich würde gerne wissen …"

Am Nachbartisch wurde es laut. Summer wartete, bis das temperamentvolle Pärchen sich beruhigt hatte. „Streiten die beiden?"

„Nein, im Gegenteil, sie erklären sich ihre unsterbliche Liebe. Allmählich fangen sie an, mir auf die Nerven zu gehen." Er legte das Besteck nebeneinander auf den leeren Teller und lehnte sich zurück. „Was wolltest du mich fragen?"

Summer ruderte zurück. Er war wohl doch nicht in der Stimmung, um über Liebe zu reden. Also fragte sie stattdessen: „Ich wollte wissen, was wir heute Abend vorhaben. Oder vielmehr, was du mit mir vorhast."

„Wir werden Freunde von mir auf ihrer Jacht besuchen."

„Hört sich gut an." Und es klang harmlos. Einigermaßen jedenfalls. Sie hatte jedoch gelernt, dass mit Ryan nichts wirklich harmlos war – außer fliegen.

Kapitel 13

Wenn es nach Holly gegangen wäre, hätten sie heute schon das nächste Shooting abhalten können. Für Jacob war es leichter als für sie, die Wartezeit zu überbrücken. Er studierte und jobbte im Café. Sie hingegen hatte viel zu viel freie Zeit.

Beim Frühstück ließ Holly die erste Begegnung mit Jacob Revue passieren. Sie hatte ihn nett gefunden und versucht, ihn mit Summer zu verkuppeln. Dabei hatte sie überhaupt nicht gemerkt, dass er ein Auge auf sie geworfen hatte. Und jetzt verzehrte sie sich vor Sehnsucht nach ihm.

Sie verbrachte den Vormittag mit Wohnungsputz, besuchte zum Mittagessen eine Freundin von der Schauspielschule und machte auf dem Heimweg einen Schlenker in die Straße, in der das Café lag. Besser sie traf sich verbotenerweise mit Jacob, als daheim vor Sehnsucht den Verstand zu verlieren, was ja sicher nicht in Aaron Heartlands Sinne sein konnte.

Überhaupt sah sie das Verbot immer weniger ein. Warum musste sie von Jacob ferngehalten werden? Das war ja wie in einem Theaterstück, in dem sie mitgespielt hatte und in dem ein Mann mit allen Mitteln zu verhindern versuchte, dass seine Frau und seine Geliebte aufeinandertrafen, was zu komischen Verwicklungen führte.

Holly blieb so abrupt stehen, dass jemand von hinten in sie reinlief. Sie entschuldigte sich geistesabwesend und ging langsam weiter.

Hat Jacob womöglich eine Freundin? Wird er nach dem letzten Shooting mit mir Schluss machen? Ist das alles eine abgekartete Sache, damit ich nicht von ihr erfahre und sie nicht von mir?

Was für ein Unfug! Spätestens bei der Vernissage würde seine Freundin auf den Fotos sehen, was Jacob und Holly miteinander getrieben hatten. Wenn ihre konfusen Grübeleien kein Beweis dafür waren, dass sie kurz vor dem Durchdrehen war, was dann? Ja, sie musste Jacob unbedingt sehen, um wieder klar denken zu können. Wenn er nicht im Café war, würde sie ihn anrufen und ein Treffen vereinbaren.

Es war nicht sonnig, aber angenehm mild, dennoch waren nur wenige der Tische im Freien besetzt. Holly zog einen Stuhl vor.

„Nein, nicht setzen!“, rief jemand hinter ihr und sie erkannte Jacobs Stimme.

Sie fuhr herum. „Was ist los?“

„Warte hier.“

Er verschwand eilig im Café und sie sah ihm verdattert nach. Holte er eine andere Bedienung, damit er nicht mit ihr reden musste?

Als er kurz darauf wieder rauskam, hatte er ein Polster dabei, das er auf den Sitz des Stuhls legte. „Ich kann doch nicht zulassen, dass du auf dem harten Holz sitzt.“

Wie süß! Sie setzte sich und sah zu ihm hoch. Er sah kompetent aus in seinem Kellneroutfit und mit den zurückgegelten Haaren. Sie zog ihn in Gedanken aus und verstrubbelte seine Frisur. Nun würde ihr die Zeit bis Sonntag noch länger vorkommen.

„Was soll ich dir bringen?“, fragte er. „Wir haben heute wunderbare Vanilleschnitten.“

„Nur einen Kaffee.“ *Mein Liebster.* Wie würde sie ihn eigentlich nennen, wenn sie einmal richtig zusammen waren?

„Gern, Honey.“

Aha, er hatte sich schon entschieden. Honey. Ja, damit konnte sie sich anfreunden. Alles war prima, solange er sie nicht „Mein Goldstück“ nannte, wie Cameron es getan hatte.

Ihre Welt war wieder voll und ganz in Ordnung. Sie lächelte vor sich hin und überlegte, ob sie einen kleinen Ohnmachtsanfall vortäuschen sollte. Jacob würde sie in ein Hinterzimmer tragen und sich um sie kümmern. Und dann konnte sie ihn vernaschen. Oder aber sie erzählte ihm, dass in ihrer Wohnung eine riesige Spinne war und er mitkommen müsse, um das Tier rauszutragen. Wenn er erst mal da war, würde sie ihm gestehen, dass sie nicht nur die Spinne erfunden hatte, sondern nicht einmal an Spinnenphobie litt. Und er würde sich etwas einfallen lassen, um sie für ihre dreisten Lügen zu bestrafen. Eins würde zum anderen führen …

Jacob brachte ihren Kaffee und setzte sich zu ihr an den Tisch. Er nahm ihre Hand und verhielt sich so, als würden sie überhaupt nichts Vertragswidriges tun.

„Bist du eigentlich Single?“, platzte sie heraus.

Er runzelte die Stirn. „Wie soll ich das denn jetzt verstehen?“

„Ich will wissen, ob es eine Frau in deinem Leben gibt.“

„Eine andere Frau als dich? Nein, wie kommst du darauf?“

„Weil ich zu wenig über dich weiß. Vielleicht sollten wir uns beim nächsten Shooting, anstelle Sex zu haben, einfach mal richtig unterhalten, so von Mensch zu Mensch. Das kann auch sehr …“

„Du scheinst es noch gar nicht zu wissen“, wurde sie von ihm unterbrochen.

„Was denn?“

„Dass wir mit den Shootings fertig sind."

„Oh, ist etwas schiefgelaufen? Hat Aaron uns gekündigt?"

„Honey." Er führte ihre Hand an seinen Mund und küsste sie auf die Handfläche. „Alles ist großartig. Aaron hat die Fotos gesichtet und ist überglücklich. Er hat bereits mehr als genug Material. Ich dachte, er hätte dich auch informiert und dass du deswegen hier wärst."

„Wir sind fertig? Wir sind frei?" Sie sprang auf und zog Jacob mit sich hoch, um ihn umarmen zu können. „Wann hast du Feierabend?"

Zwei Stunden später war Holly auf dem Weg zu Jacobs Wohnung, wo er sie zum Abendbrot erwartete. Sie war aufgeregter als vor dem letzten Shooting. Aufgeregter als vor ihrer ersten Theaterpremiere an der Schule. Damals hatte sie eine Hauptrolle gespielt, und Vernon, der eine Klasse über ihr und der Schwarm aller Mädchen war, war der männliche Gegenpart gewesen. Es gab eine Szene, in der sie sich küssten, und auf diesen Moment hatte sich Holly bei jeder Probe ganz besonders gefreut.

Ein paar Tage vor der Premiere waren sie und Vernon verabredet, um ein paar Stellen durchzuspielen, in denen er noch nicht textsicher war, darunter die Kussszene. Was in der Schulaula überhaupt kein Problem gewesen war, erfüllte sie plötzlich mit großer Befangenheit. Allein in ihrem Zimmer wagte sie kaum, Vernon in die Augen zu sehen. Schließlich bat sie ihre Freundinnen, vorbeizukommen und Zuschauer zu spielen. Daraufhin lief alles wie am Schnürchen.

Ob es ihr mit Jacob auch so gehen würde? Müssen wir ein

paar Nachbarn einladen, die Aaron Heartland und Grace ersetzen? Ein Glück, dass Summer nicht in London ist, sonst wäre ich glatt versucht, sie anzurufen und zu bitten, mir beizustehen, indem sie mir und Jacob Regieanweisungen erteilt.

Sie hatte schon im Café ein wenig gefremdelt. Als sie sich vorhin für das Date – ihr erstes richtiges Date mit Jacob! – umgezogen und dabei die verruchteste Unterwäsche ausgesucht hatte, die sie besaß, war ihr alles immer unwirklicher erschienen.

Sie fand die Adresse und klingelte, ging die alte, knarzende Treppe hoch und stand ihm gegenüber. Ihr Herz klopfte, und das lag nicht an den fünf Stockwerken, die sie erklommen hatte, sondern an seinem Sonnyboy-Look. Ihre Unsicherheit ließ nach.

Jacob hatte eine blaue Schürze um, hielt einen Pfannenwender in der Hand und winkte sie damit herein. Er küsste sie flüchtig, dann ging er in die Wohnung voraus. „Magst du Chinesisch?"

Die kleine Kochnische im Wohnzimmer – ein Durcheinander aus Zutaten und Utensilien – verströmte einen köstlichen Duft. Jacob deutete auf den Wok, in dem er herumrührte. „Magst du abschmecken? Oder lieber den Tisch decken? Du findest alles in dem Sideboard dort drüben."

Sie zögerte einen Augenblick, bevor sie Zeitschriften und CD-Hüllen beiseiteschob und die Reisschälchen auf den Tisch stellte. Kam es ihr nur so vor oder hatte auch er ein Problem? Wieso benahm er sich so aufgekratzt?

„Stäbchen sind in der obersten Schublade. Magst du grünen Tee?"

War ihm überhaupt aufgefallen, dass sie noch keine Silbe gesprochen hatte?

Er stellte die Pfanne auf den Tisch und füllte die

Schalen. „Geht es dir auch so? Ich erwarte ständig, dass es blitzt oder dass aus dem Nichts jemand mit dem Puderpinsel auftaucht."

Nein, so ging es ihr nicht, aber sie mochte nicht über die Shootings reden. „Tolle Fotos", sagte sie mit Blick auf die gerahmten Porträts über dem Sofa.

Sie aßen, und Jacob erzählte dabei, wie die Fotos zustande gekommen waren und was er mit ihnen ausdrücken wollte. Dann deutete er mit dem Stäbchen auf Hollys linke Hand. „Was machst du denn da?"

Sie schaute hinunter und sah Schnipsel. Sie hatte mechanisch an einer Zeitschrift herumgezupft. „Vermutlich eine Übersprunghandlung", erklärte sie knapp.

„Genau wie Cecil. Das war mein Hund. Er hat immer gern Papier zerlegt, so wie andere Hunde sich über Socken und Schuhe hermachen. Schau mal."

Er zeigte ihr auf seinem Smartphone ein Foto, auf dem ein fröhlich lächelnder hübscher Junge von etwa vierzehn Jahren zu sehen war, der neben einem niedlichen Mischling kniete.

„Das bist ja du", rief sie. „Du warst also immer schon ein Sonnyboy."

„Tiere machen glücklich. Hattest du als Kind auch ein Haustier?"

„Ich hatte einen Wellensittich, der rückwärts sprechen konnte."

„Du hast ihm die Worte rückwärts beigebracht? Cool."

„Nein, ich habe ihm einen Satz vorwärts vorgesagt und er hat ihn rückwärts nachgesprochen."

Jacob sah ihr zum ersten Mal, seit sie da war, in die Augen, und sie stellte erleichtert fest, dass er etwas ruhiger wurde. „Das ist ein Scherz, oder?"

„Nein! Er hat so seltsam gezwitschert, dass es sich angehört hat wie Rückwärtssprechen, darum haben es mir einige Leute geglaubt. Mein Onkel Harry wollte mich sogar mit Backwards in eine Fernsehshow schicken."

„Dein Wellensittich hieß Edward?"

„Nein, Backwards – wie rückwärts." Sie trank etwas Tee, fand ihn zu bitter und schaufelte Zucker hinein. „Mein letzter Freund besaß einen Papagei, der nur seinen Namen sagen konnte. Mit viel Mühe habe ich ihm beigebracht, ‚or not' zu sagen."

„Wozu?"

„Weil er Tobi hieß."

„Das ergibt doch keinen Sinn." Er zog die Augenbrauen zusammen. „Nein warte, jetzt hab ich's. Tobi or not Tobi. Das klingt wie: *To be or not to be*. Sehr clever. Dann bin ich ja gespannt, was du Sir Lancelot für Kunststücke beibringen wirst." Er grinste dabei so anzüglich, dass Holly sofort verstand, wer Sir Lancelot war.

Mit einem Mal war ihre Unsicherheit wie weggefegt. Sie verstand gar nicht mehr, warum sie überhaupt ein Problem gehabt hatte. Jacob war hinreißend verspielt, albern, etwas überdreht und verdammt sexy.

Sie rutschte mit ihrem Stuhl zu ihm rüber und küsste ihn so wild, dass sie anschließend beide bis zum Kinn mit Sojasoße verschmiert waren.

Die Hälfte der Teelichter war bereits verloschen. Im schummrigen Licht streichelte Jacob Hollys Po. Sie hatten sich lange und zärtlich geliebt. Es war ein willkommener Kontrast zu ihren bisherigen Praktiken gewesen, fand er.

Holly drehte sich auf den Rücken und zog Jacob an den Haaren zu sich.

„He, du tust mir weh", protestierte er.

Anstatt sich zu entschuldigen, biss sie ihn in die Schulter.

„Autsch, was soll das werden?"

„Ich will den Sadisten in dir wecken. Schlag mich. Ich brauche das."

„Dazu fehlt mir das nötige Equipment."

Sie sah sich im Zimmer um. „Wie, du hast keine Peitschen und nix?"

„Ich könnte allenfalls mit einem Gürtel dienen", bot er an, dann hob er die Hände. „Oder mit denen hier."

Sie küsste ihn auf eine Handfläche. „Na gut, aber wenn ich dich das nächste Mal besuche, erwarte ich, dass du mir mehr bietest." Sie drehte sich wieder auf den Bauch und reckte einladend den Po in die Höhe.

Jacob stand auf und streckte sich. Dann griff er nach dem Telefon.

Sie drehte den Kopf zu ihm. „Sag bloß, es gibt einen SM-Lieferservice."

„So ähnlich. Aaron hat in seinem Arbeitszimmer ein Strafpult und einen Rohrstock. Soweit ich weiß, braucht er beides nicht mehr. Ich könnte die Sachen morgen holen, da habe ich sowieso Praktikumsnachmittag."

„Rohrstock und Strafpult", gurrte sie. „Ich werde schon wieder feucht. Wobei – so ein Rohrstock ist schon extrem, oder?"

Jacob verpasste ihr einen Klaps auf den Po, dann wählte er Aarons Nummer. Er hatte sich oft ausgemalt, wie es wäre, eine Frau an dieses Strafpult zu fesseln. Und den Rohrstock würde er anfangs nur ganz vorsichtig einsetzen.

Sie stützte sich auf die Ellenbogen und meinte: „Telefonieren scheint dich extrem anzutörnen. Jedenfalls ist Sir Lancelot in Hochform.“

Für Aaron war es kein Problem, sich von dem Strafpult zu trennen. Er hatte es vor Jahren für ein Fotoshooting gebraucht und es nur behalten, weil im Arbeitszimmer Platz dafür war.

Nach dem Telefonat mit Jacob trat er an das Pult und nahm den Rohrstock von der Wand. Er erinnerte sich an die damalige Fotosession – eine Domina und ein Sub, die die Fotos für ihre private Sammlung wollten. Ob die beiden noch zusammen waren? Durch seinen Beruf lernte er viele interessante Menschen kennen und fand es schade, dass er die meisten nie wiedersah. Mit Jacob und Holly würde es hoffentlich anders sein. Vielleicht wären sie bereit, mit dem Pult ein kleines Extrashooting für ihn einzulegen, vielleicht in ein paar Monaten, wenn ihre Beziehung sich weiterentwickelt hatte.

In Gedanken versunken klatschte er den Rohrstock auf seine Handfläche. Ein Aufschrei ließ ihn herumfahren. Grace stand im Flur und sah ihn durch die offene Tür entsetzt an.

„Was habe ich falsch gemacht?“, rief sie. „Was auch immer es ist, ich tue es bestimmt nie wieder. Das versichere ich Ihnen.“

Aaron hob die Augenbrauen und ging auf Grace zu. „Wie kommst du darauf, dass du etwas falsch gemacht hast?“

Sie wich zurück, als hätte sie Angst vor ihm. »Weil Sie mich bestrafen wollen«, sagte sie und wurde rot.

Ihm fiel auf, dass sie den Rohrstock anstarrte.

„Bloß, weil ich das Ding von der Wand genommen habe?“, wunderte er sich.

Statt einer Antwort murmelte sie: „Es war dumm von mir, den Zusatz zum Vertrag kommentarlos zu unterschreiben. So mussten Sie ja denken, es wäre okay für mich. Aber das ist es nicht.“

Er lehnte den Rohrstock an den Türrahmen und nahm Grace bei den Schultern. „Es scheint da ein Missverständnis zu geben. Ich weiß jedenfalls nichts von einem Zusatz, aber die Verträge lese ich mir sowieso nie durch, die macht alle mein Bruder.“ Und da dämmerte es ihm. „Morgan, dieser Mistkerl!“

Auch Grace schien nun zu verstehen, was hier gespielt wurde. „Sie meinen, er hat … ohne Ihr Wissen …“

Aaron eilte zum Aktenschrank und zog den Ordner heraus, in dem gleich obenauf der Arbeitsvertrag abgelegt war. Er blätterte zur letzten Seite und las, dann blickte er auf. „Züchtigungen bei Ungehorsam? Das darf doch wohl nicht wahr sein.“ Widerwillig grinste er über Morgans Dreistigkeit. „Das schreit nach einer saftigen Retourkutsche.“

Grace war an den Schreibtisch getreten und sah Aaron mit zusammengezogenen Augenbrauen an. „Wäre es nicht sinnvoller und vor allem erwachsener, diesen Wettbewerb einzustellen, bevor es noch zu einem Unglück kommt? Gratulieren Sie Morgan zum Sieg und erklären Sie das Spiel für beendet.“

Er klappte den Ordner zu. „Du hast vollkommen recht. Kluges Mädchen.“ Und sie war nicht nur klug, sondern auch musikalisch und obendrein wunderschön. „Grace“, begann er, dann verließen ihn die Worte und auch der Mut. Er verbrachte so viel Zeit damit, die Gefühle anderer Menschen zu studieren, dass er seine eigenen dabei aus den Augen verlor. Er hatte sich auf den ersten Blick in Grace verliebt und seitdem jeden Tag ein bisschen mehr, aber er hatte das Gefühl ignoriert. Nun forderte es sein Recht, und er wusste nicht, wie er damit umgehen sollte.

„Mr Heartland?“

Was las er in ihrem Blick? Erwartung, Hoffnung, ein Versprechen … Genug, um es zu wagen. Er beugte sich vor und küsste sie sachte, wie eine Frage.

Ihre Antwort kam sofort. Sie schlang die Arme um seinen Nacken und öffnete ihre Lippen.

Nach dem Kuss sagte sie: „Ich liebe Sie … ich liebe dich, Aaron.“

„Ich liebe dich auch.“ Ein weiterer Kuss, sicherer und voller Verheißung. Sie umklammerte ihn regelrecht.

„Und was ist mit … mit diesem ganzen SM-Zeug?“, wollte sie wissen.

„Das ist mein Beruf. Privat bin ich ein totaler Vanilla.“

„Du würdest einfach so mit mir schlafen, ohne mich zu fesseln und alles? Das würde dir reichen?“

„Nun, ein paar kleine Extras hätte ich schon gerne. Ein Klarinettenkonzert als Vorspiel.“

„Kinky“, sagte sie lachend.

„Außerdem habe ich eine gewisse Vorliebe für Körperstellen, die allgemein gar nicht als erogene Zonen anerkannt sind. Beispielsweise finde ich dein Kinn absolut unwiderstehlich.“ Er küsste das feine Grübchen unter ihren Lippen. „Und deine Schultern sind einfach vollkommen.“

„Meine Kniescheiben sind auch nicht zu verachten“, sagte sie.

Er lachte. „Damit steht fest, dass du meine Traumfrau bist.“

„Die Traumfrau hat gerade dein Bett frisch bezogen. Wenn du möchtest …“ Sie nahm ihn an der Hand und zog ihn in den Flur.

Kapitel 14

„Wie groß ist die Jacht? Fahren wir aufs Meer hinaus oder bleiben wir im Hafen? Findet dort eine Party statt? Muss ich mich schick machen? Nervt es dich, dass ich so viele Fragen stelle?“

Sie waren zurück in der Villa und machten sich für den Abend fertig. Summer stand in BH und String vor den Sachen, die sie auf dem Bett ausgebreitet hatte. Sie kannte Jachten nur aus Spionagethrillern, in denen wegen der Spezialeffekte gerne mal ein Schiff in die Luft gejagt wurde. Und immer waren die Menschen darauf elegant gekleidet.

Ryan war im Bad und antwortete ihr durch die offene Tür: „So groß, dass man darauf wohnen kann. Wir fahren aus der Bucht, aber nicht weit hinaus. Es ist keine Party, nur ein Treffen mit Freunden. Zieh dich leger an und nimm etwas Warmes für später mit. Nein.“

„Nein was?“

Ryan kam aus dem Bad. Nackt. Wollte er ihre Selbstbeherrschung testen? Nein, er hatte gesagt, dass er sie niemals testen würde. Es war bloß gedankenlos von ihm, ihr Sex vorzuenthalten und es ihr dann extra schwer zu machen.

„Nein, es nervt mich nicht, dass du so viele Fragen stellst“, sagte er und öffnete den Kleiderschrank, in den er seine Sachen gehängt hatte. „Eigentlich brauchen Frauen gar keine Schränke“, sagte er mit dem Rücken zu ihr. „Ein zusätzliches Bett würde reichen.“

Summer nahm eins ihrer Kleider vom Bett und warf es nach Ryan. Es landete auf seiner Schulter. Er nahm es, drehte sich um und hielt es sich vor die Brust. „Nicht meine Farbe.“ Er warf es zurück.

Als er nach einem Hemd griff, bat Summer: „Zeig mal, was ein Unterwäschemodel so macht.“

„Okay.“ Er fuhr sich durchs Haar. „Zuerst muss man dafür sorgen, dass die Muskeln ordentlich durchblutet sind.“ Er ließ sich zwischen Schrank und Bett auf den Boden sinken und machte ein paar Liegestütze. Dann sprang er wieder auf die Füße. „Fürs Posen sucht man sich etwas zum Anlehnen.“ Er schloss den Kleiderschrank und lehnte sich mit verschränkten Armen dagegen. „Den Blick lässt man entweder verträumt in die Ferne schweifen.“ Er sah an ihr vorbei. „Oder man schaut direkt in die Kamera.“ Er blickte ihr in die Augen, sehr ernst, ganze zwei Sekunden lang, dann kniff er belustigt die Augen zusammen. „Zufrieden?“

„Zufrieden wäre ich, wenn ich mich mit dem Unterwäschemodel auf dem Bett wälzen und meine komplette Garderobe zerknittern dürfte.“ Ihren Worten zum Trotz machte sie jedoch keinerlei Anstalten, sich Ryan zu nähern. Sie wollte die Initiative bei ihm belassen, doch leider zeigte er keine. Er öffnete den Schrank, holte ein dunkelblaues, kurzärmeliges Hemd heraus und zog es an. Dann schlüpfte er in eine Jeans und legte sich einen Pullover über die Schultern. Erst als er auch Socken und Schuhe angezogen hatte, kam er zu Summer und streichelte ihr über die Wange. „Nur Geduld“, sagte er leise. „Ich verspreche dir, dass du heute voll auf deine Kosten kommen wirst.“

Auf der Fahrt zum Jachthafen war Ryan bester Laune und ungewohnt gesprächig. Er erzählte ihr, wen sie gleich kennenlernen würde. „Die Jacht gehört Devin

Flinkman, einem guten Freund von mir. Er ist Investmentbanker, und zwar einer der wenigen, die wirklich was von ihrem Geschäft verstehen und einem keine windigen Deals andrehen. Seine Freundin heißt Leanne, ein süßes Ding, aber frech und sehr viel härter im Nehmen, als man ihr zutraut. Außerdem kommen noch Alessa und Jo."

Summer umklammerte das Lenkrad. „Ist dieser Jo auch dominant?"

„Jo ist eine Frau. Sie ist Malerin, Alessa ist ihre Galeristin – und ihre Herrin. Die Aktbilder in meiner Wohnung stammen von Jo."

Nachdem sie den Wagen geparkt hatten, setzten sie ihre Sonnenbrillen auf und gingen Hand in Hand über den Steg. Mit jedem Schritt fühlte Summer zunehmendes Lampenfieber.

Der Anblick der Jacht, auf die sie zusteuerten, verschlug Summer den Atem. Weiß glänzte das elegante Ungetüm im Licht der Nachmittagssonne. Wie ein Stilbruch wirkte die zierliche Blondine in Shorts und bauchfreiem Top, die die Gangway heruntergeflitzt kam und mit beiden Armen winkte.

„Sie sind da-ha!", rief sie und umarmte Summer. „Das muss ganz schön aufregend für dich sein." Dann gab sie Ryan einen Kuss auf die Wange. „Hey, Cowboy."

„Das ist Leanne", stellte Ryan sie schmunzelnd vor. „Etwas phlegmatisch, aber sonst ganz okay."

Leanne knuffte Ryan lachend in die Seite. Dann fegte sie wie ein Wirbelwind die Gangway hoch. Summer und Ryan konnten kaum Schritt halten.

„Cowboy?", fragte Summer und hob eine Augenbraue.

„Vor ein paar Monaten hatten wir in London eine

Session mit Rollenspielen. Und ich habe alle damit verblüfft, was ich für Kunststücke mit dem Lasso draufhabe."

Oben erwartete sie ein Mann, der sie vom Typ her an Logan erinnerte, kantig, bestimmend, Respekt einflößend. Dank vieler Lachfältchen um die Augen wirkte er aber dennoch sympathisch.

„Willkommen an Bord", sagte er. „Ich bin Devin." Sein herzlicher Händedruck konnte nicht kaschieren, dass er Summer von oben bis unten taxierte und dabei besonders lang auf ihre Brüste starrte. „Was möchtet ihr trinken?"

Die Bar befand sich im überdachten Teil der Jacht, der mit Möbeln aus poliertem Kirschbaumholz ausgestattet war. Auf der Bar war ein kleines Büfett mit exquisiten Häppchen aufgebaut.

Mein Leben mit Ryan: gutes Essen und wilder Sex nach seinen Regeln. Prickelnd und aufregend, aber auf die Dauer nicht genug.

Devin trat hinter die Bar und schenkte die gewünschten Drinks ein – für Ryan ein Ginger Ale, für Summer eine Cola. Sie hatte beschlossen, auf Alkohol zu verzichten, um sicher zu sein, dass sie sich auf nichts einließ, was sie hinterher bereuen könnte.

Leanne bot Summer an, ihr die Brücke zu zeigen. Sie gingen eine Treppe hoch und standen nun auf dem zweiten Deck. Der vordere Teil mit dem Steuerraum war nach hinten offen. Hier gab es einen gemütlichen Platz an der Sonne mit einem Tisch und Sesseln. Summer stellte sich an die obere Reling und sah zu Ryan hinunter, der sich mit Devin unterhielt.

Dann ging sie zu Leanne, die sich ans Steuerrad lehnte und erzählte, dass sie als Kind gern Piratenbraut gespielt hatte. „Und jetzt habe ich mir wirklich jemanden geangelt, der ein Schiff hat. Kannst du dir vorstellen, dass meine beste Freundin mich eindringlich vor Devin gewarnt hat? Sie hielt ihn für einen Teufel."

„Ja, das kann ich mir gut vorstellen. Ich wurde vor Ryan gleich doppelt gewarnt."

„Bloß nicht verunsichern lassen! Ich war nie glücklicher als mit Devin."

Vielleicht sollte ich die Warnungen als gutes Omen sehen.

Plötzlich stürmte Leanne davon. Summer folgte ihr grinsend. Sie hätte nicht gedacht, dass sie mal jemanden kennenlernen würde, der noch ungestümer war als Holly.

Als sie zurück an Deck war, sah sie, dass Leanne überschwänglich zwei Frauen begrüßte. Das mussten Alessa und Jo sein. Auf den ersten Blick hätte Summer nicht sagen können, wer von ihnen die Gebieterin war. Beide wirkten stolz und aufrecht. Dann bemerkte sie, dass Leanne die Schwarzhaarige respektvoller umarmte, und damit war klar, dass sie Alessa sein musste. Sie hatte ausdrucksvolle, fast schwarze Augen und war eine herbe Schönheit.

Jo hätte ein ausgezeichnetes Bond-Girl abgegeben. Sie trug ihre langen, braunen Haare im Nacken zusammengebunden und strahlte mit ihrem gebräunten Teint die Geschmeidigkeit einer Wildkatze aus, als sie auf Summer zukam. „Ich bin Jo", sagte sie mit einer warmen, vollen Stimme.

In dem Moment wusste Summer, dass sie alles mitmachen würde, was Ryan von ihr wollte, schon allein um mitzuerleben, wie Jo von Alessa dominiert wurde.

Ryan berichtete Devin von dem Einbruch, doch der hörte ihm kaum zu, sondern sah immer wieder zu

Summer hinüber.

„Schön, dass das so schnell aufgeklärt werden konnte“, meinte Devin lakonisch und wechselte sofort das Thema. „Bist du sicher, dass Summer für unser Spiel bereit ist?“

„Sie ist eine erfahrene Sub, denn sie war zwei Jahre lang in einer BDSM-Beziehung.“

„Aber nicht mit dir. Ich finde, du preschst viel zu schnell voran.“

„Ach, und wie war das bei dir und Leanne? Wie lange wart ihr zusammen, als du sie nach Glowcastle mitgenommen hast?“, konterte Ryan.

Glowcastle war ein Schloss in Schottland, das einem exklusiven SM-Zirkel gehörte.

„Touché. Allerdings hatte ich davor bereits sehr oft mit ihr geschlafen, wir waren uns vertraut. Leanne fühlte sich sicher. Bei Summer habe ich den Eindruck, dass sie verunsichert ist. Und du bist der Einzige, der das ändern kann.“

„Die Frage ist nur – kann ich das wirklich?“ Ryan war nachdenklich geworden. Heute früh wäre ein wunderbarer Moment gewesen, um zum ersten Mal mit ihr zu schlafen. Aber er hatte sich rausgeredet, hatte auf die Schnelle ein Sexverbot erfunden und sich danach emotional abgeschottet. Er schilderte Devin die Situation.

„Scheint so, als wärst du genauso verunsichert wie Summer.“

„Wenn ich jetzt einen Rückzieher mache, wirst du der Erste sein, der sich beschwert“, wandte Ryan ein. „Ich habe gesehen, wie du vorhin Summers Brüste gemustert hast.“

Und schon war Devin bei seinem Lieblingsthema. „Ich liebe es, wenn Frauen unter T-Shirts keinen BH tragen und man genau sieht, was man bekommt", sagte er genießerisch.

„*Wenn* man es bekommt."

Devin lachte. „Schon gut, ich verschone dich mit weiteren Ratschlägen."

Ryan starrte auf das Treiben im Hafen, ohne etwas wahrzunehmen. Er wusste, dass er mit Summer in einen emotionalen Bereich vorgedrungen war, den er bisher gemieden hatte. Es brauchte keinen Psychologen, um sein Problem zu analysieren. Er hatte Bindungsängste, weil seine Familie ihn verstoßen hatte, und er nie wieder so einen Schmerz erleben wollte.

Ryan gestand sich ein, dass er keine Ahnung hatte, wie es mit ihm und Summer weitergehen sollte, aber er würde auf seine bewährte Methode zurückgreifen und sich einfach durchwursteln.

Summer, Jo und Leanne lehnten an der Reling und sonnten sich. Devin steuerte die Jacht aus dem Hafen ein Stück weit aufs Meer hinaus. Dann schaltete er den Motor aus, und sie setzten sich auf die Barhocker, um zu essen. Leanne bestritt den größten Teil der Unterhaltung mit Anekdoten aus dem Reisebüro, in dem sie arbeitete.

Summer vergaß keine Sekunde, wieso sie wirklich hier waren. Als Devin Ryan fragte, ob er ihr schon die Regeln erklärt habe, beschleunigte sich ihr Herzschlag.

„Nein", sagte Ryan. „Ich lasse sie gern so lange wie möglich im Ungewissen."

Devin holte einige zusammengefaltete Zettel aus seiner Hosentasche. „Jede von euch Subs", sagte er zu Summer, „wird einen weißen und einen blauen Zettel ziehen. Auf die weißen Zettel habe ich geschrieben, was passieren wird. Auf den blauen Zetteln stehen die Namen der Doms, die die Session durchführen werden. So bestimmt der Zufall, wer mit wem zusammenkommt, wobei nur die Erste von euch einen Namen zu ziehen braucht. Falls es der eigene Dom ist, zieht sie noch mal. Danach ergibt sich automatisch, wie die Zuordnung bei den beiden anderen ist. Direkt nach jeder Züchtigung werdet ihr gefickt."

Summer wurde schwindelig.

Er bemerkte ihren Schrecken und sagte: „Der Sex steht natürlich dem jeweiligen Gebieter zu. Wer möchte beginnen?"

„Was für Sachen stehen denn auf den weißen Zetteln?", fragte Leanne.

„Das wird nicht verraten. Alessa und Ryan wissen es übrigens auch nicht. Nur so viel: Es wird keine komplizierten Fesselungen geben, damit wir notfalls schnell das Deck verlassen können, falls uns ein anderes Schiff zu nahe kommt." Devin fächerte die weißen Zettel auf und hielt sie Leanne hin. „Du fängst an."

Sie griff nach dem mittleren Zettel, faltete ihn auf und las vor: „Du wirst nach hinten gebeugt an einem Gurt aufgehängt und bekommst mit einem Flogger Hiebe auf die Pussy und die Vorderseiten der Schenkel." Sie schluckte. „Das klingt anstrengend."

Devin hielt ihr die blauen Zettel hin. Leanne wählte wieder den mittleren. „Alessa. Mir bleibt aber auch nichts erspart."

Summer studierte Devin jetzt genauer und bereitete sich mental darauf vor, nachher von ihm geschlagen zu werden. Ein banges, aber durchaus lustvolles Gefühl machte sich in ihr breit.

Alessa nahm Leanne an der Hand und führte sie in den Bereich, wo das Dach endete. Jetzt erst sah Summer, dass dort ein dicker Haken eingelassen war. Devin brachte etwas, das wie eine kurze, schmale Hängematte aussah, und hakte beide Enden ein. Nun formte das Ding eine Schlaufe. Er half Leanne, die sich ohne zu zögern ausgezogen hatte, sich darin zu positionieren. Am Ende machte sie eine Brücke, gehalten nur von ihren Händen und Füßen auf dem Boden und dem Gurt um ihre Taille. Ihr Kopf hing nach unten und das leichte Schaukeln der Jacht machte die Sache nicht einfacher.

Leannes Schamregion war epiliert, und die Haut so dünn, dass sie durchsichtig erschien. Summer war versucht, sich an Ryan zu klammern, doch der stand zu nah am Geschehen, also gesellte sie sich zu Jo, die entspannt an der Reling lehnte und unbeteiligt wirkte.

Alessa streichelte Leannes Venushügel, spreizte ihre Schamlippen und sagte: „Ich habe noch nicht einmal angefangen und du bist schon feucht. Ich verbiete dir zu kommen. Ansonsten ist eine Bestrafung fällig."

Der Flogger, den Devin Alessa reichte, hatte gut ein Dutzend flache Riemen aus rotem und schwarzem Wildleder und einen verzierten Griff. Alessa trat ein Stück zur Seite und schlug zu. Leanne schien total auf die Behandlung abzufahren, denn schon bald begann sie, lustvoll zu stöhnen und sich zu winden. Bald darauf drehte sich die Gurtschlaufe und wurde dadurch kürzer, sodass Leanne den Kontakt mit dem Boden verlor. Alessa brachte Leanne wieder in die Ausgangsposition zurück und ließ danach die Riemen sachte über ihre Pussy gleiten. Leanne seufzte wohlig. Dann trat Alessa wieder zurück und setzte die Züchtigung fort, diesmal mit stärkeren Hieben. Die roten und schwarzen Lederriemen klatschten auf die zarte Haut, die sich allmählich rötete. Leanne stieß leise Schreie aus.

Obwohl Summer selbst schon unter Hieben gekommen war, konnte sie sich nicht vorstellen, dass Leanne in dieser überdehnten Körperhaltung einen Orgasmus haben würde. Doch dann veränderten sich Leannes Schreie, wurden höher, unkontrollierter und eindeutig lustvoller. Sie hielt jetzt still, nur ihre Schenkel zuckten bei jedem Schlag, Speichel lief aus ihrem Mund und mischte sich mit ihren Tränen, da sie mit nach unten hängendem Kopf nicht schlucken konnte. Sie wirkte entrückt.

Jemand sollte sie daran erinnern, dass sie nicht kommen darf.

Alessa änderte ihre Position. Sie stand nun an Leannes Füßen, befahl ihr, die Beine weiter zu spreizen, und zielte mit dem Flogger auf ihre Schamlippen.

„Oh fuck“, rief Leanne. „Fuck, jaaaaa.“

Sie kam und versuchte dabei nicht mehr, den Hieben auszuweichen, sondern reckte sich ihnen entgegen. Ihre Lustschreie waren kraftvoll und mit unanständigen Wörtern durchsetzt, bis sie zuletzt in ein abgehacktes Wimmern übergingen.

Summer sah zu Ryan, der ihr ein amüsiertes, wissendes Lächeln zuwarf, als wollte er sagen: „Ja, so kennen wir unsere wilde Leanne.“

Alessa hatte keinen Moment innegehalten, und auch als Leannes Orgasmus verebbte, bearbeitete sie ihr Opfer weiter mit dem Flogger. Doch Leanne war kraftlos, verlor endgültig den Halt und rutschte aus der Schlaufe. Devin war sofort bei ihr, fing sie auf, kniete sich zu ihr, hielt sie in den Armen und küsste ihre Haare. Leanne schluchzte zufrieden. Summer kannte dieses Schluchzen, dieses warme Gefühl der

Geborgenheit, das man empfindet, wenn eine Session vorbei ist und man liebevoll umfangen wird.

Nach einer Weile hatte Leanne sich erholt. Sie stand auf und sagte mit gesenktem Kopf und leicht zitternder Stimme zu Alessa: „Ich bin bereit für meine Bestrafung."

„Die Strafe bekommst nicht du, sondern Jo", sagte Alessa. „Aber erst etwas später."

Leannes Kopf schoss hoch. „Das ist ungerecht. Und unfair obendrein. Wenn ich gewusst hätte, dass Jo an meiner Stelle bestraft wird, wäre ich gehorsam gewesen. Oder hätte es zumindest versucht. Ich bestehe darauf, dass *ich* die Strafe bekomme."

„Ach ja?" Alessa winkte sie näher zu sich heran und flüsterte ihr etwas ins Ohr.

Leanne wurde blass.

„Bestehst du immer noch darauf?", fragte Alessa.

Leanne schüttelte beschämt den Kopf. „Tut mir leid, Jo."

Jo zuckte die Schultern, als ginge sie das alles überhaupt nichts an.

„Da kommt ein Schiff, backbord", warnte Ryan.

Devin nahm Leanne auf die Arme und trug sie unter das schützende Dach. Dort drückte er sie mit dem Bauch auf einen Tisch, zog seine Hose herunter und nahm sie von hinten.

Summer trat an die Reling und beobachtete das vorbeifahrende Schiff. Sie war erregt und verwirrt und fragte sich, ob sie wollte, dass Ryan sie nachher nahm, während die anderen zusahen. Das heißt, würden sie überhaupt zusehen? Niemand schien sich für Devin und Leanne zu interessieren.

Alessa baute die Gurtkonstruktion ab. Ryan holte sich etwas zu trinken. Jo rührte sich nicht vom Fleck.

Vom Meer aus waren weitere Boote in Richtung Hafen unterwegs, und Summer hoffte, dass es bereits dunkel sein würde, wenn sie an der Reihe war.

Als Devin mit Leanne fertig war, kleidete er sich wieder an. Leanne warf sich einen Kimono über. Sie versammelten sich erneut an der Bar und Devin hielt Jo die beiden verbliebenen weißen Zettel hin.

Jo zog einen und las vor: „Du bekommst ein Spanking." Sie knüllte ihn zusammen und warf ihn auf den Tisch. „Etwas Besseres ist dir nicht eingefallen?", fragte sie Devin.

„Es ist ein Klassiker", erwiderte er. „Man muss nicht immer schwere Geschütze auffahren. Außerdem hast du Glück, weil Ryan ein Meister des Spankens ist."

Ein Meister des Spankens? Und ich habe nichts davon gewusst!, schoss es Summer durch den Kopf. Eifersucht brandete in ihr auf, als Jo sich mit geschmeidigen Bewegungen ihrer Kleidung entledigte.

Ryan setzte sich auf einen Stuhl, den er in die Mitte des Decks gezogen hatte, und streifte sein Hemd ab. Die tief stehende Sonne schimmerte auf seiner Haut, denn das Heck der Jacht und damit der offene Teil des Decks zeigte aufs Meer hinaus nach Westen.

Ohne weitere Aufforderung drapierte sich Jo über Ryans Schenkeln. Da sie recht groß war, konnte sie sich mit den Handflächen auf dem Boden abstützen. Sie hielt die Beine geschlossen und hatte die Knie angewinkelt.

Alessa befahl Jo, die Hände auf dem Rücken zu verschränken, aber Ryan sagte: „Laut den Spielregeln gehört Jo im Moment mir."

„Stimmt, aber wenn du es ihr nicht möglichst unbequem machst, wird sie kaum eine Reaktion zeigen."

„Damit kann ich leben“, meinte Ryan.

Summer hatte den Eindruck, dass zwischen Alessa und Ryan eine Spannung herrschte, die schon länger existierte.

„Darf ich dir wenigstens die empfindlichste Stelle auf ihrem Hintern zeigen?“, fragte Alessa.

„Die kenne ich“, sagte Ryan.

„Woher? Soweit ich weiß, habe ich sie dir nie genannt.“

„War auch nicht nötig. Ich bin ein guter Beobachter.“

Alessa schnaubte und zog sich in den hinteren Bereich des Schiffes zurück.

Summer hingegen konnte gar nicht nahe genug am Geschehen sein. Sie setzte sich auf den am nächsten stehenden Tisch. Nicht die kleinste Regung in Ryans Mimik sollte ihr entgehen. Wenn sie schon nicht diejenige war, die in den Genuss dieses Spankings kam, dann wollte sie wenigstens emotional so intensiv wie möglich daran teilhaben.

Ryan atmete tief durch, sah kurz zu Summer, zeigte die leise Andeutung eines Lächelns, dann legte er die linke Hand auf Jos unteren Rücken und holte mit der rechten aus. Gleichmäßig wie ein Uhrwerk setzte er Hieb auf Hieb, traf dabei immer dieselbe Stelle, bis die Haut dort rot leuchtete. Obwohl die Hiebe fest waren und schnell aufeinanderfolgten, zeigte Jo keinerlei Regung.

Die Hiebe gingen weiter und trafen nun die Stelle direkt neben der bereits vorhandenen Rötung, bis auch hier die Haut glühte. Summer ahnte, wie sehr es Jo schmerzen musste. Genoss Jo überhaupt, was geschah? Auch Lust, die man unter Schmerzen empfand, musste sich doch in Stöhnen äußern.

„Das krasse Gegenteil von dir“, flüsterte sie Leanne zu, die sich mit einem Teller, den sie am Büfett gefüllt hatte, neben sie setzte.

„Für Jo besteht der größte Kick darin, sich tot zu stellen“, erklärte Leanne.

Viermal hatte Ryan eine neue Stelle misshandelt und nun war Jos rechte Pobacke feuerrot. Jo wirkte immer noch entspannt. Kannte Ryan wirklich ihre empfindlichste Stelle oder hatte er das nur behauptet, um Alessa zu reizen?

Ryan machte eine Pause und bat Devin um Eis, der daraufhin einen Sektkübel voller Eiswürfel brachte. Summer spürte eine Woge der Erleichterung. Ryan würde Jos Pobacke kühlen und ihren Schmerz lindern. Dachte sie. Doch Ryan tauchte seine Hand in den Kübel, ließ sie eine Weile dort, holte sie wieder raus, schüttelte sie, um das Handgelenk zu lockern, und machte dann mit dem Spanking weiter. Und zwar auf derselben Pobacke!

Nach wenigen Hieben keuchte Jo hörbar. Immer wieder zuckten ihre Beine. Ihre Selbstbeherrschung bröckelte.

Alessa gab ihr gespieltes Desinteresse auf und lehnte sich neben Summer an den Tisch.

Nach der zweiten Runde kühlte Ryan erneut seine Hand. „Leg dich andersherum hin“, sagte er.

Jo stand mit leicht zitternden Beinen auf, atmete seufzend durch, dann legte sie sich wie befohlen hin. Es war klar, was jetzt kam: Die andere Pobacke wurde derselben Behandlung unterzogen, diesmal mit der linken Hand, die noch nicht ermüdet war.

Nun kämpfte Jo bereits sichtlich gegen den Drang an, sich zu wehren. Sie ballte die Hände zu Fäusten und stemmte sie auf den Boden.

Ob Ryan ein Meister des Spankens war, wagte Summer nicht zu beurteilen, aber Ausdauer hatte er – und zwar so viel, dass sie ernsthafte Zweifel bekam, ob sie das selbst erleben wollte. Und dabei hatte sie ihn nie sexier gefunden als jetzt, wo er zeigte, zu was er fähig war.

„Wir sind noch nicht fertig", sagte er, als Jo Anstalten machte, sich zu erheben, weil Ryan die andere Pobacke nun ebenfalls bearbeitet hatte, bis sie tiefrot war, und eine Pause einlegte. „Summer."

„Was?"

„Komm her und knie dich hinter Jos Beine."

Summer warf Alessa einen unsicheren Blick zu. Die schloss kurz die Augen, was Summer als Einverständnis interpretierte. Sie kniete sich wie befohlen hinter Jo. Ryan berührte ihre Wange, und Summer merkte, wie sehr das Zusehen sie erhitzt und erregt hatte. So sehr, dass diese kleine Berührung sie elektrisierte. „Halte bitte Jos Pobacken auseinander."

Summer drückte Jos Pobacken auseinander, die sich heiß und rau anfühlten. Ryan deutete auf den Spalt knapp unterhalb der Wirbelsäule. Hier war die Haut noch nicht so stark durchblutet. Hell und unschuldig lag sie zwischen den geröteten Kuppen. Das musste die empfindliche Stelle sein, denn als Ryan dort einen leichten Klaps platzierte, stieß Jo einen leisen Klagelaut aus.

„Zehn", sagte Ryan. „Mitzählen."

„Ja, Sir." Jos Stimme war brüchig, aber Summer hörte auch eine tiefe Zufriedenheit mitschwingen, die bei jeder Zahl deutlicher wurde. Jo war dort angelangt, wo sie glücklich war – in dem Zustand vollkommener Trance, den Summer so gut kannte.

Nach dem zehnten Hieb bedankte sich Jo, und Ryan gestattete Summer, Jos Hintern zu kühlen. Sie griff in das Eis und verteilte es großzügig auf Jos Po.

Nachdem Summer aufgestanden war, erhob sich auch Jo. Ihre ersten Schritte waren schwankend, doch sie fasste sich schnell und trat auf Alessa zu. „Herrin, ich bin jetzt bereit, die Bestrafung für Leannes unerlaubten Orgasmus entgegenzunehmen“, sagte sie mit fester Stimme.

Während Alessa die Vorbereitungen traf, sah Summer zu Ryan hoch. Sie kniete immer noch neben seinem Stuhl. In ihren Spankingfantasien hatte sie sich gern besondere Momente ausgemalt, in denen der Spanker innehielt, um sie zu streicheln. Ryan jedoch hat Jo keine einzige zärtliche Berührung zuteilwerden lassen.

„Was du gemacht hast, war wie eine Bestrafung, finde ich. Es war kalt und unpersönlich. Wieso hast du sie zwischendurch nicht gestreichelt?“, fragte sie.

Ryan nahm sein Hemd vom Boden und schlüpfte hinein. „Ich hätte ihr damit keinen Gefallen getan. Sie liebt es, so lange wie möglich auf Streicheleinheiten zu warten. Alessa enthält sie ihr mitunter tagelang vor. Keine Küsse, keine Berührungen – aber wenn es dann so weit ist, genießen die beiden es wie ein Wiedersehen nach einer langen Trennung, obwohl sie die ganze Zeit über ein Bett geteilt haben. Leanne würde ich anders behandeln. Sie ist laut, unbeherrscht und kennt ihre eigenen Grenzen nicht. Und sie ist sehr, sehr liebesbedürftig.“

Summer war beruhigt. „Darum also bist du ein Meister darin. Du stellst dich perfekt auf eine Sub ein.“

„Selbst wenn ich dabei meine eigene Grenze überschreite“, sagte er. „So wie eben. Jo ist die extremste

Masochistin, die ich je kennengelernt habe.“ Er betrachtete seine geröteten Handflächen. „Ehrlich gesagt macht sie mir zuweilen Angst.“

Als Summer zu den anderen hinübersah, versuchte Leanne gerade, Alessa von der Bestrafung abzubringen und sie davon zu überzeugen, dass es ungerecht wäre. „Und zwar nicht nur Jo, sondern auch mir gegenüber“, sagte sie. „Ich habe unter falschen Annahmen gehandelt.“

„Dein Pech“, sagte Alessa. Sie hatte sich umgezogen und trug einen schwarzen Leder-BH und einen langen, dicken Strap-on-Dildo. Jo kniete vor ihr auf einem höhenverstellbaren Tisch, den Devin so weit nach unten gefahren hatte, dass Alessa Jo bequem im Stehen von hinten nehmen konnte, so wie Devin es vorhin mit Leanne gemacht hatte. Auf dem Tisch, direkt unter Jos Kopf, stand eine große, mit Wasser gefüllte Glasschüssel.

Damit war klar, dass die Bestrafung aus einer Wasserfolter bestehen würde, und Summer fühlte, wie sich trotz der kühler werdenden Luft Hitze in ihrem Körper ausbreitete. Ihr Adrenalinspiegel schoss hoch.

Die anderen kennen sich, sie wissen, was sie tun. Okay, das beruhigt mich nicht wirklich.

Devin griff Jo auf Alessas Aufforderung hin in den Nacken, Alessa packte sie an den Hüften und stieß mit dem Dildo in sie hinein. „Runter“, sagte sie, und begann, ihre Sklavin zu ficken.

Devin drückte Jos Kopf in das Wasser, das über den Rand schwappte. Luftblasen stiegen auf, Jos Haare schwammen auf der Oberfläche.

Summer zählte die Sekunden. Als sie bei zehn angelangt war, sagte Alessa: „Hoch“, und Devin ließ Jo wiederauftauchen.

Beim nächsten Mal waren es fünfzehn Sekunden, dann fast zwanzig. Dafür wurden die Zeiträume, in denen sie Luft holen durfte, immer kürzer. Jedes Mal keuchte Jo heftiger, auch weil Alessa dabei in immer schnellerem Tempo in sie hineinstieß.

Summer bekam beim Zusehen Atemnot. Es war wie bei den Asphyxiationsspielen, die sie voller Beklemmung im Club beobachtet hatte. Doch dann machte sie sich bewusst, dass Jo nicht gefesselt war. Auch wenn Devin stark war und sie gegen den Druck seiner Hand nicht ankam, könnte sie beispielsweise mit den Händen die Schüssel wegschieben.

Alessa wirkte immer geiler, massierte sich die Brüste und warf den Kopf zurück, während sie weiter ihre Hüfte vor und zurück stieß.

Summer versetzte sich in Jo hinein und begann, eine animalische Lust zu verspüren. Sie konnte nicht verhindern, dass sie lustvoll zu stöhnen begann.

„Aufhören!“ Mit drei hastigen Schritten war Ryan plötzlich bei Devin und zog ihn zurück. Jo kam japsend hoch.

Alessa hielt in ihrer Bewegung inne und funkelte Ryan an. „Was soll das?“ Sie klang fuchsteufelswild.

„Was ihr da macht, ist kein Spiel mehr.“ Ryan griff Jo um die Hüfte und drehte sie so, dass sie sitzen konnte, dann strich er ihr die Haare aus dem Gesicht.

Alessa trat vom Tisch weg. „Ich lasse mir von dir nicht unterstellen, dass ich nicht weiß, was meine Sub aushält.“

„Darum geht es nicht“, sagte Ryan. „*Ich* bin derjenige, der es nicht mehr aushält.“

Summer taxierte sein Gesicht und erkannte, dass er

nicht die Wahrheit sagte. Also gab es nur eine Erklärung: Er hatte ihr Aufstöhnen falsch gedeutet und dachte, sie wäre überfordert. Nun wollte er sie schützen.

„Warum sollte ich auf deine Befindlichkeiten Rücksicht nehmen?", fragte Alessa. „Wenn es dir nicht passt, geh doch aufs Oberdeck."

Alessa und Ryan starrten sich an, keiner war bereit nachzugeben.

Schließlich sagte Alessa: „Hau ab, Ryan, damit wir weitermachen können."

Anstelle einer Erwiderung leerte Ryan die Schüssel aus. „Es gibt kein Weitermachen."

„Weißt du was, du hast keine Ahnung vom echten BDSM-Lifestyle."

„In euren eigenen vier Wänden könnt ihr euren Lifestyle leben, wie ihr wollt", erwiderte Ryan. „Aber sobald andere Personen beteiligt sind, müsst ihr auf deren Gefühle Rücksicht nehmen. Außerdem glaube ich, dass du nur deswegen sauer bist, weil du genau weißt, dass du eine Grenze überschritten hast, es aber nicht zugeben willst."

„Jo hätte jederzeit ihr Safeword benutzen können."

Ryan verschränkte die Arme. „Ach ja? Schon mal versucht, unter Wasser zu reden?"

Ein widerwilliges Lächeln erschien auf Alessas Gesicht. Sie schaute auf den Dildo runter, grinste und sah wieder Ryan an. „Nun gut, aber ich denke trotzdem, dass du dich entschuldigen solltest."

„Ich sehe keinen Grund, warum ich mich bei dir entschuldigen sollte."

„Nicht bei mir, sondern bei Jo. Du hast ihr wahrscheinlich den Orgasmus ihres Lebens versaut."

„Mach dich nicht lächerlich."

Jo sagte mit ruhiger Stimme: „Füll die Schüssel wieder."

„Was?" Ryan ließ die Arme sinken und schüttelte verständnislos den Kopf.

„Füll sie wieder", bat Jo diesmal Devin.

Ryan sah Summer an. „Du musst nicht zusehen, wenn du nicht möchtest."

„Ich …", begann Summer, wusste aber nicht, was sie sagen sollte. Sie wollte weiter zusehen, aber Ryan dennoch das Gefühl geben, dass sie ihm für seine Einmischung dankbar war.

„Nein, sie soll nicht *zusehen*", sagte Alessa. „Sie soll Devins Rolle übernehmen und dabei selbst bestimmen, wie lange sie Jo unter Wasser drückt."

Ryan wollte protestieren, aber Summer kam ihm zuvor. „Sehr gerne", sagte sie. „Aber ohne Zuschauer."

Devin stellte die Schüssel ab, zuckte die Schultern und verließ mit Leanne das Deck. Ryan zögerte, dann drehte auch er sich um und ging, aber nicht, ohne Alessa noch einmal finster anzusehen.

Jo nahm ihre Position ein und wartete.

„Nun, Summer?", fragte Alessa. „Können wir anfangen?"

Summer atmete tief durch, viele Male, um sich zu beruhigen und um genug Sauerstoff in ihren Körper zu pumpen. Sie wusste, sie würde mit Jo zusammen die Luft anhalten. Das war ein Reflex von ihr, den sie auch hatte, wenn sie Filme mit Unterwasserszenen sah. Dann nickte sie.

Alessa drang erneut in Jo ein.

Summer berührte Jos nassen Hinterkopf. Jo machte es ihr leicht, sie tauchte ihren Kopf selbst unter. Summer hielt sie mit leichtem Druck, wartete auf

Gegenwehr, und als sie kam, gab sie sofort nach.

So hatte es keinen Sinn, sie musste es über sich bringen, Jo gegen deren Willen unter Wasser zu halten. Nur dann war Summer wirklich Teil dieser Session.

Als Jo eingeatmet hatte, tauchte Summer sie ruckartig unter. Alessas Stöße gingen durch Jos Körper, Summer fühlte sie in ihren Händen. Sie spürte die Gewalt, die wilde Lust, die die beiden Frauen erlebten. Und zu ihrem maßlosen Entzücken war da noch etwas – eine unerschütterliche Liebe, die die beiden verband und die nur weniger Gesten und Worte bedurfte.

Plötzlich wusste sie genau, wann sie Jos Druck nachgeben musste. Es erinnerte sie an das Gespür, das sie dafür hatte, wann eine Avocado reif war. Sie musste nur ganz leicht die Hand um die Schale schließen und ein klein wenig zudrücken, schon spürte sie die Konsistenz des Inneren.

So war es auch jetzt. Sie merkte, wann der Punkt gekommen war, an dem Jo wieder Luft brauchte. Sie merkte, wann Jo wieder so weit war, unterzutauchen und sich ihr erneut auszuliefern. Sie spürte Jos Lust, spürte jede Zuckung ihres Körpers.

Als Jo kam, schlug sie die Schüssel weg, bäumte sich auf und küsste Summer so hemmungslos, dass Summers Schoß sich lustvoll zusammenzog.

Sie fühlte sich bereichert und spürte eine Veränderung, die sich in ihr anbahnte. Ein Durchbruch. Sie sah aufs Meer hinaus, während sich eine Erkenntnis in ihr formte, so klar und einfach, dass sie sich fragte, warum sie nicht schon viel früher darauf gekommen war.

Ryan klammerte sich an die Reling. Alles war komplett aus dem Ruder gelaufen.

„Ich wollte Summer sachte in unsere Gruppe einführen", sagte er zu Devin, der neben ihm stand. „Ich dachte, unser Spiel wäre die ideale Gelegenheit. Und jetzt hat Alessa mit dieser bescheuerten Bestrafungsnummer angefangen."

In einiger Entfernung dröhnte ein Schnellboot. Ein Segelschiff trieb gemächlich vor der Sonne vorbei, die nur noch wenige Fingerbreit über dem Horizont stand.

„Wieso hast du dich mit Alessa angelegt?", fragte Devin. „Es war doch alles im grünen Bereich."

„Ich dachte, Summer würde gleich kollabieren. Sie hat immer nur dann eingeatmet, wenn Jo über Wasser war, und so keuchend, als wäre sie am Ertrinken." Ryan stieß sich von der Reling ab. „Ich gehe wieder runter. Ich kann Summer nicht mit den beiden allein lassen."

Überraschenderweise stellte Leanne sich ihm in den Weg. „Hat Devin dir erzählt, dass er mich einmal zwei Tage lang an Alessa ausgeliehen hat?"

„Nein, wieso?"

„Weil es mir in vielerlei Hinsicht die Augen geöffnet hat. Drei Frauen, von denen eine dominant ist, sind eine machtvolle Konstellation."

„Ich bin für Summer verantwortlich und werde sie jetzt nicht im Stich lassen."

„Sie ist erwachsen und kann gut für sich selbst die Verantwortung übernehmen. Du bist nicht ihr Dom, nur ihr … Lover. Also reg dich ab."

Ryan stutzte. Er hatte die Pause gehört, die Leanne vor *Lover* gemacht hatte, weil sie nach der richtigen Bezeichnung suchte. Die Beziehung zwischen Summer und ihm war mehr als unklar. Umso wichtiger war es, dass er ihr jetzt beistand, dass er sie spüren ließ, wie sehr sie sich auf ihn verlassen konnte. Er war selbst schon zu oft in seinem Leben im Stich gelassen worden.

Ryan umrundete Leanne und eilte die Stufen hinab. Dann blieb er abrupt stehen, sodass Devin, der ihm nachgelaufen war, von hinten in ihn hineinrannte.

Alles war bereits vorbei. Jo kniete aufrecht auf dem heruntergelassenen Tisch neben dem Strap-on, den Alessa abgelegt hatte, und rubbelte sich mit einem Handtuch die Haare trocken. Summer und Alessa standen daneben und küssten sich. Ja, sie verschlangen einander regelrecht.

Ryan wusste nicht, welches Gefühl stärker war: Die Erleichterung darüber, dass nichts Schlimmes passiert, war oder die Erregung beim Anblick der selbstvergessen knutschenden Frauen.

Devin schob Ryan nach vorn und ging an ihm vorbei. „Sieht so aus, als könnten wir die letzte Runde einläuten."

Summer und Alessa trennten sich widerstrebend voneinander. Summer lächelte Ryan an, kam zu ihm und nahm seine Hände.

„Hey, Cowboy", sagte sie. Sie klang so entspannt, wie er sie noch nie erlebt hatte. Und sie war so sexy, dass es ihn umhaute. Ihre Augen leuchteten, ihre Wangen waren gerötet.

„Du musst nicht, wenn du nicht willst", sagte er. „Ich habe eine Vermutung, was Devin auf den dritten Zettel geschrieben hat, und ich möchte dir das nicht zumuten. Er ist nämlich ein ausgesprochener …"

Sie legte einen Finger auf seinen Mund. „Nichts verraten."

Ryan küsste Summers Fingerspitze. Devin war Brustfetischist, und Ryan hatte sehr wohl gemerkt, dass er immer wieder Summers Oberweite taxiert hatte. Ihre Brüste hatten die richtige Größe und Form – Devin stand auf B- bis C-Körbchen, auf kleine, rosige Nippel, auf schlanke Taillen und gerade Schultern. Summer fiel genau in sein Beuteschema. Ryan hegte den Verdacht, dass Devin vier Zettel beschrieben hatte, nicht drei. Den vierten, auf dem ein *Breastwhipping* stand, hatte er in einer anderen Tasche und würde ihn als letzten herausziehen, unabhängig davon, was bei der anderen Ziehung übriggeblieben war. Kleiner Taschenspielertrick. Ryan würde ihn nicht verraten, denn es war von allen Dingen, die Devin mit Summer tun könnte, immer noch das, was er selbst als Zuschauer am liebsten erleben wollte.

Devin gab Summer den Zettel und sie überflog ihn erst mit den Augen, bevor sie mit ruhiger Stimme las: „Du wirst an den Haken gefesselt und erhältst Hiebe auf deine Brüste." Sie sah auf und reichte Devin den Zettel zurück.

Ryan war wie hypnotisiert. Er achtete nicht mehr auf das, was Leanne, Jo und Alessa machten. Seine ganze Aufmerksamkeit galt Summer, die sich entkleidete. Er spürte, wie sein Schwanz hart wurde, und malte sich aus, wie er sie nachher nehmen würde. Auf einem der Tische, von den anderen gehalten, so wie Frank und Desmond sie im Restaurant für ihn gehalten hatten, als er sie mit Wachs gefoltert und mit zwei Kerzen gefickt hatte. Nur dass er diesmal selbst in sie eindringen würde. Er konnte es kaum erwarten und ärgerte sich fast, dass er so lange damit gewartet hatte. Zur Hölle mit seinen Prinzipien.

Devin befestigte eine Kette mit Ledermanschetten an den Haken, an den er vorhin den Gurt für Leannes Flogging gehängt hatte.

„Komm her“, sagte er zu Summer.

Sie zögerte. Sie war nackt, befand sich an Deck einer Jacht und lieferte sich gerade einem Mann aus, den sie erst wenige Stunden kannte. Hatte sie den Verstand verloren? Hatte Logan am Ende doch recht? In den wenigen Tagen, seit sie Ryan kannte, war sie öfter über ihren Schatten gesprungen als in den zwei Jahren mit Logan.

Doch sie fühlte sich auch lebendiger und begehrter als je zuvor. Und freier. Es war verrückt.

Sie atmete tief durch, dann hielt sie Devin die Hände hin, ließ sich die Manschetten anlegen und hob die Arme, damit Devin die Kette kürzen und fixieren konnte. Sie ahnte, was für einen Anblick sie bot. Ihre Brüste, ihr Bauch und ihre Schenkel schimmerten rotgolden im Licht der untergehenden Sonne. Die Nippel waren aufgerichtet. Durch die nach oben gestreckten Arme wurden ihre Brüste angehoben. Sie hatte den Kopf leicht in den Nacken gelegt. Allein diese Haltung erregte sie. Dazu kam das Wissen, intensiv angesehen zu werden. Die Lust in Devins Augen, die Faszination in Ryans Blick. Und dann waren da noch die drei Frauen. Alessas Blick war taxierend, Leanne lächelte aufmunternd und Jo fuhr sich mit der Zunge über die Lippen, als wollte sie sagen: „Du bist heiß, Süße.“

Sie überlegte, ob sie um eine Augenbinde bitten sollte, doch dann entschied sie sich anders. Sie wollte diese Erfahrung mit allen Sinnen machen.

Devin trat zu ihr und sah sie prüfend an. Dann

streichelte er ihre Flanken, bis sie vor Erregung zu zittern begann. Als seine Daumen ihre Nippel fanden, zog sie die Unterlippe zwischen die Zähne.

„Ich werde keine Spuren hinterlassen", sagte er leise an ihrem Ohr. „Normalerweise tue ich das, aber Ryan hat es mir untersagt."

Er trat zurück, und Leanne reichte ihm denselben Flogger, mit dem Alessa sie gezüchtigt hatte. Die roten und schwarzen Riemen glänzten verheißungsvoll in der Abendsonne.

Devin suchte die ideale Position und holte aus. Summer spannte reflexartig ihre Bauchmuskeln an, als die Riemen mit leisem Klatschen ihre Brüste trafen. Es war ein sanfter Schmerz, der erst mit den nächsten Hieben allmählich zunahm. Sie konnte Devin ansehen, dass er sich zurückhielt. Langsam steigerte er die Härte der Hiebe, ließ Summer aber immer wieder Zeit, sich zu entspannen. Dann kam sie an den Punkt, wo sie sich instinktiv zu schützen versuchte, indem sie ein Knie hob, wie um den Körper zusammenzurollen, obwohl das natürlich nicht ging. Summer ließ los. Sie legte den Kopf noch weiter in den Nacken, schloss die Augen und genoss es, Devin ausgeliefert zu sein, wenn auch nicht annähernd so sehr, wie sie es sich gewünscht hätte. Logan hatte sie viel grausamer behandelt. Und sie hatte gedacht, dass sie es brauchte, um vollkommene Lust zu empfinden, aber es ging auch so, wenn die Umstände stimmten. Und sie waren perfekt und wurden noch besser, als Ryan hinter sie trat und eine Hand sanft unter ihr Kinn legte und ihre Schläfe küsste.

„Ich begehre dich so sehr", raunte er. „Devin, noch fünf Hiebe, dann reicht es. Du darfst ein wenig fester zuschlagen."

Gehalten von ihrem Geliebten genoss Summer den süßen Schmerz. Sie biss sich auf die Unterlippe und gab leise, hohe Laute von sich. Als Devin aufhörte, stöhnte sie wohlig und ließ sich in Ryans Arme sinken. Während Devin die Kette löste, streichelte Ryan ihre von den Hieben erhitzten Brüste. Dann drehte er sie um, streichelte ihren Nacken, ihren Rücken. Sie begann zu zittern, als sie die abendliche Kühle spürte, die vom Wasser aufstieg.

Jemand legte ihr eine Decke um die Schultern. Sie löste sich von Ryan und zog die Decke fest um sich. „Ich möchte jetzt nach Hause", sagte sie.

Verdattert sah er sie an. „Wir sind noch nicht fertig."

„Doch, das sind wir", sagte sie. Sie wusste, dass es ihn wie ein eiskalter Guss treffen musste. „Ich erkläre es dir morgen", fügte sie hinzu. Es war fies, das war ihr klar, denn er hatte sicher genau auf diesen speziellen Augenblick hin gefiebert, darauf, sie nach allem, was sie zusammen auf der Jacht erlebt hatten, zu nehmen. Und genau darum wollte sie es nicht. Es war zu inszeniert.

Er nickte langsam. „In Ordnung. Geht es dir gut?"

„Ja. Du hast nichts falsch gemacht, falls du das denkst."

Sie setzte sich neben Leanne, bat sie, ihr ihre Sachen zu bringen, und zog sich an.

Devin brachte die Jacht in den Hafen zurück, wo Summer sich herzlich von allen verabschiedete.

Sie fuhren schweigend zur Villa zurück.

„Es war ein wundervoller Tag", sagte sie, als sie beide geduscht hatten und sich schlafen legten. „Gute Nacht."

„Hm." Er trommelte mit den Fingern auf ihrer Hüfte. „Nur eine Frage noch. Hast du gesagt, dass du nach Hause möchtest, weil es dir ernst damit war, oder weil du sehen wolltest, wie ich darauf reagiere?“

„Ersteres“, sagte sie. „Ich teste dich genau so wenig wie du mich. Ich verspreche dir, dass ich immer ehrlich zu dir sein werde. Und jetzt möchte ich schlafen.“

„In Ordnung.“ Er wirkte erleichtert, wenn auch immer noch ein wenig enttäuscht.

Egal, sie hatte genau das getan, was sich für sie richtig angefühlt hatte, und nur darauf kam es an.

Kapitel 15

Auch an diesem Morgen wachte Summer vor Ryan auf. Er musste unruhig geschlafen haben, denn seine Laken waren zerwühlt. Er lag auf dem Bauch, den Kopf von ihr weggedreht. Seine Hände auf dem Kissen zuckten hin und wieder. Sie lächelte, denn sie spürte, wie sehr sie ihn liebte.

Sie sah dem Tageslicht zu, wie es langsam den Himmel eroberte, lauschte Ryans gleichmäßigen Atemzügen und kleidete ihre tief greifende Veränderung in klare Gedanken.

Als Logans Sub hatte sie sich ihm völlig angepasst. Es war für sie selbstverständlich geworden, sich ihm unterzuordnen. So hatte sie verlernt, ihre eigenen Wünsche zu erkennen und sie sich zu erfüllen. Das hatte sie dann eins zu eins auf Ryan übertragen, obwohl sie ihm gegenüber eine freie Frau war.

Und doch habe ich ständig analysiert, wie ich wohl auf ihn wirke, was er von mir erwartet, ob ich diesen Erwartungen gerecht werde und so weiter. Selbst als Holly mir sagte, dass ich lockerer werden solle, konnte ich mich nicht ändern. Es hätte sich falsch angefühlt.

Sie musste erst wieder lernen, für sich selbst verantwortlich zu sein und sich dabei okay zu fühlen. Als Psychologin kannte sie dieses Problem gut. Wenn man etwas tat, das sich falsch anfühlte, obwohl man wusste, dass es richtig war, dann befand man sich auf einem guten Weg. Genau das hatte sie einer ihrer Patientinnen gesagt, der vierzigjährigen Karen, die sich in der Familie und im Beruf verausgabte, weil sie sich alles aufbürden ließ. Sie wusste, dass sie sich schützen musste, aber sie konnte nicht Nein sagen. Es hätte sich grässlich für sie angefühlt. Schon beim

Gedanken daran quälte Karen die Angst, andere zu enttäuschen. Sie dachte, Summer würde ihr beibringen, das ungute Gefühl loszulassen, um dann für sich einstehen zu können. Aber Summer erklärte ihr, dass es umgekehrt ablief. Karen musste das tun, was sich falsch anfühlte, und sich daran gewöhnen. Es war eine Sache der Überwindung und würde mit jedem Mal leichter werden. Sie lernte dabei, dem Druck und der emotionalen Erpressung standzuhalten, die die anderen benutzten, um sie wieder zu dem zu machen, was sie jahrelang gewesen war: eine leicht auszunutzende Person. Sie musste sich mit dem Gedanken anfreunden, dass die anderen nicht enttäuscht waren, sondern in Wirklichkeit eine Heidenangst hatten, sie nicht mehr manipulieren und ihr darum keine unliebsamen Arbeiten mehr aufhalsen zu können.

Karen hatte ihren therapeutischen Durchbruch, als sie bei einem Nein zum ersten Mal ein Hochgefühl erlebte und sich bewusstwurde, dass sie ihr Verhaltensrepertoire verdoppelt hatte. Sie konnte Ja oder Nein sagen – und plötzlich schätzten andere ihre Leistungen viel mehr, denn sie waren nicht mehr selbstverständlich.

Aus dem gleichen inneren Widerstand heraus hatte Summer sich bisher davor gescheut, Ryan zu sagen, was sie von ihm wollte. Lieber hatte sie sich eingeredet, dass sie genug Befriedigung aus dem Lustgewinn zog, den ihr das Zusammensein mit ihm brachte. Sie hatte sich ihre Rolle schöngeredet.

Dank des aufwühlenden Erlebnisses mit Jo hatte sich ihre Blockade gelöst.

Eine wichtige Regel, die sie damals auch Karen mitgegeben hatte, lautete: keine Erklärungen. Damit gibt man den anderen nur Munition für ihre Gegenargumente. Ein Nein ist ein Nein.

Darum hatte sie Ryan gestern nicht erklärt, wieso sie die Session abgebrochen hatte.

Andererseits war es wichtig, dass sie ihm gegenüber offen war, denn nur so durfte sie von ihm verlangen, dass er mit ihr über seine Gefühle sprach.

Summer streichelte gedankenverloren ihre Oberarme, fühlte eine leichte Kühle und rückte näher an Ryan heran.

Ich war viel zu passiv, indem ich darauf gewartet habe, dass er mir seine Gefühle darlegt. Dadurch habe ich meine Rolle in der Entwicklung unserer Beziehung bedeutungslos werden lassen. Nicht er allein, sondern wir beide bestimmen, wie sich unser Zusammensein entwickelt.

Sie war sich ihrer Gefühle für ihn sicher, aber erst jetzt, als sie sich selbst ins Zentrum ihrer Überlegungen stellte, bedeuteten diese Gefühle wirklich etwas.

Summer zog das Laken von Ryans Rücken und streichelte ihn zwischen den Schulterblättern. Sie würde ihn verführen, und diesmal würde sie ihn nicht entkommen lassen, wenn er versuchte, sich hinter einem Sexverbot oder anderen unsinnigen Regeln zu verstecken. Falls er ein Problem mit intimer Zweisamkeit hatte, würde er dazu stehen müssen.

Er drehte sich langsam auf die Seite, griff noch mit geschlossenen Augen nach ihr und murmelte etwas Unverständliches.

„Guten Morgen“, sagte sie und küsste die von Kopfkissenfalten zerknautschte Wange, fuhr ihm durch das verstrubbelte Haar und spürte all die Lust wieder, die sie gestern empfunden hatte.

Blinzelnd öffnete er die Lider, rieb sich den Schlaf aus den Augenwinkeln und versuchte, sie zu fixieren. „Oh, Süße, ist alles wieder in Ordnung? Was war denn gestern los? Was ist schiefgelaufen?"

„Nichts. Es war eine wunderbare Erfahrung und ich danke dir dafür." Sie knetete seinen warmen Nacken.

„Wirklich? Aber wieso wolltest du plötzlich weg?"

„Es war der falsche Ort für unseren ersten richtigen Sex. Ich will, dass es ganz normal ist. Ich möchte mit dir allein sein. So wie hier, jetzt …"

„Oh … okay. Ich geh nur kurz ins Bad."

Sie wollte sich das Nachthemd über den Kopf streifen, überlegte es sich dann aber anders und zog lediglich ihren Tanga aus. Sie würde etwas brauchen, das ihn motivierte weiterzumachen, falls er mit Unsicherheit zu ringen hatte.

Jede Wette, dass er gleich mit einem Vorschlag aus dem Bad kommt, wie wir die Situation etwas aufpeppen können.

Und tatsächlich, Ryan legte sich nicht wieder zu ihr. Nackt stand er vor ihr und sagte betont beiläufig: „Sex im Gästebett ist spießig. Gehen wir rüber ins Haupthaus. Das Galeriezimmer ist großartig."

Sie strampelte ihr Laken weg und verschränkte die Arme hinter dem Kopf, sodass das Nachthemd nach oben rutschte und ihren Venushügel freigab. Sie spreizte die Beine. „Ich weiß. Fensterfront mit Meerblick, Lichtskulpturen und eine gigantische Sitzlandschaft. Dazu dieses leicht mulmige Gefühl, dass einen von der anderen Seite der Bucht Paparazzi mit Teleobjektiven beobachten könnten. So stellst du dir also normalen Sex vor? Wovor hast du Angst?"

„Ich lege keinen Wert darauf, am frühen Morgen analysiert zu werden. Auch sonst nicht und das weißt du."

„Ja, aber darauf nehme ich keine Rücksicht mehr. Ich will nämlich ernst genommen werden. Als Frau, als Mensch, als deine … Geliebte oder was auch immer ich sein werde, wenn wir anfangen, unsere Gefühle auszuloten. Unsere echten Gefühle, nicht nur Lust, Erregung, Geilheit."

Er fuhr sich durch die Haare, setzte sich aufs Bett, betrachtete ihren Schoß, lächelte versonnen und legte sich nach einem kurzen Zögern wieder zu ihr. „Aber nur dieses eine Mal, okay? Ich will nicht dein therapeutisches Dauerprojekt werden."

Sie sagte nichts, drehte sich auf die Seite, sah ihn an und wartete, bis er von selbst zu reden anfing.

„Es ist … schwer zu erklären."

„Versuch es mit einem Vergleich."

„Okay, dann würde ich sagen: Wenn ich zulasse, dass ich liebe, dann hebe ich ab, verlasse den sicheren Boden und gebe mich Elementen preis, die mit mir tun und lassen können, was sie wollen. Wie in einem Flugzeug."

„Im Flugzeug bist du nur ein Passagier. Wenn du liebst, bekommst du selber Flügel. Es ist ein schönes, schwereloses Gefühl."

„Ja, das dachte ich früher auch. Bis zu meiner unsanften Notlandung nach der Sache mit der Akademie."

„Du musst auch vorher schon Probleme mit deiner Familie gehabt haben, sonst wäre es nicht zu dem plötzlichen Bruch gekommen."

„Gewaltige Probleme." Er streichelte Summers Hüfte, schob das Nachthemd noch höher, ließ seine Hand auf ihrer Taille ruhen. „Meine Familie ist eine von diesen dysfunktionalen Gemeinschaften, in denen das Klären der Schuldfrage ein beliebter Zeitvertreib ist. Solche Familien brauchen einen Sündenbock, und diese Rolle wurde mir zugeteilt. Ich kann mit Stolz sagen, dass ich ihr in jedem Punkt bestens gerecht wurde, besonders während der Pubertät. Aus schierem Trotz."

„Ich wette, seit sie dich rausgeworfen haben, wissen sie nicht, warum sie sich plötzlich ständig zoffen. Richtig?"

Er grinste. „Mein Vater, meine Stiefmutter und deren Töchter waren früher Harmonie pur. Wie ich gehört habe, liegen sie sich jetzt unablässig in den Haaren. Wie kommt das?"

„Deine ehemalige Rolle, die des Sündenbocks, wird jetzt auf alle verteilt. Jeder schiebt sie dem anderen zu. Sie wird im Kreis herumgereicht und das führt zu gewaltiger Reibungshitze."

„Apropos Reibungshitze", sagte Ryan und küsste sie knapp unterhalb des Bauchnabels. Ein wohliges Ziehen breitete sich in ihr aus. „Ich finde, wir haben genug geredet. Lass es uns einfach tun, und wenn ich mich als miserabler Liebhaber herausstelle, weil ich in einem spießigen Gästebett ohne Zuschauer keine ordentliche Erektion bekomme, dann wursteln wir uns eben durch."

Sie klatschte mit der Hand auf seinen Oberschenkel. „Ja, genau. Wer sagt, dass unser erster Sex so spektakulär werden muss wie die erste Atlantiküberquerung? Und wir müssen auch keine Loopings drehen."

„Hör auf, vom Fliegen zu reden, mir ist schon schwindelig", bat er und wollte ihr Nachthemd ganz hochschieben.

Sie hielt den Saum fest. „Nein, meine Brüste bekommst du noch nicht zu sehen."

Sie sah das Glitzern in seinen Augen, ahnte, was jetzt kam, konnte aber nicht schnell genug reagieren. Denn schon packte er ihre Handgelenke, drückte sie über ihrem Kopf aufs Kissen, umklammerte sie mit einer Hand und zerrte mit der anderen das Shirt so hoch, dass ihre Brüste entblößt wurden. Ryan keuchte, Summer strampelte und wand sich, als wollte sie sich befreien, spürte sein hartes Glied an ihrem Schenkel und gab ihren gespielten Widerstand auf. Ihr Plan, ihn mit Zurückhaltung zu motivieren, war aufgegangen.

Ryan küsste ihre Brüste, ließ ihre Handgelenke los und drang in sie ein. Doch schon nach wenigen Stößen ließ seine Erektion nach. Er hielt inne, sah ihr in die Augen, küsste sie auf den Mund und seufzte leise. „Tut mir leid, ich …“

„Beschreib mir, was du fühlst.“

„Es ist seltsam.“ Er sah sich nach allen Seiten um. „Ich fühle mich beobachtet. Eigentlich genau das, was ich mag. Aber es ist unpassend. Störend. Unerotisch.“

„Von wem fühlst du dich beobachtet? Von mir?“ Sie schloss die Augen. „Besser?“

„Nein, ich glaube, ich fühle mich von mir selbst beobachtet. Ergibt das irgendeinen Sinn?“

„Ja.“ Sie öffnete die Augen und fühlte eine Woge von Zärtlichkeit. „Ich liebe dich, Ryan.“

Er schluckte, sah auf sie herab, als würde er sie zum ersten Mal sehen. „Ich liebe dich auch.“

Mit jedem Wort war seine Stimme leiser geworden. Sie konnte die Überwindung spüren, die es ihn kostete, sich seine Gefühle einzugestehen. Zu fliegen und eine Bruchlandung zu riskieren.

„Danke“, sagte sie, weil es ihr passend erschien. Dann musste sie lachen und er lachte mit.

Er schüttelte den Kopf, als würde er eine alte Bürde abstreifen. Sie ließ sich bereitwillig das Nachthemd ausziehen, bog sich ihm entgegen, damit er ihre Brüste leckte. Sie erkundeten ihre Körper mit neu entfachter Lust, berührten sich überall, immer drängender und heißer. Dann liebten sie sich erst langsam, schneller, dann wieder langsam. Summer konnte nicht genug von ihm bekommen, setzte sich auf ihn und ritt ihn so schnell und fest sie konnte. Er unterstützte sie mit den Händen an ihren Hüften. Als sie kam, warf sie den Kopf in den Nacken und krallte ihre Finger in ihre Brüste. Der Anblick schien ihm den Rest zu geben, denn er warf sich auf sie. Ihr Kopf hing über das Bettende herunter, bis fast auf den Boden. Sie umklammerte Ryan mit den Beinen, um nicht vollends abzurutschen, als er sie über ihren Orgasmus hinaus fickte, bis er selber kam.

Es dauerte lange, bis sie sich wieder bequem hingelegt hatten, bis ihr Atem und ihr Herzschlag sich beruhigten. Summer war wie betäubt vor Glück.

Ryan spielte mit ihren Haaren. „Du hast mich bekehrt. Wenn du willst, werden wir von nun an bis an unser Lebensende nur noch Blümchensex haben, ohne auch nur den geringsten Hauch von Schmerz, ohne eine Spur von Exhibitionismus."

Sie lächelte in sich hinein. „Ach ja?"

„Ja, für dich ist mir kein Opfer zu groß."

„Glaubst du allen Ernstes, dass ich mich mit Blümchensex begnügen würde?"

„Nein, sonst hätte ich dieses riskante Angebot nicht gemacht." Er hob ihr Kinn, damit sie ihn ansah. „Es war nur symbolisch gemeint, um dir zu zeigen, wie viel du mir bedeutest."

„Wenn du mir das zeigen möchtest …" Sie überlegte einen Augenblick, ob das der richtige Moment war, ob sie sich schon genug von ihrem wilden Sex erholt hatte. Dann dachte sie daran, wie sie bei Jos Spanking zugesehen hatte, und wusste, dass sie keine Sekunde länger warten wollte. „Dann solltest du mit mir etwas tun, das du meisterlich beherrschst."

Er hob eine Augenbraue. „Da wüsste ich einiges. Klavierspielen, Schach, Immobilien anpreisen. Ich kann auch den Rest des Tages Spanisch mit dir reden, falls dich das antörnt."

Sie richtete sich auf. „Setz dich an die Bettkante. Ich gebe dir einen Hinweis."

Als er es getan hatte, drapierte sie sich bäuchlings über seinen Schoß.

Ryan fuhr sanft über ihre Pobacken. „Ein unwiderstehliches Angebot. Soll ich wirklich?"

„Ja, bitte."

„Hast du, so wie Jo, ebenfalls eine besonders empfindliche Stelle?"

„Ich weiß nicht, ich wurde noch nie mit der Hand gespankt. Ich habe mich aber immer danach gesehnt." Summer rückte sich noch ein wenig zurecht.

„Steh wieder auf", bat er.

„Wieso?" Widerstrebend kam sie auf die Beine und sah ihn mit zusammengezogenen Augenbrauen an.

„Erstens", sagte er, „habe ich jetzt keine Zeit, weil ich noch ein paar dringende Telefonate zu erledigen habe."

„Schon wieder?"

Er ging nicht darauf ein. „Und zweitens hast *du* bestimmt, wann und wo unser erster Sex stattfindet." Er tippte sich an die Brust. „Dafür bestimme *ich* Zeit und Ort deines ersten Spankings mit der Hand. Einverstanden?"

Wie hatte sie so leichtfertig einwilligen können? Ryans zufriedener Gesichtsausdruck während des gesamten Frühstücks sagte ihr, dass er es sich nicht nehmen lassen würde, das Spanking nach seinem Geschmack zu inszenieren, und dazu würden Zuschauer gehören. Er bemerkte ihre Anspannung und meinte: „Hör am besten auf, darüber nachzudenken. Es kann Wochen dauern, bis ich in der richtigen Stimmung bin."

„Wochen!?", rief sie entsetzt und verschüttete fast den Kaffee, den sie sich gerade eingeschenkt hatte.

„Oder Monate." Er lehnte sich zurück und sah aufs Meer hinaus. „Ich habe nachher einen Besichtigungstermin in Palma. Du kannst gern mitkommen und anschließend machen wir einen Stadtbummel. Zieh am besten flache Schuhe an wegen des Kopfsteinpflasters."

„In Ordnung", sagte Summer. Hauptsache, sie war mit ihm zusammen. Sie nahm sich fest vor, das Spanking keinesfalls mehr zu erwähnen, denn da er zu Trotzreaktionen neigte, wie er selbst zugegeben hatte, würde er es dann umso länger aufschieben.

Sie überließ es Ryan, den Tisch abzuräumen, ging ins Gästehaus und rief Holly an. Das Letzte, was sie von ihr gehört hatte, war eine SMS gestern Nachmittag gewesen: „Keine Shootings mehr – die Sache ist im Kasten. Jacob und ich sind frei. Er ist soooo wundervoll. Melde dich bald. xxx Holly."

Hollys Handy musste ausgeschaltet sein, denn Summer erreichte nur die Mailbox. Sicher vergnügte sie sich mit ihrem Sonnyboy, was Summer ihr von Herzen gönnte.

Ryan kam ins Schlafzimmer und zog sein Polohemd aus. Den Bruchteil einer Sekunde hegte Summer die Hoffnung, er wollte wieder mit ihr schlafen, doch dann erinnerte sie sich an seinen Termin. Er zog sich nicht aus, sondern um.

Sie setzte sich aufs Bett und schaute ihm zu, wie er in ein weißes Hemd schlüpfte, die Jeans gegen eine Anzughose tauschte und eine Krawatte umband. Sie dachte daran, wie er sie bei ihrer ersten Begegnung mit seiner Krawatte gefesselt hatte.

Er sah Summer eindringlich an, als würde er ihre Gedanken lesen. „Ja, sie ist es."

„Ist was?"

„Die Seidenkrawatte von damals. Sie hat die Strapazen überlebt. Wer weiß, was ich ihr noch alles zumuten werde." Er rückte den Knoten zurecht. „Ihr und dir."

Sofort sprang in Summers Kopf ein Film an, in dem sie in einer schicken Stadtwohnung an ein Balkongeländer gefesselt war, während nicht nur Ryans Klienten, die zu der Wohnungsbesichtigung gekommen waren, sondern auch eine Menschenmenge auf der Straße zusahen, wie Ryan sie von hinten nahm.

Das war natürlich Unfug. Er wollte sie nur dabeihaben, weil er eine Fahrerin brauchte.

Doch in dem Punkt hatte sie sich geirrt. Als sie in die Garage kamen, hielt er ihr die Beifahrertür des Minis auf. „Du willst selber fahren?", wunderte sie sich.

„Heute ist ein Tag, an dem ich lauter neue Dinge wage. Sex ohne Zuschauer, Fahren im Rechtsverkehr. Außerdem sollst du eine Chance haben, meine schlimmste Macke kennenzulernen." Er schloss die Tür und ging um den Wagen herum.

„Und die wäre?"

„Ich rede beim Fahren unentwegt."

„Kein Problem, ich bin eine gute Zuhörerin."

„Ich rede nicht mit dem Beifahrer, sondern …", er

ließ den Motor an, „mit dem Auto, der Straße, den Schildern und den Fußgängern. Ich kann es nicht unterdrücken. So, und nun auf mit dir!“ Das war ans Garagentor gerichtet.

Während der Fahrt diskutierte Ryan mit dem Navi, beschimpfte eine Bodenwelle, machte einer Passantin ein Kompliment, das diese natürlich nicht hören konnte, und wies ein Schild darauf hin, dass es zu hoch hing. Summer amüsierte sich, aber nur, weil ihr das Verhalten neu war. Noch ein paar Fahrten mit ihm am Steuer und sie würde aus Verzweiflung den Airbag auslösen.

„Sitzt, passt, wackelt und hat Luft.“ Er hatte in einer Seitenstraße am Rand der Fußgängerzone eingeparkt und wandte sich Summer zu. „War es sehr schlimm?“

„Nicht schlimmer als ein Besuch bei meinem Frauenarzt, der während der Untersuchung immer ‚Auf in den Kampf, Torero‘ pfeift.“

„Zum nächsten Termin nimmst du mich mit, ja?“

„Abgemacht, vorausgesetzt, du lässt mich fahren.“

Ryan zog lachend den Zündschlüssel ab und reichte ihn Summer. „Von jetzt an gerne immer.“

Vor einem Hauseingang in der engen Gasse wartete ein Paar um die fünfzig, teuer, aber nicht stilsicher gekleidet. Die Frau hatte aufgespritzte Lippen und blondierte, toupierte Haare, die sie nicht jünger, sondern nur billig wirken ließen. Der Mann schob einen beachtlichen Bauch vor sich her. Ryan begrüßte die beiden auf Französisch. Summer hielt sich im Hintergrund und beobachtete Ryan. Er pries das Haus nicht an, er ließ es für sich sprechen. Das Paar zeigte mehr und mehr Begeisterung, und der Rundgang endete mit einem Händedruck, der wie ein Vertragsabschluss aussah.

Danach schlenderten Summer und Ryan Hand in Hand durch die Stadt und teilten sich in einem Straßencafé einen riesigen Eisbecher. Etwas Beschwingtes ergriff von Summer Besitz, ein Gefühl, als wäre sie wieder ein Teenager und zum ersten Mal verliebt.

Als sie das Café verließen, sah Ryan auf seine Armbanduhr.

„Hast du noch weitere Termine?“, fragte sie.

„Könnte man so sagen. Hier entlang.“ Er bewegte sich zielstrebig durch ein Gewirr aus Gassen zu einem von Palmen gesäumten Platz und steuerte auf den Eingang eines Nobelhotels zu. Wie selbstverständlich durchquerte er die Lobby und bog in einen Gang ein.

„Was wollen wir hier?“, fragte Summer.

„Ich habe einen Raum gemietet.“

„Du meinst ein Zimmer.“

„Nein, kein Hotelzimmer, einen Raum, oder vielmehr …“ Sie waren vor einer Tür angelangt, die er aufzog. „… einen Saal.“

Summer spähte hinein. Der Saal hatte die Größe eines kleinen Theaters, mit einem Podium und Reihen von Sitzen mit roten Samtbezügen. Ryan schloss die Tür hinter ihnen und ging nach vorn. Mit einem Sprung war er auf dem Podium, auf dem rechts ein Sprecherpult stand und links ein Stuhl. Summer stieg die beiden Stufen an der Seite hoch. „Wird hier ein Meeting stattfinden?“

„Nein, ein Spanking.“

Summer machte einen Schritt rückwärts und wäre vom Podium gefallen, wenn Ryan sie nicht geistesgegenwärtig am Oberarm festgehalten hätte.

„Hier?“, keuchte sie. „Aber da komme ich mir vor wie auf einer Bühne.“

„Ich finde, es ist ein Ort, der dieser Premiere in deinem Leben würdig ist.“ Er breitete die Arme aus. „Ich liebe Bühnen. Es sind magische Orte, die alles überhöhen und verzaubern.“

Die Tür wurde geöffnet und Summer schrak zusammen, doch es war nur ein Kellner, der einen Sektkühler randvoll mit Eiswürfeln brachte. Wortlos stellte er ihn neben den Stuhl und ging wieder. Das war also eine von Ryans sorgfältig geplanten Inszenierungen. Er musste es noch heute Früh eingefädelt haben, zwischen seinen geschäftlichen Telefonaten.

Ryan zog sein Jackett aus und drapierte es über die Stuhllehne, dann krempelte er seine Ärmel hoch. Summer wurde heiß. Sie würde nicht Nein sagen, aber sie brauchte ein Gefühl von Sicherheit, und das würde sie hier nicht haben. Oder vielleicht doch?

Sie wartete, bis Ryan sich auf den Stuhl gesetzt hatte, dann hockte sie sich rittlings auf seinen Schoß. Sie berührte seine Lippen mit den Fingern, fuhr den Schwung seiner Nasenflügel, seine Augenbrauen, den Haaransatz nach.

„Ich liebe dich“, sagte sie. „Ich liebe es, von dir auf deine verrückte, unkonventionelle Art dominiert zu werden. Aber ein kleines Zugeständnis an mein Schamgefühl hätte ich in diesem Fall gern. Verbinde mir die Augen, dann kann ich mir vorstellen, wir wären in einem kuscheligen, abgedunkelten Zimmer.“

Ryan wollte gerade antworten, da pingte sein Handy. Er zog es aus der Hosentasche, las die Nachricht und beantwortete sie. „Perfektes Timing“, murmelte er, als er das Handy zurücksteckte. Dann küsste er Summer. „Entschuldige die Unterbrechung. Ja, ich verbinde dir die Augen, das hatte ich sowieso vor.“

Sofort wurde sie misstrauisch. Er merkte es und

sagte: „Entspann dich, du kannst mir vertrauen."

Summer küsste ihn. „Ich muss dir sogar vertrauen, sonst werde ich mit dir nicht glücklich."

Ryan nahm seine Krawatte ab, bedeckte damit Summers Augen und verknotete die Seide an ihrem Hinterkopf. Sie glitt von seinem Schoß und zog sich aus. Sobald sie nackt war, legte Ryan seine Hände um ihre Taille, zog sie wieder auf seinen Schoß, küsste sie, streichelte ihren Rücken und sagte ihr, sie solle sich über seine Knie legen.

Endlich – der Moment, auf den sie sehnsüchtig gewartet hatte, seit sie das erste Mal in ihrem Leben eine Spanking-Fantasie gehabt hatte. Und das war lange her, irgendwann in der Pubertät.

Als ob Ryan ihre geheimsten Wünsche kannte, tat er genau das, was sie sich immer vorgestellt hatte. Er ließ ihr Zeit, eine bequeme Position zu finden, dann legte er seine warmen Hände auf ihre Pobacken und wartete, bis Summer entspannt war. Sie hielt sich mit der linken Hand an einem Stuhlbein, mit der rechten an seiner Wade fest. Ihr Atem ging ruhig und langsam, trotz des erwartungsvollen Herzklopfens.

Die wohltuende Berührung endete abrupt, als er seine Hände wegnahm. Der Kontakt brach ab, ihr Vertrauen wurde ersetzt durch eine bange Vorahnung. Gleich würde er zuschlagen. Sie sah vor ihrem geistigen Auge, wie er gestern ausgeholt hatte, als er Jo schlug. Wie seine Hand auf ihrem Po gelandet war, wieder und wieder, hart und unerbittlich. Sie zwang sich, keinen Muskel anzuspannen, denn das würde es noch schmerzhafter machen.

Der erste Hieb war nur ein Tätscheln. Es stimmte also, was er gestern gesagt hatte: Er stellte sich auf jede Frau ein und gab ihr das, was sie brauchte. Ihr

Vertrauen kehrte zurück, warm und wohlig, auch als die Hiebe allmählich fester wurden und zu brennen begannen. Er variierte die Schläge, platzierte sie mal rechts, mal links, mal fester, mal sanfter. Die Ungewissheit, was sie in jeder Sekunde erwartete, erhöhte ihren Genuss.

Er hielt inne, als ein Geräusch von der Tür kam. Summer drehte den Kopf, wünschte sich jetzt, sie könnte sehen, wer den Raum betrat, war nahe daran, sich die Augenbinde herunterzuziehen.

„Keine Bewegung“, flüsterte Ryan.

Summer gehorchte und lauschte gebannt auf die Schritte, die sich über den Parkettboden näherten. Wie viele Personen waren es? Mehr als eine, vielleicht zwei oder drei. Die Schritte verklangen, Stoff raschelte, leises Stühlerücken war zu hören.

Nun hatten sie ein Publikum, und Summer versuchte, den Gedanken auszublenden, doch es gelang ihr nicht.

Nun gut, dann stelle ich mir vor, es wären Leanne und Devin oder Jo und Alessa. Wer sonst könnte es auch sein?

Ryan begann wieder mit einem leichten Tätscheln, steigerte sich diesmal rascher, brachte Summer erschreckend schnell an einen Punkt, an dem sie meinte, es nicht mehr ertragen zu können. Es war anders als alles, was sie kannte – Peitschen, Flogger, Paddel. Intensiver, heißer, direkter. Sie stöhnte und bettelte, griff mit den Händen nach hinten, um weitere Hiebe abzuwehren.

Ryan unterbrach das Spanking erneut. „Ich glaube, ihr müsst sie festhalten“, hörte sie ihn sagen.

Schritte, die aufs Podium kamen, waren zu hören. Summer fühlte das Beben des Holzbodens. Sie wollte protestieren, da wurde sie schon gepackt. Hände – so wie es sich anfühlte Frauenhände – legten sich um ihre Handgelenke, führten ihre Unterarme auf dem Rücken zusammen, hielten sie dort fest.

Um die Fußknöchel spürte sie den festen Griff von Männerhänden.

Ryan schlug wieder zu.

Sie wand sich.

Drei weitere Hiebe.

Sie schluchzte auf bei dem Gedanken, dass die Hände, die sie hielten, womöglich Fremden gehörten. Hotelpersonal, das Ryan bezahlt hatte.

Wärme in ihrem Nacken – seine linke Hand. „*Feuer*?“, fragte er kaum hörbar.

Dachte er, sie hätte das Safeword vergessen? „Nein“, murmelte sie.

Er schlug weiter zu.

Die Frau ließ ihre Hände los und begann, sie sanft zwischen den Schulterblättern zu streicheln. Summer konnte nicht mehr ignorieren, dass sie vor Lust fast zerfloss. „Bitte, ich möchte kommen“, stöhnte sie.

„In Ordnung“, sagte Ryan. Und dann, nicht mehr an sie gewandt: „Könntest du ihre Pobacken spreizen?“

Die Männerhände ließen ihre Knöchel los und schoben ihre Pobacken auseinander. Jenseits aller Schamgefühle angelangt, ließ Summer es willig geschehen. Ihre Pobacken prickelten, als würde man sie mit Nadeln traktieren.

Ryan ließ den Daumen um ihre Rosette kreisen und dann in ihre Pussy gleiten. Lustvoll zogen sich ihre Muskeln zusammen, und als Ryan ihren G-Punkt fand, stöhnte sie selig auf. Er verweilte dort, drückte und rieb. Seine Finger liebkosten ihre Spalte und ihre Knospe. Das Gefühl war unwiderstehlich, schön, süß und machtvoll. Sie atmete scharf ein. Der Höhepunkt war wie ein Aufbäumen dagegen, dass die köstliche Qual schon vorbei sein sollte.

„Reichst du mir bitte mal den Sektkübel?“ Die Frage schien wieder an den Mann gerichtet zu sein, denn seine Hände verschwanden von ihrem Körper, dafür waren Schritte zu hören. Kurz darauf verteilte Ryan die Eiswürfel auf ihren Pobacken.

Summer kicherte. „Huh, ist das kalt.“

Erst einen Augenblick später fühlte es sich wie eine Wohltat an. Nach der Abkühlung half Ryan ihr, sich aufzurichten, bis sie seitlich auf seinem Schoß saß, erschöpft und zufrieden, mit nur noch einem kleinen Rest Sehnsucht nach mehr.

Ryan küsste sie und schob ihr dabei ein Stück Eis zwischen die Lippen. Sie lutschte es gierig, denn ihre Kehle war ausgedörrt.

„Danke für dein Vertrauen“, sagte er. „Jetzt sollst du sehen, dass ich es wirklich verdient habe.“ Er nahm ihr die Augenbinde ab.

Summer blinzelte träge, war noch wie in einer anderen Welt. Dann fiel ihr Blick auf Holly und Jacob und alle Erschöpfung perlte von ihr ab. Sie sprang auf und umarmte ihre Freundin, wusste gar nicht, wohin mit ihrer Freude. „Wie kommst du denn hierher? Du warst doch gestern noch in London.“

„Dein verrückter Freund hat uns gerade mit seinem Firmenjet einfliegen lassen. Der schmeißt vielleicht mit Geld um sich! Du solltest mal die Suite sehen, die er für uns in dieser Nobelklitsche gebucht hat.“ Sie kämmte mit den Fingern durch Summers Haare. „Weißt du, was wir beide uns redlich verdient haben? Einen Verwöhnabend vom feinsten.“

„Gern“, sagte Ryan. „Ich schlage vor, wir beginnen

mit einem Drei-Gänge-Menü, das wir uns in eurer Suite servieren lassen."

„Und anschließend massieren wir euch", ergänzte Jacob.

„Nicht schlecht für den Anfang", fand Holly. „Aber Füße küssen müsste auch drin sein. Und wenn ihr eure Sache gut macht, dürft ihr zur Belohnung Summer und mir dabei zusehen, wie wir uns gegenseitig verwöhnen."

„Danach gehen wir an den Strand", schlug Ryan vor, „und nehmen ein Bad im Mondlicht."

„Klingt hochromantisch."

„Von wegen", wandte Summer ein. „Das Wasser ist eiskalt."

Holly griff nach Jacobs Hand und tätschelte seinen Hintern. „Dann schicken wir unsere Männer vor, die sind so heiß …"

Summer ergänzte mit einem Blick auf Ryan, der sein unwiderstehliches Lächeln zeigte: „… dass sie das Meer zum Kochen bringen."

Ende

Autorin

Nina Jansen ist eine erfolgreiche Autorin, die unter mehreren Pseudonymen schreibt.

Ihr Erotik-Debütroman „Bestrafe mich!" aus dem Jahr 2007 zählt im deutschsprachigen Raum bereits zu den modernen Klassikern der SM-Literatur.

Seit sie mit etwa zwanzig Jahren „Die Geschichte der O" gelesen hat, wusste sie, dass sie eines Tages einen erotischen Roman schreiben würde, aber erst, nachdem sie in vielen anderen Genres erfolgreich war, wagte sie sich an die erotische Literatur.

Was macht für sie den Reiz von S/M-Erotika aus? „Viele Frauen lieben erotische Fantasien, die von Kontrollverlust handeln. Es ist eine besondere Art von Freiheit, die zugleich ganz risikolos ist, weil sie sich eben nur im Kopf abspielt. Sich einem imaginären fremden Willen zu unterwerfen, der doch vom eigenen Willen gesteuert wird – das ist doch genial, oder?"

Nina Jansen umgibt sich gerne mit bunten Dingen, da Farben eine besondere Sinnlichkeit haben.

Facebook*:* www.facebook.com/autorinninajansen

Ebenfalls erschienen:

Bestrafe mich!

Gehorche mir!

Wenn es dunkel wird im Märchenwald …: Die Prinzessin auf der Erbse

Ivy Paul
Power Play: Opalherz
Erhältlich als Taschenbuch & eBook

Rache und der Wunsch nach Vergeltung für den Tod seiner Schwester lassen Isak die Schwester seines Erzfeindes Wayne Durham aufsuchen. Diese ist in Sydney untergetaucht und wird von Isak nur durch Zufall über ihre Leidenschaft für Salsa ausfindig gemacht. Julie Durham ahnt nichts Böses, als Isak Söderholm in ihrem Seifenladen steht. Schnell gibt sie sich dem düsteren Schweden und seinen lustvollen BDSM-Spielen hin und verliert wider besseren Wissens ihr Herz an den Sadisten. Sie ahnt nicht, dass Isak sie nur in sich verliebt machen, benutzen und anschließend rüde fallen lassen will. Bei seinen Intrigen hat Isak jedoch eines nicht berücksichtigt: Die Liebe. Denn nicht nur Julie verliebt sich in Isak, sondern auch er verfällt den Reizen der warmherzigen Seifensiederin. Als Julie von einem Stalker belästigt wird und in Gefahr gerät, ist Isak zur Stelle, um sie zu beschützen. Doch er kann keine wahrhafte Beziehung mit ihr eingehen, solange Julie nicht die Wahrheit kennt ...
Ein romantischer BDSM-Roman.

Pia Conti
Elisa: Verlockung der Unschuld
Erhältlich als Taschenbuch & eBook

Elisa beginnt ein neues Leben in Florenz und ergattert mit Hilfe ihrer Tante Silvana eine Stelle beim unnahbaren Galeristen Fabrizio Testi. Elisa ahnt zunächst nicht, dass sie bei einem waschechten Maestro gelandet ist, vor dem jede Sub in Florenz, in Ehrfurcht erzittert. Sie spürt nur, dass er anders ist, als jeder Mann, den sie kennt, und fühlt sich unwiderstehlich angezogen von der unerbittlichen Strenge in seinen Augen. Seine dunkle Sinnlichkeit weckt in ihr den Wunsch, sich seinem Willen unterwerfen. Offen zeigt sie ihm ihre Gefühle, ihre Hingabe. Zunächst weist Fabrizio sie ab. Er glaubt nicht, dass sie mit seiner Dominanz und seiner Unfähigkeit, seine Ex-Verlobte zu vergessen, umgehen kann. Um ihr nicht das Herz zu brechen, hält er sie erst auf Abstand, doch in Florenz lauern noch ganz andere Gefahren. Während Fabrizio nach und nach der Verlockung der Unschuld erliegt, gerät Elisa ins Zentrum skrupelloser Machenschaften ...

Ein romantischer BDSM-Roman.